브루클린의 소녀

브루클린의 소녀

La Fille de Brooklyn

기욤 뮈소 장편소설
Guillaume Musso

양영란 옮김

밝은세상

브루클린의 소녀

초판 1쇄 발행일 2016년 12월 6일 | **2판 1쇄 발행일** 2024년 5월 27일
지은이 기욤 뮈소 | **옮긴이** 양영란 | **펴낸이** 김석원 | **펴낸곳** 도서출판 밝은세상
출판등록 1990. 10. 5 (제 10 - 427호) | **주 소** (10881) 경기도 파주시 문발로 119, 202호
전 화 031-955-8101 | **팩 스** 031-955-8110 | **메일** wsesanghanmail.net
블로그 blog.naver.com/balgunsesang8101 | **인스타그램** www.instagram.com/wsesang

ISBN 978-89-8437-482-9 (03860) | **값** 17,500원
잘못된 책은 구입한 곳에서 교환해 드립니다.
일러두기 각주는 모두 옮긴이 주입니다.

잉그리드에게,

나탕에게

차례

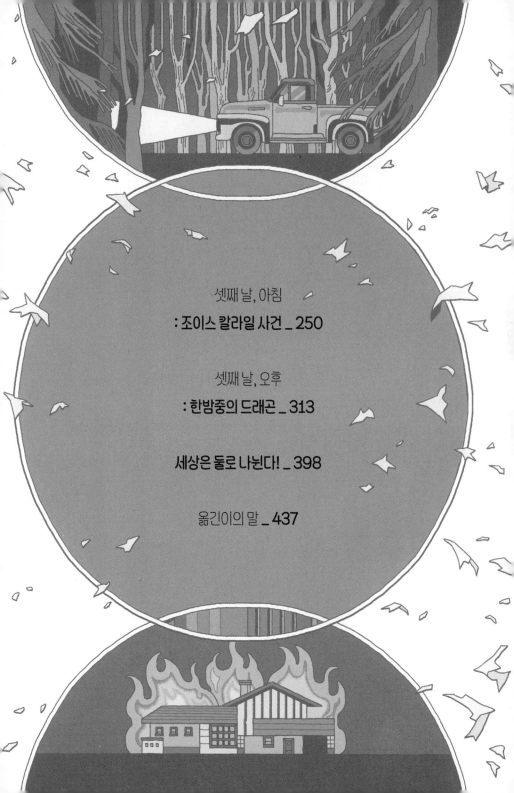

그리고 그 여자는 내게서 도망쳤다……

앙티브, 2016년 8월 31일 수요일

결혼을 3주일 앞둔 우리에게 긴 주말은 아주 소중한 보너스였지. 앙티브의 코트다쥐르 해안에서 늦여름의 마지막 햇빛을 만끽하며 둘이서 오붓하게 보낼 수 있는 절호의 기회였으니까.

일단 저녁 시간은 순조롭게 시작되었어. 둘이서 함께 구도심에 남아 있는 성곽 일대를 산책 삼아 둘러보았고, 카페 테라스에 앉아 식전주로 레드와인을 마시고 나서 미켈란젤로 식당의 고색창연한 석재 돔 아래에서 조개가 듬뿍 들어간 봉골레 스파게티를 먹었지.

우리는 서로 각자 하는 일에 대해 진지한 이야기를 나누었고, 결혼식을 어떻게 치를지 상의했어. 우리는 결혼식의 증인이 되어줄 친구 두 사람과 내 아들 테오 그렇게 세 사람만 하객으로 참석하는 소박한 결혼식을 올리기로 약속했지.

나는 절벽 위 도로를 따라 돌아오는 길에 당신이 깎아지른 곳의 신비

한 경치를 맘껏 감상하기를 바라는 마음에 렌트해온 카브리올레를 아주 천천히 몰았어.

나는 너무나 아름다웠던 그 순간을 방금 전 겪은 일처럼 선명하게 기억해. 당신의 에메랄드빛 눈, 뒤로 자연스럽게 틀어 올린 머리카락, 날씬한 다리가 드러나는 짧은 치마, 얇은 가죽 재킷, 그 안에 받쳐 입은 노란 티셔츠까지 당신은 어느 한 가지도 빼놓을 수 없을 만큼 내 마음을 설레게 했으니까. 노란 티셔츠에 새겨져 있던 'Power to the people'이라는 문구도 인상적이었지.

비스듬히 굽어지는 커브 길이 나와 기어를 바꿀 때마다 나는 적당히 예쁘게 그을린 당신의 매끈한 다리를 슬쩍 훔쳐보곤 했어. 그러다가 눈이 마주치기라도 하면 계면쩍은 미소를 지었고, 당신은 어색해진 분위기를 무마하기 위해 아레사 프랭클린이 부른 흘러간 노래를 흥얼거렸지. 쾌적한 날씨에 기온도 적당해 우리의 마음은 더없이 평화롭기만 했어.

나는 지금도 그때 그 순간을 완벽하게 기억해. 당신의 맑은 눈에서 스팽글처럼 떨어져 내리던 광채, 환하게 빛나던 얼굴, 바람이 불 때마다 하늘을 향해 흩날리던 머리카락, 오래된 노래를 부르며 계기판을 톡톡 두드려대던 가느다란 손가락까지. 마치 방금 전에 보았던 것처럼 선명하게 떠올라.

우리가 빌린 바닷가 펜션이 있는 곳은 원래 진주조개잡이 어부들이 살던 마을이었다고 해. 요즘은 진주조개가 희귀해지는 바람에 어부들은 모두 떠났고, 바로 그들이 살던 자리에 열 채 남짓한 펜션이 들어서게 된 거야. 펜션 단지 앞쪽으로는 지중해가 넓게 펼쳐져 있고, 은은한 향기를 발하는 소나무 숲이 주변을 감싸고 있었지. 소나무 숲 사이에

난 길을 걸을 때 당신은 더없이 아름다운 경치에 놀라 연신 눈을 동그랗게 뜨고 감탄사를 연발했어.

난 지금도 그때 그 순간을 기억해. 우리에게 마지막으로 행복이 주어졌던 순간이었으니까.

*

그칠 줄 모르고 울려 퍼지는 매미들의 합창, 두 눈을 감고 가만히 귀기울여 듣고 있다 보면 저절로 눈을 감기게 만드는 희미한 파도 소리, 비단처럼 부드럽게 몸을 감싸주는 따스한 대기, 슬그머니 다가와 온몸을 간질이며 지나갔던 바람의 느낌이 아직도 뚜렷하게 느껴지는 듯해.

당신은 깎아지른 바위의 경사면과 맞닿아 있는 펜션의 테라스에서 모기를 쫓아버리기 위해 향초와 반사경 달린 램프를 꺼내 불을 밝혔고, 나는 음악 사이트에서 찰리 헤이든의 노래를 찾아 틀었지. 피츠제럴드의 영화에서처럼 나는 야외 홈 바 뒤편에서 당신과 함께 마실 칵테일을 만들었지. 당신은 얼음을 잔뜩 넣고, 라임 한 조각을 곁들인 롱 아일랜드 아이스티를 특별히 좋아했어. 그날처럼 당신이 활짝 웃는 모습을 본 적이 없었지.

내가 만약 고집을 부리지 않았더라면 우린 매우 유쾌한 분위기를 유지하며 저녁 시간을 보낼 수 있었을 거야. 난 마치 편집증 환자처럼 한 가지 생각에 잠겨 있었어. 오래 흥얼거린 후렴구처럼 한 가지 생각이 머릿속을 떠나지 않았지. 언젠가 꼭 한번 당신의 이야기를 들어봐야겠다고 생각해왔지만 기회를 잡지 못해 마음속으로 꾹꾹 눌러두었던 질문이었어.

"안나, 우리의 결혼식이 3주 앞으로 다가왔어. 조만간 우린 부부가 될 테고, 난 적어도 우리 사이에 아직 털어놓지 못한 비밀이 있어서는 안 된다고 생각해. 당신 혼자만 알고 있는 비밀이 있다면 지금 이 자리에서 속 시원하게 털어놔봐. 비밀을 오래도록 마음속에 숨기고 있으면 병이 될 수도 있으니까."

우리가 더없이 유쾌한 시간을 보내고 있던 그날 저녁에 난 왜 하필 당신이 말하기 곤란한 질문을 꺼냈을까?

결혼을 약속했지만 아직 당신에 대해 모르는 부분이 너무 많다는 생각이 문득 두려움을 불러일으켰을지도 몰라. 난 우리가 미지의 세계를 향해 새로운 항해를 시작하기 전 서로에 대해 좀 더 많이 알아야 한다고 생각했어.

그날 밤, 여러 가지 생각이 뒤섞이며 내 머리를 혼란스럽게 했어. 난 사실 철석같이 믿었던 사람에게 배신당한 경험이 있었고, 당신에 대해 좀 더 확실한 믿음을 갖기 위해서라도 우리 사이에 절대로 비밀이 있어서는 안 된다고 생각했어.

우린 바다가 내려다보이는 테라스 의자에서 칵테일 잔을 앞에 두고 마주 앉았어.

"사실 오래전부터 묻고 싶었던 질문이 한 가지 있어. 우리에게 무엇보다 중요한 건 서로에 대한 신뢰라고 생각해. 우리가 서로를 더욱 깊이 신뢰하기 위해서는 비밀을 모두 털어놓아야 하지."

"나도 신뢰를 중요시하지만 비밀이 우리가 서로를 믿는 데 방해가 된다고 생각하지는 않아. 어느 정도 비밀이 있어야 상대에 대해 신비감을 갖게 될 테니까."

"3주 뒤에 결혼하기로 약속한 우리 사이에 아직 털어놓지 못할 비밀이 있다는 거야?"

"사람이라면 누구나 숨기고 싶은 비밀 한두 가지쯤은 가지고 있을 거야. 사람들은 각기 살아온 환경이나 가치관, 정체성이 다르지. 그러니까 서로 생각의 차이를 인정해주는 게 무엇보다 중요하다는 뜻이야."

"난 당신에게 털어놓지 못할 비밀은 없어."

"난 당신이 마음 깊이 간직하고 있는 비밀이 없다는 게 오히려 아쉬워."

당신은 자못 실망한 표정을 지으며 그렇게 말했어. 언뜻 화가 나 보이기도 했고, 나 역시 단단히 화가 났지. 저녁 시간 내내 우리를 감싸고 있던 부드러운 공기도 어느새 껄끄럽고 어색하게 변해갔어.

분위기를 무겁게 가라앉히는 대화를 중단했어야 마땅한데 난 이왕 말을 꺼냈으니 원하던 이야기를 마저 듣고 싶었어. 당신이 간혹 우수에 잠긴 표정을 짓거나 멍한 눈으로 깊은 생각에 잠겨 있는 모습을 볼 때마다 자주 그 이유가 궁금했으니까.

그날 밤, 난 무슨 일이 있든지 당신의 비밀 이야기를 듣고 싶었어.

"내가 지난 일에 대해 물을 때마다 당신은 자꾸 본질에서 벗어나는 이야기만 하다가 슬쩍 얼버무리며 넘어가곤 했어. 간혹 당신이 혼자 애잔한 표정을 지으며 공상에 잠겨 있는 모습을 보았지. 이제부터 걱정거리가 있으면 혼자 고민하지 말고 모든 걸 솔직하게 털어놔. 3주 후에 결혼할 사이인데 서로 숨길 게 뭐가 있어."

"지나간 일을 돌이킬 수 있을까? 과거는 다시 돌아오지 않아. 지나간 과거를 들쑤셔 상처를 헤집어놓을 필요는 없다는 뜻이야."

기대했던 대답을 듣지 못하는 바람에 나는 점점 화가 나기 시작했어.

"역사는 현재를 비추는 거울이란 말도 있어. 당신이 감추고자 하는 게 도대체 뭐야? 비밀을 털어놓으면 마음이 훨씬 가벼워질 거야."

"비밀은 비밀일 때만 가치가 있으니까 더는 캐묻지 마."

"이제 그만 고집 부리고 모두 털어놓으라니까!"

나는 그렇게 말하며 주먹으로 테이블을 내리쳤어. 당신은 깜짝 놀란 표정을 지었고, 얼굴에 실망감이 어렸다가 이내 슬픈 기색이 되었지.

나는 당신이 내 머릿속에서 의구심을 불러일으켰던 모든 비밀을 털어놓아야 한다고 생각했어. 나는 운명을 걸어도 좋을 만큼 당신을 사랑하고 있고, 그 어떤 이야기를 듣더라도 받아들일 준비가 되어 있다고 믿었으니까.

처음 만났을 때부터 당신은 말수가 적고 좀처럼 속마음을 드러내지 않았어. 당신의 우수 어린 눈빛이 내 마음을 사로잡은 매력이었다는 건 부인하기 어렵지만 이제는 달라져야 한다고 생각했어. 당신을 운명의 상대로 믿는 나를 만났으니 더 이상 쓸쓸해서는 안 되니까.

"당신은 지금 우리 사이를 망치려 하고 있어."

"당신도 알다시피 난 이미 시행착오를 겪은 적이 있어. 서로 속마음을 모르면서 부부 사이가 된다는 건 바람직하지 않아."

내 말이 당신에게 얼마나 큰 부담을 주게 될지 알 수 있었지만 난 끝내 고집을 굽히지 않았어. 내가 당신에게 운명을 걸기로 작정한 이상 내 머릿속에 자그마한 의구심도 남아 있어서는 안 된다고 생각했으니까. 결혼해서 함께 살기로 한 이상 당신에게도 내 의구심을 풀어주어야 할 책임이 있다고 생각했어. 당신이 지난날의 트라우마에 시달리고 있다면 내가 그 짐을 나누어 갖고 싶었어. 내가 집요하게 물고 늘어지면 당신이 못 이기는 척 비밀 이야기를 털어놓을 거라 믿었지.

"난 그저 당신의 진실을 알고 싶을 뿐이야."

"내 진실이 무엇이든 받아들일 자신이 있어?"

그 말을 하는 당신의 얼굴을 보는 순간 마치 전혀 다른 사람을 보는 듯했어. 눈썹에 그린 아이라인이 뭉개져 흘러내린 당신의 눈에서 이제껏 단 한 번도 본 적 없는 불길이 활활 타오르고 있었지.

"당신은 내가 진실을 털어놓아야만 우리 사이가 더욱 돈독해질 거라 믿고 있지? 과연 그럴까? 당신은 내가 간직하고 있는 비밀을 알게 될 경우 감당하지 못할 수도 있어. 아니, 나를 혐오하게 될지도 몰라."

"난 당신이 어떤 이야기를 하든지 받아들일 준비와 각오가 되어 있어."

적어도 그때까지만 해도 난 내가 가진 포용력에 대해 자신 있었어. 당신이 털어놓는 과거의 비밀 이야기를 듣는다고 해서 내 마음이 흔들리지는 않을 거라 철석같이 믿었지.

"말은 마음속에 있을 때와 밖으로 내뱉었을 때 엄청난 차이가 있다는 걸 알아야 돼. 당신은 내 말을 듣고 나서 뒤돌아보지 않고 도망칠 수도 있어. 당신이 소설을 쓸 때 사용하는 말들은 언제나 수정이 가능하겠지만 현실은 엄연히 달라. 내가 하는 말들이 우리 사이에 돌이킬 수 없는 파국을 만들어낼 수도 있는데 감수할 준비는 되어 있어?"

당신이 비로소 마음 깊이 숨기고 있던 비밀 이야기를 털어놓기로 결심했다는 사실을 알 수 있었어. 완강하게 버티고 있던 둑이 무너진 셈이랄까?

당신은 내 얼굴을 뚫어지게 바라보고 있었어. 내가 당신이 털어놓는 이야기를 듣고도 아무렇지 않게 평정심을 유지할 수 있을지 궁금해하는 눈빛이었어. 당신이 던진 수류탄이 우리 사이를 갈라놓게 될까봐 걱정스러운 표정이기도 했어.

당신은 가방에서 태블릿 PC를 꺼내더니 비밀번호를 넣고 사진 갤러리를 열었어. 당신이 원하는 사진이 나올 때까지 천천히 넘기다가 비로소 맞은편에 앉은 나를 똑바로 쳐다보았어. 그러다가 잠시 후 태블릿 PC 화면에 떠올라 있는 사진 한 장을 보여주었지.

그 사진에는 그날 밤 내가 집요하게 물고 늘어진 대가로 얻어낸 비밀 이야기가 담겨 있었어.

"내가 저지른 짓이야."

난 어찌나 놀랐는지 어안이 벙벙해져 눈을 가느다랗게 뜨고 사진을 노려보았어. 속이 메슥거리고 장기가 뒤틀려 더는 바라볼 수 없을 때까지 사진을 주시했지. 갑자기 온몸에 전율이 흐르며 숨이 멎어버린 듯했어. 몸이 저절로 덜덜 떨려왔고, 관자놀이 근처로 피가 몰리는 느낌이 들었지. 나는 당신이 숨겨온 과거가 그 끔찍한 사진 만큼 충격적일 줄은 미처 몰랐으니까.

나는 후들거리며 떨려오는 다리를 겨우 진정시키며 자리에서 벌떡 일어났어. 어찌나 머리가 어지러운지 잠시 몸의 중심을 잡지 못하고 휘청거렸지. 나는 가까스로 정신을 가다듬고 단호한 걸음걸이로 거실을 빠져나왔지.

내 여행 가방이 현관 입구에 놓여 있었어. 나는 당신에게 눈길 한 번 주지 않고 가방을 집어 들고 펜션을 나와 버렸어.

*

차를 세워둔 곳까지 걸어가는 동안 심장이 두방망이질을 쳤고, 머리 끝이 쭈뼛해질 만큼 온몸에 소름이 돋았어. 갑자기 소화기에 문제가 생긴 듯 신트림이 올라왔고, 땀이 비 오듯 흘러내리는 바람에 앞이 보이지 않을 지경이었지.

나는 카브리올레의 문을 쾅 소리가 나도록 닫는 즉시 로봇처럼 기계적으로 운전하며 밤길을 달렸어. 끓어 넘치는 분노에 이어 하늘이 두 조각난 듯 슬픔이 밀려왔고, 마치 온몸의 피가 역류하는 느낌이었지. 머릿속은 뒤죽박죽 뒤엉킨 상태가 되었고, 삶이 한순간에 무너져 내린 듯 참담한 마음을 금할 수 없었어. 내가 사진에서 본 장면은 아무리 생각해봐도 이해 불가였으니까.

정신없이 밤길을 달리다보니 어느새 절벽 꼭대기에 우뚝 솟아 있는 카레 요새가 눈에 들어왔어. 항구를 지키는 마지막 관문답게 견고한 성곽으로 둘러싸인 요새를 보는 순간 난 문득 깨달았지. 이렇게 떠나서는 안 돼. 끝까지 평정심을 유지하겠다고 약속해놓고 이런 식으로 떠나는 건 무책임하고 비열한 짓이야.

비로소 내가 안나 앞에서 내보인 반응이 얼마나 유치하고 무책임했는지 깨달았어. 아무리 큰 충격을 받았다고 하더라도 당신이 들려주는 해명을 들어보지도 않고 도망친 건 분명 비열한 짓이었으니까.

다시 펜션으로 돌아가야겠다는 생각에 급히 차를 돌리다가 하마터면 반대편에서 달려오던 오토바이와 충돌할 뻔했어. 당신을 끝까지 믿어주지 못한 건 엄연히 내 불찰이었지. 당신의 이야기를 차분히 들어보고 판단해도 늦지 않았을 텐데 충동적으로 펜션을 박차고 나와 버리는 실수를 저지른 거야.

그 어떤 이야기를 하든지 충분히 받아들일 준비가 돼 있다고 힘주어 말해놓고 급히 등을 돌려 버리다니?

나는 차를 돌리자마자 다시 힘껏 액셀을 밟았어. 캅 대로를 지나고 옹드 해변을 거쳐 올리베트 항, 그라이용 포병 중대를 지나치는 동안 냉정을 잃고 충동적으로 행동한 나 자신의 처신에 대해 후회막급이었지.

펜션에 도착하자마자 소나무 아래에 차를 세우고, 나와 당신이 이야기를 나누었던 테라스를 향해 달려갔어. 현관문이 반쯤 열려 있었고, 집 안에서는 전혀 인기척이 없었지.

"안나!"

나는 집 안으로 뛰어들며 당신의 이름을 소리쳐 불렀어.

우리가 함께 앉아 있던 테라스는 물론 집 안이 온통 고요하기만 했어. 거실 바닥에는 유리 조각이 어지럽게 흩어져 있었지. 잡동사니들을 진열해놓은 선반이 쓰러지며 테이블 위에 덮어둔 유리를 박살내버린 게 분명했어. 온통 아수라장이 된 거실 한복판에 내가 몇 주 전 당신에게 선물한 열쇠 지갑이 내동댕이쳐 있었지.

"안나!"

테라스로 향하는 통 유리문은 그대로 열려 있었어. 나는 바람에 펄럭이는 커튼을 젖히고 테라스로 나갔지.

"안나!"

당신 이름을 소리쳐 부르다가 휴대폰으로 전화도 했지만 답이 없었지.

나는 바닥에 털썩 주저앉아 두 손으로 머리를 감싸 쥐었어.

안나 어디로 간 거야? 지난 20분 동안 대체 우리 사이에 무슨 일이 벌어진 거야? 당신의 과거를 낱낱이 고백하라고 압박했던 내 욕심이 결국 아무런 결실도 얻어내지 못하고 판도라의 상자를 열어버리는 실수를 저지른 건가?

난 눈을 감고 우리가 함께했던 순간들을 돌이켜보았어. 지난 6개월 동안 나를 행복하게 해주었던 가슴 시린 설렘과 미래에 대한 기대가 한순간에 날아가 버렸다는 걸 깨달았지. 우리가 함께 꾸려가기로 했던 가정, 미래에 대한 약속과 희망이 한순간에 고스란히 사라진 거야.

내가 스스로 자초한 일이었으니 나 자신을 원망할 수밖에 없었어.

앞으로 내가 과연 누군가를 진심으로 사랑한다고 말할 수 있을까? 끝까지 믿어주겠다고 약속해놓고 한순간에 뒤집어버린 내가?

첫째 날

:사라지는 법을 배우다

1. 종이 남자

손에서 책을 내려놓거나 글을 쓸 궁리를 하지 않는 즉시 나는 지독한 권태에 사로잡힌다.
인생이란 결국 그런 종류의 권태를 보지 못한 척 슬쩍 지나칠 수 있어야만 견딜 만한 것 같다.

_귀스타브 플로베르

1

2016년 9월 1일 목요일

"내 마누라는 매일 저녁 당신과 함께 잠이 드는데 다행스럽게도 나는
질투라고는 모르지요."

택시 기사는 방금 자기가 털어놓은 재치 있는 말이 마음에 든다는 듯
백미러를 통해 나에게 한쪽 눈을 찡긋해 보였다. 속도를 줄이고 방향
표시등을 켠 택시는 오를리 공항을 빠져나와 고속도로로 접어들었다.

"작가 선생님에게 꽂힌 마누라 덕분에 나도 당신이 쓴 소설을 두어
권 읽어봤습니다."

택시 기사가 콧수염을 어루만지며 말을 이었다.

"스릴러소설이 다이내믹한 내용 덕분에 극도의 긴장감을 느끼게 해주
는 건 분명하지만 잔혹한 살인과 폭력 장면이 지나치게 많이 등장해 마
음을 불편하게 하는 것도 사실이지요. 독자 입장에서 한마디 하자면 당

신의 소설은 인간에 대해 지나치게 냉소적인 견해를 드러내는 것 같더군요. 당신 소설에서처럼 세상을 비관적으로 바라보는 인물들이 득시글거린다면 그야말로 말세 아닌가요?"

나는 휴대폰 화면에 시선을 고정시키고 택시 기사의 말을 못 들은 척했다. 이른 아침부터 내 소설에 대해 심각한 토론을 벌이고 싶지 않았다.

아침 8시 10분에 파리행 비행기를 탔다. 안나의 휴대폰으로 수십 번이나 전화했지만 그때마다 곧장 음성메시지로 연결되었다. 나는 음성사서함에 신중하지 못한 처신을 한 것에 대해 용서를 바란다는 메시지를 남겨두었다. 당분간 내 전화를 받지 않아도 좋으니 제발 별 탈 없이 잘 지낸다는 문자메시지라도 보내달라는 바람도 함께 남겨두었다.

안나가 사라지고 나서 가장 먼저 펜션 경비실로 달려가 내가 없는 동안 출입한 차량들을 확인했다. 여러 대의 차가 펜션에 출입했고, 그중한 대가 VTC* 소속 세단이었다는 사실을 알아냈다.

"렌터카 운전사가 말하길 옹드 펜션에 체류 중인 안나 베커 부인이 불러서 왔다고 하더군요. 제가 인터폰으로 연락해본 결과 안나 베커 부인이 렌터카를 불렀다는 사실을 확인해 주었습니다."

"그 차가 VTC 렌터카인지는 어떻게 알았죠?"

"자동차 앞 유리에 회사 로고가 붙어 있었으니까요."

"혹시 안나가 어디로 간다고 말하지 않던가요?"

"부인께서 저에게 행선지를 말해줄 리 없지 않습니까?"

몇 시간 뒤, 나는 안나가 렌터카를 타고 니스 공항으로 간 사실을 확인했다. 에어프랑스 인터넷 사이트에 접속해 내가 구입한 항공권

*미국의 우버처럼 기사 딸린 렌터카

관련 사항을 입력해보았더니 안나가 탑승 예약 시간을 조정해 그날 밤 파리로 돌아가는 비행기를 탄 사실이 확인되었다. 밤 9시 20분 출발 예정이었던 파리행 비행기는 밤 11시 45분이 되어서야 니스 공항을 이륙했다. 파리로 향하는 휴가객들이 얼마나 많은지 니스 공항 컴퓨터 시스템이 한 차례 다운되는 소동을 빚는 바람에 한 시간 이상 발이 묶인 결과였다.

안나가 파리로 떠난 사실을 확인하자 조금이나마 마음이 놓였다. 캐비닛을 쓰러뜨려 테이블 유리를 박살낼 만큼 화가 나긴 했어도 특별히 다친 데 없이 무사하다는 걸 확인했으니까.

택시는 그라피티로 뒤덮인 터널을 지나 파리 외곽순환도로로 접어들었다. 도로에 유입된 차들이 얼마나 많은지 교통 흐름이 거의 정지 상태에 가까워 포르트 도를레앙까지 갈 길이 막막했다. 차들이 범퍼가 닿을 만큼 빽빽하게 늘어서 있었고, 오래된 트럭과 버스들이 내뿜는 검은 매연이 코를 매캐하게 했다. 나는 발암물질로 알려진 배기가스와 미세먼지, 시끄러운 경적 소리, 운전자들의 욕설에 짜증이 일어 열어두었던 차창을 닫아버렸다.

행선지를 바꾸기로 결심하고 택시 기사에게 포르트 도를레앙 대신 몽루주로 가달라고 부탁했다. 최근 몇 주 동안 안나가 포르트 도를레앙에 있는 집에서 나와 함께 지내긴 했지만 그녀가 사는 집은 원래 몽루주의 아리스티드—브리앙 대로변에 위치한 방 두 개짜리 아파트였다. 안나는 몽루주의 집에 대한 애착이 많아 살림살이를 대부분 그대로 놔두었다. 안나가 잔뜩 화가 났다면 몽루주의 집에 가 있을 가능성이 높았다.

택시는 바슈누아르 사거리에서 한참 동안 대기하다가 차를 돌렸다.

"작가 선생님, 다 왔습니다."

택시 기사가 아파트 건물 앞 도로변에 차를 세우며 말했다. 땅딸막한
체구에 반짝반짝 빛나는 대머리, 가느다란 입술로 쉴 새 없이 말을 뱉
어내는 그의 목소리는 마치 〈총잡이 삼촌들〉에 나오는 라울 볼포니를
연상시켰다.

"제가 집을 둘러보고 나올 동안 잠시 기다려 주시겠습니까?"

"걱정 마시고 작가 선생님이 원하는 대로 하세요. 저야 뭐 미터기를
돌리고 요금을 더 받으면 되니까요."

나는 차 문을 닫고 마침 책가방을 멘 어린아이가 아파트 건물을 나서
는 틈을 타 재빨리 로비로 들어섰다. 엘리베이터가 고장 나 있어 안나
의 집이 있는 12층까지 걸어 올라가야 했다.

겨우 12층에 다다라 잠깐 동안 가쁜 숨을 고르고 나서 안나의 집 문
을 두드렸지만 아무런 반응이 없었다. 계속 문을 두드리며 귀를 기울였
지만 안에서는 여전히 아무런 소리도 들려오지 않았다.

안나는 내 아파트 열쇠를 코트다쥐르의 펜션에 내동댕이쳐버렸다.
간밤에 이 집에 오지 않았다면 도대체 어디서 밤을 보냈을까?

나는 같은 층의 모든 문에 달린 초인종을 눌렀다. 문을 열고 밖을 내
다보는 이웃 사람에게 혹시 안나의 소식을 알고 있는지 물어볼 작정이
었다. 나이가 지긋한 할머니가 현관문을 열고 밖을 내다보았다.

"혹시 안나가 어디 있는지 아십니까?"

"몇 달 전에 보고 한 번도 본 적이 없어요."

하긴 아파트에서 이웃 사람과 밀접하게 연락을 주고받으며 살아가는
사람이 어디 있을까?

크게 낙심한 나는 휘청거리는 걸음으로 계단을 걸어 내려와 대기하고 있던 택시 기사에게 몽파르나스의 집 주소를 말해주었다.

"작가 선생님, 마지막으로 집필한 소설이 언제 나왔죠?"

"3년 전에 나왔는데요."

나는 한숨 섞인 소리로 대답했다.

"새 소설을 쓰고 계십니까?"

나는 고개를 가로저었다.

"아마 몇 달 내로는 새 소설을 발표하기 힘들 겁니다."

"마누라가 크게 실망하겠는데요."

나는 성가신 대화를 마무리하고 싶어 라디오 뉴스를 들을 수 있도록 해달라고 부탁했다.

택시 기사가 라디오를 켜자 마침 9시 뉴스가 흘러나왔다.

9월 1일 목요일에 1천2백만 명의 학생들이 개학을 맞아 등교했고, 프랑수아 올랑드 대통령은 하반기에는 프랑스 경제가 조금씩 회복될 거라는 전망을 내놓았고, 파리 생제르맹*은 이적 시장 마감을 몇 시간 앞두고 새로운 센터포워드를 영입했고, 미국 공화당에서 대선에 나설 후보를 공식 지명했다는 뉴스가 흘러나왔다.

"작가 선생님, 한창 활발하게 활동하실 때는 일 년에 한 권씩 꼬박꼬박 책을 내시더니 요즘은 왜 뜸하죠? 혹시 백지 공포증에 시달리시는 건 아니죠?"

"백지 공포증이 아니라 글을 쓰기 어려울 만큼 현실이 복잡하네요."

나는 창밖을 내다보며 힘없이 대답했다.

*PSG 파리를 연고로 하는 프로축구팀

2

명색이 작가였지만 지난 3년 동안 소설을 단 한 줄도 쓰지 않았다. 심리적 장애나 영감 부재로 집필을 게을리한 건 아니었다. 나는 여섯 살 때부터 머릿속에서 독특한 이야기를 만들어내는 취미가 있었고, 청소년기에 글쓰기는 이미 내 일상의 중심축이 되어 있었다. 소설 집필은 내 머릿속에서 넘쳐나던 상상력의 물줄기를 한곳으로 모아주는 역할을 해주었다. 소설을 쓰기 시작하면서 나는 단조로운 일상에서 벗어나 다양한 세계로 맘껏 상상 여행을 떠날 수 있게 되었다.

지난 여러 해 동안 소설 쓰기는 나에게 허락된 시간과 공간을 모두 흡수해버렸다. 나는 어디를 가든지 항상 수첩이나 노트북을 지참하고 다녔다. 공항 벤치, 비행기 안, 카페, 호텔 커피숍, 지하철 안 등 나는 어느 곳에서나 글을 썼다. 글을 쓰지 않는 시간에는 소설에 등장하는 인물들이 겪고 있는 심리적 동요를 어떤 식으로 표현할지 생각해보거나 글의 개연성을 확보하기 위한 자료조사에 열중했다. 흥미로운 에피소드를 만들어내기 위한 탐색도 게을리하지 않았다. 그 당시만 해도 소설쓰기와 결부되어 있지 않은 일에는 아무런 흥미가 없었다. 소설을 쓰는 동안에는 현실에서 한 발짝 물러나 관찰자의 시점으로 세상을 바라볼 수 있게 되었다. 내 눈에 포착된 현실은 다시 상상의 세계와 결합돼 새로운 모습으로 재창조되었다. 약간 과장되게 말하자면 나는 소설을 쓰는 작가가 된 이후 무엇이든 이룰 수 있는 창조자가 되었다.

2003년에 첫 소설을 발표한 이후 매년 어김없이 한 권의 책을 냈다. 내 소설은 주로 수사물이나 스릴러물이었다. 언론사 기자와 인터뷰할 때마다 크리스마스와 생일날을 빼고는 하루도 거르지 않고 소설을 쓴다고 말했다. 사실은 스티븐 킹이 나보다 먼저 했던 말이었다. 나는 스티븐 킹이 분명 거짓말을 했으리라 생각한다. 사실 난 크리스마스나 생일에도 일했으니까. 특별한 날이라고 해서 일을 하지 말아야 할 그 어떤 이유도 찾아내지 못했다.

컴퓨터 앞에 앉아 내 소설에 등장하는 인물들과 씨름하는 동안 전혀 지루하거나 힘들지 않았고, 그보다 더 즐겁고 보람된 일은 없었다. 나는 글 쓰는 일을 끔찍하게 좋아했기에 백지 공포증이나 강박관념에 시달린 적도 없었다.

세상은 마치 내 소설 내용처럼 연일 끔찍한 서스펜스를 보여주고 있었다. 하루도 거르지 않고 살인사건 소식이 전해졌고, 테러가 유로 전역을 공포의 도가니로 몰아넣었다. 험악한 세상을 닮은 내 소설은 차츰 수많은 독자들로부터 좋은 반응을 얻어가고 있었다.

어른들도 아이들처럼 −《장화 신은 고양이》에 등장하는 흡혈귀, 《엄지왕자》에 나오는 악랄한 부모와 푸른 수염 괴물, 《빨간 고깔모자》의 잔혹한 늑대를 기억해보라− 서스펜스를 즐긴다. 어른들도 마음속 깊이 자리한 두려움을 밖으로 분출해내기 위해 무서운 이야기를 필요로 한다.

독자들이 내 소설에 열광해준 덕분에 황홀한 10년을 보낼 수 있었다. 마침내 소설을 쓰는 것만으로도 생계를 이어갈 수 있는 전업 작가 그룹에 합류했다. 세계 곳곳에 내 차기 소설이 나오기를 애타게 기다리는 독자들이 넘쳐난다는 사실은 내게 엄청난 자부심을 갖게 해주었다.

내가 작가로서 성공할 수 있었던 첫 번째 비결을 꼽으라면 아무런 방해도 받지 않고 글쓰기에 몰입할 수 있는 환경이 조성되어 있었기 때문이라고 답변했으리라. 나의 작가적 성공을 가져왔던 선순환 수레바퀴는 한 여자가 등장하면서 삐걱거리기 시작했다.

3년 전, 런던에 책을 홍보하기 위해 갔을 때 출판사 담당자가 나탈리 커티스라는 영국인 과학자를 소개해주었다. 나탈리는 전공인 생물학뿐만 아니라 사업 수완도 뛰어나 첨단 의료 장비 개발에 참여하고 있었다.

나탈리는 현재 벤처회사를 공동으로 창업해 안구 속 액체에 함유되어있는 포도당 비율만으로도 질병의 증세를 알 수 있다는 스마트 콘택트렌즈 개발에 참여하고 있었다. 그녀는 하루에 열여덟 시간씩 일했다. 주로 하는 일은 소프트웨어 개발과 임상실험 감독이었지만 사업 계획 수립과 투자자 미팅도 직접 해낼 만큼 왕성한 활동량을 자랑하고 있었다. 새로운 투자자들을 만나보기 위해 해외 출장도 잦은 편이었다. 어느 모로 보나 혼자 감당하기에는 벅찬 일이었지만 나탈리는 조금도 내색하지 않고 주어진 일을 완벽하게 소화해내고 있었다.

나탈리와 나는 전혀 다른 세계에 주목하는 사람들이었다. 나는 종이로 대변되는 아날로그 시대에 머물러 있었고, 나탈리는 디지털 시대를 선두에서 이끌며 종횡무진 전 세계를 누비고 있었다. 나는 이야기를 지어내 생활비를 벌었고, 나탈리는 신생아의 머리카락보다 섬세한 마이크로프로세서를 개발해 돈을 벌었다. 나는 아라공의 시를 사랑하고 고교 시절 배운 그리스어가 유일하게 아는 외국어이고 여전히 만년필로 편지를 쓰는 반면 나탈리는 다양한 외국어를 유창하게 구사할 수 있어 국경 없는 허브공항에서도 마치 내 집처럼 활발하게 세상과 소통할 수 있었다.

아무리 생각해봐도 나탈리와 내가 서로에게 끌리게 된 이유가 뭔지 알 수 없었다. 우리는 각자의 분야에서 일밖에 모르고 살아온 사람들이었고, 비로소 일에 대한 성과를 인정받기 시작한 시점에 만났다.

공통점이라고는 눈을 씻고 찾아봐도 없는 우리가 어떻게 만나자마자 서로에게 끌려 미래를 함께하기로 결정했을까?

작가 알베르 코엔은 '사람은 자기가 되지 못한 무엇이 되고 싶어 한다'라고 말했다. 우리가 아무런 공통점이 없는 사람에게 쉽게 매료되는 이유를 비유적으로 설명한 말이었다. 인간은 자기 자신에게서 전혀 찾아볼 수 없거나 부족한 부분을 상반된 면모를 가진 상대를 만나 보완하고 보다 진일보한 존재로 거듭나고 싶어 한다고 주장하는 심리학자들의 견해는 나름 일리가 있어 보였다.

나탈리는 분명 내게는 전혀 없는 재능을 갖고 있었다. 내가 나탈리와 친밀하게 지내며 부족한 부분을 채워 넣을 경우 보다 진일보한 존재로 거듭날 수 있을까? 제법 그럴 듯한 추론이긴 해도 현실에서의 실현 가능성은 희박해 보였다.

나탈리가 뜻하지 않은 임신을 하지 않았더라도 내가 품었던 환상은 좀 더 일찍 깨졌을지도 모른다. 나탈리에게서 임신했다는 말을 듣는 순간 나는 즉시 그녀와 함께 가정을 꾸리기로 결심했다.

나는 당장 프랑스를 떠나 나탈리가 사는 런던의 벨그라비아 지역의 임대 아파트로 거처를 옮겼고, 최선을 다해 산모를 보살폈다.

"당신이 쓴 소설들 중에서 어떤 작품을 가장 좋아하십니까?"

새 소설을 홍보하기 위한 투어를 할 때마다 기자들이 흔하게 묻는 질문이었다.

"글쎄요, 저에게 한 작품을 고른다는 건 불가능합니다. 저에게는 모든 작품이 자식처럼 소중하니까요."

테오를 얻은 지금은 그때와 생각이 많이 달라졌다. 나는 테오가 태어날 당시 분만실에 있었다. 산파가 아기를 받아 내 품에 안겨주는 순간 인터뷰 때마다 기계적으로 반복했던 대답이 떠올랐다.

책은 결코 자식에 견줄 수 없다. 책은 물론 소중한 가치가 있다. 책을 통해 새로운 세계로의 여행이 가능하고, 비자를 받지 않고도 어디든 마음대로 드나들 수 있으며 무궁무진한 간접 경험을 할 수 있다. 책은 살면서 겪게 되는 온갖 문제들에 대한 해답을 제시해주는 다양한 지식과 정보를 담고 있는 보물창고이기도 하다.

미국 작가 폴 오스터는 '책은 두 이방인이 내밀하게 만날 수 있는 유일의 공간이다'라고 말했지만 어찌 되었든 내 입장에서 보자면 자식과 견줄 수 있는 책은 없다.

이 세상에 자식과 견줄 수 있는 가치는 아무것도 없으니까.

3

나탈리는 아기를 낳은 지 열흘 만에 일을 다시 시작하겠다고 말해 나를 깜짝 놀라게 했다. 그녀는 늘 격무에 시달리면서도 연장 근무와 잦은 출장을 마다하지 않았다. 나탈리의 일이 바빠 우리 부부는 아기가 태어난 직후 몇 주 동안 초보 부모로서의 설렘과 기쁨, 마술 같은 신비를 경험하지 못했다.

나탈리는 세상에 갓 나온 아기와 함께 많은 시간을 보내지 못하는 것에 대해 그다지 안타까워하는 기색이 아니었다. 어느 날 저녁 나탈리가 드레스 룸에서 옷을 갈아입으며 풀죽은 목소리로 털어놓는 말을 듣고 나는 더욱 황당하고 기가 막혔다.

"우린 구글의 제안을 수용하기로 결정했어. 이제부터 구글이 우리 회사의 대주주가 되는 셈이지."

나는 그 말이 내포하고 있는 의미가 뭔지 잘 알고 있었기 때문에 망연자실하지 않을 수 없었다.

"설마 농담은 아니지?"

나탈리가 피로에 지친 표정으로 구두를 벗고 발목을 마사지하며 대답했다.

"차라리 농담이었으면 좋겠어. 당장 월요일부터 팀원들과 함께 캘리포니아에서 일하게 되었어."

나는 한동안 얼빠진 얼굴로 나탈리를 쳐다보았다. 이제 막 열두 시간의 비행을 끝내고 돌아와 아직 시차 적응이 안 된 나탈리보다 내가 더 멍한 표정이 되었다.

"그토록 중요한 문제를 나와 한마디 상의 없이 당신 혼자 결정해도 되는 거야? 도대체 당신에게 테오와 난 어떤 존재지?"

나탈리는 기진맥진한 얼굴로 침대 모서리에 걸터앉았다.

"당신과 테오에게 진심으로 미안할 뿐이야. 당신과 진작 상의했어야 마땅하지만 결국 난 지금과 같은 결론을 내렸을 거야."

"내가 당신에게 함께 캘리포니아로 떠나자고 하면 너무나 염치없는 말이 되겠지?"

나는 마침내 참고 있던 분노가 폭발했다.

"세상에 나온 지 겨우 3주밖에 안 된 아이를 둔 엄마가 어떻게 그런 말을 할 수 있지?"

"진작부터 내가 가망 없는 엄마라는 사실을 잘 알고 있었지만 나도 당신처럼 마음이 아픈 건 마찬가지야."

"가망 없는 엄마라니, 그게 무슨 말이야?"

나탈리는 급기야 울음을 터뜨렸다.

"앞으로도 좋은 엄마가 될 자신이 없어. 난 애초부터 그렇게 생겨 먹었나봐."

"애초부터 그렇게 생겨 먹은 사람은 없어."

나탈리는 급기야 마음 깊이 숨기고 있던 비장의 카드를 꺼내 들었다.

"당신이 파리로 돌아가 혼자 테오를 키우겠다고 해도 굳이 반대하지 않겠어. 어쩌면 그렇게 하는 편이 우리 모두를 위한 최선의 선택일지도 모르지."

나는 분노가 치밀어 올랐지만 나탈리에게 비난을 퍼붓는다고 해서 속이 후련해질 것 같지는 않았다.

나탈리의 제안을 받아들일 수밖에 없다는 생각이 들었다. 이미 결별을 작심하고 있는 나탈리를 따라 캘리포니아로 간다는 건 나와 테오에게는 지나치게 무모한 선택이 될 테니까.

내가 직접적인 답변을 하지는 않았지만 나탈리의 얼굴에 안도감이 번져갔다.

엄마라는 사람이 어쩜 저리 무책임하고 이기적일 수 있지?

무거운 침묵이 내려앉았고, 나탈리는 수면제를 삼키고 나서 침대에 누웠다.

다음 날 나는 테오와 함께 파리로 돌아와 몽파르나스에 둥지를 틀었다. 테오를 돌봐줄 베이비시터를 고용할 수도 있었지만 그렇게 하고 싶지 않았다. 나는 테오가 무럭무럭 성장해가는 모습을 단 한순간도 놓치지 않고 보고 싶었다. 일찍 엄마와 떨어져 살게 된 테오가 한없이 안돼 보이기도 했다.

그 후 몇 달 동안 전화벨이 울릴 때마다 혹시라도 나탈리의 변호사가 양육권 문제로 연락했을까봐 덜컥 겁이 나기도 했다.

'제 의뢰인께서 아이의 친권자가 되고 싶어 하십니다.'

다행히 그런 청천벽력 같은 소식을 전하는 전화는 오지 않았다. 나탈리의 소식을 듣지 못한 지 20개월이 지났다. 마치 20개월이 단 한 번의 호흡처럼 순식간에 지나갔다. 오로지 글쓰기로 일관했던 내 하루 일과는 우유병 물려주기, 이유식 먹이기, 기저귀 갈기, 공원 산책, 수온을 37도로 맞춘 아이 목욕, 빨래하기 등으로 바뀌었다.

테오가 수시로 잠을 깨는 바람에 매일 밤 숙면을 취하지 못했고, 열이 심할 경우 해열제를 먹이거나 병원에 데려가야 했다. 과연 나 혼자서 테오를 잘 키울 수 있을지 두려웠다.

초보 아빠에게 육아는 하루하루 전쟁을 치르듯 힘들고 고통스러운 과정이었지만 무엇과도 바꿀 수 없을 만큼 소중한 시간이기도 했다. 내 휴대폰에는 무려 5천 장의 사진이 들어 있었다. 테오와 보낸 처음 몇 달은 내게 신비한 모험이 함께했던 시간이었다.

4

제너럴 르클레르 대로의 교통 흐름은 비교적 원활했다. 택시는 생피에르 드 몽루주 성당의 종탑을 향해 속도를 올렸다. 알레시아 광장을 지난 택시는 멘 대로로 접어들었다. 나뭇가지들 사이로 햇빛이 쏟아지고 있었고, 석재건물인 하얀 파사드를 지나자 자그마한 상점들과 호텔

들이 연이어 나타났다.

　나흘 동안 파리를 떠나 있을 예정이었던 나는 미처 하루도 지나지 않아 되돌아왔다. 일정을 앞당겨 파리에 일찍 돌아온 사실을 알리기 위해 마르크 카라덱에게 문자메시지를 보냈다. 내가 테오를 믿고 맡길 수 있는 사람은 내가 사는 아파트 경비원인 아말리아와 전직 형사 마르크밖에 없었다. 아말리아는 여덟 살 때부터 나와 알고 지낸 친구 사이였다.

　내 지나친 부성애가 편집증 증세로 변질된 듯 내 소설에 흔히 등장하는 살인사건이나 영유아 납치사건이 이제 나와 무관한 일로 치부되지 않았다.

　마르크 카라덱은 BRB*에서 근무했던 전직 형사였다. 그는 내가 보낸 문자메시지에 즉각 답장을 보냈다.

　자네가 애지중지하는 금발 왕자는 방금 전 잠이 들었네. 녀석이 어찌나 자주 잠을 깨는지 만반의 준비를 갖추고 대기하는 중이야. 우유병을 데우는 기계의 전원을 켜두었고, 이유식도 준비해두었어. 녀석이 편안하게 앉아 이유식을 먹을 아기용 의자도 준비해두었지. 일정을 바꿔 일찍 돌아온 이유는 나중에 들어보기로 하고, 금발 왕자를 보고 싶으면 서둘러 오게.

　테오의 안부를 확인하고 나서 비로소 안심한 나는 다시 안나와 통화를 시도해보았지만 여전히 자동응답기 소리만 메아리처럼 들려올 뿐이었다.

　내 전화를 받지 않으려고 휴대폰 전원을 꺼버렸나? 아니면 배터리가

---

*강력범죄수사반의 약자. 주로 파리시와 인근 지역을 담당한다

방전됐나?

머릿속으로 어젯밤 벌어진 일들을 돌이켜보며 무엇이 문제였는지 따져 보았다. 안나가 보여준 사진 한 장이 시발점이 되었지만 결국 내가 그녀를 믿으며 끝까지 함께하겠다는 태도를 보여주지 않았다는 게 이번 사태의 가장 핵심적인 원인이었다.

나는 안나를 사랑했고, 함께 있을 때 진정으로 행복했다.

나는 지금 안나를 진심으로 걱정해주고 있을까, 아니면 은근히 경계하고 있을까?

불과 하루 전까지만 해도 나는 안나를 운명의 짝이라 여겼고, 3주 후에는 결혼식을 올리기로 약속했었다. 이제야말로 내가 꿈꾸어온 여자, 함께 아이를 낳아 키우고 싶은 여자를 만났다고 믿었는데 사진 한 장 때문에 우리의 앞날에 두터운 먹구름이 드리워지게 되었다.

6개월 전, 2월의 어느 날 밤 나는 퐁피두 병원 소아응급실에서 안나를 처음 만났다. 테오가 초저녁부터 몸이 불덩이 같아 해열제를 먹였지만 좀처럼 열이 내려갈 기미를 보이지 않았다. 기력이 빠져 몸이 축 처진 녀석은 칭얼거리기만 할 뿐 좀처럼 이유식을 먹으려들지 않았다. 생각다 못해 테오의 고열 증세를 해결할 방법을 찾기 위해 인터넷을 검색해보았다. 의학 사이트 웹페이지를 훑어본 결과 테오가 보이는 증세가 급성뇌막염과 너무나 흡사했다.

퐁피두 병원 소아응급실로 들어설 때 나는 불안감이 극에 달해 금방이라도 숨이 넘어갈 지경이었다. 차례가 오길 기다리는 동안 혹시라도 테오가 잘못되기라도 할까봐 안절부절못하며 연신 안내데스크로 달려가 시급한 진료를 요구했다.

"아이가 열이 펄펄 끓어요. 당장 치료받지 않으면 위험해질 수도 있습니다."

내가 파리한 안색으로 허둥대고 있을 때 홀연히 나타난 의사가 부드럽게 말했다.

"이제 차례가 되었으니 진정하시고 저를 따라오세요."

나는 테오를 안고 진찰실로 들어갔다.

의사가 테오의 몸을 진찰하고 나서 말했다.

"림프절이 부었습니다. 편도선염이에요."

"편도선염이면 금세 치료가 가능합니까?"

"일단 중증은 아니니까 안심하세요. 림프절에 염증이 생겨 부어올랐으니 아이가 이유식을 삼키기 힘들어하는 건 당연하죠."

"약을 먹으면 염증이 사라질까요?"

"일종의 바이러스성 염증인데 파라세타몰을 투약하시면 며칠 이내로 말끔히 낫게 될 겁니다."

"급성뇌막염은 아니죠?"

나는 여전히 열에 들떠 축 늘어져 있는 테오를 돌아보며 초조하게 물었다.

의사가 빙긋 미소를 지었다.

"의학 사이트를 너무 열심히 들여다보셨나봐요. 인터넷에 떠도는 정보는 불확실하고 과장되어있는 경우가 많죠."

의사는 대기실까지 따라 나오며 나를 안심시켰다. 테오가 걱정할 만큼 중증이 아니라는 말을 듣고 한결 마음이 가벼워진 나는 음료수 자판기를 가리키며 말했다.

"로비에 가서 커피 한잔 하시겠습니까?"

의사는 잠시 머뭇거리다가 동료 의사에게 잠시 자리를 비우겠다고 양해를 구하고 나서 나를 따라나섰다. 우리는 병원 로비에서 15분가량 이야기를 나누었다.

의사의 이름은 안나 베커였고, 나이는 스물다섯에 소아과 전공의 2년 차였다. 안나는 마치 의사 가운을 버버리 트렌치코트라도 되는 양 시크하게 걸치고 있었다. 꼿꼿이 들고 있는 고개, 말할 때 상대의 눈을 주시하는 눈빛, 얼굴의 섬세한 윤곽선, 부드러운 음색이 내게는 하나같이 우아하게 보였다.

병원 로비는 응급환자가 들이닥치는 순간 한바탕 소란이 일었다가 이내 고요해지곤 했다. 주사를 맞은 테오는 어느새 곤히 잠들어 있었다.

천사의 얼굴 뒤에 반드시 아름다운 영혼이 깃들어 있는 건 아니라는 사실을 알게 된 지 오래였지만 나는 안나의 살짝 말려 올라간 속눈썹, 윤기가 도는 까무잡잡한 피부, 얼굴 양옆으로 흘러내린 긴 머리카락에 온통 마음을 빼앗기고 있었다.

"이제 일하러 가봐야 해요."

안나는 그렇게 말하면서도 병원 밖까지 따라 나와 우리를 배웅해주었다. 밖으로 나온 우리는 매서운 한파가 밀어닥친 겨울밤의 한가운데에 서 있었다. 하늘에서는 희끗희끗한 눈발이 흩날리고 있었고, 머릿속에서 섬광처럼 안나와 다시 만나고 싶다는 열망이 번져갔다. 어느 날, 우리 세 사람이 함께 집으로 돌아가는 모습이 뇌리를 스치고 지나가기도 했다. 너무나 갑작스럽게 솟아난 감정이었지만 안나를 놓치면 크게 후회할 것 같았다.

나는 카 시트를 택시 뒷좌석에 고정시키고 나서 안나에게로 몸을 돌렸다. 살짝 미소 짓는 안나의 입에서 하얀 입김이 번져 나왔다.

"응급실 당직 근무는 언제 끝나죠?"

"아침 8시에 끝나요."

"우리 집 근처 길모퉁이에 있는 빵집의 크루아상이 기가 막히게 맛있는데 한번 맛보러 오시겠습니까? 아침에 근무를 마치고 나면 출출하실 텐데 제가 기꺼이 모시겠습니다."

안나에게 집 주소와 전화번호가 적힌 명함을 내밀자 빙긋 웃기만 할 뿐 가타부타 대답이 없었다.

하긴 갑작스런 제안을 덥석 받아들이는 여자가 어디 있을까?

나는 결국 안나로부터 답변을 듣지 못했고, 택시는 이내 시동을 걸고 출발했다. 집으로 돌아오는 내내 안나에 대한 생각이 뇌리를 떠나지 않았다. 내가 아침 식사를 함께하자고 제안했을 때 그다지 불쾌한 표정을 짓지 않았다는 게 그나마 작은 위안이 돼주었다.

간밤에 잠을 설친 탓에 머리가 무거웠다. 테오는 열이 내리면서 기력을 되찾았고, 아침 일찍 잠에서 깨어나 우유병을 비워가는 중이었다.

그때 초인종이 울렸다.

누구지? 아침 일찍 찾아올 사람이 없는데?

문을 열어보니 안나가 빙긋 웃으며 인사를 건넸다.

"안녕하세요! 맛있는 크루아상이 생각나서 왔어요."

나는 안나가 정말로 찾아와줄 거라 생각지 못했기에 깜짝 놀라지 않을 수 없었다.

"오셨군요? 추운데 어서 안으로 들어오세요!"

나는 테오에게 방한복을 입히고 털모자를 씌웠다. 우리는 크루아상을 먹기 위해 밖으로 나섰다. 일요일 아침이었고, 파리는 온통 하얀 백설 가루를 뒤집어쓰고 있었다. 이제 막 솟아오른 해가 아직 아무도 밟지 않은 순백의 눈길 위에 영롱한 빛을 뿌리고 있었다.

안나와 함께 크루아상을 먹었던 그날 아침 이후 우리는 한시도 떨어지지 않고 지냈다. 내가 안나에게 첫눈에 반했듯 그녀 또한 나를 보는 순간 호감을 느꼈다고 했다. 그녀가 바쁜 와중에 병원 밖까지 우리를 배웅해준 이유였다.

내 생애에서 가장 행복한 시간으로 기억될 날들이 6개월 동안 이어졌다. 글쓰기는 아예 저만치 밀쳐두고 안나와 테오에게 푹 빠져 보낸 시간이었다.

테오를 키우고 안나와 사랑에 빠지면서 나는 비로소 소설 쓰기에 매몰되어있던 상상의 세계에서 벗어나 현실 세계에 닻을 내리게 되었다. 너무 오랫동안 상상의 세계에 머물러 있는 바람에 진정한 삶의 기쁨을 잊고 지냈다는 사실을 깨달았다.

소설을 써오는 동안 나는 다양한 인물을 그려냈다. 마치 특수임무를 수행 중인 스파이처럼 다른 사람들의 삶을 살피고 엿보느라 여념이 없었다. 소설에 등장할 인물에 대한 연구가 필요했기 때문에 어딜 가든 내 머리는 쉬지 않고 돌아갔다.

그러다 보니 나 자신의 삶은 저 멀리 방치되어 있었고, 미처 돌아볼 틈이 없었다.

2. 교수

가면이 너무 매력적인 나머지 나는 맨얼굴이 두렵다.

_알프레드 드 뮈세

1

"아빠!"

내가 현관문을 밀고 안으로 들어서기 무섭게 테오가 크게 소리치며 반갑게 맞아주었다. 그야말로 환희와 반가움이 뒤섞인 열광적인 환영이었다.

나는 언제나처럼 녀석을 번쩍 들어 올려 품에 안았다. 녀석과 잠시 떨어져 있다가 다시 만날 때마다 늘 똑같은 기쁨과 안도감을 느꼈다.

"마침 아침 식사를 하려던 참이었는데 때맞춰 잘 왔어."

마르크 카라덱이 방금 데운 우유병 마개를 단단히 잠그며 말했다.

전직 형사인 마르크는 나와 같은 아파트 건물에 입주해 살기 시작한 지 5년이 되었다. 그의 집은 커다란 유리창이 있어 햇빛이 풍성하게 들어오는 데다 가구가 별로 없어 휑뎅그렁하긴 했지만 탁 트인 느낌을 주었다. 도료를 칠한 원목 나무에 송진을 발라 마무리한 선반, 옹이진 통나무로 만든 테이블 하나가 가구의 전부였다. 거실 귀퉁이에 있는 계단을 올라서면 대들보가 겉으로 드러나 있는 천장 아래로 메자닌이 설비돼 있었다.

테오는 우유병을 받아들고 유아용 시트에 올라가 앉았다. 녀석은 마치 며칠 굶기라도 한 듯 우유병을 입에 물기 무섭게 힘껏 빨아대기 시작했다.

테오가 이유식을 먹는데 집중하는 동안 나는 주방 한 귀퉁이에 서 있는 마르크에게로 걸어갔다. 그는 육십 대 초반이지만 BRB에서 근무한 형사 출신답게 여전히 눈빛이 매서웠다. 예리한 눈빛, 짧은 머리, 숱 많은 눈썹, 후추와 소금을 섞어놓은 듯 희끗희끗한 턱수염의 소유자인 그는 외모만으로도 위압감을 주기에 충분했다.

마르크는 상황에 따라 세상에서 가장 부드러운 남자가 되었다가 더할 나위 없이 무서운 남자가 되기도 했다.

"커피 한 잔 줄까?"

"적어도 두 잔은 마셔야겠어요."

나는 주방 카운터의 의자에 주저앉으며 탄식했다.

"무슨 일이 있었는데 이렇게 일찍 돌아온 거야?"

마르크가 커피를 준비하는 동안 나는 안나와 코트다쥐르 펜션에서 있었던 이야기를 털어놓았다. 안나가 말다툼 끝에 종적을 감췄고, 공항 사이트에 들어가 항공권을 확인해본 결과 파리로 돌아온 것 같더라는 이야기, 배터리가 방전되었는지 휴대폰을 일부러 꺼두었는지 알 수 없지만 안나가 전화를 받지 않는다는 이야기도 했다. 정작 안나가 보여준 사진에 대해서는 함구했다. 일단 어떻게 된 일인지 좀 더 알아본 다음 이야기해주는 게 순서일 것 같았기 때문이다.

마르크는 마치 종교의식에 참석한 사람처럼 미간을 잔뜩 찌푸리고 내 이야기를 귀 기울여 들어주었다. 진 바지에 검은 티셔츠, 가죽 단화를 신은 그의 자취는 여전히 형사처럼 보이기도 했다.

"안나에게 무슨 일이 벌어진 걸까요?"

마르크는 입을 비죽 내밀더니 살짝 한숨을 쉬었다.

"글쎄 자네가 들려준 이야기만으로는 어찌 된 일인지 감을 잡을 수 없어. 사실 난 자네 약혼자와 이야기할 기회가 별로 없었잖은가? 안나와 가끔 정원에서 우연히 마주칠 때마다 왠지 나를 피하려 하는 것 같은 인상을 받았어."

"안나가 낯을 가리는 편이라 그랬을 거예요."

마르크는 거품이 이는 커피잔을 내 앞에 내려놓았다. 아침 햇살을 등지고 선 그의 당당한 체구와 황소처럼 굵은 목선이 그대로 드러났다. 그는 방돔 광장에서 범죄자들과 총격전을 벌이다 총상을 입는 바람에 옷을 벗어야 했다. BRB가 한창 주가를 올리던 시절 맹활약한 형사들 중에서도 단연 첫손에 꼽을 만큼 혁혁한 공로를 세운 그에게 은퇴는 사형선고나 다름없었다.

마르크는 1990년대와 2000년대에 파리 남부 지역을 기반으로 악명을 떨치던 마피아조직 일망타진, 은행 차량털이범 체포, 후즈 후(Who's Who)에 올라 있는 유명 인사들만을 골라 귀중품을 갈취해온 일당 검거, 무려 10년 동안 전 세계 유명 보석상을 털어온 발칸반도 출신 범죄조직 '핑크 팬더스'의 두목 체포 등 언론의 스포트라이트를 받은 수백 건의 중대 사건에 투입돼 큰 공을 세웠을 만큼 능력을 인정받은 형사였기에 좌절감은 더욱 극심했다.

조기 퇴진이 결정되고 나서 마르크는 얼마나 충격이 컸던지 한동안 실의에 빠져 지내다가 고전문학과 클래식 음악에 취미를 붙이면서 다시 삶의 즐거움을 조금씩 되찾게 되었다.

"안나의 부모에 대해 뭘 좀 아는 게 있어?"

내 맞은편 의자에 앉은 마르크가 볼펜과 수첩을 테이블 위에 올려놓으며 물었다. 평소 그가 쇼핑 리스트를 적을 때 쓰는 필기구였다.

"어머니는 프랑스 바베이도스 출신인데 안나가 열세 살 때 유방암으로 돌아가셨다더군요. 아버지는 오스트리아 출신으로 1970년대 말에 프랑스로 이주했나봐요. 5년 전, 생나제르 조선소에서 작업하다가 사고로 돌아가셨답니다."

"부모님은 모두 돌아가셨고, 안나는 세상에 혼자 남은 외동딸이란 말이지?"

나는 고개를 끄덕거렸다.

"안나와 평소 친하게 지낸 친구가 누군지 알고 있나?"

"안나는 평소 친구들을 만나지 않았어요. 그나마 인턴 시절 알게 된 마르고 라크루아와 자주 연락하며 지내는 편이죠."

나는 안나와 친한 사람들을 머릿속으로 그려보았지만 마르고 라크루아 말고는 떠오르는 사람이 없었다. 내 휴대폰 전화번호부에도 마르고의 전화번호만이 저장돼있을 뿐이었다. 마르고는 로베르 드브레 병원에서 안나와 산부인과 인턴 연수를 함께한 의사였다. 지난달 마르고가 우리 두 사람을 집들이에 초대한 적도 있었다. 우리의 결혼식 때 증인을 맡아주기로 한 친구도 마르고였다.

"일단 마르고라는 여자에게 전화해봐."

나는 마르크의 말이 옳다고 생각하고 마르고의 전화번호를 눌렀다.

전화를 받은 마르고는 안나와 통화하지 않은 지 사흘쯤 되었다고 했다.

"아직 코트다쥐르 바닷가에서 사랑 여행을 즐기고 있는 줄 알았는데 어찌 된 일이죠?"

"어쩌다 그렇게 됐어요. 별일 아니니까 너무 걱정하지 마세요."

나는 전화를 끊고 나서 마르크에게 물었다.

"당장 경찰에 알릴 필요는 없겠죠?"

마르크는 남은 에스프레소를 입 안에 털어 넣고 나서 말했다.

"실종신고를 하려면 근거가 있어야 해. 현재는 안나가 실종되었다고 믿을 만한 근거가 전혀 없으니까 경찰에 신고해봐야 당장 수사에 착수하긴 어려울 거야. 안나가 현재 위험에 처해 있다고 짐작할 만한 단서가 없잖아?"

"저를 좀 도와줄 수 있어요?"

"방금 말했다시피 당장은 나도 자네를 도와줄 수 있는 일이 없어."

"경찰에 남아 있는 지인들을 통해 안나의 휴대폰 위치 추적을 한다거나 통화 내역 확인, 신용카드 사용내역이나 현금인출 내역 정도는 확인할 수 있지 않을까요?"

마르크가 손을 번쩍 들어 올리며 고개를 휘휘 내저었다.

"자네는 지금 억지 주장을 펴고 있어. 사랑하는 남녀가 말다툼해 연락이 두절될 때마다 경찰이 그런 일을 해야 한다고 생각하는 건 아니지? 경찰이 그렇게 한가한 줄 아나?"

내가 불끈 화가 치밀어 자리에서 벌떡 일어서자 마르크가 내 옷소매를 잡고 만류했다.

"자넨 다 좋은데 성질이 급한 게 문제야. 잠깐 기다려봐. 자네가 내 도움을 바란다면 일단 알고 있는 모든 진실을 단 한 가지도 **빼놓지 말고** 몽땅 털어놓아야 할 거야."

"이미 다 말했는데 뭘 더 털어놓으라는 겁니까?"

마르크가 고개를 갸웃거리며 한숨을 내쉬었다.

"적어도 내 앞에서 속임수는 통하지 않아. 이래 봬도 지난 30년 동안 수많은 범죄자들을 취조한 경험이 있는 사람이니까. 자네는 분명 가장 중요한 사실을 숨기고 있어."

"제가 뭘 숨겼다는 거죠?"

"얼렁뚱땅 넘길 생각은 하지 마. 분명 자네가 아직 솔직하게 털어놓지 않은 이야기가 있을 거야. 단지 사소한 말다툼 때문에 안나와 연락이 두절되었다면 자네가 지금처럼 불안해할 까닭이 없잖은가?"

2

"업떠, 아빠! 업떠!"

테오가 빈 우유병을 흔들어 보이며 소리쳤다.

아들 녀석에게로 다가간 나는 몸을 숙여 빈 우유병을 받아들었다.

"아직도 배가 안 찼어? 뭘 더 먹고 싶니?"

"카도!"

미카도 과자를 먹고 싶다는 뜻이었다. 녀석은 초콜릿을 살짝 입힌 미카도 과자를 무척이나 좋아했다.

"미카도는 조금 참았다가 간식시간에 먹어야지."

테오의 천진난만한 얼굴이 곧 실망으로 일그러졌다. 녀석이 봉제 강아지 인형 피피를 끌어안고 금방이라도 눈물을 쏟을 것 같은 표정을 짓고 있을 때 마르크가 방금 구운 식빵 한 조각을 아이에게 내밀었다.

"꼬마 라파엘, 미카도는 간식시간에 먹어야 하니까 우선 이 식빵이나 한 조각 먹어둬."

"빵 좋아!"

테오가 금세 환한 얼굴로 빵조각을 받아들며 환호했다.

마르크가 흉악범이나 사기꾼을 다루는 데 일가견이 있다는 건 진작부터 알고 있었지만 아이를 다루는 솜씨도 뛰어나다는 건 처음 알았다.

5년 전, 마르크가 같은 건물에 입주해 살기 시작한 이후 우리는 줄곧 친하게 지냈다. 그는 고전문학과 클래식 음악에 조예가 깊은데다 대단한 영화광이기도 했다. 나 역시 영화를 좋아해 언제나 화젯거리가 무궁무진했고, 그렇게 가까이 지내다보니 어느새 절친한 사이가 돼 있었다. BRB의 예전 동료들은 형사 출신답지 않게 고상한 취미를 즐기는 그에게 '교수'라는 별명을 붙여주기도 했다.

스릴러소설을 쓸 때마다 나는 자주 마르크에게 도움을 청했다. 마르크는 형사 시절 다양한 사건을 처리한 경험이 있는 만큼 내가 좀 더 실감 나는 글을 쓸 수 있도록 많은 조언을 해주었다. 내가 원고를 다 쓰고 나면 꼼꼼하게 읽어보고 디테일한 부분까지 정정해주는 감수자 역할도 마다하지 않았다.

우리는 파리 생제르맹이 홈경기를 하는 날이면 함께 파르크 데 프랭스 경기장을 찾았다. 일주일에 한 번은 홈시어터 시설을 갖춘 우리 집에서 스시를 안주로 코로나 맥주를 마시며 한국 범죄 영화, 장-피에르 멜빌, 윌리엄 프리드킨, 샘 페킨파 등의 영화를 함께 보았다.

마르크는 집을 관리해주는 아말리아와 함께 내가 테오를 키워가는 데 있어 없어서는 안 될 사람들이었다. 내가 쇼핑을 하러 갈 때마다 마르크가 나를 대신해 테오를 돌봐주었다. 테오가 아플 때 어떻게 해야 할지 몰라 허둥댈 때마다 마르크의 통찰력 있는 조언이 언제나 큰 도움이 되었다. 내게 아빠 노릇을 제대로 해내지 못할까봐 미리부터 겁먹을 필요가 없다는 말을 처음으로 해준 사람도 바로 마르크였다.

3

"안나는 내가 비밀 이야기를 털어놓으라고 재촉하자 아이패드에 저장되어있는 사진 한 장을 보여주었어요. 그야말로 충격적인 사진이었어요. 안나가 말하길 '모두 다 내가 저지른 짓이야'라고 했어요."

"무슨 사진이었는데?"

우리는 주방 테이블을 마주하고 앉아 있었다. 마르크가 비어 있는 잔에 또다시 커피를 따랐다. 형사의 매서운 눈빛으로 돌아온 그의 눈길이 내 얼굴에 머물렀다. 그에게 도움을 청하려면 모든 진실을 솔직하게 털어놓는 것 말고는 방법이 없을 듯했다.

나는 아직 테오가 우리의 대화 내용을 알아듣기에는 턱없이 어리다는 걸 모르지 않았지만 최대한 목소리를 낮추었다.

"불에 타 나란히 누워 있는 시체 세 구를 찍은 사진이었어요."

"안나가 그 시체들을 죽인 범인을 자처했단 말이지?"

"안나는 죽였다는 말 대신 모두가 자신이 저지른 짓이라고 했어요."

마르크의 눈에서 순간적으로 섬광 같은 불길이 일었다. 불과 몇 초 사이에 이야기는 연인 사이 말다툼에서 범죄 영역으로 진입했다.

"혹시 안나가 그 이전에 사진과 관련된 말을 한 적이 있었나?"

"당연히 없었어요. 제가 그런 이야기를 들었다면 진작 어찌 된 일인지 알아봤겠죠."

"그러니까 자네는 안나가 사진에 나온 사건과 어떤 식으로 연관돼있는지 전혀 모른단 말이지? 안나가 사진을 보여주고 나서 구체적인 설명을 덧붙이지 않았으니까."

"사실은 안나가 설명을 덧붙일 기회가 없었습니다. 사진을 보고 어찌나 경악했는지 침착한 태도를 유지하며 어찌 된 사연인지 물어볼 엄두가 나지 않았어요. 저는 그 자리에서 벌떡 일어나 펜션을 나왔습니다. 무작정 차를 타고 달리다가 문득 정신을 차리고 다시 펜션으로 돌아갔지만 안나는 이미 사라지고 없었어요."

마르크는 의아한 눈으로 나를 쳐다보았다. 과연 내 말이 맞는지 미심쩍어하는 눈치였다.

"사진에서 본 시체들이 세 구였다고 했지? 혹시 세 사람 다 어른이었는지 아이였는지 기억나나?"

"시체가 심하게 타 나이를 판단하기 어려웠습니다."

"시체들이 놓여 있던 장소가 실외였나, 아니면 실내였나?"

"아마 실외였던 것 같아요. 시체가 석탄 덩어리처럼 시커멓게 타 있어 생김새나 나이를 전혀 짐작할 수 없었어요. 형체를 알아보지 못할 정도였죠."

"자네가 사진에서 본 내용을 차분하게 떠올려가며 구체적으로 설명해봐. 내가 상황을 정확하게 이해하려면 가능한 한 디테일한 요소가 많이 필요하니까."

나는 사진에서 본 내용을 명확하게 떠올리기 위해 눈을 감았다. 기억을 되살리기까지 그다지 오랜 시간이 걸리지 않았다. 사진에서 본 장면이 구역질날 만큼 선명하게 떠올랐다. 흉측하게 으스러진 두부, 불에 탄 가슴, 절개된 복부로부터 쏟아져 나온 장기가 번갈아 떠오르며 저절로 눈살이 찌푸려졌다.

나는 마르크에게 사진에서 본 장면들을 상세하게 이야기해주었다. 불에 타 오그라든 팔다리, 새카맣게 탄 몸통, 살갗을 뚫고 나온 뼈…….

"그 시체들이 어디에 놓여 있었지?"

"맨바닥에 놓여 있었던 것으로 기억하는데 명확하지 않아요. 어쩌면 바닥에 얇은 시트가 깔려 있었던 것 같기도 해요."

"혹시 안나가 마약을 가까이 하거나 정신과 치료를 받은 전력이 있었나?"

"안나는 전공의 수련 과정을 밟아왔고, 이제 막바지 단계에 와 있습니다. 적어도 그런 문제들이 있었다면 해내기 어려운 과정이었죠."

"자네는 안나를 신뢰한다면서 왜 어젯밤에는 그녀의 과거에 대해 꼬치꼬치 캐물었지?"

"제가 나탈리 때문에 얼마나 큰 고통을 겪었는지 잘 아시잖습니까? 안나와 결혼하기 전에 우리 사이에 사소한 비밀이라도 있어서는 안 된다고 생각했습니다. 안나가 과거에 대해 뭔가 숨기고 있다는 인상을 받았기 때문에 솔직한 이야기를 듣고 싶었죠."

"어떤 점이 자네에게 안나가 과거를 숨기고 있다는 인상을 주었지?"

"안나는 과거 이야기를 꺼내지 않았어요. 우리 사이의 대화가 뜻하지 않게 과거 이야기로 흐르게 되면 왠지 동요하는 눈빛이 되곤 했죠. 안나는 유년 시절이나 청소년 시절 이야기만 나오면 극도로 말을 자제했어요. 이유를 정확히 알 수는 없지만 안나는 자신의 과거가 드러나는 걸 꺼려하는 것 같았어요. 한편으로는 자신을 꼭꼭 숨기려는 사람 같았어요. 웬만해서는 사진을 찍지 않으려하는 것도 그렇고, 페이스북이나 다른 SNS 계정을 전혀 만들지 않는 것도 이상했죠. 요즘 그 나이에 SNS 계정을 전혀 만들지 않은 사람은 드무니까요."

"나름 흥미로운 이야기지만 그 정도로는 수사에 착수할 근거로 턱없이 부족해."

"사진으로 본 시체 세 구만으로는 너무 막연하기 때문인가요?"

"우린 지금 사진에서 본 시체들에 대해 알고 있는 게 전혀 없어. 혹시 안나가 전공의 수련 과정을 밟을 때 그 시체들을 접하게 되지는 않았을까?"

"글쎄요, 그거야 저도 모르죠."

4

"가사도우미는 아직 안 다녀갔지?"

"오후에나 올 거예요."

우리는 정원을 가로질러 내 아파트로 와 주방 테이블을 사이에 두고 마주 앉아 있었다. 건물의 모서리 쪽에 있는 주방은 캉파뉴 프르미에르 가와 알록달록한 덧문과 포석들로 유명한 파사주 당페르 가에 면해 있었다. 테오는 봉제 강아지 인형 피피와 함께 우리의 발치에 앉아 냉장고 문에 동물 모양 자석을 붙였다 떼었다 하며 놀이에 열중하고 있었다.

마르크가 자리에서 일어나 싱크대를 살피더니 이내 식기세척기를 열었다.

"뭘 찾는 거예요?"

"안나가 주방에 있을 때 즐겨 만졌던 물건이 뭐였지? 어제 아침에 안나가 커피를 마실 때 어떤 잔을 사용했는지 기억하나?"

내가 손가락으로 소년 탐정 땡땡이가 그려진 터키석 빛깔의 잔을 가리키며 말했다.

"안나는 주로 저 잔으로 커피를 마셔요."

안나가 에르제 박물관을 방문했을 때 기념으로 구입한 머그잔이었다.

"자네, 펜 있지?"

작가에게 펜이 있냐는 질문을 하다니?

나는 마르크에게 볼펜을 내밀었다.

마르크는 볼펜을 커피잔 손잡이에 넣어 조심스럽게 들어 올리더니 테이블 위에 펼쳐놓은 키친타월 위에 내려놓았다. 그런 다음 가죽 패치의 지퍼를 열어 검은색 가루가 들어 있는 유리 용기, 붓, 접착테이프, 두꺼운 파일 용지 따위를 꺼냈다. 마르크가 언제나 지참하고 다니는 과학수사키트였다.

마르크는 붓을 유리 용기 속으로 집어넣어 검은 가루를 묻힌 다음 다시 꺼내 들고 커피잔의 표면에 대고 가볍게 문질렀다. 검은 가루가 커피잔 표면에 남아 있는 피부의 모공에서 생성된 아미노산에 달라붙게 해 지문을 채취하는 방식이었다.

언젠가 마르크의 조언을 듣고 내가 소설에서 써먹은 적도 있었다. 이번에는 소설이 아니라 실제로 활용하고 있다는 점이 달랐다. 지문을 남긴 사람이 범죄자가 아니라 내가 사랑하는 여자라는 점도 달랐다.

마르크가 커피잔 표면에 달라붙은 검은 가루가 퍼지도록 입김을 불고 나서 안경을 쓰고 변화 상태를 찬찬히 살폈다.

"역시 내 생각대로 커피잔 표면에 안나의 엄지손가락 지문이 남아 있어."

마르크는 테이프를 잘라 조심스럽게 잘라낸 지문 자국 위에 붙인 다음 다시 뜯어내 깨끗한 백지 위에 붙였다.

"어서 지문을 촬영하게."

"안나의 지문을 어디다 쓰게요?"

"BRB에서 나와 함께 일했던 동료들은 대부분 퇴직했지만 형사과 살인사건 수사반에서 일하는 장 크리스토프 바쇠르 형사를 알고 있어. 명청한 장 크리스토프에게 4백 유로쯤 찔러주고 지문을 FNAEG(국립 유전자 지문 디지털 파일)에 넣어 검색해보면 안나에 대한 기록이 나와 있는지 알 수 있을 거야."

"과연 안나가 범죄 사건에 개입된 적이 있을까요? 제가 아는 한 안나는 그럴 사람이 아닙니다."

"안나가 지나치게 과거를 숨기려 한다는 건 뭔가 감출 게 있다는 뜻이 아닐까?"

"누구에게나 감추고 싶은 과거가 있지 않나요?"

"지문을 FNAEG에 넣어보면 과연 자네의 추측이 옳았는지 알 수 있을 거야. 그러니까 어서 사진을 찍어 내 이메일로 보내주게."

나는 휴대폰으로 몇 장의 사진을 찍고 나서 지문이 좀 더 또렷하게 드러날 수 있도록 포토샵을 이용해 사진의 방향과 명암을 조절했다.

"이제 무엇부터 시작할까요?"

내가 지문 사진을 마르크의 메일로 전송하며 물었다.

"몽루주에 있는 안나의 집에 가봐야겠어. 안나가 나타날 때까지 그 집에서 기다리는 게 나을 테니까."

3. 칠흑 같은 영혼의 밤

당신이 사랑하는 여인에 대해 절대로 확신할 수 있다고 믿지 말라.

_레오폴트 폰 자허마조흐

1

마르크가 타고 다니는 레인지로버는 1980년대에 구입한 골동품이었다. 주행 기록이 30만 킬로미터가 넘었지만 여전히 묵직하고 힘이 좋아 차량들의 물결을 당당하게 헤쳐나갔다. 몽수리 공원 주변 아름드리나무 숲을 지나 파리 외곽순환도로로 접어들 때까지 마르크는 말없이 운전에만 열중했다. 레인지로버는 곧 그라피티가 만발한 폴 바이양 쿠튀리에 대로변을 따라 달리다가 바르베스 가에 있는 이비스 호텔의 바둑판무늬 파사드를 지났다.

집을 나오면서 아말리아에게 테오를 맡겨두었다. 마르크가 동행해주겠다고 하는 바람에 한시름 놓았다. 나는 여전히 안나와 이전처럼 잘 지내게 될 수 있으리라는 희망을 버리지 않았다.

안나는 곧 다시 내 앞에 나타날 거야. 안나가 꼭꼭 숨겨온 비밀 이야기도 알고 보면 별일 아닐지도 몰라. 안나를 다시 만나게 되면 사진에

대한 설명을 해줄 테고, 우리는 예전처럼 잘 지내게 될 거야. 9월 말에
는 우리 집안이 뿌리를 내린 생길렘르데제르의 작은 교회당에서 예정대
로 결혼식을 올릴 수 있게 되겠지.

마르크의 레인지로버에서는 특이한 냄새가 났다. 가죽 냄새와 시가
냄새, 아득히 먼 곳으로부터 풍겨오는 풀냄새가 한군데 뒤섞여 있는 냄
새였다.

마르크가 속도를 늦추자 레인지로버는 마치 사래가 들린 듯 털털거
리며 굴러갔다. 벨벳 시트는 심하게 낡아 뼈대가 그대로 드러나 있었
고, 차체가 어찌나 높은지 밀집된 차량들 틈에서 홀로 위로 솟아 있는
것 같은 느낌을 주었다.

아리스티드 브리앙 대로는 과거에는 왕복 4차선 국도였지만 이제는
8차선으로 확장되어 고속도로만큼이나 널찍했다.

"이제 다 왔어요."

내가 도로 건너편에 위치한 아파트 건물을 가리키며 말했다.

"반대편 도로로 가야 하니까 저기 멀리 보이는 사거리에서 유턴해와
야 할 거예요."

내가 미처 말을 끝내기 무섭게 마르크가 핸들을 꺾었다. 반대편에서
달려오던 두 대의 차가 요란한 타이어 마찰음을 발하며 클랙슨을 울려
대는 가운데 마르크가 위험천만한 유턴을 감행했다.

"마르크 형사님, 돌았어요? 하마터면 죽을 뻔했잖아요."

마르크는 한 번의 곡예로는 성이 차지 않는다는 듯 기어이 인도로 올
라가 레인지로버를 세웠다.

"인도에 차를 세우면 어떡해요?"

"형사 시절 타고 다니던 차라 아직 국립경찰 마크가 그대로 붙어 있어 딱지 뗄 일은 없을 테니까 안심해."

마르크가 엔진 브레이크를 잡아당기며 말했다. 그가 차양을 내리자 거기에 진짜 국립경찰 마크가 붙어 있었다.

"현직 경찰이라면 적어도 80년대에 생산된 고물차를 타고 다니지는 않을 텐데요?"

내가 차 문을 닫으며 구시렁댔다.

"한번 경찰은 영원한 경찰이야."

마르크가 아파트 건물의 출입문을 밀고 안으로 들어서며 말했다.

내가 왔을 때만 해도 고장 나 있던 엘리베이터가 어느새 수리되어 있었다. 나는 안나의 집으로 올라가기 전 마르크에게 지하 주차장을 한 번 둘러보는 게 좋겠다고 말했다. 안나의 미니 쿠페는 늘 있던 자리에 얌전히 세워져 있었다.

우리는 엘리베이터로 돌아와 안나의 아파트가 있는 13층으로 올라갔다. 초인종을 누르고 나서 인기척이 없어 문을 두드려봤지만 역시 묵묵부답이었다.

마르크가 답답하다는 듯 나를 쳐다보고 있다가 문을 부술 기세로 말했다.

"저리 비켜봐."

"잠깐만요! 문을 부술 필요는 없잖아요."

2

마르크가 두어 번 어깨로 들이받자 문은 의외로 쉽게 열렸다. 집 안으로 들어선 마르크는 오밀조밀하게 짜인 40평방미터 아파트를 주의 깊게 둘러보았다. 참나무 쪽마루, 파스텔 톤 악센트를 준 크림색 실내, 침실과 붙어 있는 드레스 룸.

텅 빈 아파트에는 침묵만이 흐르고 있었다. 출입문이 쉽게 열린 게 이상해 자물쇠와 손잡이를 살피러 가봤더니 두 개의 빗장 중에서 하나가 채워져 있지 않았다는 걸 알 수 있었다. 마지막으로 아파트를 나간 사람이 빗장을 하나만 채웠다는 의미였다. 꼼꼼한 성격인 안나의 습관과는 거리가 멀었다.

두 번째로 이상한 건 안나의 여행 가방이 거실에서 현관으로 이어지는 복도 한가운데에 놓여 있다는 점이었다. 지퍼가 부착되어있는 송아지 가죽 가방에는 선명한 색상의 액세서리들이 달려 있었다. 지퍼를 열고 가방 안을 살펴보았지만 특이한 점은 눈에 띄지 않았다.

"안나는 코트다쥐르에서 돌아와 집에 들렀던 거야."

"안나는 집으로 돌아왔다가 왜 다시 자취를 감추었을까요?"

나는 또다시 불안감이 엄습해오는 바람에 안나의 휴대폰으로 전화를 걸어봤지만 역시나 즉각 음성메시지로 넘어갔다.

"일단 집 안을 샅샅이 수색해봐야겠어!"

마르크는 우선 화장실로 들어가 수세 장치를 확인해보더니 특이한 점을 발견하지 못한 듯 침실을 향해 걸어갔다.

"자네가 안나의 과거에 대해 캐묻지 않았더라면 두 사람은 아직 코트다쥐르 바닷가의 비치 의자에 편안하게 누워 선탠을 즐기고 있었을 텐데, 이게 무슨 꼴인가?"

"설마 지금 저를 약 올리려고 한 말씀은 아니죠?"

"난 자네의 직감을 믿는 편이야. 자네는 직감적으로 안나의 과거에 뭔가 석연치 않은 문제가 있었다는 걸 알고 있었던 거야. 물론 자네의 궁금증을 풀기 위해서는 한시바삐 안나를 찾아야겠지."

"안나의 안부가 궁금한 건 사실이지만 주인도 없는 집을 발칵 뒤집어 놓고 싶지는 않아요. 이제 그만 돌아가시죠?"

마르크가 갑자기 정색하며 내 말에 즉각 반격을 가했다.

"일을 시작했으면 끝장을 봐야지."

우리는 안나의 침실을 둘러보았다. 밝은 빛이 도는 목재 침대가 비치돼 있었고, 벽면에는 책이 빼곡하게 꽂힌 책장이 있었다. 책장에는 다수의 의학 서적, 사전, 문법책들이 꽂혀 있었다. 도나 타트, 리처드 파워스, 토니 모리슨 등 미국 작가들이 쓴 소설도 더러 눈에 띄었다. 침실과 이어진 드레스 룸 옷장에는 주인의 취향을 반영한 옷들이 가지런히 정리돼 있었다.

"자네는 컴퓨터를 확인해봐! 난 컴퓨터에 대해서라면 먹통이니까."

주방 카운터 위에 안나의 맥북이 놓여 있었다. 내가 안나의 집을 방문한 건 모두 합해 대여섯 번뿐이었다. 이 집은 안나가 일을 마치고 돌아와 편히 쉴 수 있는 유일한 안식처였다. 집 안 인테리어는 주인을 닮아 우아하고 세련돼 보였다.

나는 왜 안나를 실망시켜 자취를 감춰버리게 했을까?

컴퓨터를 부팅시키자 비밀번호도 없이 곧장 화면이 떴다. 한편으로 괜한 짓을 하고 있다는 생각이 들었다. 안나는 중요한 자료를 컴퓨터에 보관해둘 만큼 허술한 여자가 아니었다.

일단 메일함을 열어보았다. 대부분 전공의 수련과 병원 업무와 관련된 메일들이었다. 멀티미디어 보관 파일에는 모차르트의 다양한 음악과 과학 다큐멘터리, 최신 드라마 시리즈 따위가 아무런 계통 없이 무작위로 저장되어 있었다. 인터넷 사이트 방문 기록을 살펴보니 주로 뉴스 사이트나 의료시설 관련 홈페이지를 방문한 사실을 알 수 있었다. 주로 안나가 준비하고 있는 논문 주제(회복 탄성력 : 유전적인 요인과 후천적인 요인)와 관련된 연구 성과들을 볼 수 있는 홈페이지들이었다. 하드디스크에 저장되어있는 자료들 대부분이 학업과 관련돼 있었다.

안나의 컴퓨터에 저장되어있는 내용보다는 오히려 반드시 있어야 할 것 같은데 전혀 보이지 않는 자료들에 더욱 관심이 갔다. 예를 들자면 그 흔한 가족사진 한 장 없었고, 가족과 주고받은 메일조차 없었다.

마르크가 수납장에서 찾아낸 상자를 들고 오며 말했다.

"상자에 들어 있는 서류들을 자세히 훑어봐야 할 것 같아."

급여명세서, 세금 고지서, 집세, 관리비 영수증, 은행 입출금 내역서 등이 들어 있는 상자였다.

마르크는 상자를 테이블 위에 내려놓고 나서 내게 사진 한 장을 건넸다. 유치원 때부터 고교 시절까지 누구나 한 번씩은 찍는다는 학급 사진이었다. 스무 명 남짓한 소녀들이 학교 운동장에서 포즈를 취하고 있었다. 학생들과 나란히 앉아 사진을 찍은 담임선생님은 중년 여성으로 나이가 대략 50세쯤 되어 보였다.

가운데 앉은 학생이 들고 있는 소형 칠판에 분필로 써놓은 글씨가 보였다.

생트 세실 고등학교
S계열 3학년
2008년-2009년

안나는 맨 뒷줄에 있는 데다 시선을 아래쪽으로 내리깔고 있었다. 마치 의도적으로 카메라 렌즈를 외면하고 있는 것 같은 자세였다. 브이자로 파인 해군 제복풍 스웨터 안에 받쳐 입은 블라우스는 마지막 단추까지 단정하게 채워져 있었다. 비록 사진 한 장일뿐이었지만 언제나 그랬듯 자신의 모습을 숨기려는 의지가 묻어나는 자세였다. 내가 보기에 안나보다 예쁜 학생은 없었다. 그럼에도 안나는 왜 출중한 외모를 굳이 숨기려 하는지 의도를 알 수 없었다.

안나는 왜 사람들 앞에서 도드라져 보이는 걸 싫어할까?

"생트 세실 고등학교에 대해 들어본 적 있나?"

마르크가 담뱃갑을 꺼내며 물었다.

나는 대답 대신 스마트폰으로 생트 세실 고교에 대해 검색했다. 파리의 그르넬 가에 위치한 학교로 가톨릭 재단에서 운영하고 있었고, 주로 부유한 집안 여학생들이 다니고 있었다. 학생 선발이 까다롭기로 유명한 학교였다.

마르크가 담배에 불을 붙이며 말했다.

"안나가 생나제르의 가난한 집 출신이라고 하지 않았나? 생트 세실 고등학교는 가난한 집 딸이 다니는 학교가 아닌데 어찌 된 일이지?"

우리는 상자 안에 들어있는 각종 서류들을 자세히 살펴본 결과 안나가 살아온 궤적을 어느 정도 재구성할 수 있게 되었다.

2년 전, 안나는 전공의 수련 과정 3년 차에 접어들면서 몽루주에 아파트를 구입해 거주하기 시작했다. 집값이 모두 합해 19만 유로였는데 현금으로 5만 유로를 내고 나머지는 20년짜리 장기대출을 받아 충당했다.

안나는 2012년부터 2013년까지 생기욤 가에 있는 원룸에서 살았다. 2011년에는 옵세르바퇴르 가의 하녀방*에서 살 당시 월세를 낸 영수증도 있었다. 집주인 이름이 필리프 르리에브르로 되어 있었다.

의대 1학년 시절과 중고등학교에 다닌 5년 동안에는 어디에서 살았는지 알 수가 없었다.

아버지와 함께 살았을까? 아니면 학교 기숙사에서 살았을까?

3

마르크는 담배를 끄고 나서 한숨을 푹 내쉬었다. 그는 잠시 생각에 잠겼다가 주방 카운터에 놓여 있는 커피메이커의 전원을 켜고 물을 끓이기 시작했다. 물이 끓는 동안 그는 상자 안에 들어 있는 서류들을 마저 훑어보다가 사회보장카드 복사본을 발견했다. 그는 중요한 단서라도 되듯 사회보장카드 복사본을 잘 접어 주머니에 집어넣었다. 서류 점검을 모두 마친 그는 이제 쪽마루 바닥과 칸막이벽들을 손으로 두드려보거나 만져보고 있었다.

마르크는 에스프레소를 두 잔 내려 나에게도 한 잔 권하고 나서 다시 벽면을 바라보며 생각에 잠겼다. 뭔가 석연치 않은 점을 찾아냈는데 아

---

*주택 혹은 아파트에 위치한 원룸. 일반적으로 건물의 제일 꼭대기 다락방을 말하며 과거에 주로 하인들에게 제공되던 숙소였기 때문에 붙여진 이름이다. 근래에는 학생들이나 저임금 근로자들의 거처로 주로 이용된다

직 명쾌한 결론을 내리지 못한 눈치였다.

"저기 있는 스탠드가 좀 이상하지 않아?"

나는 거실 한 귀퉁이에 놓인 스탠드 쪽으로 고개를 돌렸다.

"스탠드가 어때서요?"

"스탠드 코드를 왜 반대편 콘센트에 꽂았을까? 보다시피 스탠드 바로 아래쪽에도 세 개짜리 콘센트가 있잖아."

"듣고 보니 정말 이상하네요."

나는 스탠드 쪽으로 걸어가 세 개짜리 콘센트를 잡아당겼다. 마르크의 짐작대로 세 개짜리 콘센트는 전선과 연결되어 있지 않아 맥없이 떨어져 나갔다. 나는 바닥에 납작 엎드려 콘센트가 떨어져 나간 공간으로 팔을 들이밀고 휘젓기 시작했다.

"나무판자가 있어요. 그 뒤에 뭔가가 더 있는 것 같아요."

내가 손에 닿은 물건을 끄집어내보니 노란색 가방이었다.

4

제법 큰 노란색 스포츠가방에는 컨버스의 원형 상표가 새겨져 있었고, 먼지 구덩이에서 장시간 방치돼있었던 탓에 색이 누렇게 바래 있었다.

나는 몹시 흥분되고 불안한 가운데 가방의 지퍼를 열었다.

빌어먹을!

가방 안에 지폐가 가득 들어 있었다. 나는 마치 지폐들이 좀비처럼 달려들기라도 하듯 화들짝 놀라며 뒤로 한 걸음 물러섰다. 50유로와 일백 유로짜리 지폐들이 주방 카운터 위에 피라미드처럼 쌓였다.

"다 합해서 얼마쯤 될까요?"

마르크가 지폐 몇 뭉치를 집어 들고 대충 헤아려보았다.

"어림잡아 40만 유로쯤 되겠어."

"이 돈이 다 어디서 났을까요?"

"잘 모르긴 해도 병원에서 환자들을 진찰해준 대가로 받은 돈은 아닌 것 같아."

나는 잠시 두 눈을 감고 목덜미를 꾹꾹 눌렀다. 일을 한 대가로 번 돈이 아니라면 강도짓이라도 했다는 말인가? 그도 아니면 마약을 팔거나 횡령이라도 해야 만져볼 수 있는 액수가 아닌가?

내 머릿속에서 다시 사진에서 본 세 구의 시체가 떠올랐다.

사진 속에서 본 장면이 이 돈의 출처와 관련이 있을지도 몰라. 아니야, 의사가 되기 위해 눈코 뜰 새 없이 바쁜 나날을 보낸 안나가 범죄를 저지른다는 건 말도 안 돼.

마르크가 가방 안쪽에 달린 지퍼를 열더니 두 장의 신분증을 꺼내 들었다. 안나가 열여덟 살쯤 되었을 때 발급받았을 것으로 짐작되는 신분증이었다. 한 장에는 폴린 파제스라는 이름이, 다른 한 장에는 마갈리 랑베르라는 이름이 적혀 있었다. 나로서는 난생처음 듣는 이름이었다.

"둘 다 위조된 신분증이야."

마르크의 말은 나를 더욱 당황하게 만들었다. 나는 한숨을 토하며 창문 쪽으로 시선을 돌렸다. 한여름의 뜨거운 햇빛이 건너편 건물을 강하게 비추고 있었다. 발코니 난간을 타고 올라가는 담쟁이넝쿨이 눈에 들어왔다.

마르크가 신분증 한 장을 손에 들고 자세히 살피며 말했다.

"이 신분증은 위조 기술이 매우 조잡해. 태국이나 베트남에 가서 8백 유로쯤 내면 이 정도 신분증은 쉽게 만들 수 있지."

"다른 신분증은 어때요?"

"이 신분증은 확실히 급이 달라. 아마 레바논이나 헝가리에서 위조한 신분증 같은데 적어도 3천 유로쯤 써야 했을 거야. 경찰의 정밀검사를 통과할지는 미지수지만 일상생활에서 사용하는 데는 전혀 문제가 없는 수준이지."

갑자기 세상이 빙빙 도는 느낌이었다.

이제껏 내가 알고 있었던 안나는 누구란 말인가?

"이 모든 의혹에 대한 해답을 얻으려면 안나가 지나온 길을 거슬러 올라가보는 수밖에 없겠지."

나는 또다시 불에 탄 세 구의 시체들과 안나가 했던 말이 떠올라 몸을 흠칫 떨었다.

내가 저지른 짓이야.

4. 사라지기 학습

설득력이 있으려면 거짓말에도 최소한의 진실이 담겨 있어야 한다. 일반적으로 한 방울의 진실이면 충분한데,
그 한 방울은 마티니에 올리브가 빠져서는 안 되는 것처럼 반드시 필요하다.
_사샤 아랑고

1

마르크는 마치 첫 데이트에 나가는 열다섯 살 소년처럼 가슴이 콩닥
콩닥 뛰었다. 마치 현역에서 일하던 시절과 조금도 다를 바 없는 흥분
과 두려움이 동시에 밀려왔다.

불에 탄 세 구의 시체를 찍은 사진, 지폐가 가득 들어 있는 가방, 두
개의 위조신분증만으로도 심상치 않은 냄새가 나고 있었다. 모처럼 범
죄 사냥꾼의 오감이 작동하기 시작했고, 심장을 뛰게 만드는 아드레날
린이 뜨거운 혈관을 타고 흐르기 시작했다. 방돔 광장에서 총격전을 벌
이다 유탄을 맞은 이후 한 번도 느껴보지 못한 감정이었다. 파리의 골
목골목을 누비며 범죄의 냄새를 맡고, 범죄자들의 본거지를 찾아내 체
포 작전에 돌입하기까지의 과정은 언제나 두려움과 흥분을 동시에 느
끼게 했다. 현장에서 몸소 범죄자들과 부딪치는 형사가 아니라면 도저
히 경험할 수 없는 느낌이었다.

라파엘과 마르크는 안나의 아파트 건물을 나서며 이제부터 해야 할 일을 나누어 각자 따로 움직이기로 했다.

마르크는 가장 먼저 해야 할 일이 무엇인지 정해두고 있었다. 그는 뷔토카이유 지역의 글라시에르 가로 차를 몰았다. 손바닥 들여다보듯 훤히 아는 동네였다. 신호등에 막혀 잠시 대기하는 동안 그는 휴대폰 주소록에서 마틸드 프랑상스를 검색했다. 여러 해가 흘렀음에도 아직 마틸드의 연락처를 간직하고 있다는 사실이 놀라웠다.

신호음이 울리자마자 여자 목소리가 전화를 받았다. 마틸드의 목소리는 예나 지금이나 변함없었다.

"마르크, 이게 얼마 만이야. 잘 지냈어?"

"나야 잘 지냈지. 당신은 어때? 여전히 사회보장기금에서 일해?"

"지금은 예전에 일하던 에브리 건강보험기금이 아니라 파리 17구의 바티뇰 지부에서 일해. 3월에는 은퇴할 거야."

"그야말로 정년퇴직이네. 그동안 정말 수고 많았어. 사실은 부탁할 게 한 가지 있어서 전화했어."

"당신이 내 안부가 궁금해 전화했을 리 없지."

"안나 베커라는 여자에 대해 알아보고 있는 중이야. 안나의 사회보장 번호를 알려줄 테니까 메모지에 받아 적어둬."

그 사이 신호등이 초록색으로 바뀌었다.

마르크는 주머니에 넣어두었던 복사본을 꺼내 마틸드에게 안나의 사회보장 번호를 불러주었다.

"안나 베커가 도대체 누군데 그래?"

"사실은 내가 잘 알고 지내는 사람의 약혼녀야. 나이는 스물다섯이고,

전공의 수련 마지막 해를 보내고 있는 혼혈 여자야. 안나가 갑자기 어디론가 사라져버렸어. 가족들이 안나를 찾을 수 있도록 도와주고 싶어."

"당신은 이제 현직 형사가 아니니까 프리랜서 자격인가?"

"그냥 자원봉사 자격이라고 해둬. 한번 형사는 영원한 형사라고 하잖아."

"안나 베커라는 여자에 대해 뭘 알고 싶은 거야?"

"안나와 관련된 신상정보라면 뭐든 다 알려줘."

"일단 내가 어떤 도움을 줄 수 있을지 알아보고 나서 나중에 전화할게."

"그래, 가능한 한 빨리 전화해줘."

마르크는 전화를 끊었다. 이번에는 필리프 르리에브르에게 전화할 차례였다.

휴대폰으로 검색해본 결과 치과의사인 필리프의 주소와 연락처가 나와 있었다. 안나가 2010년 초에 살았던 주소와 일치했다.

포르루아얄 대로에 이르자 유리로 지은 고속전철역이 보였고, 좀 더 달리자 흡사 녹색의 장원을 연상케 하는 〈클로즈리 데 릴라〉 식당이 눈에 들어왔다.

마르크는 방향등을 켜고 옵세르바퇴르 대로를 돌아 분수 물과 함께 솟아올라 몸을 떨어대는 말떼 조각상이 있는 분수대를 지났다. 마로니에 그늘에 차를 세운 그는 거칠게 차 문을 닫고 인접한 공원 쪽으로 눈길을 돌리며 담배를 피워 물었다. 마치 이탈리아에 온 듯 열정적인 분위기를 자아내는 미슐레 센터의 붉은 벽돌 기둥을 지나자 공원 놀이터에서 신나게 뛰어노는 아이들이 보였다. 문득 지나간 추억이 떠올랐다. 생 미셸 대로변에 살던 시절 딸아이와 함께 자주 드나들던 공원이었다.

그 시절이 얼마나 소중한 시간이었는지 한참 지난 후에야 절실히 깨달았다. 두 눈을 연신 깜박거려 보았지만 머릿속에서 당시 여섯 살이었던 딸아이의 웃음소리가 꼬리에 꼬리를 물고 이어졌다. 미끄럼을 타던 아이, 사크레쾨르에서 처음 회전목마를 타던 아이, 비눗방울을 잡으려고 깡충거리며 뛰던 아이, 팔롬바지아 해변에서 신나게 물놀이를 하다 지쳐 품에 안겨 잠들었던 아이, 두 눈을 크게 뜨고 손가락으로 하늘에 떠올라 있는 연을 가리켰던 아이.

남자는 일정한 나이가 지나면 추억 말고는 아무것도 두려워하지 않게 된다.

마르크는 치과가 입주해 있는 건물 입구로 들어서 재빨리 계단을 올라갔다. 그는 여전히 주머니에 넣어 다니는 경찰신분증을 꺼내 안내데스크에 앉아 있는 갈색 머리 아가씨의 눈앞에서 흔들어 보였다.

"파리경찰청 강력계에서 나왔습니다. 필리프 선생님과 잠시 이야기를 나눌 수 있을까요?"

"필리프 선생님께 전해드리죠."

마르크는 안내데스크 앞에 서서 치과의사를 기다렸다. 병원은 최근에 리모델링을 한 듯 페인트 냄새가 났다. 목재를 사용한 카운터와 소파, 유리 벽, 대나무 칸막이로 치장한 대기실은 하이테크한 느낌을 주면서도 편안한 분위기를 자아냈다. 실내에서는 플루트와 하프가 어우러진 모차르트 협주곡이 나지막이 흐르고 있었다.

예상과 달리 필리프는 아직 마흔 살도 안 되어 보이는 젊은 의사였다. 둥그스름한 얼굴에 짧게 자른 머리, 웃음기를 머금은 눈매를 감싸고 있는 오렌지색 뿔테 안경, 가운 밖으로 드러난 팔뚝에 새겨진 유니

콘 문신이 인상적이었다.

마르크가 간단하게 자기소개를 마치고 나서 물었다.

"필리프 박사님, 혹시 이 여자분을 아십니까?"

마르크가 들고 있는 스마트폰 화면에 라파엘이 보내준 안나의 최근 사진이 떠올라 있었다.

필리프가 전혀 주저하는 기색 없이 대답했다.

"4, 5년 전 제가 소유하고 있던 아파트 건물에 세 들어 살았던 여학생입니다. 아마 이름이 안나였던 것으로 기억합니다."

"네, 안나 베커가 맞습니다."

"제가 기억하기로는 파리-데카르트 대학에서 의학을 공부하던 학생이었는데요."

"박사님께서 안나 베커에 대해 알고 있는 사실을 모두 말씀해주시기 바랍니다."

필리프 박사가 기억을 더듬느라 잠시 뜸을 들였다.

"안나는 조용한 성격에 한 번도 집세를 밀린 적이 없었습니다. 집세는 언제나 현금으로 냈고, 저는 한 푼도 누락시키지 않고 세무서에 모두 신고했습니다. 증거를 원하신다면 세무 관련 자료를 보여드릴 수도 있습니다."

"그러실 필요 없습니다. 혹시 안나의 집에 드나들던 손님들이 많았나요?"

"전혀 없었습니다. 오로지 공부와 집 밖에 모르는 학생이었죠."

"혹시 안나가 댁의 건물에 세 들어 살기 전에는 어디에서 살았는지 아십니까?"

"당연히 알죠. 제 소유의 아파트에 오기 전까지 저의 매제 집 하녀방에 살았으니까요. 지금은 누이와 이혼했으니 이제는 매제도 아니죠. 그놈 이름은 마누엘 스폰티니입니다. 마누엘은 누이와 이혼하면서 위니베르시테 가에 있던 아파트를 처분했죠."

"그때 안나가 세 들어 살았던 하녀방도 처분했겠군요?"

"네, 당연하죠. 사실은 누이가 저에게 안나를 소개시켜 주었습니다. 제가 세입자를 구한다는 사실을 알고 있었으니까요."

"마누엘 스폰티니는 어딜 가면 만날 수 있을까요?"

"마누엘은 프랭클린 루스벨트 대로에서 빵집을 운영하고 있습니다. 참고삼아 말씀드리지만 정말 치졸한 놈입니다. 제 누이를 많이 힘들게 했었죠."

2

포르트 도를레앙에서 택시를 잡으려다가 지친 나는 68번 버스에 올라 빈자리에 털썩 주저앉았다. 머릿속이 복잡한데다 너무 지쳐 거의 녹아웃 상태가 되어 있었다.

나는 지난 몇 시간 사이에 새롭게 알게 된 사실들을 다시금 떠올려보았다. 불에 탄 세 구의 시체를 찍은 사진, 벽장에서 발견한 50만 유로의 돈, 위조신분증 따위는 내가 지금껏 알고 있던 안나와는 너무나 이질적인 것들이어서 도무지 어떻게 된 일인지 감이 잡히지 않았다. 내가 알고 있는 안나는 학업에 전념해온 의대생, 소아과 환자들에게 한없이 친절하고 부드러운 의사 선생님, 조용하고 지적인 여성이었다.

도대체 안나에게 무슨 일이 있었던 것일까?

나는 인터넷 사이트에 접속해 생트 세실 고등학교를 검색했다. 여학생들에게만 입학을 허용하는 학교로 가톨릭 재단 소속 교육기관이었다. 소규모 학교지만 매년 바칼로레아에서 매우 뛰어난 성적을 거두고 있었고, 특히 자연과학 분야 성적이 우수했다. 미션스쿨답게 일주일에 한 번씩 미사를 열었고, 수요일 오후에는 교리 학습과 다양한 자선활동에 참가할 의무가 있었다.

나는 미처 오전 11시도 안 돼 우아하고 고상한 귀족들의 구역이자 그들이 보유한 호화 저택들이 밀집한 곳에서 버스를 내렸다. 정부 부처 집무실들이 입주해 있는 석재 건물들과 그에 못지않게 호사스러운 건물들이 어깨를 나란히 맞대고 있는 곳이었다.

나는 그르넬 가에 있는 생트 세실 고등학교 앞으로 걸어가 경비에게 신분증을 꺼내 보였다. 둥그스름한 궁륭 형태의 문 뒤로 포석이 깔린 정원이 숨어 있었다. 꽃이 만발한 정원에는 관상용 자두나무들과 월계수들이 심어져 있었다. 네모반듯한 형태의 안뜰에는 석조분수대가 있어 마치 토스카나 지방에 온 것 같은 느낌을 주었다.

수업이 끝나는 종소리가 울려 퍼졌다. 진한 감색 주름치마에 학교의 고유 마크가 새겨진 재킷 차림 여학생들이 서너 명씩 무리를 지어 분수대 가까이에 나타났다. 석조분수대에서 떨어지는 물소리와 교복 차림 여학생들이 재잘대는 소리를 듣고 있노라니 마치 파리로부터 멀리 떨어진 1950년대의 이탈리아 혹은 엑상프로방스에 와 있는 느낌을 주었다.

나는 눈을 지그시 감고 내가 다녔던 1990년대 초의 살바도르 아옌데 고등학교를 떠올렸다. 아늑하고 차분한 느낌을 주는 이 학교와는 분위기가 완전히 달랐다. 잿빛 콘크리트 건물 속에 갇힌 2천 명의 학생들은 온갖 마약과 폭력에 노출되어 있었고, 미래가 꽉 막혀 앞이 보이지 않았다. 교사들은 한시바삐 다른 학교로 옮겨갈 궁리를 했고, 간혹 열심히 공부하려는 학생들은 아이들의 놀림감이 되거나 툭하면 매를 맞기 일쑤였다. 그 시절, 나는 소설을 쓰기 시작하면서 가느다란 희망의 빛을 발견하게 되었고, 마침내 고인 물처럼 썩어가던 동네를 벗어날 수 있었다.

나는 어두운 기억을 떨쳐버리기 위해 눈두덩을 지그시 누르며 샐비어가 잔뜩 핀 화단에 물을 주고 있는 정원사에게로 다가갔다.

"교장 선생님이 학교에 계신가요?"

"이 학교 교장 선생님은 클로틸드 블롱델 여사인데 저기 아치 아래에 놓인 표지판 앞에 서 계신 분입니다."

나는 웹사이트에서 학교를 검색할 때 클로틸드 블롱델이라는 이름을 본 기억이 났다. 정원사에게 고맙다는 인사를 건네고 나서 클로틸드 블롱델이 있는 쪽으로 걸어갔다.

클로틸드 블롱델은 안나의 학급 사진에서 보았던 바로 그 선생님이었다. 키가 자그마하고 날씬한 오십 대 여인은 가벼운 트위드 정장 차림에 밤색 폴로셔츠를 받쳐 입고 있었고, 밝은 금발에 그레타 가르보와 델핀 세리그를 섞어놓은 듯 우아한 인상을 풍겼다. 햇빛을 등지고 서 있는 중년 여인의 실루엣이 막바지에 다다른 여름의 뜨거운 태양 아래서 빛을 발했다.

클로틸드 블롱델은 한 학생의 어깨 위에 손을 올려놓고 다정하게 이야기를 나누고 있었다. 나는 그녀가 학생과 대화에 열중하는 틈을 타좀 더 자세히 인상을 살폈다. 나이를 가늠할 수 없을 만큼 이목구비의 윤곽이 뚜렷했고, 교장 선생님으로서의 권위 의식이 느껴지지 않을 만큼 자애로운 모습이었다. 성모마리아 상과 세실 성녀 상 사이에 서 있는 그녀의 모습이 무척이나 자연스러웠다.

클로틸드 블롱델의 모습에서는 자애로운 모성애, 쉽게 다가설 수 있는 친밀감이 느껴지는 한편 반짝이는 눈빛과 굳게 다문 입술에서는 단단한 신념을 읽을 수 있었다. 학생은 교장 선생님이 하는 말을 단 한 마디도 놓치지 않겠다는 듯 귀를 쫑긋 세우고 듣고 있었다.

두 사람이 대화를 마치자마자 나는 클로틸드 블롱델을 향해 걸어갔다.

"안녕하세요, 저는 라파엘 바르텔레미라고 합니다."

클로틸드의 눈빛이 에메랄드처럼 반짝였다.

"당신이 누군지 알아요. 소설을 쓰는 라파엘 바르텔레미 씨죠?"

나는 순간적으로 당황해하며 미간을 살짝 찌푸렸다.

"저를 어떻게 아시죠?"

"당신이 쓴 소설을 즐겨 읽는 애독자일 뿐만 아니라 안나가 6개월 전부터 틈만 나면 당신 이야기를 해 잘 알게 되었어요."

마치 조각도로 깎아놓은 듯 뚜렷한 이목구비, 바람결에 섞여 날아오는 라일락 향기, 자연스럽게 흘러내린 황금빛 머리카락이 다시 한번 내 눈을 사로잡았다.

"최근에 안나를 만나보신 적 있습니까?"

"지난주 화요일에 안나와 함께 저녁을 먹었어요. 우린 매주 화요일 저녁마다 빼놓지 않고 만나고 있죠."

나는 내심 소스라치게 놀라지 않을 수 없었다. 안나가 나에게는 화요일 저녁마다 스포츠클럽에 간다고 했었기 때문이다.

"당신이 오늘 이 학교에 온 건 안나 때문이 아니라 나를 만나기 위해서인가요?"

"사실은 안나 때문에 걱정이 되어 찾아왔습니다."

나는 비닐봉지에 든 안나의 학급 사진을 내밀었다.

"이 학급 사진을 보고 교장 선생님을 한번 만나봐야겠다고 생각했습니다."

"이 사진을 어디서 찾아냈죠?"

"안나의 아파트에서 찾아냈습니다. 안나의 집에 보관되어있는 유일한 사진이라 뭔가 사연이 있을 거라 생각했죠."

클로틸드가 자못 불쾌한 표정을 지었다.

"주인도 없는 집에 들어가 물건을 뒤진 건가요?"

나는 대답 대신 안나가 갑자기 사라진 사연에 대해 간단히 설명해주었다. 물론 우리가 다투게 된 이유에 대해서는 말하지 않았다.

"안나가 작가 선생님과 다투고 나서 혼자 파리로 돌아왔다면 어딘가에 잘 있지 않을까요? 제가 두 분의 애정 문제에 끼어들어 가타부타 의견을 제시하고 싶지는 않군요."

"안나와 애정 문제 때문에 갈등을 빚고 있는 게 아닙니다."

"아무튼 주인 없는 집에 들어가 함부로 물건을 뒤지는 행위는 바람직하지 않아 보여요. 안나가 알면 몹시 불쾌하게 생각할 거예요."

클로틸드 교장 선생님의 목소리에 점점 날이 서가고 있었다.

"한시바삐 안나를 찾아야만 하는 게 저의 당면 과제입니다. 안나도 저의 진심을 알게 되면 그다지 불쾌하게 생각하지 않을 겁니다."

클로틸드 교장이 갑자기 냉랭한 표정을 지으며 말했다.

"이제 용건을 마쳤으면 사진을 챙겨 들고 학교에서 나가주시겠습니까?"

"이 사진보다 더욱 중요한 사진이 한 장 더 있는데요."

클로틸드 교장이 못 들은 척 발걸음을 재촉했으므로 나는 한층 목소리를 높여 소리쳤다.

"혹시 안나가 불에 탄 세 구의 시체를 찍은 사진을 보여주던가요?"

내 말을 들은 여학생 몇몇이 소스라치게 놀라며 클로틸드 교장을 쳐다보았다.

"여기서 이러지 말고 내 사무실에 가서 잠깐 이야기를 나누는 게 좋겠군요."

3
파리 8구

마르크는 방향 지시등을 켜고 생필리프뒤룰 광장에 면해 있는 공터에 차를 세웠다. 그가 방문하고자 하는 〈스폰티니〉 베이커리는 라보에시 가와 프랭클린 루스벨트 대로가 만나는 지점에 위치해 있었다. 기다란 형태의 유리 건물이었다. 〈스폰티니〉 베이커리에서는 다양한 종류의 빵과 케이크를 팔고 있었다.

마르크는 빵집 문을 열고 안으로 들어갔다. 사무실이 밀집해 있는 지역이라 벌써부터 점원들은 점심시간에 밀려들 손님들을 맞이하기 위해 샌드위치와 채소 파이, 진공 포장된 샐러드 따위를 진열대에 늘어놓느라 여념이 없었다.

마르크는 먹음직스러운 빵들을 보자 문득 시장기가 느껴졌다. 그는 파르마산 햄이 들어간 샌드위치 하나를 주문하고 나서 어딜 가면 마누엘 스폰티니를 만날 수 있는지 물었다.

점원이 턱짓으로 맞은편 카페를 가리켰다.

마르크는 길을 가로질러 마누엘 스폰티니가 앉아 있는 카페로 걸어 갔다. 셔츠 소매를 걷어 올린 그는 카페 테라스에 앉아 생맥주를 마시며 《레키프》를 읽고 있었다. 입에는 시가를 물고 있었고, 얼굴에는 레이번 선글라스를 착용하고 있었다. 제멋대로 흐트러뜨린 헤어 스타일에 구레나룻을 기른 그 모습이 마치 클로드 샤브롤 감독이나 모리스 피알라 감독의 영화에 등장하는 장 얀을 연상시켰다.

"마누엘 스폰티니 씨죠? 저에게 딱 3분만 시간을 내주실 수 있을까요?"

마르크는 상대의 대답을 기다리지도 않고 마누엘의 앞자리에 앉았다. 테이블에 올려놓은 팔꿈치를 보니 마치 팔씨름이라도 한판 하자고 도발하는 것 같은 자세였다.

"당신은 누군데 나에게 볼일이 있다는 거요?"

마누엘이 경계심이 가득한 눈길로 마르크를 뚫어지게 쳐다보았다.

"파리경찰청 강력계에서 나온 마르크 카라덱 형사입니다. 안나 베커 라는 여자에 대해 뭣 좀 물어볼 게 있어서 왔는데요."

"난 안나 베커라는 이름을 들어본 적도 없어요."

마르크가 휴대폰에 저장시켜둔 안나의 사진을 그의 눈앞으로 들이밀었다.

"정말이지 저는 처음 보는 얼굴입니다."

"건성으로 보지 말고 자세히 들여다봐요."

마누엘이 한숨을 내쉬며 화면 쪽으로 몸을 숙였다.

"제법 매력 있어 보이네요. 하룻밤 데리고 놀면 정말 신나겠어요."

마르크가 눈 깜짝할 사이에 마누엘 스폰티니의 머리채를 잡고 철제 테이블에 찧어댔다. 테이블 위에 올려둔 맥주잔이 떨어지며 산산조각 났다.

"당신 미쳤어?"

마누엘의 고함소리에 놀란 웨이터가 달려오며 소리쳤다.

"계속 소란을 피우면 경찰을 부를 겁니다!"

마르크가 경찰신분증을 들어 올리며 의기양양하게 말했다.

"내가 경찰이니까 헛수고할 것 없어요."

웨이터가 멍한 얼굴로 마르크를 쳐다보았다.

"멍하니 쳐다보지 말고 어서 가서 생수나 한 병 가져와."

웨이터가 다시 카페 안으로 사라지고 나서야 마르크는 머리채를 쥐고 있던 손을 풀었다.

"당신 때문에 하마터면 코뼈가 부러질 뻔했잖아!"

"당신이 자꾸만 헛소리를 지껄이니까 그러지. 안나 베커가 당신 집에 세 들어 살았다는 걸 알고 왔으니까 시치미 뗄 생각은 하지 않는 게 좋을 거야."

마누엘이 휴지를 뭉쳐 코에서 흘러내리는 피를 닦았다.

"내가 아는 한 그 여자 이름은 안나 베커가 아닙니다."

"안나 베커가 아니라니?"

"내가 기억하기로 그 여자 이름은 폴린 파제스입니다."

마르크가 테이블 위에 안나의 위조신분증을 내려놓았다. 마누엘이 위조신분증을 집어 들고 찬찬히 살폈다.

"그 여자가 내게 보여주었던 신분증이에요."

"그게 언제였지?"

"글쎄요, 오래된 일이라 기억이 가물가물해요."

"기억을 더듬어봐."

웨이터가 페리에 생수를 가져왔다. 마누엘이 휴지로 코피를 닦으며 물었다.

"사르코*가 대통령 선거에 나온 게 언제였죠?"

"2007년 5월이었을 거야."

"그해 여름, 파리에 비가 얼마나 많이 내렸는지 건물이 일부 파손됐어요. 지붕을 다시 올리고, 셋방도 일제히 보수공사를 했죠. 가을이 되어서야 보수공사가 모두 끝나 세입자를 구한다는 광고를 내게 되었어요. 그때 그 혼혈 바비인형이 가장 먼저 연락했죠."

"그러니까 그때가 몇 월이라는 거야?"

"아마 2007년 10월 말쯤 됐을 거예요. 아니면 11월 초쯤이겠네요."

"월세 수입에 대한 신고는 제대로 했겠지?"

"나라에서 뜯어가는 세금이 얼만데 겨우 12평방미터짜리 방세까지 신고를 하라는 겁니까? 그 아가씨가 방세는 꼬박꼬박 잘 내더군요."

"2007년이면 미성년자였을 거야. 겨우 열여섯 살쯤 되었을 때지."

"서류상에는 그렇지 않았어요."

"당신도 서류가 가짜라는 사실을 알았으면서 모르는 척했지?"

마누엘이 어깨를 으쓱하고 나서 말했다.

"난 그 아가씨가 미성년자든 뭐든 상관하고 싶지 않았어요. 방이나 빌려주고 돈이나 받으면 그만이라고 생각했죠."

*프랑스 사람들이 니콜라 사르코지 대통령을 부르는 별칭

마누엘이 이제 할 말을 다했다는 듯 자리에서 일어나려 했지만 마르크가 그의 팔을 잡고 제지했다.

"당신이 처음 그 여자를 만났던 날에 대해 이야기해봐. 그녀의 인상이 어땠지?"

"벌써 10년이나 지난 일인데 인상을 어떻게 일일이 기억해요."

"극히 일부라도 상관없으니까 기억나는 대로 이야기해봐."

마누엘이 길게 한숨을 내쉬었다.

"약간 겁에 질린 표정이었어요. 마치 넋이 빠진 사람 같기도 했죠. 처음 몇 주 동안은 집에 틀어박혀 꼼짝도 하지 않았어요. 마치 바깥세상에 대해 잔뜩 겁을 집어먹은 듯했죠."

"아주 사소한 말이라도 좋으니까 그녀에게 들은 말이 있으면 뭐든 다 이야기해봐."

"그녀가 말하길 자긴 미국 사람인데 프랑스 대학에서 공부를 하러 왔다고 했어요."

"그녀가 미국인이라고 했다는 게 정말이야? 당신은 그 말을 믿었어?"

"말할 때 미국인 특유의 악센트가 느껴지긴 했어요. 솔직히 말해 나는 그녀가 미국 사람이든 프랑스 사람이든 전혀 상관없었죠. 어차피 그녀가 석 달분 집세를 선불로 냈으니까요. 부모님이 방세를 대준다고 했던 것 같아요."

"혹시 그 여자의 부모를 만나본 적이 있나?"

"그 여자의 부모를 만난 적은 없지만 제법 귀티 나는 금발 머리 여자가 가끔 다녀가곤 했어요. 마흔 살쯤 되어 보이는 얼굴에 주로 트위드 정장을 입고 다니는 여자였죠. 샤론 스톤이나 지나 데이비스 같은 부류였는데 은근히 섹시한 매력이 있어 관심이 갔었죠."

"그 여자 이름을 알고 있나?"

마누엘이 고개를 가로저었고, 마르크가 말을 이었다.

"안나 이야기를 계속해봐. 혹시 범죄에 연루되어있는 것 같진 않던가?"

"범죄라면 어떤 걸 말하는데요?"

"마약이나 매춘? 아니면 강도?"

마누엘이 두 눈을 커다랗게 떴다.

"형사님이 단단히 헛다리를 짚은 것 같네요. 내가 알기로 그 아가씨는 조용하고 얌전한 성격에 공부밖에 모르는 학생이었어요."

"좋은 정보 고마워. 당신은 이제 가도 돼."

마누엘이 자리에서 일어나 베이커리를 향해 걸어갔다.

마르크는 잠시 의자에 앉아 방금 전 수집한 정보들을 한 가지씩 떠올려보았다. 그가 자리에서 일어나려는 순간 휴대폰이 진동했다.

마틸드였다.

"부탁한 자료를 찾아봤어?"

"안나 베커에 대한 서류를 찾아내긴 했는데 당신이 말한 프로필과는 전혀 일치하지 않아. 내가 찾아낸 자료대로라면 그 여자는……."

4

"언젠가 반드시 누군가 그 사진에 대해 물어볼 거라 생각했지만 이런 식이 될 줄은 몰랐어요."

클로틸드는 금빛 광택이 도는 테이블을 앞에 두고 앉아 있었다. 교장실의 실내 인테리어는 생트 세실의 오랜 역사와는 대조적이었다. 18세기 가구들이며 플레이아드 판본, 가죽 장정의 성서들이 잔뜩 꽂혀 있는 서가를 볼 수 있길 기대했는데 아무런 장식이 없는 흰 벽면만이 눈에 들어올 뿐이었다. 교장실 책상 위에는 노트북 한 대와 가죽 케이스에 들어 있는 스마트폰, 사진이 들어 있는 나무 액자, 브랑쿠시의 관능적인 조각품 하나가 있을 뿐이었다.

"교장 선생님께서는 언제부터 안나와 가깝게 지내게 되었습니까?"

클로틸드는 내 눈을 똑바로 쳐다보며 내 질문과 전혀 상관없는 말을 했다.

"안나는 당신을 사랑해요. 그 아이가 누군가에게 푹 빠진 경우는 처음이죠. 당신이 그 아이의 사랑을 받을 자격이 있는 사람이었으면 좋겠어요."

"언제 안나를 만나게 되었는지 아직 말씀하지 않으셨는데요?"

클로틸드는 다시 한번 내 질문을 무시했다.

"나는 안나에게 당신을 진심으로 사랑한다면 모든 진실을 털어놓으라고 충고했어요. 안나는 그 이야기를 듣게 될 경우 당신이 어떤 반응을 보일지 몹시 두렵다고 하더군요. 당신을 잃고 싶지 않다고 했어요."

잠시 침묵이 흐르고 나서 클로틸드가 혼잣말처럼 중얼거렸다.

"사바토가 말하길 '진실은 수학과 화학에 있어서는 완벽하지만 인생에 있어서는 그렇지 않다'라고 했죠."

클로틸드는 안나에 대해 많은 걸 알고 있는 게 분명했다. 그녀가 알고 있는 사실들을 모두 털어놓게 하려면 나 역시 숨기는 게 없어야 한다는 생각이 들었다. 나는 클로틸드에게 안나의 집을 뒤지다가 찾아낸 현금 40만 유로와 두 개의 위조 신분증에 대해 이야기해주었다.

"교장 선생님도 혹시 그 사실을 알고 계셨습니까?"

클로틸드는 딱히 놀라는 기색 없이 담담하게 내 말을 들었다. 그녀가 잠시 잊고 있던 기억을 내가 상기시켜준 느낌이었다.

"우리가 처음 만났을 당시만 해도 안나의 이름은 폴린 파제스였어요."

클로틸드는 의자에 올려둔 핸드백을 집어 들더니 담뱃갑을 꺼냈다. 그녀는 자개 장식이 박힌 라이터로 담배 한 개비를 피워 물었다.

"2007년 12월 22일 토요일 오후였어요. 내가 그날을 정확하게 기억하는 이유는 바로 학교에서 성탄 축하 파티가 열렸던 날이었기 때문입니다. 학교에서 해마다 열리는 중요 행사로 학생들과 학부모님들이 모두 참석해 예수의 탄생을 축하하는 날이었죠."

클로틸드의 목소리는 진지했고, 애연가답게 말할 때마다 목에서 쉿소리가 났다.

"마침 함박눈이 내리던 날이었는데, 그 아이가 학교에 불쑥 나타난 거예요. 모래 빛깔 트렌치코트로 몸을 꽁꽁 싸맨 차림이었는데 한마디로 매혹적이라고 할 만큼 아름다웠어요."

"안나가 뭐라고 하던가요?"

"말리에 파견된 외교관 딸이라더군요. 바마코에서 고등학교를 다니고 있는데 부모님이 파리에서 바칼로레아에 응시하길 바라서 생트 세실 고등학교로 전학을 원한다고 했어요. 안나는 전학 요청과 함께 일 년 동안의 학비를 냈죠. 그때 학비가 아마 8천 유로쯤 되었을 거예요."

"안나의 말이 사실이던가요?"

"바마코에 있는 학교에 전화를 걸어 안나의 학적 증명서를 팩스로 보내달라고 요청했죠. 학교 규정상 전학생을 받기 위해서는 반드시 필요한 서류였죠. 바마코 소재 프랑스 학교에서는 그런 학생에 대한 이야기를 처음 들어본다고 하더군요."

나는 짙은 안개 속을 헤매는 느낌이었다. 조사를 진행할수록 내가 알고 있던 안나의 모습은 어디론가 사라지고 전혀 다른 여자의 실체가 드러나고 있었다.

클로틸드가 재떨이에 담배를 비벼 껐다.

"다음 날 안나가 남기고 간 주소지로 직접 찾아갔어요. 그 당시 안나는 위니베르시테 가의 허름한 하녀방에 세 들어 살고 있었죠. 안나와 이야기를 나누는 동안 평생 만나기 힘든 학생을 대하고 있다는 느낌을 받았습니다. 처절할 고통과 외로움을 겪은 아이, 몸은 어리지만 영혼은 성숙해 있는 아이, 성공에 대한 집념으로 가득 찬 아이가 내 눈앞에 있었죠. 이제야 분명하게 느끼지만 안나가 생트 세실 고등학교를 찾아온 건 절대로 우연이 아니었어요. 안나는 의사가 되겠다는 강렬한 의지를 가지고 있었고, 지능이 뛰어났고, 엄청난 노력파이기도 했어요. 교육자로서 안나가 재능을 맘껏 꽃피울 수 있는 환경을 마련해주고 싶었습니다."

"안나를 위해 특별한 배려가 필요했겠군요?"

그때 누군가 교장실 문을 노크했다.

클로틸드는 문을 두드린 교감에게 잠시 기다리라고 말한 다음 나에게 물었다.

"마태복음 7장 13절을 기억하시죠? '좁은 문으로 들어가라. 멸망으로 인도하는 문은 크고 그 길이 넓어 그리로 들어가는 자가 많고 생명으로 인도하는 문은 좁고 길이 협착하여 찾는 이가 적음이니라.' 안나를 도와야 한다는 건 기독교인이자 교육자인 나에게 내려진 소명이었다고 믿습니다. 그 당시 안나는 보호해줄 사람이 필요했고, 나는 그 역할을 외면할 수 없었죠."

"보호가 필요하다니요?"

"사실 안나가 제출한 신상 서류들은 죄다 가짜였어요. 원칙적으로 생트 세실 고등학교로의 전학이 불가능한 상황이었습니다. 서류 위조는 실정법 위반인 데다 전학을 받아들일 수 없는 결격사유였으니까요. 만약 내가 나서서 돕지 않을 경우 안나는 사문서 위조로 처벌받거나 불법 체류자로 간주돼 국외로 추방될 수도 있는 형편이었죠."

"교장 선생님께서는 안나의 위조된 신분을 어떻게 숨길 수 있었는지 좀 더 구체적으로 이야기해 주시겠습니까?"

"안나의 위조된 신상 서류를 관할 교육청에 올리지 않고 교장 직권으로 전학을 받아들이기로 결정했어요. 생트 세실 고등학교에서 곧바로 2학년 과정을 이수할 수 있도록 조처했다는 뜻입니다."

"혹시 안나에게 왜 위조신분증을 만들어야 했는지 물어보았습니까?"

"안나가 왜 위조신분증을 만들 수밖에 없었는지 그 이유를 너무나 잘 알고 있었기 때문에 굳이 물어볼 필요가 없었죠."

"안나가 그럴 수밖에 없는 이유가 뭐였죠?"

나는 눈빛을 빛내며 물었다.

클로틸드는 안나의 비밀을 알고 싶어 하는 나의 열망에 찬물을 끼얹었다.

"미안합니다만 어느 누구에게도 안나의 과거 이야기를 하지 않겠다고 약속했습니다. 나는 그 약속을 깰 수 없어요."

"일부라도 살짝 말씀해주실 수 있지 않나요?"

"평생 신뢰를 소중하게 생각하고 살아왔습니다. 안나에 대해 더 이상 해줄 말이 없네요. 안나의 과거 이야기를 듣고 싶으면 본인에게 직접 물어보세요."

나는 문득 클로틸드가 들려준 이야기 중에 앞뒤가 맞지 않는 부분이 있다는 사실을 깨달았다.

"저도 소설가가 되기 전 몇 년 동안 교직에 몸담았던 적이 있어 프랑스 교육체계를 잘 알고 있습니다. 학생의 신상 서류가 관할 교육청에 올라가 있지 않은 경우 바칼로레아 응시 자격이 주어지지 않는 것으로 아는데요? 그 문제는 어떻게 해결했죠?"

클로틸드가 빙그레 웃으며 고개를 끄덕였다.

"안나는 그해에 바칼로레아에 응시하지 못했어요."

"3학년 때도 여전히 문제가 되었을 텐데요?"

"아시다시피 프랑스에서 대학에 들어가려면 바칼로레아에 합격해야 가능하죠. 그해 여름, 나는 안나 문제 때문에 절망에 빠져 병이 날 지경이었습니다. 안나는 생트 세실 고등학교를 통틀어 학업 성적이 가장 우수한 학생이었고, 무슨 수를 써서라도 바칼로레아에 응시할 수 있게 해야 한다고 생각했지만 도무지 해결책이 보이지 않았죠. 안나를 친딸처럼 생각해왔던 나는 얼마나 안타까웠는지 정신이 나갈 지경이었어요."

클로틸드는 잠시 말을 멈추고 눈을 내리깔았다. 당시의 안타까운 상황을 떠올리려니 아직도 흥분이 되는 듯했다.

"'두드리면 열린다'라는 말을 그때 처음 실감하게 되었습니다. 정말이지 뜻이 있는 데 길이 있더군요."

클로틸드가 책상에 놓여 있는 사진틀을 들어 올렸다. 나는 영문을 알 수 없다는 듯 눈을 껌벅이며 사진틀에 들어 있는 사진을 바라보았다.

"이 아이는 누구죠?"

"내 조카입니다. 이 아이가 바로 진짜 안나 베커죠."

5

마르크는 힘껏 가속페달을 밟았다. 그는 파리를 벗어난 이후 줄곧 교통법규를 무시하며 차를 몰았다. 사회보장기금에서 일하는 마틸드가 이야기해준 정보를 한시바삐 확인해보고 싶었기 때문이다.

마르크는 트럭을 추월하며 고속도로 인터체인지로 들어섰다. 나선형 진입 램프를 도는 동안에도 속도를 늦추지 않아 마치 차가 공중에 떠서 달리는 것 같은 느낌이 들었다. 귀가 윙윙거리며 현기증이 일었고, 급히 먹은 샌드위치가 체한 듯 갑자기 속이 울렁거렸다. 그는 GPS가 알려주는 길에 집중하며 정신을 가다듬었다.

마르크는 샤트네 말라브리 입구 로터리를 지나 베리에르 숲 방향으로 나 있는 좁은 길로 들어섰다. 베리에르 숲의 수려한 풍경이 모습을 드러냈다. 밤나무, 호두나무, 단풍나무 따위로 에워싸인 숲길을 달리는 동안 차창을 내리고 맑고 상쾌한 공기를 맘껏 들이켰다. 피톤치드 효과 덕분인지 그나마 머리가 맑아지기 시작했다. 모래가 깔린 길을 조금 더 달리자 그가 애써 찾아온 건물이 자취를 드러냈다.

마르크는 레인지로버를 공터에 세우고 차창을 닫았다. 차에서 내려선 그는 뒷짐을 지고 서서 해묵은 석재와 유리를 현대적인 금속자재들과 접목시켜 개조해놓은 건물을 유심히 바라보았다. 200년쯤 된 병원 건물의 지붕에 태양광 패널이 설치되어있어 이색적인 느낌을 주었다.

병원 로비에는 오가는 사람이 거의 없었다. 심지어 안내데스크에도 사람이 없었지만 화이트보드에 적어놓은 병원 상황을 대충 훑어보았다.

생트바르브 요양병원은 다중 장애인 또는 자폐 증후군을 앓는 환자 50여 명이 입원 중인 시설이었다. 사고를 당해 장애인이 된 환자들, 의료진이 돌봐주지 않을 경우 독립적인 사회생활이 불가능한 환자들을 진료해주는 곳이었다.

"무얼 도와드릴까요?"

마르크는 목소리가 들려온 쪽으로 몸을 돌렸다. 흰 가운을 입은 여자가 자동판매기에 동전을 집어넣고 있었다.

"파리경찰청 BRB 팀장 마르크 카라덱입니다."

마르크가 여자가 있는 쪽으로 걸어가며 자기소개를 했다.

"저는 말리카 페르시시라고 해요. 이 요양병원에서 일하는 간호조무사입니다."

말리카는 자동판매기에서 탄산음료를 빼기 위해 버튼을 눌렀지만 기계가 제대로 작동하지 않았다.

"아마 이 망할 놈의 기계 때문에 월급을 절반쯤 날렸을 거예요."

마르크가 자동판매기를 잡고 앞뒤로 세게 흔들어대자 음료수가 거짓말처럼 빠져나왔다.

"고장 난 기계는 괴롭혀야 말을 듣죠."

마르크가 콜라를 말리카에게 건네며 말했다.

"형사님에게 빚을 진 건가요?"

"이 요양병원에 입원해 있는 환자들에 대해 알아볼 게 있어서 찾아왔는데 도와줄 수 있겠어요?"

말리카가 콜라 캔을 따 한 모금 들이켰다. 그녀가 콜라를 마시는 동안 마르크는 가무잡잡한 피부와 윤곽이 뚜렷한 입술, 깔끔하게 틀어 올린 머리, 사파이어처럼 빛나는 눈동자를 꼼꼼하게 관찰했다.

"형사님을 도와드리고 싶지만 아시다시피 저에게는 전혀 권한이 없습니다. 원장님께 말씀해보세요."

"간단한 조사를 하면 되는데 번거롭게 원장에게 부탁할 필요는 없지 않을까요?"

말리카가 황당한 말이라는 듯 마르크를 바라보았다.

"규정에서 벗어난 수사를 하겠다는 뜻이군요. 저도 경찰의 꼼수에 대해서라면 제법 잘 알죠. 아버지가 경찰이거든요."

"당신 아버지는 어느 부서에서 근무하죠?"

"마약계."

마르크는 잠시 생각에 잠겼다.

"혹시 셀림 페르시시가 당신 아버지요?"

말리카가 고개를 끄덕였다.

"아버지를 아세요?"

"근무하는 부서가 달라 잘은 모르지만 이름은 익히 들었어요."

말리카가 힐끔 손목시계를 쳐다보았다.

"이제 일하러 가야 해요. 만나서 반가웠습니다."

마르크가 돌아서 복도를 걸어가는 말리카를 잡았다.

"내가 말한 환자의 이름이 안나 베커요. 나를 안나가 있는 곳으로 데려다줘요."

그들은 무성하게 자란 식물들과 대나무 울타리, 선인장, 앉은뱅이 야

자수들이 들어찬 길을 가로질러 걸어갔다.

"환자에게 물어보고 싶은 말이 있으면 손가락을 눈에 대세요."

그들은 마침내 햇살이 밝게 내리쬐는 정원에 도착했다. 환자들과 간호조무사들이 단풍나무와 자작나무가 어우러져 있는 그늘에서 식사를 하고 있었다.

"안나에게 직접 물어볼 말은 없어요."

말리카는 둘째손가락으로 숲 쪽을 가리켰다.

"저기 전동휠체어를 타고 있는 여자 환자가 바로 안나 베커예요."

마르크는 햇살이 눈을 부시게 하자 손으로 차양을 만든 다음 전동 휠체어에 앉아 있는 여자 환자를 쳐다보았다.

목 폴로셔츠 차림의 안나는 나이가 스무 살쯤 되어 보였고, 음악을 듣고 있는지 귀에 이어폰을 꽂고 멍한 눈으로 허공을 바라보고 있었다. 금색과 갈색 중간쯤 되어 보이는 머리색에 머리카락이 흘러내리지 않도록 어린아이들이 흔히 쓰는 머리핀으로 고정시켜놓은 모습이 특이했다.

"안나는 오디오북을 듣는 게 유일한 취미이죠."

"오디오북을 들으며 현실로부터 탈출하고 싶어 하는 걸까요?"

"상상 속으로나마 여행을 떠나길 원할 수도 있고, 뭔가를 배우기 위해서일 수도 있고, 혼자 살아가기 위해서일 수도 있겠죠. 아무튼 안나는 날이면 날마다 오디오북을 듣고 있어요. 제가 안나를 위해 오디오북을 수없이 많이 다운로드해 두었어요."

"안나는 정확하게 무슨 이유로 요양병원에 오게 되었죠?"

"프리드라이히 운동실조증 때문에 오게 됐어요. 신경계가 손상되어 운동장애가 발생하는 병인데 아주 드문 유전성 질환이랍니다."

"안나를 오래전부터 알고 있었나요?"

"팔라틴 가에 있는 재활치료센터에서 일할 당시부터 안나를 알고 있었어요. 안나가 열아홉 살 때까지 머물러 있던 곳이죠."

마르크는 왠지 마음이 불편해져 점퍼 주머니에서 담뱃갑을 꺼냈다.

"안나는 몇 살 때부터 프리드라이히 운동실조증 진단을 받았답니까?"

"정확한 나이는 기억이 안 나는데 8, 9세 때부터 병을 앓게 되었나 봐요."

"프리드라이히 운동실조증을 앓게 될 경우 보통 어떤 증상을 보이게 되죠?"

"척추가 휘고 발 모양이 틀어져 몸의 균형을 잡는 데 심각한 문제를 일으키게 됩니다. 팔다리의 균형이 무너지게 되면 몸을 조화롭게 움직이지 못하니까요."

"안나의 병은 어떤 식으로 진행되었다던가요?"

"저에게 담배 한 개비만 주시겠어요?"

마르크는 담배 한 개비를 꺼내 말리카에 건네주고 나서 라이터로 불을 붙여주었다. 그녀의 몸에서 방울꽃 향기와 상큼한 레몬 향이 났다.

말리카가 담배를 한 모금 빨고 나서 말을 이었다.

"안나는 영아였을 때부터 걸음을 제대로 걷지 못했는데 열세 살 무렵 병이 진행을 멈추었답니다. 프리드라이히 운동실조증은 지적인 능력에는 전혀 손상을 주지 않는 게 특징이죠. 안나는 정상적인 학교 교육을 받지 못했지만 지적 능력이 매우 뛰어난 편입니다. 최근에는 컴퓨터로 정보 분야 온라인 강의를 듣고 있다고 하더군요."

"열세 살 때 잠깐 동안 병의 진행이 멈췄다가 다시 재발한 건가요?"

마르크가 짐작이 간다는 듯 말을 받았다.

말리카가 고개를 끄덕였다.

"프리드라이히 운동실조증은 일정 단계를 넘어서게 되면 심장과 호흡기 계통에 문제가 생겨 위험해지게 되나봐요. 심근증과 유사한 증세라고 할 수 있죠."

마르크는 자기도 모르게 한숨을 내쉬었다. 정말이지 인간의 삶이란 불공평하기 그지없었다. 카지노에서 딜러가 나누어주는 패가 공정하지 않듯이 이 세상에는 단지 운이 없어 고통받고 있는 사람들이 정말 많았다.

새삼스러운 일도 아닌데 오늘따라 화가 치밀었다. 수사에 임할 때면 자주 겪는 현상이었다. 수사에 착수하는 순간부터 폭발 직전의 화산처럼 감정이 예민해지기 때문이었다.

프리드라이히 운동실조증은 완치가 힘들지만 우리는 환자들에게 최고 수준의 의료 혜택을 제공해주기 위해 노력하고 있어요. 환자들에게 재활치료, 발음교정, 심리치료 등은 매우 유용하니까요. 저도 환자들을 도우며 보람을 느끼고 있어요."

마르크는 꼼짝도 하지 않고 서 있었고, 손가락 사이에 낀 담배만 점점 타들어가고 있었다.

어떻게 두 사람의 신분을 바꿔치기하는 게 가능했을까?

물론 보안이라는 관점에서 보자면 건강보험은 구멍이 숭숭 뚫린 그물이나 다름없었다. 부정 수급 액수만도 수천만 유로에 달하고, 보험 가입자의 신상 자료가 입력된 전자카드는 전혀 믿을 게 못 되었다.

그럼에도 안나의 경우처럼 치밀하고 완벽하게 신분 위조가 이루어진 사례는 없었다.

"이제 일하러 가봐야 해요."

"만일을 위해 내 전화번호를 남겨둘게요."

마르크는 메모지에 전화번호를 적으며 마지막으로 한 가지 더 물었다.

"안나를 찾아오는 문병객이 많던가요?"

"클로틸드 블롱델이라는 분이 이틀에 한 번씩 찾아오세요. 젊은 여자도 함께 오는데 혼혈에 생머리이고, 언제나 옷을 멋지게 차려입고 있더군요."

마르크는 휴대폰 화면을 보여주었다.

"네, 바로 이 여자예요. 혹시 이 여자 이름을 아세요?"

5. 인디언 소녀와 카우보이들

세계는 하나의 추억과 반대되는 또 다른 추억 사이의 끝없는 투쟁이다.
_무라카미 하루키

1

나는 에드가 키네 대로와 오데사 가가 교차하는 모퉁이에서 택시를 세웠다. 손목시계를 보니 정오가 되기 직전이었다. 10분 후면 이 지역에 밀집해 있는 오피스빌딩에서 넥타이부대가 쏟아져 나올 시간이었고, 에드가 키네 거리의 양지바른 테라스는 빈자리를 찾기 어려울 게 뻔했다. 다행스럽게 아직은 〈아를르캥〉 카페의 햇빛 잘 드는 테이블을 차지하는 게 가능했다.

나는 생수 한 병과 도미 세비체를 주문했다. 내가 식사를 하거나 글을 쓸 때 자주 찾는 카페라 종업원들과도 익숙했다. 여전히 선글라스와 민소매 차림 여자들이 자주 눈에 띄었고, 테이블마다 얇은 원피스와 미니스커트 차림의 여자들이 많은 걸 보면 아직 여름은 물러갈 생각이 없는 듯했다. 광장에 심어져 있는 몇 그루의 나무는 뜨거운 태양에 지친 듯 가지를 힘없이 늘어뜨리고 있었다. 남부지방 사람들이라면 당연히 파라솔을 꺼내 펼쳤을 테지만 파리지앵들은 오히려 햇빛의 축복이 사라져 버릴까봐 걱정하며 살갗이 빨갛게 익어가는 것쯤은 언제나 감수할 준비가 되어있는 듯했다.

나는 더위와 열기가 복잡하게 얽혀 있는 머릿속을 말끔히 정리하기 위해 두 눈을 감고 얼굴을 향해 쏟아지는 태양을 마주 보았다.

마르크와 길게 통화하며 각자 수집한 정보를 교환했고, 중간 점검을 위해 〈아를르캥〉 카페에서 만나기로 약속했다. 마르크가 도착하길 기다리는 동안 노트북을 켜고 내가 조사한 결과를 일목요연하게 정리하고 나서 마르크가 조사한 내용을 작성 날짜와 다양한 추론을 곁들여 기록해가기 시작했다.

의심할 여지 없이 내 약혼녀 안나와 조사를 통해 새롭게 드러난 안나는 동일 인물이었다. 마르크와 나는 제각기 조사를 벌인 결과 2007년 가을까지 안나의 행적을 밝혀내는 데 성공했다.

2007년 10월 말, 열여섯 살 소녀가 현금 40만 유로를 몸에 지니고 파리에 도착한다. 몸을 숨길 은신처를 찾아다니던 소녀는 하녀방을 구해 파리에서 칩거 생활을 시작한다. 소녀는 파리에 오기 전에 겪었던 모종의 사건 결과 극심한 충격을 받은 상태였지만 위조신분증을 만들어 파리 생활에 적응해 간다. 처음에 만든 위조신분증은 솜씨가 조악해 티가 많이 났지만 두 번째 만든 위조신분증은 그나마 한결 나았다.

12월이 되자 소녀는 가톨릭 계통 학교인 생트 세실 고등학교를 찾아간다. 클로틸드 블롱델 교장 선생님을 만난 소녀는 전학을 허락받는다. 클로틸드의 배려 덕분에 안나 베커라는 이름을 갖게 된 소녀는 바칼로레아에 응시해 뛰어난 성적을 거둔다. 원래의 안나 베커는 생트 세실 고등학교의 교장 선생님인 클로틸드 블롱델의 조카다.

클로틸드는 소녀를 친딸처럼 아끼는 입장이었기에 신분 위조라는 신의 한 수를 생각해낸다. 클로틸드의 조카인 안나 베커는 생트바르브 요양병원에 장기 입원 중이었고, 학업은 물론이려니와 사회활동을 할 수 없는 처지다. 결과적으로 신분 위조를 해도 들통 날 위험이 희박하다는 점에서 기가 막힌 선택이었다.

2008년, 소녀는 신분증 분실 신고서를 들고 파리 시청을 방문해 새로운 여권과 신분증을 신청한다. 그 결과 소녀는 신분 세탁을 완벽하게 마무리한다.

소녀는 프랑스 정부에서 명실상부한 공식 신분증을 발부받아 '안나 베커'라는 신분으로 살아갈 수 있게 된다. 그녀는 사회보장 등록번호를 부여받았지만 서류의 진위가 발각될 것을 염려해 매사에 조심스럽게 행동할 만큼 치밀한 면이 있다. 가령 사회보장기금에서 그녀의 신상 서류를 검토해보는 일을 사전에 차단하기 위해 병원에 가거나 약을 구입해야 할 때마다 의대에서 얻은 지식을 활용해 직접 해결해오고 있다.

노트북으로 지금껏 조사한 결과를 문서로 정리해가던 나는 카페 종업원이 음식을 가져오는 바람에 잠시 작업을 중단했다. 물을 한 모금 마시고 나서 도미 세비체를 먹는 동안에도 머릿속으로는 조사 결과를 정리했다.

결국 두 명의 여자가 하나의 신분증을 사용하고 있는 셈이었다.

클로틸드가 생각해낸 신의 한 수 덕분에 안나는 지난 10년 동안 별문제 없이 신분 세탁에 성공했다. 우리의 조사가 방향을 잘못 잡았다거나 실적이 없는 건 아니었지만 아직은 풀어야 할 숙제가 산적해 있었다.

나는 머리에서 떠오르는 의문을 한 가지씩 화면에 기록해나가기 시작했다.

> 내 약혼녀인 '안나'는 실제로는 누구였나?
> 그녀는 파리에 오기 전 어디에 살았을까?
> 그녀의 집에서 발견된 40만 유로의 출처는?
> 사진에서 본 세 구의 시체에 얽힌 사연은 무엇일까?
> 그녀는 진실의 일부를 밝히고 나서 왜 갑자기 자취를 감추었을까?
> 그녀는 지금 어디에 있을까?

나는 무의식중에 안나의 전화번호를 눌렀지만 역시 이미 오십 번도 넘게 들은 기계음만 흘러나올 뿐이었다.

그때 갑자기 내 머릿속에서 한 가지 생각이 떠올랐다.

2

6년 전, 뉴욕에서 소설의 배경이 될 장소를 물색하던 중 택시에 휴대폰을 두고 내린 적이 있었다. 식당에서 저녁 식사를 마치고 호텔 객실로 돌아올 때까지 휴대폰을 두고 왔다는 사실을 미처 인지하지 못했다.

뒤늦게야 나는 휴대폰을 택시에 두고 왔다는 사실을 알아차리고 택시회사에 연락했지만 이미 때는 늦어버렸다. 내 뒤에 택시를 탄 손님이 휴대폰을 발견했지만 기사에게 알리지 않고 챙겨간 것이다. 나는 밑져야 본전이라는 심정으로 내 휴대폰으로 문자메시지를 보냈다. 한 시간쯤 뒤 영어가 서툰 사람이 전화를 걸어와 일백 달러를 내면 휴대폰을 돌려주겠다고 제안했다. 우리는 타임스퀘어의 카페에서 만나기로 약속했다. 내가 미처 약속 장소에 도착하기도 전에 다시 전화가 걸려와 돈을 더 내야 휴대폰을 건네줄 수 있다고 했다. 5백 달러를 퀸스의 주소지로 보내면 휴대폰을 돌려주겠다는 것이었다.

그제야 나는 경찰을 찾아가 자초지종을 털어놓았다. 담당 형사는 실시간 위치추적시스템을 활용해 불과 몇 분 만에 내 휴대폰이 있는 장소를 알아냈다. 결국 휴대폰을 미끼로 돈을 뜯어내려던 사람은 경찰에 체포되었고, 나는 돈을 내지 않고도 휴대폰을 무사히 돌려받을 수 있게 되었다.

실시간 위치추적시스템을 활용할 경우 안나가 있는 곳을 알아낼 수 있지 않을까? 휴대폰을 꺼두었거나 배터리가 방전되었을 경우에는 불가능하겠지만 일단 시도해볼 필요가 있어.

나는 카페 종업원에게 와이파이 비밀번호를 알아내 인터넷에 접속한 다음 내 노트북 제조사의 클라우드 컴퓨팅 사이트로 들어갔다. 신분 확인 절차는 그리 까다롭지 않아 안나의 이메일 주소만 입력하면 되었다. 안나의 이메일 주소는 알고 있으니 상관없었지만 비밀번호를 입력해야 한다는 게 문제였다.

나는 대충 감으로 비밀번호를 입력하느라 시간을 낭비하고 싶지 않았다. 우연히 비밀번호를 맞추는 행운은 영화나 TV 드라마에서나 가능한 일이니까.

'비밀번호를 잊으셨나요?'를 클릭하자 안나가 아이디를 정할 때 지정해둔 두 가지 질문이 화면에 떠올랐다.

당신이 구입한 최초의 자동차 모델명은 무엇입니까?

당신이 처음으로 극장에서 본 영화의 제목은 무엇입니까?

안나가 이제껏 구입한 차는 단 한 대뿐이었다. 그녀는 2년 전 보늬 밤 빛깔의 미니 카브리올레를 구입했다. 자주 이용하지는 않았지만 그녀는 미니 카브리올레를 무척이나 좋아했다.

안나는 그 차를 '미니' 또는 '카브리올레'가 아니라 '미니 쿠퍼'로 불렀다. 나는 빈칸에 '미니 쿠퍼'를 집어넣었다.

우리는 영화 취향이 달라 어떤 작품을 볼지 상의할 때마다 항상 의견이 엇갈렸다. 나는 쿠엔틴 타란티노, 코엔 형제, 브라이언 드 팔마 감독의 작품을 좋아했고, 오래된 명작 스릴러물이나 B급 영화들을 즐겨보았다. 안나는 《텔레라마》 같은 영화잡지에 자주 등장하는 미카엘 하네케, 다르덴 형제, 압둘라티프 케시시, 파티 아킨, 크쥐시토프 키에슬로프스키 감독이 만든 영화를 선호했다.

안나의 영화 취향을 알고 있었지만 질문에 대한 답변과는 전혀 관련이 없었다. 영화를 처음 보는 아이가 〈하얀 리본〉이나 〈베로니카의 이중생활〉을 고를 리 없을 테니까.

일반적으로 몇 살 때 처음 극장에 갈까?

나는 처음 극장에 가서 본 영화를 또렷이 기억하고 있다. 1980년 앙티브의 올랭피아 극장에서 〈밤비〉를 본 게 처음이었다. 그때 내 나이는 불과 여섯 살밖에 되지 않았고, 아기 사슴이 지켜보는 가운데 엄마 사슴이 죽어가는 장면에서 눈물을 흘렸다. 비록 어렸지만 함께 극장에 간 엄마가 왜 우는지 물었을 때 눈에 이물질이 들어갔을 뿐이라고 둘러댈

줄도 알았다. 월트 디즈니가 여섯 살짜리 아이를 감동시킬 만큼 대단한 실력을 갖췄다는 건 인정하지만 그 당시 나는 영화를 보고 눈물을 흘렸다는 사실이 얼마나 창피했는지 모른다.

안나는 올해 스물다섯 살이었다. 여섯 살 때 처음 극장에 갔다고 치면 1997년이었다. 위키피디아에서 1997년에 히트한 영화 목록을 살피던 중 눈이 저절로 번쩍 뜨였다. 전 세계적으로 흥행에 성공한 대박 영화 〈타이타닉〉이 눈에 들어왔기 때문이다.

〈타이타닉〉이 아무리 성공했어도 여섯 살짜리 아이가 보기에는 적절하지 않아. 내가 여섯 살이었다면 〈타이타닉〉보다는 차라리 〈레오〉를 보게 해달라고 졸랐을 거야.

비로소 정답을 찾아냈다고 확신하며 빛의 속도로 '레오'를 넣은 다음 확인 버튼을 눌렀다.

회원 정보에 입력된 답변과 일치하지 않습니다. 정확하게 확인한 다음 다시 시도해보시기 바랍니다.

빌어먹을! 너무 성급하게 샴페인을 터뜨렸어.

이제 두 번의 기회가 남아 있었고, 연거푸 실패할 경우 영영 접속할 수 없게 되었다. 나는 차분하게 마음을 추스르고 나서 안나가 나와 동세대가 아니라는 점에 주목했다. 어쩌면 나와 달리 여섯 살이 되기도 전에 극장에 가 영화를 봤을 수도 있었다.

나는 구글에 접속해 '아이가 몇 살 때 극장에 데려가나요?'라고 쳤다. 그러자 미처 일 분도 지나지 않아 수십 개의 문서 목록이 떴다. 주로 가정 문제 토론방과 여성잡지에 게재된 내용들이었다.

몇몇 사이트를 둘러보고 나자 대략 결과를 도출할 수 있을 듯했다.

두 살이면 너무 어리고, 세 살이나 네 살쯤에는 시도해볼 가치가 있을 것 같다는 의견이 많았다.

안나가 세 살 때라면 1994년이었다. 위키피디아에 들어가 1994년에 개봉한 영화를 살펴보았다.

내가 아이 입장이라면 〈라이언 킹〉을 보러 가지 않았을까? 그해 어린이 영화 가운데 단연 흥행 1위 작품이었으니까.

'라이언 킹'을 입력했지만 실패였다.

빌어먹을! 이제는 실수할 기회가 남아 있지 않았다. 막상 처음에는 쉬울 것 같아 보였지만 실제 도전해보니 고려해야 할 변수가 한두 가지가 아니었다. 이런 식으로 과연 비밀번호를 알아낼 수 있을지 회의적인 느낌이 들었지만 일단 도전 기회가 한 번 더 남아 있었다.

1995년에 안나의 나이는 네 살이었다. 나는 두 눈을 지그시 감고 네 살짜리 안나를 상상했다. 가무잡잡한 피부에 이목구비가 뚜렷한 여자아이가 떠올랐다. 초롱초롱한 눈동자의 소녀는 처음으로 극장에 간다.

부모님은 소녀에게 어떤 영화를 보여주고 싶을까?

위키피디아를 둘러본 결과 1995년에 박스 오피스 최상위를 점령한 영화는 〈토이 스토리〉였다. 나는 '토이 스토리'를 입력하고 나서 확인 버튼에 손가락을 올려놓았다. 키보드를 누르기 직전 다시 한번 두 눈을 지그시 감았다. 어린 소녀가 머릿속에 다시 떠올랐다. 길게 땋아 내린 머리, 멜빵바지, 원색 맨투맨 티셔츠, 깨끗하게 닦은 구두를 신은 아이는 기분이 몹시 좋아 보였다. 부모님과 〈토이 스토리〉를 보러 가게 되었으니 당연히 기분이 좋을 수밖에?

아니야, 내가 아는 안나와는 어울리지 않는 상황이야.

나는 다시 위키피디아로 돌아가 검색을 계속했다. 1995년 크리스마스, 다섯 살이 거의 다 되어갈 무렵 처음으로 극장에 가게 된 안나는 보고 싶은 영화를 스스로 정한다. 안나는 비록 어렸지만 똑똑하고 독립심이 강했으니까.

안나가 여자주인공에게 감정이입을 할 수 있고, 배울 점도 많은 만화영화가 있을까? 나는 어린 소녀였던 안나의 내면세계에 귀를 기울이면서 그해 흥행작 목록을 살펴보았다.

〈포카혼타스〉라는 영화가 내 눈에 번쩍 띄었다. 디즈니사에서 제작한 〈포카혼타스〉의 아트디렉터는 인디언 소녀 포카혼타스를 당시 톱 모델이었던 나오미 캠벨처럼 만들었다. 갑자기 소름이 돋으며 이번에는 제대로 정답을 찾았다는 확신이 들었다. '포카혼타스'를 치자 마침내 화면이 열렸다. 휴대폰 위치 추적 어플리케이션을 구동하자 단 몇 초 만에 지도가 떠오르고 파란색 점이 화면에서 깜빡거렸다.

3

심장이 뛰고 입 안이 바짝 타들어갔다. 현재 안나의 휴대폰은 사용할 수 없는 상태라는 메시지가 떠 있었지만 마지막으로 머물렀던 장소가 스물네 시간 동안 저장되어 있도록 프로그래밍 되어 있었다.

나는 센생드니 주의 한가운데에서 깜빡거리는 파란 점을 노려보았다. 얼핏 보니 스탱과 오네수부아 중간쯤에 위치한 산업지구 같았다.

나는 마르크에게 즉시 문자메시지를 보냈다.

'지금 어디 있어요?'

마르크가 득달같이 답을 보내왔다.

'생제르맹 대로 근처야.'

'서둘러 와요! 꽤 그럴듯한 단서를 찾아냈으니까.'

마르크가 도착하기를 기다리며 센생드니 지도가 나오는 화면을 캡처해두고 나서 파란 점이 깜빡거리고 있는 위치의 주소를 기록했다. 일드프랑스의 스탱 플라토 대로였다.

나는 다시 위성사진 모드로 전환해 최대한 배율을 확대했다. 파란 점이 깜박거리고 있는 건물은 나대지 한가운데 자리 잡고 있었다. 자세히 보니 물류창고 같기도 했다.

파리 북동쪽 센생드니에 있는 물류창고라?

아무래도 그다지 좋은 징조로 보이지 않았다.

그때 마치 코끼리 울음소리 같은 클랙슨 소리가 테라스를 뒤흔들었다. 눈을 들어 마르크의 레인지로버를 확인한 나는 테이블 위에 지폐 두 장을 올려두고 자리에서 일어섰다.

6. 왕과의 드라이브

살다보면 180도로 휘어지는 커브 길이 나타나기도 하는데,
하필 그럴 때면 우리는 언제나 전속력으로 달리고 있기 마련이다.
_스티븐 킹

1

초조한 내 마음과 달리 끝이 보이지 않는 길이 하염없이 이어지고 있
었다. 우리는 앵발리드 앞을 지나 센 강을 가로지르고 샹젤리제를 거슬
러 올라가다 포르트 마이요에 이르러 외곽순환도로를 타다가 다시 고속
도로로 접어들었다. 그러다가 스타드 드 프랑스 스타디움 부근에서 다
시 국도로 접어들었다. 라쿠르뇌브, 생드니, 스탱을 넘나드는 국도였다.

작렬하는 태양 아래에 드러난 파리 교외 풍경이 착잡한 생각을 부채
질했다. 하늘에 점차 먹구름이 모여드는가 싶더니 햇빛이 순식간에 사
라졌다. 로맹 롤랑, 앙리 바르뷔스, 폴 엘뤼아르, 장 페라 등 지식인들
의 이름이 붙은 대로변의 공공임대주택들이 시야에 들어왔다. 하나같
이 우중충한 빛깔을 띠고 있었다.

파리 시내를 벗어난 지 한참 지났지만 차량 흐름은 좀처럼 나아질 기
미가 보이지 않았다. 마르크가 앞에서 뭉그적대는 트럭을 추월하기 위

해 중앙선을 넘어섰다가 하마터면 큰 낭패를 볼 뻔했다. 맞은편에서 전속력으로 달려오던 검은색 사륜구동차와 정면충돌 직전에 급히 핸들을 꺾어 대형 사고로 이어질 뻔했던 위기를 가까스로 모면했다.

마르크가 이미 사라지고 없는 상대 운전자를 향해 거친 욕설을 퍼부어댔다. 그도 이제 안나를 시급히 찾아야 한다는 절박감을 느끼고 있었다. 우리의 조사가 예기치 않은 방향으로 흘러가게 되자 그도 나만큼이나 큰 충격을 받은 눈치였다.

우리는 교통상황이 호전될 기미가 보이지 않아 차 안에서 각자 습득한 정보를 교환했다. 우리의 조사는 분명 괄목할 만한 성과를 거두었지만 아직은 갑자기 자취를 감춰버린 안나의 과거 모습을 완성하기에는 역부족이었다. 마르크와 나는 아직 안나가 피해자인지 가해자인지조차 알 수 없었다.

"자네는 베테랑 형사 못지않은 활약을 했어."

마르크가 휴대폰 위치 추적을 시도해 마침내 결실을 얻은 나를 추켜세웠다. 그는 내가 찾아낸 위치 추적 결과를 무척이나 신뢰하고 있는 눈치였다.

마르크는 앞쪽에 시선을 고정하고 빠른 속도로 차를 몰면서 예전 형사 시절처럼 회전 경보등을 켜고 사이렌을 울리며 현장으로 출동하지 못하는 것에 대해 안타까워했다.

GPS 화면이 이제 목적지로부터 그리 멀리 떨어져 있지 않다는 사실을 확인시켜주고 있었다. 나는 차창에 이마를 대고 콘크리트 슬레이트를 비롯해 각종 조립식 자재를 사용해 지은 공공 임대건물들을 맥없이 바라보았다. 건물들도 마치 나처럼 지쳐 보였다.

부모님이 이혼한 후 나는 엄마를 따라 코트다쥐르를 떠나 파리 교외 지역에서 살게 되었다. 지금 내 눈앞에 펼쳐져 있는 공공임대주택의 서글픈 풍경처럼 절망감이 묻어나는 동네에서 청소년기를 보냈다. 지금도 내가 살았던 동네에 갈 때마다 왠지 아직도 그곳을 완전히 벗어나지 못했다는 기분을 느꼈다.

마르크가 신호등을 무시하며 로터리로 끼어들더니 막다른 길로 접어들었다. 길 끝에 철근콘크리트로 지은 기념비적인 5층짜리 육면체 건물이 버티고 서 있었다. '가구 보관 전문가'를 자처하는 물류회사 건물이었다.

마르크는 텅 비어 있다시피 한 길쭉한 리본 형태 주차장에 레인지로 버를 세웠다.

"좋은 계획이라도 있어요?"

"그다지 좋은 계획이 없다는 게 유감이지만 나를 믿고 따라와봐."

마르크가 몸을 굽혀 조수석 사물함을 열더니 글록19 폴리머 권총을 꺼내들었다.

"좋은 계획이 없을 경우 거침없이 행동에 나서는 게 내 방식이지."

마르크는 형사 시절 사용하던 경찰 휘장뿐만 아니라 무기를 아직 차에 넣어 다니고 있었다.

"조심스럽게 접근하는 게 낫지 않을까요?"

총이라면 질색하는 내가 마르크를 말렸다.

마르크는 차 문을 열고 아직 뜨거운 열기가 미처 가시지 않은 아스팔트로 내려섰다.

"이런 상황에서 가장 좋은 계획은 무계획이야. 내 경험을 믿어도 좋아."

마르크가 반자동 권총을 허리춤에 꽂고 결연하게 창고를 향해 걸어갔다.

2

짐을 옮기는 카트가 줄지어 늘어서 있었고, 어디선가 상자를 태우는 냄새가 진동했다. 창고에서 지게차와 크레인들이 부산하게 짐을 옮기고 있었다.

마르크는 콘크리트 계단 아래에 자리 잡은 사무실 유리창을 두들기고 나서 삼색기 휘장이 그려진 경찰신분증을 꺼내 들고 소리쳤다.

"경찰이다! 당장 문 열어!"

사무실의 철제 책상 뒤에 앉아 있던 자그마한 남자가 소리를 질렀다.

"경찰을 부른 지 10분밖에 안 됐는데 벌써 출동했군요."

마르크가 나를 쳐다보며 눈을 찡긋했다.

"저들이 경찰을 불렀다니 뭐가 뭔지 모르겠지만 우린 일단 시치미를 떼고 이야기를 들어보는 게 좋겠어."

직원이 우리 앞으로 다가오며 말했다.

"제가 물류창고 책임자인 파트리크 아야시입니다."

파트리크 아야시가 칼로 썬 듯 딱딱한 알제리식 프랑스어로 말했다. 작지만 다부진 체구에 각진 얼굴, 숱이 풍성한 머리카락이 인상적인 사람이었다. 단추를 거의 풀어 헤치다시피 한 파소나블 셔츠 때문에 목에 걸린 금목걸이가 유난히 드러나 보였다. 만일 파트리크를 내 소설의 등장인물로 삼는다면 독자들이 지나치게 전형적인 스타일이어서 식상하다고 비난할 듯했다.

"일단 무슨 일이 벌어졌는지 설명해봐요."

내 말이 끝나기 무섭게 파트리크가 우리를 향해 따라오라는 손짓을 보냈다. 직원 전용 통로 쪽으로 걸어간 그가 여러 대의 엘리베이터가 있는 곳에서 걸음을 멈추었다. 우리와 함께 엘리베이터에 오른 그가 마지막 층 단추를 누르며 말했다.

"정말이지 그런 광경은 난생처음 보았습니다."

엘리베이터가 움직이기 시작했고, 유리창을 통해 나무상자들과 컨테이너들이 끝이 안 보일 만큼 늘어선 물류창고의 모습이 시야에 들어왔다.

"뭔가 심하게 부딪치는 소리가 들려왔어요. 처음에는 화물차들이 심각한 연쇄 충돌을 일으킨 줄 알았죠. 머리 위로 고속도로가 지나가는 느낌이 들 만큼 아찔했어요."

엘리베이터에서 내리자 타일이 깔린 층계참이 나타났다.

"여기가 바로 셀프 보관 층입니다. 고객들은 대형차고 크기의 창고를 임대해 마음대로 사용할 수 있죠. 고객이 원할 때면 언제든지 출입이 가능하고요."

파트리크는 말만큼이나 발걸음도 빨랐다. 타일 바닥 위를 걷는 그의 발에서 찍찍거리는 소리가 요란하게 나 귀에 거슬릴 정도였다. 어느 모로 보나 출입구가 똑같은 창고가 끝없이 이어졌다.

"자, 이제 다 왔습니다."

파트리크가 눈앞의 창고를 가리키며 말했다. 누군가가 출입문에 엄청난 충격을 가한 듯 문짝이 떨어져 나가 있었다.

갈색 머리 흑인 한 명이 창고 입구를 지키고 서 있었다. 그는 하얀 폴로 셔츠에 카키색 점퍼를 입고 있었고, 머리에 캉골 야구모자를 쓰고 있었다.

파트리크가 흑인을 턱짓으로 가리키며 말했다.

"별명이 교황인 직원입니다."

여닫이문 경첩과 전기 도금 처리를 한 이중 빗장이 떨어져 나간 걸 보면 강력한 충격이 가해졌다는 뜻이었다. 문이 떨어져 나간 자리에 두 개의 자물쇠 사슬만이 대롱대롱 매달려 있었다.

내가 실소를 금하지 못하며 물었다.

"설마 탱크로 문을 들이받은 건 아니죠?"

"탱크로 들이받은 건 아니지만 정말이지 매우 적절한 표현 같네요."

별명이 교황인 직원이 히죽거리며 내 말을 받고 나서 상황 설명을 시작했다.

"20분 전, 사륜구동차 한 대가 창고를 향해 돌진했습니다. 연결통로를 따라 이곳 창고까지 올라온 차는 창고 출입문이 떨어져 나갈 때까지 문을 들이받았어요. 마치 차가 아니라 한 마리 거대한 코뿔소를 보는 것 같았습니다."

파트리크가 설명을 덧붙였다.

"감시카메라에 당시 상황이 모두 찍혀 있을 겁니다. 제가 잠시 후 영상을 보여드리죠."

나는 문짝이 떨어져 나간 창고 안으로 들어갔다. 형광등 하나가 20평 방미터쯤 되는 창고 실내를 비추고 있었고, 안은 휑하니 비어 있었다. 용접 작업을 해 바닥에 고정시킨 철제 선반들도 텅 비어 있었고, 바닥에 스프레이 두 개만이 나뒹굴고 있을 뿐이었다. 마치 보온병처럼 생긴 흰색과 검은색 스프레이였다.

창고 끝 쪽 쇠기둥에 밧줄이 둘둘 감겨 있었고, 절연테이프와 플라스틱 조임 장치 따위가 주변에 어수선하게 흩어져 있었다.

누군가를 쇠기둥에 묶어 감금해두었던 거야. 안나가 갇혀 있었을 수도 있어.

"자네도 이상한 냄새가 나지?"

마르크의 물음에 나는 고개를 끄덕였다. 창고 안으로 들어선 직후부터 이상한 냄새가 코를 자극했다. 매우 강력하고 자극적인 향이 공기 중에 떠다니고 있었다. 냄새의 특징을 한 마디로 콕 집어 말하기 어려웠다. 갓 볶은 커피 혹은 비온 뒤 대지에서 나는 냄새의 중간쯤에 해당되는 냄새였다.

마르크가 쭈그리고 앉아 바닥에 나뒹굴고 있는 두 개의 스프레이 용기를 자세히 살폈다.

"에보니 앤 아이보리야."

"검은색과 흰색. 폴 매카트니와 스티비 원더가 부른 노래 제목 아닌가요?"

마르크가 고개를 끄덕였다.

"이 스프레이는 병원에서 사용되는 초강력 세제로 만든 사제품이야. 범죄 현장에 남아 있는 DNA 흔적을 지우고자 할 때 쓰이는 혼합액이지. 완전범죄를 노릴 때 흔히 쓰이는 키트이기도 해."

"스프레이의 용도가 각기 다릅니까?"

"에보니는 DNA 흔적을 99퍼센트까지 제거할 수 있는 초강력 세제야. 아이보리는 나머지 1퍼센트의 구조를 바꿔 전혀 다른 물질로 보이게 하는 화학 용액이지. 요즘 전 세계 과학수사대원들이 이 두 가지 화학 용액 때문에 큰 골치를 썩고 있어."

나는 창고에서 나와 파트리크에게로 걸어갔다.

"이 창고를 임대한 사람이 누구죠?"

"이 창고는 임대한 사람이 없어 8개월째 텅 비어 있었습니다."

"창고 안에 뭐가 들어 있었죠?"

뒤따라온 마르크가 물었다.

"당연히 아무것도 들어 있지 않았습니다."

마르크는 숨을 깊이 들이마시고 나서 한 손을 파트리크의 어깨에 올려놓았다. 마르크가 엄지로 파트리크의 후두부를 누르는 동시에 검지로 경추를 사정없이 눌렀다. 파트리크의 안색이 하얗게 변하며 숨쉬기가 어려운 듯 컥컥거리며 신음을 토했다.

마르크가 갑작스럽게 폭력을 행사하는 바람에 나는 몹시 당황했다. 적어도 물류창고 직원들이 폭력을 당해야 할 만큼 거짓 증언을 한 것 같지는 않기 때문이다. 파트리크가 두 손을 번쩍 들어 올리며 항복 의사를 밝혔다.

그제야 마르크는 파트리크가 조금이나마 숨을 쉴 수 있도록 엄지와 검지에 힘을 풀었다.

"이 창고에 있던 두 가지 물품을 안전지대에 보관해두었습니다."

3

파트리크가 말한 안전지대는 스물네 시간 비디오 감시체계가 유지되는 작은 창고였다. 책상 앞에 앉은 파트리크가 서랍 하나를 열더니 두 가지 노획물을 테이블 위에 올려놓았다. 안나의 휴대폰과 핸드백이었다.

휴대폰 케이스에 붙어 있는 적십자 스티커 덕분에 나는 즉시 안나의 휴대폰이라는 사실을 알 수 있었다. 아쉽게도 휴대폰은 켜지지 않았다. 화면이 박살 난 걸 보면 누군가가 구둣발로 짓이긴 게 분명했다.

도마뱀 가죽에 장미석을 장식한 핸드백도 금세 알아보았다. 내가 안나에게 선물한 핸드백이었고, 코트다쥐르에서도 늘 손에 들고 다녔다.

나는 재빨리 핸드백 안을 뒤져보았다. 지갑, 열쇠고리, 휴지, 만년필, 선글라스 따위가 들어 있었지만 딱히 시선을 끄는 물건은 없었다.

"감시카메라에 찍힌 영상을 보시겠습니까?"

파트리크가 한자리에 앉아 있지 못하고 안절부절못하며 사무실을 오가다가 누가 시키지도 않았는데 영상을 되감거나 느리고 빠르게 조정하며 나름 영상기사 역할에 최선을 다했다.

"그냥 처음부터 다시 틀어봐."

마르크가 참다못해 소리를 꽥 질렀다.

감시카메라에 찍힌 도입부 영상에서 우리는 사륜구동차가 창고 출입구를 무지막지하게 들이받는 장면을 확인했다. 창고 문을 향해 돌진하는 사륜구동차의 모습이 마치 먹이를 향해 달려드는 맹수를 연상케 했다.

마침내 경로를 따라 이동한 사륜구동차가 창고 건물 가장 꼭대기 층에 모습을 드러냈다.

"잠깐!"

마르크가 소리쳤다.

파트리크가 영상을 정지 상태로 만들었다. 가까이에서 보니 사륜구동차는 BMW X6였다. 내가 잘 아는 스릴러 작가가 둘째를 낳고 나서 구입한 모델과 똑같았다. 차의 무게는 2톤, 길이는 5미터, 높이는 150센티미터였다. BMW X6는 차창에 짙은 선팅을 한 데다 번호판을 가려놓아 한층 더 위협적으로 보였다.

마르크는 직접 버튼을 눌러 정지 화면을 다시 작동시켰다.

운전자가 통로 끝까지 사륜구동차를 몰고 가다가 이내 방향을 바꿔 감시카메라 아래에서 멈춰 세웠다. 이제 화면에는 차의 보닛과 십여 개의 창고만이 보일 뿐이었다. 이내 화면이 벽면에 고정되어 아무것도 보이지 않았다.

"놈이 감시카메라의 방향을 벽 쪽으로 돌려놓았어."

마르크가 허탈한 표정을 지으며 주먹으로 테이블을 쾅 소리가 나도록 내리쳤다.

"교황, 어서 자네 휴대폰에 찍어둔 영상을 보여드려!"

흑인 남자가 함박웃음을 지으며 휴대폰을 흔들어 보였다.

"제가 모든 상황을 휴대폰으로 찍어두었죠."

"휴대폰을 이리 내놔봐!"

마르크가 그의 손에서 휴대폰을 낚아채 동영상을 재생시켰다.

현장으로부터 멀리 떨어진 위치에서 촬영한 동영상이라 상황을 세밀하게 볼 수 없다는 점이 아쉬웠다. 상황을 미루어 짐작할 수밖에 없는 수준이었지만 그나마 핵심적인 부분은 모두 파악할 수 있었다.

한마디로 지극히 거칠고 폭력적이고 광기 어린 장면이었다. 사륜구동차가 굉음을 발하며 창고 문이 떨어져 나갈 때까지 사정없이 들이받았다. 문이 떨어져 나가자 마스크로 얼굴을 가린 남자가 차에서 내려 박스 창고 안으로 뛰어 들어갔다. 남자는 미처 일 분도 되지 않아 안나를 어깨에 둘러메고 밖으로 나왔다.

남자가 안나를 구하러 온 백기사가 아니라는 건 그녀가 비명을 지르며 몸부림치는 동작으로 미루어보아 분명하게 알 수 있었다. 사륜구동차의 트렁크를 연 남자가 안나를 인정사정 보지 않고 안으로 던져 넣었다. 잠시 후 차에 오른 남자는 이내 검은색 스프레이와 흰색 스프레이를 들고 창고 안으로 들어갔다. 휴대폰 동영상은 창고에서 나온 남자가 차의 시동을 걸고 바깥을 향해 출발하는 지점에서 모두 끝났다.

마르크는 휴대폰의 볼륨을 최대한 키우고 나서 다시 한번 동영상을 재생했다. 문을 향해 미친 듯이 질주하는 사륜구동차, 얼굴을 가린 남자의 포로가 된 안나…….

남자가 안나를 BMW X6의 트렁크에 던져 넣기 직전 나는 휴대폰에서 흘러나오는 소리에 귀를 기울였다.

안나는 내 이름을 부르며 살려달라고 외치고 있었다.

"라파엘, 도와줘! 라파엘!"

4

마르크가 차 문을 쾅 소리가 나게 닫고 차의 시동을 건 다음 살짝 후진했다가 굉음을 내며 폭풍 질주를 시작했다. 갑자기 차의 속력을 올리는 바람에 아스팔트에 드문드문 타이어 자국이 찍혔다.

나는 가까스로 안전띠를 매고 물류창고가 시야에서 멀어지는 모습을 바라보았다. 안나에 대한 걱정 때문에 목이 바짝 타들어가는 느낌이었다. 안나가 절망적인 상황에서 내 이름을 부르며 도움을 청하는 모습이 한시도 머릿속을 떠나지 않았다. 안나가 위험한 남자에게 납치되는 모습을 고스란히 지켜본 직후라 내 마음이 걷잡을 수 없이 심란했다.

마르크가 국도로 들어서기 위해 가속페달을 힘껏 밟고 있는 동안 나는 끊임없이 안나를 생각했다. 나는 이제 거의 녹아웃 상태였다. 마르크와 나는 안나의 과거에 대해 많은 사실들을 알아냈지만 아직은 각각의 정보들을 유기적으로 연결 지을 수가 없었다. 우리가 알아낸 정보들에 대해 어떤 의미를 부여해야 할지도 알 수 없었고, 절대적으로 정확한지 여부도 확신할 수 없었다. 물론 몇 가지 사실들은 의심할 여지 없이 명백했다.

어제저녁, 안나는 니스 공항을 출발해 파리로 가는 비행기에 올랐고, 1시경 오를리 공항에 도착했다. 아파트에 놓여 있던 여행 가방으로 미루어보아 공항에서 택시를 타고 몽루주 아파트로 갔다는 것도 확실했다.

그다음에 벌어진 상황을 가설로 꿰어맞춰보았다.

안나는 세 구의 시체를 찍은 사진을 내게 보여줬다는 이야기를 누군가에게 털어놓는다. 그가 누군지는 알 수 없지만 그 순간부터 안나는 위기에 처한다. 누군가가 안나의 아파트를 방문한다. 안나와 방문자의 대화는 곧 다툼으로 변한다. 방문자는 안나를 납치해 파리 동북부 교외에 있는 가구 보관 창고에 감금한다. 우리가 영상으로 본 남자가 창고를 들이받을 때까지 안나는 그 안에 갇혀 있게 된다. 남자는 안나를 구해주러 온 백기사가 아니라 인질로 잡아두려는 악당이 분명하다.

나는 눈꺼풀을 문질러대다가 시원한 공기를 마시기 위해 차창을 내렸다. 내가 세운 가설은 방향성을 옳게 잡았을지언정 뭔가 그림이 되기에는 퍼즐 조각이 너무 많이 빠져 있었다.

"라파엘, 서둘러 결정을 내려야 해."

나는 마르크의 목소리를 듣고 혼자만의 상념에서 빠져나왔다. 담배를 입에 물고 운전하던 그가 나를 흘끔 쳐다보았다.

"무슨 결정을 내려야 한다는 거예요?"

"경찰에 알릴지 말지를 결정해야 할 단계야."

"우리가 찾아낸 정보를 경찰에 알릴 경우 안나가 큰 곤란을 겪게 되지는 않을까요?"

마르크는 담배를 한 모금 길게 빨았다.

"그러니까 안나가 처해 있는 상황을 고려해 합리적인 결정을 내려야 하겠지."

"마르크 형사님은 더 이상 이 일에 관여하고 싶지 않으시죠?"

"자네가 한 가지 명심해둘 게 있어. 경찰에 신고하는 건 해독 선장*의 반창고 같은 거야. 경찰의 수사가 시작되면 우리에게는 상황을 바꿀 기회가 없어. 형사들은 자네와 안나의 삶을 샅샅이 캐내려고 들 거야. 그간 안나가 어렵사리 숨겨온 신분이 드러나게 될지도 몰라. 경찰 수사가 시작되면 납득할 만한 결과가 나올 때까지 끝나지 않아. 중도에 없던 일로 하고 덮어버리는 건 용납되지 않는다는 뜻이야."

"경찰에 신고할 경우 일이 어떤 식으로 진행될까요?"

마르크가 주머니에서 동영상이 들어 있는 휴대폰을 꺼냈다.

"이 휴대폰에 들어 있는 동영상이 가장 중요한 단서가 될 수 있어. 우리가 이 휴대폰 동영상을 단서로 제공할 경우 경찰은 안나의 실종을 납치사건으로 규정하고 신속하게 수사에 착수하겠지."

"경찰이 수사에 착수할 경우 우리보다 유리한 점은 뭘까요?"

마르크가 피우던 담배를 차창 밖으로 휙 집어던지더니 잠시 생각에 잠겼다가 말했다.

"우선 경찰은 안나의 휴대폰 통화 내역을 확인해볼 수 있겠지."

"다른 장점은 뭐가 있을까요?"

"에보니 앤 아이보리 스프레이의 출처에 대해서도 수사하겠지. 그다

---

*벨기에 출신 작가 에르제의 《땡땡의 모험》 시리즈에 나오는 인물. 충동적이고 다혈질적이며 술에 취하면 온갖 사고를 치고 다니는 인물로 유명하다

음은 안나를 납치한 BMW X6의 차주가 누군지 알아보기 위해 자동차 회사에 의뢰해 구매자 명단을 들여다볼 거야. BMW X6는 그리 흔한 모델이 아니기 때문에 의외로 차주를 쉽게 찾아낼 수 있을지도 몰라."

"도난 차량인지 아닌지 여부도 금세 알 수 있겠죠?"

"당연하지."

"경찰이 우리보다 유리한 점이 그것밖에 없을까요?"

"지금 이 시점에서는 없어. 다만 경찰은 우수한 장비나 인력을 지원받을 수 있을 테고, 수색영장을 발부받아 수사상 필요한 곳이면 어디든 맘대로 드나들 수 있겠지."

내 마음속에서 뭔가가 계속 경찰에 신고하는 걸 주저하게 만들고 있었다. 무엇보다 안나가 신분 세탁을 위해 오랜 시간 애써왔다는 점을 도외시할 수 없었다.

열여섯 살 소녀 안나는 왜 신분 세탁을 하려고 했을까?

경찰에 수사를 요청하기에 앞서 안나가 무슨 이유로 신분 세탁을 할 수밖에 없었는지 알아내는 게 시급한 과제로 보였다.

"경찰에 신고하지 않을 경우 마르크 형사님은 계속 저와 함께 조사 활동을 벌일 수 있어요?"

"자네가 원한다면 함께하겠네. 지금까지는 그다지 위험한 일이 없었지만 앞으로는 많이 달라질 수도 있어. 목숨을 걸어야 할 만큼 위험한 일이 발생할 수도 있다는 뜻이야."

"파트리크가 부른 경찰이 출동하기 전 우리가 선수를 친 건 별문제 없이 넘어갈 수 있을까요?"

마르크가 나의 우려에 대해 대수롭지 않게 말했다.

"경찰은 늑장을 부리다가 뒤늦게 출동한 거야. 애초에 열성을 보일 만큼 중대한 사건이 아니라고 판단했겠지. 경찰 입장에서 보자면 어떤 정신 나간 놈이 창고를 부순 단순사건일 뿐이었을 거야. 우리가 확보하고 있는 휴대폰 동영상이 없을 경우 경찰 수사는 단 한 발짝도 진척되지 않을 테니까 안심해. 현장에 지문도 남아 있지 않고, 가장 중요한 단서가 될 만한 휴대폰과 핸드백을 우리가 챙겨왔으니까. 물론 목격자들이 둘이나 있지만 그들의 증언은 수사에 도움이 될 게 없어. 말이 나와서 하는 말인데 도마뱀 가죽 핸드백을 다시 한번 면밀히 살펴보는 게 좋겠어. 우리가 혹시 놓친 게 있을지도 모르잖아."

나는 다시 한번 도마뱀 가죽 핸드백에 들어 있는 내용물을 살펴보았다. 지갑, 휴지, 열쇠 꾸러미, 선글라스, 스타빌로 펜 따위였다.

나는 마지막 물건에 주목했다. 내가 사인펜으로 보았던 뚜껑 달린 플라스틱 막대는 자세히 보니 임신 테스터였다. 결과를 나타내주는 눈금에 두 개의 파란 막대가 보였다.

나는 처음에는 화들짝 놀랐다가 이내 뜨거운 감정의 불길에 휩싸였다. 수천 개의 얼음 화살이 몸을 뚫고 들어온 듯 내 몸은 완전히 마비되고 말았다. 얼마나 놀랐는지 현실감각이 희미해지며 피가 역류하는 듯했고, 귓속에서 계속 윙윙거리는 소리가 울려 퍼졌다. 침을 삼키려고 애써보았지만 끝내 아무것도 삼킬 수 없었다. 임신 테스트 결과는 두 줄이었다.

안나는 내 아이를 임신하고 있었어.

나는 두 눈을 질끈 감았다. 마치 핵폭탄이 터지듯 수많은 이미지들이 동시다발적으로 머릿속에서 폭발했다. 내가 안나의 비밀 이야기를 들어야겠다며 분위기를 험악하게 만들기 직전 상황이 폭죽처럼 머릿속에서 떠올랐다. 우리가 함께 저녁 식사를 할 때 환하게 웃던 안나의 얼굴이 눈에 선했다.

그날 밤, 안나의 얼굴에는 평소와 달리 특별한 광채가 떠올라 있었어. 안나의 웃음소리가 코트다쥐르 바닷가에서 들려오는 파도 소리에 섞여 낭랑하게 울려 퍼졌고, 목소리의 높낮이도 명료하게 구별될 만큼 또렷했지. 그날 저녁, 난 안나의 눈빛과 몸짓, 목소리에 뭔가 중요한 의미가 담겨 있었다는 사실을 미처 깨닫지 못했어. 내가 안나의 비밀 이야기를 듣겠다고 고집을 부리며 분위기를 심각하게 만들어버리는 바람에 안나는 결국 아이를 가졌다는 말을 꺼낼 수 없었던 거야.

나는 감았던 눈을 떴다. 이제 안나를 찾아야 하는 문제는 본질적으로 차원을 달리하게 되었다. 나는 이제 내가 사랑하는 여자와 아기를 동시에 찾아야 하는 입장이 되었다.

어느새 귓전에서 윙윙거리던 소리도 잦아들었다. 마르크는 계속 누군가와 전화 통화를 하고 있었다. 나는 얼마나 크게 놀랐던지 미처 마르크의 휴대폰 벨소리가 울렸다는 사실조차 인지하지 못했다.

마르크는 외곽순환도로가 꽉 막혀 차량 흐름이 지나치게 느리자 포르트다니에르에서 내부순환도로로 빠져나왔고, 지금은 말제르브 대로의 병목현상을 피하기 위해 토크빌 가로 접어든 상태였다.

이어폰을 귀에 꽂고 통화에 열중하는 그의 표정이 몹시 흥분되어 보였다.

"빌어먹을! 방금 전 자네가 한 말이 틀림없는 사실이란 말이지?"

내 귀에 통화를 나누는 상대의 답변은 들리지 않았다.

"그래, 알았어."

마르크는 맥없이 중얼거리며 전화를 끊었다. 그의 안색은 납빛처럼 창백했고, 얼굴도 잔뜩 일그러져 있었다. 그를 알고 나서 처음 대하는 표정이었다.

"무슨 일인데 그러세요?"

"방금 전, 예전 부하인 장 크리스토프 바쇠르 형사와 통화했어. 안나의 지문을 찍은 사진을 그에게 보내고 조회 결과를 알려달라고 했는데 방금 전 매우 충격적인 답변을 들었어."

"충격적인 답변이라니요?"

"안나의 지문이 이미 FNAEG(국립 유전자 지문 디지털 파일)에 등록되어 있었다는 거야."

"그렇다면 안나의 진짜 신분을 알 수 있겠네요?"

"안나의 원래 이름은 클레어 칼라일이었어."

언젠가 들어본 듯 머릿속에서 아른거리는 이름이었지만 언제 어디서 들었는지 좀처럼 기억나지 않았다.

"안나가 과거 어떤 사건에 연루된 적이 있다는 뜻인가요?"

"그렇다고 봐야지. 이상한 건 클레어 칼라일이 이미 오래전에 사망한 것으로 되어 있다는 거야."

나는 어떻게 된 일인지 영문을 알 수 없어 어안이 벙벙해졌다.

"클레어 칼라일이 연루되었던 사건이 뭔데요?"

"클레어 칼라일은 희대의 사이코패스로 알려진 하인츠 키퍼에게 희생된 소녀들 중 한 명이었다는군."

나는 갑자기 피가 얼어붙은 듯 섬뜩한 느낌을 받으며 공포의 심연 한가운데로 깊숙이 추락했다.

둘째 날

:클레어 칼라일 사건

7. 클레어 칼라일 사건

그건 깊은 밤의 공포 속에서였다.

_장 라신

1

어느새 날이 밝았고, 새벽녘 진분홍 햇살이 테오가 거실 여기저기에 늘어놓은 장난감들을 발그스름하게 물들였다. 목마, 퍼즐, 요술 나무, 여러 가지 그림책들, 나무로 만든 기차…….

6시가 지나면서 어둠이 짙게 물들었던 하늘은 어슴푸레하게 속이 들여다보이는 코발트 빛으로 대체되었다. 당페르 로에서 새들의 노랫소리가 들려왔고, 발코니에 내놓은 제라늄 화분은 밤새 이슬을 머금은 탓에 한층 더 짙은 향을 발산하고 있었다.

여전히 켜져 있는 전등을 끄기 위해 자리에서 일어나다가 바닥에 떨어져 있는 장난감 거북이를 밟는 순간 동요 소리가 요란하게 울려 퍼지기 시작했다. 화들짝 놀라 장난감 거북이의 노랫소리를 멈추게 하는 데 족히 일 분 이상이 걸렸다. 다행히 테오는 아랑곳하지 않고 단잠에 빠져 있었다. 집 주변에서 요란한 불꽃놀이가 벌어진다고 해도 곤히 잠든 녀석을 꿈나라에서 데려오긴 쉽지 않을 듯했다.

나는 테오가 잠에서 깨어나는 즉시 기척을 들을 수 있도록 방문을 조금 열어두고 아침 해가 떠오르는 광경을 지켜보기 위해 창문을 활짝 열었다. 유리창 난간에 팔꿈치를 올려놓은 나는 아직 어슴푸레한 새벽 거리를 향해 번져가는 여명으로부터 자그마한 위안이나마 얻어볼 심산으로 우두커니 서 있었다.

안나, 도대체 어디에 있는 거야?

차가운 기운을 발산하는 푸른 색조가 점차 보랏빛으로 물드는가 싶더니 이내 밝은 빛으로 변모하며 참나무 쪽마루를 깐 바닥을 온통 오렌지빛으로 뒤덮어가고 있었지만 기대했던 위안을 얻지는 못했다.

나는 창문을 닫고 컴퓨터에서 캡처한 사진을 프린트해놓은 백지 몇 장을 코르크 게시판에 고정시켰다. 평소 내가 소설을 쓸 때 애써 모은 자료들을 알기 쉽게 분류하기 위해 사용하는 게시판이었다.

지난밤, 나는 밤새 언론사와 인터넷서점 사이트를 서핑하며 수백 개의 기사를 읽었고, 여러 권의 책을 다운로드했고, 수많은 사진을 캡처해두었다. 범죄 사건을 다루는 방송프로그램들 가령 〈범죄의 시간〉, 〈용의자를 들어오게 하라〉, 〈파올라 잔의 사례에 대하여〉 등을 찾아내 집중적으로 시청하기도 했다.

안나, 나는 이제야 당신이 왜 과거를 숨기려 했는지 깨달았어. 내가 당신을 다시 찾는 행운을 누리기 위해서는 제한된 시간 안에 당신의 실종과 관련된 수백 페이지의 자료들을 검토하는 게 우선일 거야.

나는 당신이 아무런 죄가 없는 희생자였는지, 아니면 온갖 권모술수에 능한 가해자였는지 따위는 중요하지 않아. 이제 내 마음속에는 그런 문제들이 비집고 들어올 자리가 없으니까. 당신은 내가 사랑하는 약혼녀이고, 우리 아이를 임신한 여자일 뿐이야. 지난 10년 동안 당신이 비밀을 지키기 위해 얼마나 애써왔는지 알아. 이제는 내가 당신 편에 서서 비밀을 지켜주기 위해 애쓸 거야.

나는 컴퓨터 옆에 놓아둔 보온병에서 커피를 따랐다. 지난밤부터 지금까지 마신 커피가 족히 3리터는 될 듯했다. 나는 커피잔을 들고 코르크 게시판 맞은편에 있는 라운지 소파에 앉았다.

나는 게시판과 적당한 거리를 두고 압핀으로 고정시켜둔 캡처 사진들을 바라보았다. 왼쪽 상단에 붙여놓은 첫 번째 캡처 사진은 클레어 칼라일이 실종된 직후 경찰이 제작한 전단지를 찍은 사진이었다.

실종된 미성년자 클레어 칼라일을 찾습니다!

이름 : 클레어 칼라일

나이 : 14세

실종일 : 2005년 5월 28일

실종 장소 : 리부른

인상착의 : 160센티미터의 키, 혼혈, 초록색 눈동자, 짧게 자른 검은색 머리, 영어권 출신. 실종 당일 블루진 바지에 흰 티셔츠를 입고 있었고, 노란색 스포츠가방을 메고 있었다고 함.

클레어 칼라일을 보았거나 사소한 정보라도 알고 계신 분은 리부른 군인경찰대 또는 경찰청 소속 보르도경찰서로 연락 바랍니다.

난 사실 전단에 나온 당신의 사진을 보는 순간 황당하기 그지없었어.

내가 알고 있는 당신의 모습과 너무나 달랐으니까. 실종 당시 당신은 열네 살 소녀에 불과했지만 사진에 나온 모습은 적어도 열여섯이나 열일곱 살쯤 되어 보였어. 가무잡잡한 피부, 환하게 빛나는 얼굴, 뚜렷한 이목구비는 내가 알고 있는 당신의 모습과 일치했지만 전체적인 인상은 왠지 낯설기만 하더군. 억지로 꾸민 듯 어색한 자신감, 다소 거친 사춘기 소녀의 도발적인 눈빛, 웨이브 진 짧은 머리, 대체로 한시바삐 어른이 되고 싶어 안달하는 소녀의 모습이었지.

클레어 칼라일, 당신은 도대체 누구야?

나는 두 눈을 지그시 감았다. 당장 탈진할 것처럼 기진맥진한 상태였지만 휴식을 취하고 있을 형편이 아니었다. 머릿속에서 지난 몇 시간 동안 새롭게 알게 된 사실들이 기록영화처럼 돌아갔다. 당시 언론에서 '클레어 칼라일 사건'이라고 명명한 사건에 대한 기록이었다.

2

2005년 5월 28일 토요일, 프랑스 아키텐 지방에서 어학연수 중이던 뉴욕 출신 열네 살 소녀 클레어 칼라일은 다섯 명의 여자 친구들과 함께 보르도에서 오후 시간을 보냈다. 보르도 증권거래소 앞 광장에서 샐러드로 점심 식사를 한 소녀들은 강가를 산책하고 나서 〈바이야르드랑〉에서 보르도 명물 카눌레를 먹고 생피에르에서 쇼핑을 즐겼다.

오후 6시 5분, 클레어 칼라일은 어학연수 기간 중 체류하고 있는 리부른의 라리비에르로 돌아가기 위해 생장역에서 TER 열차를 기다리고 있었고, 함께 어학연수 중인 미국 출신 소녀 올리비아 멘델손도 동행했다.

6시 34분, 마침내 두 소녀가 탈 기차가 플랫폼으로 들어왔고, 역에 설치된 감시카메라는 열차에 탑승하는 두 소녀를 또렷하게 찍었다.

리부른에 도착한 클레어와 올리비아는 열차에서 내려 갈리에니 대로까지 함께 걷다가 각자의 집으로 가기 위해 헤어졌다. 올리비아가 헤어진 직후 들려온 클레어의 비명 소리에 놀라 몸을 돌린 순간 서른 살쯤 되어 보이는 금발 남자가 친구를 회색 푸조 엑스퍼트에 강제로 태우는 광경을 목도했다. 클레어를 태우자마자 급히 출발한 회색 트럭은 이내 올리비아의 시야에서 사라졌다.

올리비아는 회색 푸조 엑스퍼트의 넘버를 외워두었고, 그 즉시 군인경찰대에 신고했다. 그 당시만 해도 납치 경보 프로그램(그로부터 6개월 후 멘에루아르에서 실종된 여섯 살짜리 소녀를 찾기 위해 처음 도입된다)이 도입되지 않았지만 올리비아의 발 빠른 신고로 대부분의 간선도로에 즉시 바리케이드가 설치되었다. 군인경찰대는 또 다른 목격자를 찾기 위한 협조 요청, 회색 푸조 엑스퍼트에 클레어를 태우고 사라진 납치범의 인상착의 등을 담은 전단을 대대적으로 배포했다. 올리비아의 증언을 토대로 범인의 몽타주가 작성되었다. 쾡한 얼굴, 금발의 바가지 머리, 광기 어린 눈이 납치범의 특징이었다.

경찰은 도로 곳곳에 바리케이드를 설치하고 일제히 검문검색을 펼치지만 용의자를 검거하는 데 실패했다. 올리비아의 증언과 일치하는 회색 푸조 엑스퍼트가 다음 날 앙굴렘과 페리괴 사이 숲에서 불에 탄 모습으로 발견되었다. 전날 도난 신고 된 차량이었다. 불에 탄 차가 발견된 숲 위로 다수의 헬리콥터가 출동해 수색작업을 펼쳤다. 지상에서도 군인경찰대원들과 수색견이 숲 일대를 샅샅이 뒤졌다. 현장에 파견된 과학수사대는 불에 탄 차량 인근에서 몇몇 지문과 DNA를 확보했다.

불에 탄 차 옆에서 용의자가 타고 달아난 것으로 추정되는 또 다른 차의 타이어 자국이 발견되었다. 밤새 내린 비로 노면이 진흙탕이 되어버린 탓에 타이어 자국만으로는 용의자가 타고 달아난 차를 찾아낼 수 없었다.

3

클레어 칼라일 납치사건은 사전에 계획된 범죄였을까? 아니면 정신이상자의 순간적인 충동이 빚은 사건이었을까?

보르도경찰서 강력계가 클레어 칼라일 사건을 맡아 본격적인 수사에 착수했지만 시간이 갈수록 해결의 실마리를 찾아내기는커녕 오히려 점점 꼬여가기만 했다. 범행 차량이 불에 탄 숲에서 확보한 지문이나 DNA는 용의자 검거에 전혀 도움이 되지 않았다.

경찰은 통역의 도움을 받아 가며 어학연수 참가 학생들과 선생님들을 대상으로 클레어 칼라일의 주변 인물 조사를 실시했다. 그들은 모두 뉴욕 어퍼 이스트사이드에 있는 가톨릭계 여자 교육기관인 마더 오브 머시 고등학교 소속으로 자매 결연을 맺은 보르도의 생프랑수아드살 학교에 어학 연수차 와 있었다. 강력계 형사들은 클레어 칼라일이 머물고 있던 라리비에르 부부도 조사했지만 특별한 혐의점을 발견하지 못했다.

경찰은 클레어 칼라일이 머물던 라리비에르 부부의 집 주변에 거주하는 성범죄자들에 대한 감시를 강화하는 한편 사건 당시 역에서 가장 가까운 기지국 주변에서 이루어진 통화내용도 체크했다.

언론의 집중조명을 받는 사건들이 대부분 그러하듯 보르도경찰서 강

력계로 수십여 통의 장난 전화가 걸려 왔고, 일고의 가치도 없는 익명의
제보가 쇄도했다.

사건 발생 후 한 달여가 지날 때까지 경찰의 수사는 답보상태를 면하
지 못했다. 수사는 단 한 발짝도 진전을 보이지 않았고, 클레어 칼라일
과 납치범의 행방은 여전히 오리무중이었다.

4

관례대로라면 클레어 칼라일 사건은 언론과 사람들의 관심을 증폭시
킬 수 있는 요소를 두루 갖추고 있었다. 그럼에도 다른 유사 사건들에
비해 언론의 반응은 시큰둥했다. 그 이유가 무엇인지 곰곰이 생각해봤
지만 그럴싸한 해답을 찾을 길이 없었다. 클레어 칼라일 실종사건은 분
명 대단히 충격적이고 비극적인 사건이었고, 동정여론이 빗발치듯 쏟아
졌어야 마땅했지만 얼마 지나지 않아 언론과 사람들의 관심사에서 점
차 멀어졌다.

아무리 생각해봐도 그 무렵 여론에 제동을 걸 만한 대형 사건이 벌어
졌던 게 분명했다.

클레어 칼라일이 미국 국적을 가진 소녀였기 때문이었을까? 전단에
나온 클레어 칼라일의 사진이 실제보다 훨씬 나이 들어 보였기 때문일
까? 그 시기에 유사한 사건이 유난히 많았던 탓일까?

나는 클레어 칼라일 사건이 벌어졌던 당시의 신문 기사들을 빼놓지
않고 읽어보았다. 그제야 나는 클레어 칼라일 사건이 언론과 여론의 관
심을 끌지 못한 이유를 어렴풋이나마 납득할 수 있었다.

클레어 칼라일 사건이 발생한 다음 날 프랑스 유력지들은 일제히 정

치 뉴스를 톱으로 다루었다. 대다수의 매체들이 유로 헌법제정에 대한 찬반을 묻는 국민투표에서 '반대' 측이 승리를 거둔 사실을 마치 강력한 지진이라도 발생한 양 대서특필했다. 투표 결과 시라크 대통령과 야당의 입지가 크게 위축될 거라는 분석과 함께 총리 퇴진과 더불어 새로운 내각이 들어서게 될 것이라는 전망도 쏟아져 나왔다.

클레어 칼라일 사건과 관련해 AFP가 첫 번째 기사를 타전했지만 사실 관계에서부터 오류가 많았다. 클레어 칼라일의 가족은 오래전부터 할렘에 거주했는데 기사 내용에는 브루클린 출신으로 되어 있었다. 두 번째 기사에서 오류를 바로잡긴 했지만 시기적으로 늦은 감이 있었다. AFP의 오보가 바이러스처럼 걷잡을 수 없이 번져나가며 그 후에 나온 기사들 대부분이 클레어 칼라일을 '브루클린의 소녀'라고 지칭했다.

사건 발생 직후인 며칠 동안 클레어 칼라일 사건은 미국과 프랑스에서 거의 비슷한 정도의 관심을 끌었다. 《뉴욕타임스》는 사실 위주의 진지한 기사를 실었고, 새로운 내용은 별로 없었다. 그 반면 대표적인 타블로이드판 신문인 《뉴욕포스트》는 일주일 동안 클레어 칼라일 사건을 집중적으로 보도했다. 《뉴욕포스트》는 사건과는 동떨어진 가설들을 늘어놓으며 미국 내에 만연해 있는 반 프랑스 정서에 불을 붙였다. 사랑하는 자녀가 납치당하거나 강간당하거나 고문당하는 불상사가 발생하길 원하지 않는다면 프랑스에서 휴가를 보낼 계획을 취소해야 마땅하다는 식의 논조였다. 아무런 근거도 제시하지 않고 악의적인 여론몰이에 몰두하는 행태가 아닐 수 없었다.

시간이 지나면서 미국에서도 클레어 칼라일 사건에 대한 관심은 점차 줄어들었다. 그 대신 마이클 잭슨 소송 사건이나 톰 크루즈의 약혼, 뉴

저지주에서 세 명의 어린아이가 자동차 트렁크에 갇혀 질식사한 사건이 화제의 중심이 되었다.

프랑스에서 클레어 칼라일 사건을 다룬 신문 중에서 그나마 지방지인 《쉬드 웨스트》만이 내용적으로 충실한 기사를 게재했다. 《쉬드 웨스트》의 마를렌 들라투르 기자는 클레어 칼라일 사건과 관련해 피해자와 가족에 대한 두 페이지짜리 심층 취재기사를 게재했다. 마를렌 기자가 취재한 클레어 칼라일과 가족에 대한 내용이 그나마 내가 미루어 짐작했던 안나의 청소년기 모습과 상당 부분 일치했다.

마를렌 기자가 쓴 기사 내용에 따르자면 클레어 칼라일은 아버지 없는 가정에서 자랐고, 학업에 대한 성취욕이 대단했다. 클레어 칼라일은 장래에 변호사가 되길 희망했고, 혼신의 노력 끝에 장학금을 받게 된 한편 또래 아이들보다 일 년 먼저 뉴욕에서 가장 입학하기 힘들다는 마더 오브 머시 고등학교에 합격했다.

마를렌 기자의 기사는 클레어 칼라일의 엄마가 프랑스를 방문했던 시점에 작성되었다. 2005년 6월 13일, 경찰의 수사가 지지부진하자 클레어의 엄마 조이스 칼라일이 보르도를 방문했다.

나는 INA(프랑스 국립시청각연구소) 홈페이지에 접속해 그 당시 〈프랑스2〉 방송 저녁 8시 뉴스에 출연한 조이스 칼라일이 호소문을 읽어나가는 영상을 보았다. 그녀는 납치범을 향해 제발 클레어를 해치지 말고 풀어달라고 간청했다. 땋아서 쪽진 머리와 긴 얼굴, 끝이 뾰족하고 옆으로 퍼진 콧날, 우윳빛 치아, 흑단처럼 검은 눈동자의 소유자인 조이스 칼라일은 미국의 단거리 육상스타 매리언 존스와 생김새가 흡사했다.

조이스 칼라일은 얼마나 슬픔이 컸던지 얼굴이 파리해 보였고, 퀭한 눈 주변이 퉁퉁 부어올라 있었다. 이스트 할렘에서 14년 동안 힘들게 키운 딸이 하필이면 머나먼 프랑스 남부지방까지 와서 납치되었는지 도저히 믿어지지 않는다는 표정이었다.

5

2년 동안 지지부진했던 클레어 칼라일 사건 수사는 갑자기 급물살을 타는가 싶다가 사람들의 뇌리에 오래도록 기억될 만큼 충격적인 파국을 맞게 되었다.

2007년 10월 26일 새벽, 로렌과 알자스의 경계 지역인 사베른 인근 숲에 위치한 외딴집에서 화재가 발생했다. 로렌 지역에서 근무하는 군인경찰 프랑크 뮈즐리에는 출근길에 숲속 외딴집에서 솟아오른 불길을 발견하고 급히 소방대에 신고했다. 소방대원들이 화재 현장에 도착했을 때는 이미 걷잡을 수 없을 만큼 번진 불길이 집을 모두 불태워버린 다음이었다. 불길이 잡히자마자 화재로 소실된 집으로 뛰어든 소방대원들은 매우 특이한 집 안 구조를 발견하고 경악하지 않을 수 없었다. 겉보기로는 그저 평범한 주택일 뿐이었지만 지하에 마치 요새처럼 완벽한 구조물이 있었기 때문이다. 일 층 거실에서 지하로 이어진 달팽이 모양 나선형 계단을 중심축으로 좌우편에 자그마한 독방들이 다수 있어 마치 지하 감옥을 연상케 했다.

화재가 발생한 지상 일 층 건물에서 수면제와 진정제를 과다 복용한 남자 시체 한 구가 발견되었다. 과학수사연구소의 부검 결과 집주인인 독일 출신 건축가 하인츠 키퍼로 판명되었다. 당시 서른일곱 살이었던 그는 4년 전부터 그 집에서 살아왔던 것으로 밝혀졌다.

지하에 있는 세 개의 독방에서 손목에 수갑이 채워져 있는 소녀 시체 세 구가 발견되었다. 소녀들은 손목에 채워져 있는 수갑이 배관 파이프에 연결되어있는 바람에 화재 현장을 빠져나올 수 없었던 것으로 판명되었다. 치아 배열과 DNA 검사를 통해 화재로 불탄 소녀들의 신원을 확인해본 결과 각각 다른 시기에 실종신고가 접수되었던 루이즈 고티에, 카미유 마송, 클로에 데샤넬로 밝혀졌다.

2004년 12월 21일 당시 열네 살이었던 루이즈 고티에는 코트다르모르 지방 생브리외 인근의 조부모 집에서 방학을 보내던 중 실종되었다.

카미유 마송은 2006년 11월 29일에 생샤몽과 생테티엔 사이에 위치한 마을에서 스포츠 강습을 받고 집으로 돌아가던 중 실종되었고, 당시 나이는 열여섯 살이었다.

클로에 데샤넬은 2007년 4월 6일 투르 교외에 있는 생타베르탱 시립 음악원에 가던 중 실종되었고, 당시 나이 열다섯 살이었다.

세 소녀는 2년 반이라는 기간에 걸쳐 각기 멀리 떨어진 지역에서 하인츠 키퍼에 의해 납치된 것으로 밝혀졌다. 하인츠 키퍼는 화재가 발생하기 전까지 피해자들을 장기간 납치 감금해온 것으로 드러났다.

끔찍한 화재 현장이 드러나기 전까지만 해도 세 소녀의 실종사건은 크게 주목받지 못했다. 루이즈 고티에는 조부모와 자주 언쟁을 벌였고, 카미유 마송은 가출을 밥 먹듯이 했고, 클로에 데샤넬의 부모는 딸이 사라졌음에도 즉시 신고하지 않아 실종사건 수사에서 가장 중요시되는 골든타임을 놓쳐버렸다. 경찰이 단순 가출 가능성을 높게 본 이유였다. 게다가 지리적으로 서로 멀리 떨어진 지역에서 발생한 사건들이라 동일

범이 저지른 납치사건이라는 결론을 내리기 어려웠다.

최근 10년 동안 하인츠 키퍼의 범죄 심리를 분석하기 위해 다양한 시도가 이루어졌지만 괄목할 만한 성과를 거두지 못했다. 독일의 뒤트루로* 불리기도 한 하인츠 키퍼는 프로파일러, 정신과 전문의, 언론사 범죄 담당 기자들이 나서 저마다 심리분석을 시도했지만 신상 정보가 턱없이 부족해 특별한 성과를 거두지 못했다.

하인츠 키퍼는 그야말로 수수께끼 같은 인물이었다. 소녀들을 납치해 장기간 감금하고 있었지만 전과 기록이 전혀 없었고, 경찰의 데이터베이스에 변변한 신상 자료가 올라와 있지 않았다. 수상한 행동을 하다가 사람들의 의심을 사게 된 적도 없었다.

하인츠 키퍼는 2001년 말까지 뮌헨의 이름난 건축사무소에서 일했다. 하인츠 키퍼를 아는 사람들이 더러 있었지만 그가 끔찍한 범죄를 저질렀다는 사실을 아무도 믿으려 하지 않았다. 그는 평소 조용하고 얌전한 사람이었다고 했다. 더욱 특이한 점은 하인츠 키퍼와 잠시나마 같이 일한 경험이 있는 동료조차도 그가 어떤 사람이었는지 제대로 기억하지 못한다는 사실이었다.

하인츠 키퍼는 친구가 일절 없는 외톨이였고, 바로 옆에 있어도 눈에 띄지 않는 투명 인간이었고, 속마음을 전혀 내비치지 않는 사람이었다. 진정한 의미에서의 '미스터 셀로판'**인 셈이었다.

하인츠 키퍼가 납치 감금한 소녀들에게 어떤 짓을 저질렀는지 분명하

---

*벨기에 출신 전기기사로 미성년자 감금 및 강간, 살해, 강도 등의 범죄 행위로 체포되어 유럽 전역을 떠들썩하게 했던 사이코패스

**뮤지컬 〈시카고〉에 나오는 인물 에이모스가 부르는 노래. 아내 록시 하트가 자신을 투명 인간 취급하자 셀로판테이프에 빗대 처지를 비판한다

게 확인된 사실은 없었다. 과학수사연구소에서 부검을 했지만 화재 당시 소녀들의 시체가 심하게 불타 성폭행이나 고문의 흔적을 찾아내 규명하기까지는 명백한 한계가 있었다. 화재 발생 원인에 대해서는 이론의 여지가 없었다. 화재 현장에 휘발유가 다량 뿌려진 사실이 확인되었기 때문이다.

하인츠 키퍼와 마찬가지로 소녀들의 사체에서도 다량의 수면제와 진정제가 검출되었다. 경찰은 정확한 원인이 밝혀지지는 않았지만 하인츠 키퍼가 집에 휘발유를 뿌리고 소녀들과 함께 동반자살을 시도한 것으로 결론지었다.

경찰이 건축전문가들에게 하인츠 키퍼의 아지트로 사용된 주택의 지형, 설계, 방음벽 따위에 대해 자문을 구한 결과 세 소녀들이 서로의 존재를 몰랐을 가능성이 매우 크다는 결론이 내려졌다.

6

언론은 화재 현장에 억류되어 있던 소녀들의 시체가 발견되자 뜨거운 관심을 보이기 시작했다. 나이 어린 소녀가 셋이나 납치 감금되었다가 불에 탄 시체로 발견되었다. 비록 하인츠 키퍼가 어떤 가혹 행위를 저질렀는지 명확하게 드러나지는 않았지만 수년 동안 소녀들을 납치 감금하고 온갖 파렴치한 짓을 저지르다 살해했을 가능성이 농후한 상황이었다.

아무런 죄도 없는 소녀들이 억울하게 목숨을 잃게 된 것에 대해 누구에게 책임을 물어야 하는가? 프랑스 사회 구성원 전체의 잘못인가, 아니면 어느 누구의 잘못도 아닌가?

정부의 관련 부서들은 서로에게 책임을 떠넘기기에 여념이 없었다. 화재 현장 분석만으로도 꼬박 이틀이 소요되었다. 화재 현장의 배관 파이프와 하인츠 키퍼가 타고 다니던 픽업에서 소녀들의 머리카락과 두 개의 지문이 발견되었다. 열흘 간에 걸친 과학수사연구소의 분석 결과 하인츠 키퍼와 세 소녀의 지문은 아니었다. 두 개 중 하나의 지문은 끝내 신원이 확인되지 않았고, 나머지 하나는 클레어 칼라일의 지문으로 밝혀졌다.

하인츠 키퍼가 클레어 칼라일을 납치 감금할 무렵 리부른에서 불과 60킬로미터 떨어진 도르도뉴 지방 리베락에 사는 모친을 방문했다는 사실이 새롭게 밝혀졌다. 화재 현장을 중심으로 제법 넓은 지역에서 다시 수색작업이 시작되었다. 주택의 연못 바닥을 준설하기 위해 굴착기들이 동원되었고, 숲을 수색하기 위해 헬리콥터가 동원되었다. 경찰은 클레어 칼라일의 시체를 찾기 위해 자원봉사자들까지 동원해가며 대대적인 수색작업을 펼쳤다.

경찰의 수색 결과 끝내 클레어 칼라일의 사체를 찾아내지 못했지만 그녀의 죽음을 의심하는 사람은 아무도 없었다. 하인츠 키퍼가 집단자살을 시도하기 전 클레어 칼라일을 다른 곳으로 데려가 살해하고 시체를 유기했을 가능성이 유력하게 거론되었다.

하인츠 키퍼 사건 수사는 결국 미궁에 빠지게 되었다. 경찰은 결정적인 단서를 확보하지 못해 한동안 수사를 종결짓지 못하고 차일피일 시간만 흘려보냈다. 사건 담당 검사는 2009년 말에 이르러서야 결국 클레어 칼라일의 사망 확인서에 서명하고 공식적으로 수사 종결을 선언했다.

그 후, 아무도 브루클린의 소녀에 대해 언급하지 않았다.

8.유령들의 춤

진실은 태양과 같다. 세상 만물을 모두 비추지만 정작 자신의 모습은 보여주지 않으니까.
_빅토르 위고

1

"어이, 이제 일어나시지!"

마르크의 목소리에 소스라치게 놀란 나는 몸을 벌떡 일으켜 세우며 눈을 떴다. 온몸에 땀이 흥건했고, 심장은 여전히 두방망이질을 쳐댔고, 입 안은 재라도 씹은 듯 껄끄러웠다.

"출입문이 잠겨 있었을 텐데 어떻게 들어왔어요?"

"자네가 집 열쇠를 나에게 한 벌 줘놓고 벌써 잊은 거야?"

마르크의 손에 캉파뉴 빵과 갖가지 식료품이 든 시장바구니가 들려 있었다. 나는 여전히 눈꺼풀이 천근만근이었고, 약간 어지러운 데다 구토 증세가 일었다.

이틀 밤을 꼬박 새운 결과 체력의 한계를 실감하고 있는 중이었다. 나는 두 번 연속으로 하품하고 나서 소파에서 일어나 마르크가 있는 주방으로 걸어갔다. 어느새 벽시계가 오전 8시를 가리키고 있었다. 갑자

기 엄습해온 피로를 견디지 못해 의자에 앉은 자세로 한 시간 이상 잠을
잤다는 뜻이었다.

"나쁜 소식이 있어."

마르크가 커피메이커의 전원을 누르며 말했다. 전에 없이 얼굴 표정
이 심각한 것으로 보아 뭔가 곤란한 문제가 발생한 게 분명했다.

"지금보다 더 나빠질 일도 없잖아요?"

"클로틸드 블롱델이 누군지 기억하지?"

"생트 세실 고등학교 교장 선생님 말인가요?"

"방금 전, 생트 세실 고등학교에 다녀오는 길이야."

나는 내 귀를 의심하지 않을 수 없었다.

"왜 날 쏙 빼놓고 혼자 그 학교에 갔죠?"

"그렇잖아도 한 시간 전에 자네를 부르러 왔더니 세상모르고 쿨쿨 자
고 있기에 혼자 갈 수밖에 없었어. 클로틸드가 그나마 안나에 대한 비
밀을 가장 많이 알고 있는 사람이잖아. 자네가 그녀를 만나 직접 들은
이야기는 지극히 일부에 불과할 수도 있어. 그녀가 그토록 애지중지하
는 안나가 납치당하는 영상을 보여줄 경우 깜짝 놀라 알고 있는 비밀을
모두 털어놓을 거라 생각했지."

마르크가 분쇄기로 곱게 간 원두커피 가루를 여과지에 다져 넣고 나
서 말을 이었다.

"생트 세실 고등학교에 도착해보니 교문 앞에 경찰들이 쫙 깔려 있는
거야. 내가 익히 아는 후배도 몇몇 눈에 띄었지. 청소년 보호과 제3분
과 소속 형사들이었어. 내가 잘 아는 뤼도빅 카사뉴의 수하에서 일하는
형사들이었지. 나는 후배들의 눈에 띄지 않기 위해 적당히 거리를 두고

상황을 살폈어. 후배 형사들이 떠날 때까지 숨어 있을 생각이었지."

"경찰이 생트 세실 고등학교에는 무슨 일로 갔는데요?"

"클로틸드가 학교 정원에서 의식을 잃고 쓰러져 있었나봐."

나는 별안간 정신이 번쩍 들며 잠이 훌쩍 달아났다.

마르크가 빵을 토스터에 넣으며 이야기를 계속했다.

"오늘 아침 6시경에 출근한 정원사가 맨 처음 정원에서 피를 흘리며 쓰러져 있는 클로틸드를 발견하고 경찰에 신고했대. 경찰은 누군가가 4층 교장 집무실 창문에서 클로틸드를 밀어 아래로 떨어뜨린 것으로 판단하고 있는 눈치였어."

"클로틸드는 어떻게 됐어요?"

마르크는 씁쓸한 표정을 지으며 입맛을 다셨다.

"정원사 말로는 아직 숨을 쉬고 있지만 중태라고 했어. 구조대원들이 도착해 클로틸드를 코셍 병원 응급실로 이송했다고는 하지만 4층에서 추락했다면 회생하기 쉽지 않을 거야."

문득 코셍 병원 심혈관센터 책임자로 있는 사촌 동생 알렉상드르 레크가 떠올랐다. 알렉상드르에게 부탁하면 정확한 상황을 알 수 있을 듯했다.

나는 알렉상드르에게 급히 전화했지만 받지 않아 자동응답기에 간략한 사연과 함께 클로틸드의 예후를 알려달라고 남겨두었다.

갑자기 주체할 수 없을 만큼 자책감이 밀려든 나는 공황 상태에 빠져 장의자에 털썩 주저앉았다.

결과적으로 내가 안나에게 지난날의 진실을 모두 털어놓으라고 다그치는 바람에 이 모든 비극이 발생하게 된 거야.

내 고집이 결국 안나가 다시는 돌아보길 원하지 않았던 과거의 망령을 현실로 이끌어낸 셈이었다. 오랜 망각에서 깨어난 과거의 망령들이 다시 비극을 몰고 올 피바람을 불러일으키기 위해 광분하고 있었다.

2

"아빠, 우유!"

테오가 아직 잠기운이 남아 있는 얼굴로 방에서 나와 내 앞으로 아장아장 걸어왔다. 입가에 함박 미소를 머금은 녀석이 내가 들고 있던 우유병을 낚아채더니 유아용 의자에 앉았다.

테오가 커다란 눈을 반짝이며 우유를 꿀꺽꿀꺽 마시기 시작했다. 나는 녀석의 곱슬곱슬한 금발, 끝이 약간 말려 올라간 코, 영롱한 아쿠아마린 빛깔 눈동자를 바라보며 점점 가라앉아가는 희망을 건져 올리기 위해 안간힘을 썼다.

마르크는 커피잔을 손에 쥐고 코르크 게시판 앞을 서성거리고 있었다.

"이 사진이 안나가 자네에게 보여준 바로 그 사진인가?"

마르크가 코르크 게시판에 꽂아둔 컬러 프린트를 가리키며 물었다.

"네, 바로 그 사진이에요."

하인츠 키퍼에게 납치되었다가 희생당한 세 소녀의 시체를 찍은 사진이었다. 루이즈 고티에, 카미유 마송, 클로에 데샤넬.

"자네는 이 사진을 어디에서 찾아냈나?"

마르크가 사진에서 눈을 떼지 않으며 물었다.

"지방신문 특별호에서 발견했어요. 《라 부아 뒤 노르》와 《르 레퓌블리캥 로렝》이 공동으로 발간하는 《사건사고 특별호》에 그 사진이 실려 있더군요. 하인츠 키퍼와 불에 탄 그의 은신처를 다룬 기사였어요. 편집 책임자가 그 끔찍한 사진을 게재한다고 했을 때 아무런 제재도 받지 않은 게 놀라웠죠."

마르크는 한숨을 내쉬더니 커피를 한 모금 마셨다. 그는 가느다랗게 실눈을 뜨고 내가 시간순으로 분류해 게시판에 붙여둔 신문 기사들을 읽어가기 시작했다.

"자네는 어떻게 생각하나?"

마르크는 담배를 입에 물고 창가를 향해 걸어갔다. 커피잔을 창틀에 내려놓은 그는 즉흥적으로 정리한 사건 전개 시나리오를 구술하기 시작했다.

"2005년 5월, 하인츠 키퍼는 리부른 역 인근에서 클레어 칼라일을 납치해 차에 싣고 프랑스 동부 지역에 위치한 은신처로 데려간다. 하인츠 키퍼의 집에는 이미 납치해온 루이즈 고티에가 있다. 납치된 두 소녀는 지옥 같은 몇 달을 보낸다. 두 소녀만으로 만족하지 못한 하인츠 키퍼는 2006년 말에 카미유 마송을 납치하고, 이듬해 봄에는 다시 클로에 데샤넬을 납치한다."

"그 부분까지는 제 생각과 정확하게 일치하네요."

"2007년 10월이면 클레어 칼라일이 납치돼 감금당한 지 2년 반이 지난 시점이다. 하인츠 키퍼는 악마적인 쾌락을 극대화하기 위해 납치해온 소녀들에게 수면제와 진정제를 먹인다. 극도로 신경이 예민한 그 자신이 수시로 복용해온 약이다. 어느 날, 클레어는 하인츠 키퍼의 감시가 소홀한 틈을 타 지옥 같은 곳을 빠져나온다. 클레어 칼라일이 사라졌다는 것을 알게 된 하인츠 키퍼는 극도의 공황 상태에 빠진다. 희대의 납치범 하인츠 키퍼는 당장이라도 경찰이 들이닥칠까봐 조바심친다. 경찰에 체포될 경우 종신형을 면하기 어렵다고 판단한 하인츠 키퍼는 감금해놓은 포로들을 전부 살해한 다음 집에 불을 지르고 그 자신도 목숨을 끊는다."

"그 부분은 저와 생각이 달라요."

"자네 생각이 뭔지 말해주겠나?"

나는 창가로 다가가 테이블 한 귀퉁이에 앉았다.

"하인츠 키퍼가 은신처에 구축한 지하 방들은 마치 요새나 다름없어 납치돼 온 소녀들이 탈출하는 게 불가능했어요. 방탄 장치가 된 문, 자동 잠금장치가 설치된 방, 소녀들이 탈출할 것에 대비해 최신 경보시스템을 갖추고 있었으니까요. 과연 클레어 칼라일이 경보시스템이 완벽하게 가동되는 집에서 탈출하는 게 가능했을까요?"

마르크가 내 말에 즉각 반박했다.

"인간은 그 어떤 감옥에서든지 탈옥이 가능하고, 그 어떤 금고 문도 열어젖힐 수 있다는 사실을 이미 지나간 역사가 증명하고 있지 않나?"

나는 자리에서 일어나 코르크 게시판에 붙여둔 A3 크기의 미슐랭 지도를 가리켰다.

"지도에서 보다시피 하인츠 키퍼의 집은 프티트 피에르 숲 한가운데에 위치해 있어요. 만약 지하 독방에서 용케 탈출했다고 가정하더라도 도보로 이동할 경우 첫 번째 마을까지 도착하는 데 적어도 몇 시간은 족히 걸리게 되어 있어요. 클레어 칼라일이 뛰어난 두뇌를 이용해 탈출에 성공했다고 하더라도 과연 몇 시간 동안 잡히지 않고 첫 번째 마을까지 무사히 달아날 수 있었을까요?"

"클레어 칼라일이 하인츠 키퍼의 차를 훔쳐 타고 달아났을 수도 있지 않을까?"

"하인츠 키퍼의 픽업과 오토바이는 불에 탄 집 앞에 그대로 세워져 있었어요. 더 이상 클레어 칼라일이 이용 가능한 차는 없었죠."

"클레어 칼라일이 하인츠 키퍼의 은신처와 가까운 길에서 지나가던 차를 만나 히치하이킹했을 수도 있지 않을까?"

"만약 클레어를 탈출시켜준 사람이 있었다면 당장 경찰에 신고했겠죠. 한때 세상을 떠들썩하게 했던 사건인데 경찰에 알리지 않고 그냥 넘어갈 리 없잖아요. 만약 클레어가 탈출에 성공했다면 익명으로라도 경찰에 신고했어야 하는데 전혀 기록이 남아 있지 않아요. 적어도 은신처에 감금되어있는 다른 소녀들을 구하기 위해서라도 경찰에 신고했어야 마땅하잖아요. 게다가 클레어가 탈출에 성공했다면 왜 엄마와 학교 친구들에게조차 아무런 연락도 하지 않았을까요? 게다가 왜 신분 세탁을 해가면서까지 파리에서 살아갈 생각을 했을까요?"

"나도 아직 자네가 제기한 문제들에 대한 해답을 찾지 못했어."

"물론 하인츠 키퍼가 소녀들을 독방에 가두고 최첨단 경비 시스템을 활용해 감시망을 펼치는 바람에 납치된 소녀들끼리는 서로의 존재에 대해 전혀 몰랐을 수도 있어요. 하지만 그 경우 노란색 스포츠가방 안에 들어있던 40만 유로의 출처에 대해서는 어떻게 설명해야 할까요?"

"혹시 하인츠 키퍼의 돈을 훔친 건 아닐까?"

마르크가 자신 없어 하는 목소리로 되물었다.

"경찰에서는 하인츠 키퍼의 계좌를 철저하게 들여다봤고, 마치 요새 같은 집을 짓느라 엄청난 빚을 지고 있었어요. 계좌에 남아있는 돈이 한 푼도 없었고, 심지어 자기 엄마에게 매달 5백 유로씩 생활비를 얻어

쓰고 있는 형편이었어요. 그런 사람이 현금 40만 유로를 집에 숨겨두고 있었다는 건 어느 모로 도저히 이해할 수 없잖아요."

마르크가 신경질이 난다는 듯 담배꽁초를 제라늄 화분에 짓이겨 껐다.

"아직 의혹이 풀리지 않는 부분을 집중적으로 연구해볼 필요가 있겠어. 일단 자네가 생각하고 있는 의문들이 뭔지 게시판에 적어봐."

나는 형광펜을 집어 들고 게시판에 붙여둔 종이 뒷면에 의혹이 풀리지 않은 내용을 차례로 적어나갔다.

누가 안나를 파리 교외에 있는 창고에 감금했을까?

누가 안나를 창고에서 빼돌렸을까?

안나를 납치한 남자는 왜 지금껏 그녀를 감금해두고 있을까?

마르크가 마지막 의문에 대해 민감한 반응을 보였다.

"그야 안나가 자네에게 모든 사실을 털어놓으려 했기 때문이 아닐까? 안나는 분명 자기가 클레어 칼라일이라는 사실을 자네에게 털어놓으려고 작정했었잖아."

"형사님이 늘 저에게 말씀하시길 수사에서 가장 중요한 점은 범인이 범죄를 저지른 동기가 무엇인지 알아내는 거라고 강조했잖아요."

"물론 그 말은 여전히 유효해. 그러니까 클레어가 자네에게 과거의 진실을 털어놓을 경우 가장 곤란해질 사람이 누군지 알아낼 필요가 있겠어. 안나가 10년 전 하인츠 키퍼에게 납치된 클레어 칼라일이라는 사실이 밝혀질 경우 가장 큰 손해를 보는 사람이 누구일까?"

잠시 그 질문이 허공을 맴돌았지만 우리는 둘 다 선뜻 해답을 내놓지 못했다. 여전히 사건의 본질에 접근하기까지 부족한 부분이 많다는 뜻이었다.

3

테오가 등받이 없는 의자에 올라앉아 꿀을 발라 구운 빵을 맛나게 먹어 치웠다. 테오의 곁에 앉아 연거푸 커피잔을 기울이던 마르크가 새로운 계획을 이야기했다.

"하인츠 키퍼에 대한 수사를 처음부터 다시 시작해야겠어. 비극적인 사태가 벌어진 화재 현장으로 되돌아가 그날 밤 과연 무슨 일이 벌어졌는지 밝혀내야 해."

지극히 원론적인 이야기라 과연 우리가 나선다고 문제를 해결할 수 있을지 확신이 서지 않았다. 몇 분 전부터 나는 한 가지 명백한 사실에 주목하고 있었다. 마르크는 형사 입장에서 상황을 분석하고 있는 반면 나는 소설가의 상상력을 발휘해 사건의 본질에 접근해가려는 시도를 하고 있었다.

"마르크 형사님, 우리가 언젠가 글쓰기에 대한 대화를 나누었던 걸 기억해요? 형사님이 저에게 등장인물들을 어떻게 탄생시키게 되는지 물은 적이 있잖아요. 그때 저는 등장인물들의 과거를 모르는 이상 소설을 단 한 페이지도 써나갈 수 없다고 대답했죠."

"자네는 등장인물들이 살면서 경험한 일들을 빼곡하게 적어놓은 파일을 먼저 준비하고 나서 소설을 쓴다고 했지?"

"잘 기억하고 계시네요. 그때 제가 영화 〈고스트〉에 빗대어 이야기했었죠."

"그때의 기억을 떠올리는 의미에서 다시 한번 이야기해봐."

"영화 〈고스트〉에서 보면 여주인공의 과거 어느 한 시점에서 인생의 결정적인 전환점이 된 사건이 벌어집니다. 과거에 발생한 사건이지만 현재도 주인공의 삶에 지대한 영향을 미치고 있죠."

"주인공의 운명을 바꾼 사건인데도 정작 자신은 전혀 모르고 있기도 하지."

"네, 형사님 말씀대로 과거의 사건이 주인공의 성격, 심리, 내면세계, 행동 방식까지 모두 변화시킬 만큼 엄청난 충격을 가져다주었지만 정작 자신은 사건의 전말을 까마득히 모르고 있어요. 그때 '고스트'의 활약이 펼쳐지면서 극적 반전이 이루어지게 됩니다."

마르크는 내가 테오의 얼굴에 묻은 빵가루를 닦아주는 모습을 물끄러미 지켜보았다.

"자네가 하고 싶은 말이 뭐야?"

"클레어 칼라일의 '고스트'를 찾아야 해요."

"화재가 발생하기 전날 밤 하인츠 키퍼의 집에서 무슨 일이 벌어졌는지 알아내야만 자네가 말한 고스트를 찾아낼 수 있지 않을까?"

"제 생각은 조금 다릅니다. 클레어 칼라일이 하인츠 키퍼의 집에서 탈출하는 데 성공했다면 왜 경찰에 신고하지 않았을까요? 그녀는 왜 미국으로 돌아가지 않고, 엄마에게 연락도 하지 않고, 프랑스에 남아 신분 세탁을 했을까요? 그녀가 살았던 뉴욕 어딘가에 분명 그 부분을 설명해줄 진실이 존재하리라는 게 제 생각입니다."

"어딜 가면 자네가 말한 진실을 찾을 수 있을까?"

"저는 클레어 칼라일이 왜 그런 선택을 할 수밖에 없었는지 그녀의 어린 시절을 만나보게 되면 알 수 있을 거라 믿어요."

"자네는 클레어 칼라일의 어린 시절에 대해 알아보기 위해 미국에 가 겠다는 말인가?"

마르크가 커피를 한 모금 마시고 나서 물었다.

"마르크 형사님은 프랑스에 남아 조사를 계속해주세요. 저는 미국으 로 날아가 클레어 칼라일의 과거와 조우할 생각이니까!"

마르크는 깜짝 놀란 듯 방금 전 입 안에 털어 넣었던 커피를 토해내며 발작적으로 기침을 하기 시작했다. 가까스로 기침이 멎자 마르크가 나 를 빤히 쳐다보았다. 여전히 황당하다는 표정이었다.

"미국에까지 갔다가 허탕을 치면 어쩌려고?"

"설사 허탕을 치게 되더라도 제가 생각하기에는 반드시 필요한 일입 니다."

4

우리가 탄 택시는 이탈리아광장 로터리에서 뱅상 오리올 대로 쪽으로 방향을 틀었다.

"아빠! 빵빵! 저기 빵빵!"

택시 뒷좌석의 내 무릎에 앉아 파리 시내를 오가는 차량들을 보며 환 호를 보내는 테오의 모습이 마치 세상에서 가장 행복한 아이처럼 보였 다. 녀석은 자그마한 두 손을 차창에 딱 붙이고 바깥을 내다보느라 여 념이 없었다. 나는 가을 들판에서 밀이 익어갈 때와 흡사한 냄새를 풍 기는 녀석의 머리카락에 코를 틀어박고 조금이나마 낙천적인 사람이 되 어보려고 안간힘을 썼다. 낙천적인 사고야말로 지금 나에게 무엇보다 절실히 필요한 덕목이었다.

우리는 지금 공항으로 가는 길이었다. 마르크와 대화를 끝내자마자 뉴욕행 비행기 표를 구입하고 호텔 방을 예약했다. 테오와 동행하기로 결정했고, 트렁크에 필요한 짐을 모두 챙겨 넣었다.

벨소리가 몇 번쯤 울리고 나서 휴대폰을 주머니에서 꺼냈다. 화면에 네케르 병원 심혈관센터에서 일하는 사촌 동생 알렉상드르의 전화번호가 찍혀 있었다.

"안녕, 알렉상드르."

"잘 지내지?"

"난 요즘 좀 머리가 복잡한 일이 생겼어. 넌 어때? 소니아와 아이들은 잘 지내지?"

"아이들이 많이 컸어. 지금 테오랑 같이 있나봐? 테오가 조잘대는 소리가 여기까지 들려."

"택시를 타고 가는 중인데 녀석이 내 무릎에 앉아 신나게 조잘대고 있어."

"나 대신 녀석에게 뽀뽀해줘. 그나저나 나에게 클로틸드 블롱델이 어떻게 됐는지 알아봐달라고 했잖아?"

"그래, 어떻게 되었지?"

"코솅 병원에 있는 친구와 통화했는데 상태가 매우 안 좋아. 갈비뼈가 여러 대 부러졌고, 다리에 심한 골절상을 입은 데다 대퇴부가 탈구되었나봐. 무엇보다 두개골이 함몰된 게 가장 심각한 문제겠지."

"목숨은 건질 수 있대?"

"아직 확실하게 장담하기 힘든가봐. 다발성 외상의 경우 추후 합병증이 발생할 위험성이 크니까."

"가령 어떤 합병증이 발생할 위험이 있지?"

"뇌 혈종도 문제고, 기흉이나 흉곽 혈종 같은 호흡기 계통 질환도 발생할 수 있어. 척추 손상이 심해 목숨을 건지더라도 반신불수가 될 수도 있지."

"계속 관심 있게 지켜봐주고, 뭔가 중대한 변화가 있을 경우 나에게 즉시 알려줘."

"알았으니까 염려 마."

"그래, 고마워."

알렉상드르와 통화를 끝내자마자 다시 벨 소리가 울려 퍼졌다.

클레어 칼라일 사건을 취재한 《쉬드 웨스트》의 마를렌 기자였다. 마를렌 기자가 쓴 기사를 읽고 나서 즉시 《쉬드 웨스트》에 연락해 행방을 탐문한 결과 지금은 《웨스트 프랑스》에서 일한다고 했다.

나는 마를렌 기자에게 21세기에 일어난 다양한 범죄 사건을 다룬 르포르타주를 준비 중인 작가인데 클레어 칼라일 사건을 취재하며 느꼈던 소회를 듣고 싶다는 내용의 이메일을 보냈다.

"마를렌 기자님, 전화 주셔서 감사합니다."

"몇 해 전, 라파엘 선생님을 만나 뵌 적이 있는데 혹시 기억하세요? 2011년에 열린 〈놀라운 여행자들〉이라는 여행 관련 박람회장에서 선생님을 인터뷰한 적이 있거든요."

"아, 그때 인터뷰라면 저도 기억합니다."

나는 대충 그렇게 둘러댔다.

"이제 소설 대신 르포르타주를 집필하신다고요?"

"요즘은 현실이 픽션보다 더욱 강렬한 느낌을 줄 때가 있더군요."

"강력 사건을 취재하다보니 저도 가끔 그런 생각이 들 때가 있긴 했어요."

나는 테오를 안고 있느라 휴대폰을 어깨와 뺨 사이에 대고 통화를 계속했다. 내 무릎에 앉은 테오가 교량 위 플랫폼으로 들어서는 열차를 자세히 보기 위해 두 다리를 버둥거렸다.

"클레어 칼라일 사건을 기억하시죠?"

"기억하다마다요. 솔직히 말해 저는 그 사건에 대해 관심이 컸어요. 클레어 칼라일이 저와 공통점이 많아 저절로 감정이입이 된 탓이죠. 저도 클레어 칼라일처럼 미혼모를 어머니로 두었고, 가난한 집안 출신이라 학업을 사회적 신분 상승의 발판으로 삼고자 했으니까요. 클레어 칼라일은 저에게 미국 출신 여동생이라는 느낌을 갖게 했어요."

"미혼모 슬하에서 성장한 클레어 칼라일이 끝내 아버지를 보지 못했을 거라고 확신하십니까?"

"증명할 길은 없지만 클레어 칼라일의 엄마는 어느 남자의 아이를 임신했는지조차 모르는 것 같았어요."

"왜 그런 생각을 하게 되었죠?"

전화기 너머에서 가벼운 한숨 소리가 들려왔다.

"사실 그 사건을 취재할 당시 클레어 칼라일의 엄마 조이스 칼라일에게 생부에 대해 직접 질문한 적이 있어요. 그때 조이스 칼라일은 제 질문에 대해 대답을 회피했지만 클레어의 생부가 누군지 모르는 눈치였어요. 클레어 칼라일 사건이 일어난 지 2주가 지났지만 수사 상황이 여전히 답보상태를 면하지 못하자 조이스 칼라일이 직접 프랑스를 방문했을 때였죠. 기사에 포함시키지는 않았지만 조이스 칼라일은 클레어가 태어나기 전 허구한 날 마약에 빠져 환각 상태에서 벗어나지 못했던 여자였어요. 코카인, 헤로인, 크랙 등 닥치는 대로 마약에 손을 댈 만큼 심각한 중독 상태였건 거죠. 1980년대 말까지 마약을 구입하기 위해 10달러씩 받고 몸을 팔기도 했다니까 클레어의 생부가 누군지 모를 수밖에 없지 않을까요?"

마를렌은 감이 뛰어난 기자였다. 만일 내가 적극적으로 클레어 칼라일 사건에 대한 조사에 착수했다는 사실을 알게 될 경우 냄새를 맡을 수도 있었다. 가뜩이나 경찰을 따돌리고 조사를 시작한 마당인데 이제 와서 마를렌 기자에게 선수를 빼앗기는 실수를 범하고 싶지 않았다.

나는 한껏 무심한 투로 물었다.

"그 후, 혹시 조이스 칼라일과 연락이 닿은 적이 있습니까?"

마를렌이 갑자기 한숨을 쉬었다.

"제가 조이스 칼라일을 만나고 싶었다고 하더라도 뜻을 이룰 수 없었겠죠. 그녀는 오래전에 숨을 거두었으니까요."

나는 제대로 뒤통수를 얻어맞은 기분이었다.

"조이스 칼라일이 숨졌다는 기사는 그 어디에도 없던데요?"

"저도 사실은 조이스 칼라일이 숨진 지 한참이 지나서야 소식을 들었어요. 기억하기로 제가 2010년 여름에 휴가차 뉴욕에 갔을 때였을 거예요. 할렘을 돌아보던 중 클레어 칼라일에 대한 생각이 떠올랐어요. 문득 그녀가 어린 시절을 보낸 집을 찾아가보고 싶다는 생각이 들었죠. 그녀의 어린 시절 집 주소가 그때까지 제 머릿속에 또렷이 박혀 있었거든요. 빌베리 가 6번지. 야생 블루베리 길이라는 뜻이죠. 빌베리 가를 방문해 동네 상인들과 이야기를 나누던 중 조이스 칼라일이 2005년 6월 말에 숨을 거두었다는 이야기를 들었습니다. 클레어 칼라일이 실종되고 나서 4주 만에 또다시 비극적인 일이 발생한 셈이죠."

"혹시 사인이 뭐였답니까?"

"헤로인 과다 흡입이었어요. 사실 조이스 칼라일은 15년 동안 마약에 손을 대지 않고 살았는데 클레어가 실종되자 맨정신으로는 도저히 견딜 수 없었나봐요. 그녀는 또다시 헤로인에 손을 대기 시작했고, 오랫동안 마약을 끊던 사람에게는 소량만 흡입해도 치사량이 될 수 있다는 사실을 망각했답니다."

택시는 베르시 다리를 가로질러 센 강변을 달리고 있었다. 강 건너편의 조제핀-베이커 수영장이 눈에 들어왔다. 프랑수아 미테랑 도서관의 타워들, 물결에 몸을 맡기고 유유자적 떠 있는 유람선들, 톨비악 교각의 키 낮은 아치가 차례로 시야에 들어왔다가 멀어져갔다.

"클레어 칼라일 사건에 대해 저에게 특별히 더 들려주실 말씀은 없습니까?"

"당장은 생각나지 않지만 그 당시 취재하면서 내용을 기록해둔 노트가 어딘가에 있을 테니까 찾아보고 나서 연락드리죠."

"그렇게만 해주신다면 저로서는 기쁘기 한량없겠습니다."

"아, 잠깐만요. 방금 전 생각났는데 클레어 칼라일 사건에 대한 수사가 진행될 당시 끊임없이 들려온 소문이 한 가지 있었어요. 조이스 칼라일이 사설탐정을 고용해 나름의 수사를 벌인다는 소문이었죠."

"그 이야기를 어디서 들으셨습니까?"

"그 당시 제 애인이 보르도경찰서 강력계에서 일하던 리샤르 앙젤리 형사였어요. 이제 와서 하는 말이지만 형사치고는 그다지 예리하지 않은 사람이었죠. 능력에 비해 야심이 턱없이 큰 사람이기도 했어요. 리샤르가 이따금 저에게 강력계에서 확보한 수사 정보를 흘리곤 했어요."

나는 주머니에서 펜을 꺼낸 다음 메모지를 집어 들고 보르도경찰서 강력계 형사의 이름을 적어두었다.

"그 당시 리샤르 앙젤리 형사는 주로 어떤 일을 맡았죠?"

"클레어 칼라일 사건 수사팀의 일원이었어요. 리샤르의 말에 따르면 강력계 형사들은 물론이려니와 담당 검사 역시 사설탐정이 수사에 개입될 거라는 사실을 알게 되자 몹시 화가 났다더군요."

"사설탐정은 미국인이었나요?"

"저도 들은 이야기라 거기까지는 잘 모르겠어요."

마를렌 기자가 잠시 침묵하다가 말을 이었다.

"라파엘 선생님, 혹시 새로운 사실을 알게 되면 저에게도 귀띔해주시겠어요?"

"당연하죠."

마를렌 기자의 목소리로 보아하니 몇 분만 더 통화를 지속할 경우 그녀 역시 클레어 칼라일 사건이라는 바이러스에 다시 감염될 공산이 커 보였다.

택시는 이제 포르트 드 베르시를 지나 외곽순환도로를 달리고 있었다. 테오는 어디를 가든 반드시 데리고 다니는 충성스러운 강아지 인형 피피를 꼭 끌어안고 잠들어 있었다.

"클레어 칼라일 사건을 취재하고 나서 줄곧 뭔가 중요한 사실을 망각하고 있다는 느낌이 들었어요. 경찰, 기자, 담당 검사 모두 중대한 사실을 놓쳤다면 결국 사건의 근본적인 해결에 실패한 셈이겠죠. 보르도 경찰서 강력계는 하인츠 키퍼의 집에서 범인과 세 구의 시체가 발견되었고, 클레어 칼라일의 DNA가 발견되고 나서 얼마 지나지 않아 수사를 종결했어요. 저로서는 명확한 단서도 없는 데다 모든 의혹이 말끔히 해소된 게 아니어서 끝내 찜찜한 기분을 떨쳐버릴 수 없었죠."

내가 만나본 사람 중 클레어 칼라일 사건에 대한 보르도경찰서의 공식 수사 발표에 대해 석연치 않은 입장을 보인 사람은 마를렌 기자가 처음이었다.

"하인츠 키퍼는 몽타주와 일치하는 인물이었고, 그의 은밀한 아지트에서 소녀들의 시체 세 구가 나왔으니 수사를 종결하는 게 무리는 아니었는데 왜 당신은 석연치 않은 느낌을 받게 되었죠?"

"사실 범인의 몽타주는 오직 한 사람의 증언에 의해 작성되었어요."

"클레어 칼라일의 친구인 올리비아의 증언이었잖아요."

"경찰이 겨우 몇 시간에 걸쳐 올리비아의 증언을 듣고 납치범의 몽타주를 작성했어요. 사건 발생 시간은 밤이었고, 순식간에 벌어진 일이라 올리비아가 아무리 똑똑한 소녀라고 하더라도 범인의 인상착의를 명확하게 기억하기란 거의 불가능한 상황이었죠. 올리비아의 부모가 바로 다음 날 프랑스를 방문해 아이를 뉴욕으로 데려가는 바람에 추가 조사도 이루어지지 않았어요."

"경찰의 수사 결과 발표에 대해 이의를 제기하시는 건가요?"

"저에게 대안이 있는 것도 아니고, 결과를 뒤집을 수 있는 증거가 있는 것도 아닌데 이의를 제기해본들 무슨 소용이 있겠어요. 다만 라파엘 선생님이 르포르타주를 쓴다기에 아직 해소되지 않은 의혹이 남아 있다는 걸 말씀드리고 싶었습니다. 클레어가 납치당할 당시 단 한 명의 증인이 있었지만 곧 미국으로 돌아갔어요. 끔찍한 사건 현장에서 클레어의 DNA 흔적이 발견되었지만 결국 사체는 찾아내지 못했죠. 라파엘 선생님이 보기에도 뭔가 좀 꺼림칙하지 않나요?"

이번에는 내가 한숨을 쉬었다.

"기자들은 역시 문제를 삐딱하게 보는 성향이 있군요."

"작가들은 현실감각에 문제가 있고요."

9. 빌베리 스트리트

인간은 진실을 안다고 이야기하지만 언제나 그 자신이 생각하는 진실만을 알고 있을 뿐이다.
다시 말해 인간이 알고 있는 진실은 자신의 관점에서 바라본 하나의 양상에 지나지 않는다.
_프로타고라스

1

택시가 브루클린 다리를 건너자마자 맨해튼의 낯설지 않은 풍경이 눈에 들어왔다. 테오가 태어난 이후 뉴욕 방문은 처음이었다. 그동안 내가 뉴욕의 금속성 하늘과 저절로 심장을 뛰게 할 만큼 역동적인 분위기를 얼마나 그리워했는지 새삼 실감했다.

나는 열여덟 살 때 처음으로 뉴욕에 발을 들여놓았다. 그해에 바칼로레아를 치렀고, 당시 사귀던 덴마크 출신 여자 키르스틴을 따라 무작정 뉴욕에 오게 되었다. 뉴욕에 도착한 지 3주 만에 키르스틴이 나에게 돌연 결별을 선언했다.

키르스틴은 뉴욕에 오자마자 어퍼 이스트사이드에서 입주 베이비시터로 일하기 시작했다. 무방비 상태로 갑자기 실연당한 나는 눈앞이 캄캄해질 만큼 풀이 죽었지만 차츰 뉴욕이라는 도시의 매력을 발견하면서 생각보다 빨리 상처에서 벗어날 수 있었다.

그 당시, 맨해튼에서 일 년 동안 머물렀다. 처음 몇 주 동안에는 매디슨 애비뉴에 있는 디너 식당에서 일하다가 아이스크림 장사, 프랑스 식당 웨이터, 비디오 판매점 점원, 이스트사이드에 있던 서점 점원 등을 전전하며 뉴욕 생활에 적응해갔다. 이제 와 생각해보면 그 당시가 내 인생을 통틀어 가장 풍요로운 시기였다.

하루하루 어려운 일상을 헤쳐나가던 가운데 평생 잊지 못할 사람들을 만났고, 내 인생을 좌우할 만큼 중요한 경험도 많이 했다. 테오가 태어나기 전까지 적어도 일 년에 두어 번은 뉴욕을 방문했고, 그때마다 젊은 날 겪은 일들이 새록새록 떠오르곤 했다.

나는 비행기 안에서 10년 전부터 단골로 지내는 트라이베카 지역의 브리지클럽 호텔 직원과 이메일을 주고받았다. 내가 조사에 나선 동안 테오를 돌봐줄 사람이 필요했고, 브리지클럽 호텔은 친절하고 유능한 베이비시터를 알선해주는 곳으로 유명했다.

나는 호텔 직원의 안내에 따라 베이비시터를 구했고, 미리 유모차도 대여해두었다. 호텔에서 제공하는 쇼핑 서비스를 통해 유아용 기저귀, 물티슈, 면봉, 유아용 클렌징 로션, 이유식 따위도 미리 주문해두었다.

"아기 목소리가 우렁차더군요."

비행기에서 내릴 때 기내 서비스 책임자가 인사치레로 건넨 말이었다. 테오는 난생처음 경험해보는 낯선 환경이 몹시 불편한 듯 잠시도 가만있지 않고 투정을 부려 아빠와 승무원들을 곤혹스럽게 만들었다. 수시로 승객들의 잠을 깨워 눈살을 찌푸리게 만들었던 녀석은 비행기에서 내려 택시를 타고 브리지클럽 호텔로 오는 동안 겨우 잠이 들었다.

호텔에 도착하자마자 짐을 풀 겨를도 없이 옷을 갈아입고 테오의 기저귀도 갈아주었다. 호텔 프런트에서 독일 출신 베이비시터 마리케가 우리가 도착하길 기다리고 있었다. 할머니가 생전에 보았다면 틀림없이 '정직하기에는 너무 예쁜 아가씨야'라고 말했을 마리케에게 잠시 테오를 맡기고 나서야 나는 겨우 한시름 놓을 수 있었다.

오후 5시, 뉴욕의 혼잡하고 소란스러운 거리는 퇴근 시간의 열기로 가득했다. 나는 뉴욕의 러시아워에는 택시보다 지하철을 타는 편이 훨씬 유리하다는 사실을 잘 알고 있었다.

나는 체임버 가에서 뉴욕 북부 쪽으로 운행하는 A선에 올랐고, 미처 30분도 되지 않아 125번가 역에 도착했다. 뉴욕의 지리를 비교적 잘 안다고 자부하는 편이었지만 할렘은 예외였다. 내가 뉴욕에 머물렀던 1990년대만 해도 할렘은 지저분하고 위험한 곳으로 인식돼있어 제정신을 가진 사람이라면 함부로 드나들지 못했다.

젊은 시절 한때 보통의 관광객들처럼 호기심을 누르지 못하고 할렘을 방문해 가스펠 예배를 본 적도 있었고, 아폴로 극장 네온사인을 카메라 렌즈에 담은 적도 있었지만 내게도 역시 두려운 곳임에는 틀림없었다.

나는 할렘이 어떻게 바뀌었는지도 확인할 겸 인도를 따라 걷기 시작했다. 부동산개발업자들이 할렘에 대해 과거의 어두운 이미지를 탈피해 새로운 느낌을 줄 목적으로 '소하(SOHA, south of harlem)'라고 부르기 시작했다는 글을 뉴욕 관광 가이드 책자에서 읽은 기억이 났다. 죽을 각오를 하고 들르던 예전의 무시무시한 할렘의 자취는 이제 그 어디에서도 찾아볼 수 없었다.

나는 125번가를 걷는 동안 감전된 듯 짜릿한 분위기, 혼을 빼놓는 온갖 색채와 냄새, 다양한 억양의 소용돌이를 만났다. 프리첼이나 핫도그를 파는 노점상들의 리어카에서 수증기가 뭉글뭉글 피어올랐고, 여기저기서 호객행위를 하는 상인들의 목소리가 끊임없이 울려 퍼졌다. 그야말로 무질서하고 번잡스러워 보이는 가운데 자연스러운 조화를 이루는 요지경 세상 속이었고, 오로지 맨해튼에서만 볼 수 있는 매혹적인 광경이었다.

나는 드디어 그 유명한 빌베리 가로 들어섰다. 131번가와 132번가 사이에 낀 빌베리 가는 말콤X 대로와 직각으로 만나는 길이었다.

건물 유리창에 부딪치며 반사된 여름날 오후의 뜨거운 햇살이 밤나무 잎사귀 틈새를 거쳐 거리를 향해 쏟아졌다. 도로 양편으로 투박하게 조각한 나무 문들과 담금질한 쇠로 난간을 만든 테라스, 작은 뜰로 이어지는 계단을 갖춘 붉은 벽돌집들이 줄줄이 이어져 있었다. 사람들이 흔히 '정말이지 여긴 뉴욕 같지 않아'라고 말하는 곳으로 다양한 매력을 자랑하는 뉴욕의 마법이었다.

나는 클레어 칼라일이 어린 시절을 보낸 길을 걸어가고 있었지만 분명 예전과 똑같은 할렘은 아니었다. 차라리 조지아나 사우스캐롤라이나 혹은 사반나나 찰스턴 같은 딥사우스 어딘가의 길을 걷고 있다는 느낌이 들 만큼 할렘은 몰라보게 달라져 있었다.

2
모젤, A4 고속도로, 44번 나들목, 팔스부르/자르부르

마르크는 고속도로 요금소 앞에서 차례를 기다리는 동안 손목에 차고 있는 스피드 마스터를 힐끔 쳐다보고 나서 이내 눈꺼풀을 문질렀다.

쉬지 않고 달려온 탓에 목이 바짝 마르고, 눈에 힘이 한껏 풀린 상태였다. 11시가 조금 지난 시각에 파리를 출발해 베르됭 인근에서 주유를 하기 위해 잠시 멈췄을 뿐 무려 네 시간 반 동안 400킬로미터를 쉬지 않고 주파했다.

마르크는 고속도로공사 직원에게 동전을 한 주먹 쥐어주고 나서 팔스부르로 이어지는 지방도로로 접어들었다. 보주국립공원 가장자리에 있는 팔스부르는 로렌에서 알자스로 들어가기 직전에 위치한 도시였다.

마르크는 레인지로버를 햇빛이 홍수처럼 범람하는 아름 광장에 세웠다. 담배를 한 대 피워 문 그는 따가운 햇살에 눈이 부셔 한 손으로 차양을 만들었다. 황토 빛깔 사암으로 지은 과거의 병영, 장군의 기념비적 청동 조각상 등이 전쟁이 빈발했던 도시의 역사를 짐작하게 해주었다.

마르크는 1915년 12월, 샹파뉴의 맹드마시주에서 전사한 할아버지를 생각했다. 다행스럽게도 오늘은 평화롭기 그지없는 날이었다. 군화 발자국 소리나 군가를 부르는 소리는 그 어디에서도 들려오지 않았다. 마로니에 그늘 아래에 자리 잡은 테라스의 테이블에 둘러앉아 두런두런 이야기를 나누며 평화롭게 카푸치노를 마시는 사람들만이 눈에 띌 뿐이었다.

마르크는 형사 시절 동료를 통해 하인츠 키퍼의 은신처에서 발생한 화재를 최초로 목격하고 가장 먼저 현장에 출동했던 프랑크 뮈즐리에의 신상정보를 알아냈다. 프랑크 뮈즐리에는 현재 팔스부르 군인경찰대 휘하 부대의 지휘관으로 재직 중이었다. 그가 근무하는 군인경찰대에 전화를 걸었더니 부관이 받았다.

마르크는 부관에게 용건을 말하고 직접 찾아가 만나기로 약속을 잡았다. 군인경찰대는 시청 청사 건물을 공동으로 사용하고 있다고 했다. 마르크는 가로수 전지작업을 하던 도로공사 직원에게 물어 시청의 정확한 위치를 알아낸 다음 회색 돌과 분홍색 화강암이 깔린 광장을 가로질러 걸어갔다. 파리를 벗어나 본 게 언제였는지 기억나지 않을 만큼 오래된 탓에 잠시나마 복잡한 도시를 떠나 호젓한 지방도로를 걷고 있는 기분이 각별했다. 마치 타임머신을 타고 제3공화국 시절로 돌아간 느낌이었다. 바람에 펄럭이는 삼색기가 시청 청사 한가운데에서 나부끼고 있었고, 교회 종소리가 낭랑하게 울려 퍼지고 있었다. 공립 학교 운동장에서는 아이들이 재잘거리는 소리가 들려왔다.

마르크는 시청 청사로 들어갔다. 군인경찰대뿐만 아니라 역사박물관과 우체국도 함께 사용하고 있는 건물이었다. 높다란 궁륭 아래에 자리 잡은 시청 청사 일 층 바닥에는 대리석이 깔려 있었고, 벽면을 목재로 마감해 마치 오래된 교회 같은 분위기를 풍겼다.

일 층 로비의 안내데스크에 물어보았더니 군인경찰대는 청사 꼭대기 층을 사용하고 있다고 했다. 참나무로 만든 가파른 계단을 올라가 유리로 된 출입문을 밀고 안으로 들어가자 제복 입은 직원이 사무실을 지키고 앉아 있을 뿐 다른 사람은 보이지 않았다.

"무엇을 도와드릴까요?"

"파리에서 온 마르크 카라덱입니다. 프랑크 뮈즐리에 씨와 면담 약속을 했는데요."

"아, 전화하셨던 선생님이군요. 제가 바로 프랑크 중령님의 부관 솔베이그 마레샬입니다."

솔베이그가 금발을 귀 뒤로 넘기며 인터폰을 집어 들었다.

"제가 중령님께 손님이 오셨다고 말씀드리겠습니다."

마르크는 건물 안이 몹시 더워 셔츠 단추를 하나 풀었다.

"5분 후에 중령님의 집무실로 들어가시면 만나뵐 수 있을 겁니다. 날씨도 더운데 시원한 생수라도 한잔 가져다드릴까요?"

"네, 그래주시면 정말 감사하겠네요."

마르크는 부관이 가져다준 물과 슈크림용 반죽으로 만든 프레첼을 먹으며 잠시 시간을 흘려보냈다.

"선생님은 형사님이시죠?"

"정말 눈치가 빠르시네요."

솔베이그가 희미하게 미소를 짓고 나서 마르크를 상관의 집무실로 안내했다.

3

뉴욕

클레어 칼라일이 어린 시절을 보냈고, 조이스 칼라일이 세상을 하직한 빌베리 가 6번지에는 흰색 여닫이문이 달린 자두 빛깔 주택이 자리 잡고 있었다.

집 앞에서 잠시 머뭇거리며 서 있을 때 한 여인이 거실에서 곧바로 출입이 가능한 테라스에 나타나 나를 수상하다는 듯 쳐다보았다.

불룩하게 솟아오른 배, 붉은빛이 감도는 머리카락, 주근깨가 점점이 박힌 얼굴, 퀭한 눈을 보아하니 임신한 여자가 분명했다.

"혹시 부동산중개소에서 나왔나요?"

"저는 라파엘 바르텔레미라고 하는 작가인데 이 집에서 어린 시절을 보낸 한 소녀에 대한 자료를 모으고 있는 중입니다."

"저는 에셀 패러데이라고 해요. 말씀하실 때 프랑스 억양이 느껴지는데 혹시 파리에서 오셨나요?"

"네, 파리에서 왔습니다."

"저는 영국 출신이지만 몇 해 전부터 부모님이 프랑스의 뤼브롱에 살고 계시죠. 방금 전 아이스티를 만들었는데 한잔 드릴까요?"

"네, 한잔 주시면 고맙겠습니다."

나를 집으로 들어오게 한 다음 일 층 테라스로 안내한 에셀이 주방으로 가더니 아이스티를 두 잔 들고 돌아왔다.

"자료를 모으고 있는 소녀가 이 집에 살았던 게 언제였죠?"

"1990년대와 2000년대 초반이었을 겁니다."

에셀이 눈살을 찌푸렸다.

"이 집이 확실하죠?"

"이 집이 조이스 칼라일의 집이라면 확실합니다."

에셀이 고개를 끄덕였다.

"남편과 제가 조이스의 자매들로부터 이 집을 구입했어요."

"조이스의 자매들이라고요?"

에셀이 손을 들어 동쪽을 가리켰다.

"안젤라 칼라일과 글래디스 칼라일이 지금도 길 아래쪽 299번지에 살고 있어요. 사실 저는 그 여자들에 대해 잘 몰라요. 그리 나쁜 감정은 없지만 딱히 호감 가는 여자들은 아니더군요."

"언제 이 집을 구입하셨습니까?"

에셀이 잠시 생각에 잠겼다.

"2007년에 샌프란시스코에 살다가 뉴욕에 오자마자 이 집을 구입했어요. 그때 마침 첫아이를 임신 중이었기 때문에 분명하게 기억하고 있어요."

"혹시 조이스 칼라일이 이 집에서 헤로인 과다 흡입으로 사망했다는 사실을 알고 있었습니까?"

에셀은 어깨를 으쓱했다.

"처음 집을 살 때만 해도 몰랐는데 나중에야 알게 됐어요. 꺼림칙하긴 했지만 우린 개의치 않기로 했죠. 저와 남편은 미신 따위는 믿지 않으니까요."

에셀은 아이스티를 한 모금 마시고 나서 주변 집들을 가리키며 말을 이었다.

"지금은 재개발을 해 돈 많은 사람들도 탐내는 동네가 되었지만 1980년대만 해도 이 지역에는 버려진 집들이 정말 많았다더군요. 마약 거래상들이 이 동네 빈집을 아지트 삼아 마약을 팔았다는 건 이미 널리 알려진 사실이죠. 마약중독자들이 빈집에서 허다하게 목숨을 끊었다더군요."

"혹시 조이스 칼라일에게 딸이 있었다는 사실을 알고 계셨습니까?"

"전혀 몰랐는데요."

"그럼 2005년에 조이스 칼라일의 딸이 프랑스 서부지역에서 납치되었다는 이야기를 들어본 적 있습니까?"

에셀은 고개를 가로저었다.

"2005년이면 우리가 캘리포니아의 실리콘밸리에 살았을 때니까 이 동네에서 무슨 이야기가 오갔는지 전혀 모를 수밖에요."

에셀이 아이스티를 한 모금 마시고 나서 말을 이었다.

"조이스 칼라일의 딸이 프랑스에서 납치당했다는 말이 사실인가요?"

"하인츠 키퍼라는 위험한 사이코패스에게 납치되었죠."

"혹시 조이스 칼라일의 딸 이름이 뭐죠?"

"클레어 칼라일입니다."

이제 더 이상 기대할 게 없다고 판단한 순간 에셀의 얼굴이 갑자기 창백해졌다. 그녀가 무슨 말인가 하려다가 이내 입을 다물었다. 몇 초 동안 불안하게 흔들리던 그녀의 눈빛이 잠시 후 겨우 안정을 찾았다.

"이제 생각해보니 이상한 일이 있긴 했어요. 그날 밤, 집으로 이상한 전화가 걸려 왔었죠. 2007년 10월 25일은 마침 지인들과 집들이 파티를 열기로 약속한 날인 데다 남편의 서른 번째 생일이었어요."

에셀은 기억을 더듬기 위해 잠시 이야기를 멈추었다. 나에게는 그 짧은 시간이 마치 영원처럼 길게 느껴졌다.

"그날 어떤 전화를 받았는데요?"

"아마 저녁 8시쯤이었을 거예요. 파티가 한창 무르익어갈 무렵이었는데 술에 취한 손님들이 큰 소리로 떠들어대는 바람에 주변이 온통 소란스럽기 그지없었죠. 주방에서 케이크에 초를 꽂고 있을 때 전화벨이 울렸어요. 전화를 받았는데 미처 입을 열기도 전에 상대 쪽에서 다급히 외치는 소리가 들려왔어요. 자세히 기억나지는 않지만 전화를 받자마자 상대편에서 '엄마, 나 클레어야. 나, 도망쳤어'라고 했던 것 같아요."

나는 순간적으로 전기에 감전된 듯 엄청난 충격을 받아 얼굴 근육 전체가 마비되다시피 했다. 프랑스와 미국의 동부는 여섯 시간의 시차가 있는 만큼 에셀이 저녁 8시경 전화를 받았다면 클레어가 전화한 시간은 새벽 2시경이었다는 결론이 나왔다. 그때는 하인츠 키퍼의 집에서 화재가 발생하기 몇 시간 전이었다.

마르크와 내가 이미 짐작했듯이 클레어는 하인츠 키퍼의 은신처에서 탈출하는 데 성공했다. 우리의 추측과 달리 클레어가 탈출한 시간이 아침이 아니라 전날 밤이었다는 것만이 달랐다. 그렇다면 이야기의 틀 자체가 완전히 달라질 수밖에 없었다.

에셀이 다시 말을 이었다.

"제가 상대방에게 누구냐고 묻자 그제야 자기 엄마 목소리가 아니라는 사실을 알아챈 듯했어요."

"당신은 이 집에 이사 왔을 때 이전 집주인이 쓰던 전화번호를 그대로 물려받았나요?"

"이사 오자마자 전화국에 문의했더니 전화번호를 그대로 쓰면 어떤지 묻더군요. 번호를 그대로 사용할 경우 가설작업을 새롭게 하지 않아도 되기 때문에 비용을 아낄 수 있다면서요."

"당신은 왜 수상한 전화를 받아놓고도 경찰에 신고하지 않았죠?"

에셀은 내 말에 기분이 상한 듯 눈에 힘이 들어갔다.

"제가 왜 경찰에 신고했어야 한다고 생각하죠? 당시만 해도 저는 클레어라는 여자가 누군지도 몰랐고, 어떤 처지인지도 전혀 몰랐어요."

"당신은 다급히 엄마를 찾는 클레어에게 어떤 말을 해주었나요?"

"조이스 칼라일과 통화할 수 있는지 묻기에 그녀는 얼마 전 죽은 것으로 안다고 말해주었어요."

4

프랑크 뮈즐리에는 키가 크고 개기름이 번질거리는 얼굴에 허스키한 목소리의 소유자였다. 사무실로 들어서자 그가 마르크를 향해 걸어오며 악수를 청했다.

"마르크 카라덱이라고 합니다."

프랑크가 자리에 앉으라는 뜻으로 의자를 가리켰다.

"BRB의 전설인 반장님의 명성을 익히 알고 있습니다. 엘살바도르 출신 조폭들을 일망타진하고, 발칸반도 출신 범죄조직 '핑크 팬더스'의 두목을 체포하고, 은행 차량 털이범들을 검거할 당시 반장님의 명성이 널리 회자되었죠."

"이미 오래전 일인데, 아직 저를 기억해주는 분이 계시는군요."

"반장님의 활약상을 듣고 몹시 부러웠던 기억이 납니다. 이 지역에서는 강력 사건이 일어나지 않아 반장님처럼 활약을 펼칠 기회조차 주어지지 않거든요. 물론 강력 사건이 벌어지길 바란다는 뜻은 아니니 오해하지 마십시오."

프랑크가 주머니에서 손수건을 꺼내더니 이마의 땀을 닦으며 말을 이었다.

"사무실에 에어컨조차 없어 여름에는 그야말로 죽을 맛이죠."

프랑크가 부관에게 물을 두 잔만 가져다 달라고 말한 뒤 평온한 미소가 담긴 얼굴로 마르크를 유심히 바라보았다.

"무슨 일로 저를 만나러 오셨습니까?"

"저는 클레어 칼라일에 대해 알아볼 게 있어서 찾아왔습니다. 이미 잘 아시겠지만 클레어 칼라일은 하인츠 키퍼에게 납치된 피해자들 가운데 한 명으로 유일하게 사체가 발견되지 않은 소녀이죠."

프랑크는 기억난다는 듯 얼굴을 끄덕이다가 별안간 언짢은 기색을 드러냈다.

"이제야 반장님이 이 먼 곳까지 찾아오신 이유를 알 수 있을 것 같네요. 부아소 때문이죠? 부아소가 반장님을 부른 건가요?"

"부아소가 누구죠? 저는 분명 처음 듣는 이름인데요."

부관이 생수 두 병을 테이블에 올려놓고 집무실을 나갔다.

프랑크가 생수병을 따더니 병째 벌컥벌컥 마셨다.

"부아소가 누군지도 모르신다고요? 그럼 저에게 무슨 말을 듣고 싶다는 겁니까? 저는 하인츠 키퍼 사건을 담당하지 않았고, 아는 게 전혀 없습니다."

"화재 현장을 가장 처음 목격한 분이 당신 아닌가요?"

프랑크가 시니컬하게 웃었다.

"아마도 직업적인 의무감의 발로였을 겁니다. 숲에서 연기가 치솟는 걸 보고 모른 척 지나칠 경찰은 없을 테니까. 방문 목적을 미리 말씀해주셨더라면 그 당시 제가 작성했던 경위서를 찾아놓았을 텐데 아쉽군요. 원하신다면 경위서를 찾아보고 팩스로 보내드리죠."

"팩스를 보내주시면 잘 참고하겠습니다만 우선 그 당시 현장 상황에 대해 기억나는 대로 이야기를 들려주시죠."

프랑크가 자리에서 일어나 책상 뒤 벽면에 붙여놓은 지도를 향해 다가갔다.

"아시다시피 팔스부르는 로렌과 알자스의 경계에 위치한 곳입니다."

프랑크는 책상 위에 있는 자를 집어 들고 지도에 나온 팔스부르 지역을 가리켰다.

"제가 사는 곳은 알자스 쪽입니다. 사건 당시 모젤 지방의 자르부르 군인경찰대에서 근무하고 있었기 때문에 매일 아침 30킬로미터 이상을 달려서 출근했죠."

"파리에서 대중교통 수단으로 출근하는 것도 고약하긴 마찬가지죠."

"아무튼 저는 출근길에 숲에서 검은 연기가 솟구치는 광경을 목격하고 즉시 구조대에 신고했죠. 제 임무는 사실상 거기까지였습니다."

"그때가 몇 시쯤이었죠?"

"오전 8시 30분경이었습니다."

마르크는 자리에서 일어나 지도를 향해 다가갔다.

"지도상에서 보자면 하인츠 키퍼의 집이 어디쯤이었습니까?"

"바로 이 지점입니다."

프랑크가 지도상의 숲 한가운데를 가리켰다.

마르크가 주머니에서 펜을 꺼냈다. 그는 펜의 뚜껑을 열지 않고 지도상에 프랑크의 출근 경로를 따라 그었다.

"당신은 8시 30분쯤 바로 이 지점에서 하늘로 치솟는 연기를 봤다고 했죠?"

"네, 그렇습니다."

"저도 이곳에 올 때 사베른 고개를 넘어왔습니다. 저는 그 고개를 넘어오면서 화재지점을 볼 수 있었다는 게 납득이 가지 않는데요?"

"경위서를 보면 아시겠지만 저는 출퇴근 때 간선도로를 이용하지 않습니다."

프랑크가 다시 자를 들고 지도를 가리켰다.

"그 당시 저는 간선도로가 아니라 D133 지방도로의 샛길에 있었기 때문에 화재 현장을 볼 수 있었죠."

"중령님을 신뢰합니다만 그 이른 시간에 출근길에서 멀리 이탈되어있는 숲길에는 무슨 일 때문에 가셨죠?"

프랑크의 얼굴에서는 여전히 미소가 가시지 않았다.

"제 취미가 바로 사냥입니다. 잠시라도 시간이 생기면 사냥을 하죠."

"그 지역에서 주로 사냥하는 짐승이 뭐죠?"

"노루, 멧돼지, 사슴, 산토끼 따위 짐승이죠. 가끔 운이 좋으면 자고새와 꿩도 잡을 수 있습니다. 그날은 10월의 어느 금요일 새벽이었고, 이미 몇 주 전부터 사냥 시즌이 시작되었는데 주말만 되면 날씨가 고약해 제대로 즐기지 못했거든요."

"출근을 앞두고 사냥을 하셨다는 말입니까?"

"주말마다 사냥 계획을 세웠는데 그때마다 폭우가 쏟아지는 바람에 한 번도 나가지 못해 가뜩이나 약이 올라 있었습니다. 마침 그날은 기상청에서 이틀 동안 날씨가 쾌청할 거라는 예보가 있었죠. 저는 모젤 사냥협회 소속인데 모처럼 쾌청한 주말을 맞아 친구들과 맘껏 사냥을 즐기기로 약속했고, 그날 아침 출근길에 적합한 장소를 물색하고 있었습니다. 비 갠 후, 숲 위로 떠오르는 해를 바라보는 것도 좋아하고, 싱그러운 수목 냄새를 맡는 것도 좋아해 겸사겸사 아침 일찍 숲을 둘러보고 있었죠."

마르크는 마음속으로 '당신은 군인경찰이지 산림관리인이 아니잖아'라고 생각했지만 내색하지 않았다. 개기름이 번질번질한 얼굴에 입을 열 때마다 얼토당토않은 말을 앞세우는 프랑크 중령의 미덥지 못한 태도로 보아 왠지 수상한 구석이 있다는 생각이 들었지만 아직 뭔지 정확하게 찾아내지 못한 상태였다.

"그러니까 당신은 숲속에 있다가 하인츠 키퍼의 집에서 연기가 치솟는 걸 봤군요?"

"네, 그렇습니다. 그날 아침에는 마침 관용차를 운전하고 있었기에 무선 장치를 통해 군인경찰대 동료들과 소방대에 화재 소식을 알렸습니다."

"그다음에는 곧장 현장으로 갔습니까?"

"구조대가 도착하기 전에 제가 할 수 있는 일은 없는지 점검해볼 필요가 있었으니까요. 혹시 숲에서 산책을 즐기는 사람이나 사냥을 나온 사람이 있을 수도 있으니 미리 점검하는 게 마땅하죠."

프랑크는 빙그레 미소를 짓고 나서 셔츠 자락으로 레이번 애비에이터 안경을 닦았다.

마르크는 아직 프랑크를 편안하게 해줄 마음이 없었다.

"많이 성가시겠지만 한두 가지만 더 묻고 끝내겠습니다."

프랑크가 손목시계를 보며 말했다.

"더 질문할 게 있으면 서둘러 주십시오. A4 고속도로에 나가 있는 부하들에게 가봐야 하거든요."

"그 당시 신문 기사들을 자세히 읽어보았습니다. 이상한 점은 하인츠 키퍼의 차량에서 발견된 지문이나 유전자에 대해서는 상대적으로 미미하게 언급되어 있더군요. 클레어 칼라일의 유전자가 발견된 하인츠 키퍼의 차량 말입니다."

"하인츠 키퍼의 차에서 다수의 지문이 나왔습니다. 희생자들의 흔적도 다수 남아있었죠. 하인츠 키퍼가 희생자들을 그 차로 실어 날랐을 테니 당연하겠죠. 과학수사대의 현장 증거 수집 요원이 지문을 뜨는 동안 저는 차량을 점검해보았습니다. 하인츠 키퍼는 그 차를 일종의 이동 감옥처럼 개조해 놓았더군요. 어떻게 보면 금고 같기도 했고, 방음장치가 잘 된 금속관 같기도 했어요."

마르크는 주머니를 뒤져 라파엘의 집에서 찾아낸 신문 기사를 꺼냈다.

"중령님도 아마 이 사진을 본 적이 있을 겁니다. 신문에 실렸던 사진이거든요."

프랑크가 신문에 게재된 사진을 물끄러미 바라보았다.

"하인츠 키퍼의 차가 맞아요. 닛산 나바라 픽업트럭이죠."

"픽업 뒤에 있는 오토바이는 뭐죠?"

"하인츠 키퍼의 오토바이입니다. 그놈이 125CC짜리 모터크로스용 오토바이를 픽업 짐칸에 실어놓았더군요."

"오토바이가 왜 필요했을까요?"

"저도 그 이유를 모르겠더군요."

"최초 목격자이자 군인경찰이라면 그 이유가 뭔지 알아봤어야 마땅하지 않나요?"

프랑크가 고개를 가로저었다.

"저는 최초 목격자일 뿐 수사 담당자가 아니었습니다. 게다가 오토바이에 대해서는 그다지 궁금하지도 않았습니다."

"중령님은 혹시 그 사건이 나기 전부터 하인츠 키퍼에 대해 알고 있었습니까?"

"전혀 몰랐습니다. 한 번도 만난 적 없을뿐더러 소문을 들은 적도 없었죠."

"하인츠 키퍼의 집 근처 숲에서 사냥할 장소를 물색하고 있었다면

서요?"

"가보면 아시겠지만 엄청나게 큰 숲입니다."

"마지막으로 한 가지만 더 묻죠. 하인츠 키퍼 사건이 벌어진 지 10년
도 더 지났는데 당신은 어떻게 그놈이 타고 다니던 차의 모델을 뚜렷이
기억하고 있죠?"

신문에 게재된 사진은 심하게 흐려 차의 모델이 뭔지 분간할 수 없
었다.

프랑크는 기습적인 질문에도 전혀 당황하는 기색을 보이지 않았다.

"아마 부아소 사건 때문일 겁니다. 사실 반장님이 저를 면담하기 위
해 오시겠다고 했을 때만 해도 부아소 사건 때문인 줄 알았죠."

"부아소 사건에 대해 이야기해 주시겠습니까?"

"혹시 부아소-데프레 집안에 대해 들어본 적 있습니까?"

마르크는 고개를 가로저었다.

"하긴 이 지역에 사는 사람들조차 예상 밖으로 부아소-데프레 집안
에 대해 아는 사람이 그리 많지 않더군요. 부아소-데프레 집안은 프랑
스의 150대 자산가 명단에 포함될 만큼 막강한 재력을 보유하고 있습
니다. 낭시에서 제조업으로 큰돈을 벌었고, 요즘에는 토목건설과 자재
유통업에 주력하고 있죠."

"부아소-데프레 집안이 제 관심사와 어떤 연관성이 있죠?"

프랑크는 상대가 조바심칠 줄 알았다는 듯 회심의 미소를 지었다.

"6개월 전, 부아소-데프레의 아들 녀석이 저를 찾아왔습니다. 이름
이 막심 부아소인데 그 당시 스무 살이었죠. 녀석은 정서불안 증세를
가지고 있어 걸핏하면 흥분한다더군요. 막심 부아소는 지금 반장님이

앉아 있는 바로 그 자리에서 묻지도 않은 말을 늘어놓았습니다. 녀석이 정신과 전문의를 만나 상담을 받고 있는 중인데 의사가 말하길 치료에 도움이 될 수 있으니 저를 만나보고 오라고 충고했다더군요. 녀석이 저를 보자마자 대뜸 자기도 하인츠 키퍼 사건의 피해자가 될 수도 있었다고 하는 겁니다."

마르크는 조바심 때문에 속이 탈 지경이었다.

"이제 이야기를 빙빙 돌리지 말고 본론을 들려주세요."

"저는 막심 부아소가 하는 말을 주의 깊게 들었습니다. 녀석은 열 살 때인 2007년 10월 24일 낭시에서 하인츠 키퍼에게 납치당한 적이 있었다더군요."

"10월 24일이라면 하인츠 키퍼의 집에서 화재가 발생하기 이틀 전 아닌가요?"

"역시 날짜를 정확하게 기억하고 계시네요. 녀석은 괴한에게 납치당했는데 부모가 몸값을 지불하고 풀려나기까지 약 하루가 걸렸답니다. 녀석은 돈을 지불하고 무사히 풀려나긴 했지만 납치범의 자동차번호를 잊지 않고 기억해두고 있더군요. 녀석이 말해준 자동차번호를 조회해본 결과 무엇이 나왔는지 아십니까?"

"하인츠 키퍼의 차량 번호 아니었나요?"

"역시 예리하시네요. 반장님도 아시다시피 하인츠 키퍼의 자동차번호는 언론에 노출된 적이 단 한 번도 없었던 만큼 녀석의 말은 신빙성이 있었죠."

"혹시 막심 부아소가 다른 말을 덧붙이지는 않던가요?"

"녀석의 부모는 경찰에 알리지 않고 몸값을 준비했답니다. 인질 교환

장소는 숲속이었고, 납치범은 노란색 스포츠가방에 든 50만 유로를 건네받는 즉시 녀석을 돌려보내 주었다더군요."

마르크는 노란색 스포츠가방에 든 50만 유로에 대한 이야기를 듣는 순간 몸 안에서 다량의 아드레날린이 분비되는 느낌을 받았다.

"막심 부아소가 잡혀 있는 동안 어떤 일이 벌어졌는지 말하지 않던가요? 가령 고문이나 성추행을 당하지는 않았답니까?"

"녀석이 억류돼있는 동안 납치범은 손가락 하나 건드리지 않았답니다. 납치범에게는 여자 공범이 있었다고 하던데 정신이 오락가락하는 녀석의 말이라 진위를 알 수 없었습니다."

여자 공범?

"막심 부아소가 왜 하필이면 중령님을 찾아갔을까요?"

"반장님처럼 녀석도 인터넷에서 하인츠 키퍼 사건을 보다가 제 이름을 발견했답니다. 아시다시피 여러 신문에 제 이름이 등장했으니까요."

"녀석의 부모는 하인츠 키퍼 사건으로 온통 세상이 떠들썩했을 때 왜 아들 녀석이 놈에게 납치된 적이 있다는 사실을 경찰에 알리지 않았을까요?"

"그 일로 세상이 시끄러워지는 걸 원하지 않았을 겁니다. 부아소-데프레 집안사람들에게 50만 유로는 그리 큰돈이 아니었겠죠. 막심 부아소는 무슨 일이 발생할 때마다 돈으로 해결하려는 부모의 방식이 마음에 들지 않는다며 저에게 하소연을 퍼붓더군요."

노크 소리가 들려오고 나서 곧 부관이 문을 열었다.

"메예르가 중령님과 통화하고 싶어 합니다. 어떤 농부가 트랙터를 몰고 와 A4 고속도로 사거리에 있는 조형물을 갈아엎으려고 한답니다."

"빌어먹을! 머저리 농부 같으니!"

프랑크가 자리를 박차고 일어서며 벌컥 화를 냈다.

"막심 부아소의 증언 내용을 저에게 한 부 보내줄 수 있습니까?"

"막심 부아소의 증언을 문서로 남겨두지는 않았습니다. 형법상 녀석의 증언은 아무런 의미도 없었죠. 반장님도 아시다시피 하인츠 키퍼 사건은 이미 공소시효가 지났습니다. 하인츠 키퍼도 이미 죽었는데 이제 와서 누구를 고소하겠습니까?"

마르크는 한숨을 푹 쉬었다.

"막심 부아소가 요즘 어디에서 지내는지 알고 있습니까?"

"녀석은 집을 나와 혼자 지내는 것으로 알고 있습니다. 가장 최근에 접한 소식에 따르자면 낭시에 있는 〈르 알 뒤 리브르〉 서점에서 일하면서 생활비를 벌고 있다더군요."

"그 서점이라면 저도 잘 알고 있습니다."

프랑크가 재킷을 입는 동안 부관이 마르크의 귀에 대고 속삭였다.

"저는 군인경찰대 잡지에서 일합니다. 최근 경찰을 빛낸 인물들에 대한 기사를 준비 중이죠. 혹시 반장님께서도 인터뷰에 응해줄 수 있을까요?"

"좋은 일이지만 저는 지금 몹시 바빠 인터뷰에 응할 시간이 없습니다."

"바쁘시다니 한 가지만 여쭙겠습니다. 훌륭한 형사에게 필요한 가장 중요한 자질을 뭐라고 생각하십니까?"

"유능한 형사라면 상대방의 말이 진실인지 거짓인지 눈빛만 봐도 알 수 있어야 하죠. 물론 쉽지 않은 일입니다. 다양한 현장경험이 필요하고, 고도의 집중력이 요구되기도 하죠. 난 적어도 누군가 거짓말을 할 경우 금세 알아차릴 수 있습니다."

"반장님이 생각하기에 제가 혹시 거짓말을 하던가요?"

"중령님은 저에게 딱 한 가지 거짓말을 했습니다."

두 사람 사이에 긴장이 고조되었다.

"제가 어떤 거짓말을 했는지 설명해 주시겠습니까?"

"현재는 거짓말을 했다는 것만 알 수 있을 뿐입니다. 어떤 거짓말을 했는지는 이제부터 차분하게 생각해봐야죠."

"제가 어떤 거짓말을 했는지 알아내면 반드시 알려주세요."

"물론 그래야겠죠."

10. 평화롭게 사는 두 자매

세상에 완벽하게 무고한 사람은 존재하지 않는다.
사람들이 나눠지어야 할 책임을 여러 등급으로 나눌 수 있을 뿐이다.
_스티그 라르손

1

팔스부르에서 낭시로 가는 길은 더할 나위 없이 한적했다. 목초지와
가축 떼, 두엄 냄새, 끝없이 이어지는 밭, 느려터진 트랙터들이 자아내
는 풍경이 한없이 평화로운 느낌을 주었다. 핸들을 잡은 마르크도 모처
럼 주변 경관에 동화된 탓에 편안한 기분으로 운전에 열중하고 있었다.

마르크는 길을 가로막고 달리는 트랙터를 서둘러 추월하려 들지 않
았다. 자동차의 대시보드 위로 맑은 햇살이 만화경처럼 각도를 달리하
며 부서졌다. 카오디오에서는 트럼펫 연주자 케니 휠러의 재즈 음악이
흘러나왔다. 아내가 세상을 떠나기 전 선물해준 음반으로 벌써 10년째
귀에 못이 박히도록 들어오고 있었지만 전혀 지루하지 않았다.

마르크는 운전하는 동안 프랑크 중령이 들려준 이야기에 대해 곰곰이
생각했다. 그는 마치 머릿속에 녹음이라도 해둔 것처럼 프랑크와 나눈
대화를 천천히 돌이켜보며 불순물과 찌꺼기를 가라앉혔다. 프랑크는 분

명 하인츠 키퍼 사건을 담당한 형사들이 지나치게 소홀히 취급한 목격자가 분명했다. 프랑크가 뭔가 중요한 사실을 숨기고 있다는 걸 알 수 있었지만 스스로 알아내기 전에는 끝내 실토하지 않으리라는 느낌을 받았다.

마르크는 낚시로 접어들기 전 라파엘에게 메시지를 남길지 말지 잠시 망설였다.

라파엘에게 털어놓기에는 아직 일러.

마르크는 좀 더 구체적인 정보를 수집할 때까지 라파엘에게 알리지 않기로 했다. 낭시 시내에 도착한 그는 서점 앞 주차 금지 구역에 차를 세우고 싶은 유혹을 느꼈지만 이내 단념했다. 차가 견인될 수도 있는 위험을 무릅쓰고 싶지 않았다. 다행히 역과 1970년대에 지어진 대형 쇼핑몰 사이 주차장에 빈자리가 남아 있었다.

마르크는 차를 주차한 다음 각종 공사로 어수선한 곳을 서둘러 벗어났다. 낭시는 그의 기억에 침울하고 활력 없는 잿빛 도시로 기억되어 있었다. 낭시에 대해 대체로 부정적인 이미지를 갖고 있었지만 1978년에 아내를 처음 만난 곳이기도 했다.

당시 신참 형사였던 마르크는 낭시 대학교의 인문학 캠퍼스에서 열린 일주일짜리 교육 프로그램에 마지못해 참석했다. 그는 대강당에서 첫 수업이 끝나고 다른 강의실로 옮겨가던 중 엘리즈를 만나게 되었다. 그 당시 고전문학 전공 학생이었던 엘리즈는 스물한 살이었고, 노트르담 드 루르드 가에 있는 대학 기숙사에서 살고 있었다.

마르크는 얼마 안 있어 파리로 발령이 나는 바람에 엘리즈가 석사 과정을 마칠 때까지 무려 2년 동안 파리와 낭시를 오가며 살았다. 그는 마음이 내킬 때면 주저하지 않고 낭시를 향해 달려갔다. 엘리즈를 생각하는 동안 그의 눈앞이 뿌옇게 흐려졌다.

엘리즈를 떠올리지 말았어야 해.

마르크는 죽은 엘리즈를 떠올리는 순간 우울한 생각에 사로잡히게 되리라는 걸 너무나 잘 알고 있었다. 엘리즈를 가슴 깊이 꼭꼭 숨겨두기로 맹세했는데 순간적으로 깨지고 말았다. 엘리즈를 기억 속에서 밀어내기 위해 안간힘을 써봤지만 더욱 또렷하게 떠올랐다.

엘리즈는 단호하면서도 우수에 잠긴 얼굴, 희끗희끗한 머리에 수정 같은 두 눈이 매력적인 동부 출신 여자였다. 처음에는 섣불리 다가갈 수 없을 만큼 냉정하고 무심해 보였지만 막상 친해지고 나자 더없이 따스하고 지적이고 열정적인 여자라는 사실을 알 수 있었다. 엘리즈가 살아 있을 당시 좀 더 많이 사랑해주지 못했다는 회한과 끝내 살려내지 못한 자책감이 동시에 엄습해왔다.

엘리즈 덕분에 처음으로 고전문학, 회화, 음악을 가까이 접할 수 있게 되었다. 그녀의 손에는 언제나 소설이나 시집, 전시회 카탈로그 따위가 들려 있었다.

마르크는 지갑에 들어 있는 렉소밀을 꺼내 반으로 자른 다음 혀 아래로 밀어 넣었다. 더 이상 우울한 세계로 추락하지 않으려면 약의 힘을 빌리는 수밖에 없었다. 즉각 알약의 효과가 나타났다. 눈앞에서 아른거리던 엘리즈의 이미지들이 차츰 사라지기 시작했고, 혈압도 정상적으로 낮아졌다. 엘리즈가 즐겨 인용했던 플로베르의 말이 떠올랐다.

우리들은 각자의 마음속에 왕의 침실을 지니고 있다. 나는 그 침실을 봉해놓았을 뿐 완전히 부수지는 않았다.

2

여름도 막바지에 접어들고 있는 오후, 빌베리 가는 재개발 이후 몰라볼 정도로 달라져 있어 과연 지난날 폭력과 마약이 난무하던 곳이 맞는지 의심스러울 정도였다.

산들바람이 불어올 때마다 거리에 떨어진 나뭇잎들이 바스락거리는 소리가 지나가는 행인들의 귀에 노랫소리로 울려 퍼졌다. 오후의 태양이 마치 인상파 화가들의 화풍처럼 하늘을 온통 황금빛으로 물들이고 있었다. 따스하고도 애잔한 느낌을 담고 있는 하늘빛은 노먼 록웰(미국의 화가, 일러스트레이터)과 에드워드 호퍼의 중간쯤 되는 분위기를 자아내고 있었다.

299번지 주택의 현관 앞 정원 벤치에서 흑인 여자 둘이 늦더위를 식히며 앉아 있었다. 두 여자는 어린 여자아이와 사춘기에 접어들기 직전으로 보이는 남자아이가 탁자 앞 의자에 앉아 숙제에 열중하는 모습을 대견스럽다는 듯 지켜보는 중이었다.

"누굴 찾아오셨죠?"

둘 중 나이가 더 들어 보이는 여자가 나에게 관심을 보이며 다가왔다. 조이스 칼라일의 큰 언니인 안젤라가 분명했다.

"저는 라파엘 바르텔레미라고 합니다. 부인께 몇 가지 여쭤볼 게 있어서 찾아왔습니다."

안젤라는 즉시 거부감을 드러냈다.

"설마 기자는 아니죠?"

"저는 기자가 아니라 소설을 쓰는 작가입니다."

나는 대부분의 사람들이 소설가라면 반색하지만 기자라고 하면 일단 의심의 시선을 보낸다는 사실을 잘 알고 있었다.

"작가 선생님께서 알고 싶은 게 뭐죠?"

"조이스 칼라일에 대해 몇 가지 궁금한 게 있습니다."

안젤라는 즉시 말벌을 쫓아버리듯 손사래를 쳤다.

"조이스가 죽은 지 어느덧 10년이 넘었지만 아직도 우리 자매에게는 서글프기 그지없는 고통으로 남아 있어요. 이제 제발 우리를 찾아와 괴롭히지 말아요."

안젤라의 목소리는 낮지만 단호했다. 그녀가 취하는 태도는 마치 블랙스플로이테이션*에 등장하는 배우 같았다.

숱 많은 곱슬머리를 부풀려 올린 헤어스타일에 원색 티셔츠와 민소매 가죽점퍼를 입은 팜 그리어라고나 할까?

"조이스는 어떡하다가 죽음에 이르게 되었죠?"

그 순간 안젤라의 눈에서 불똥이 튀며 험한 말이 쏟아져 나왔다.

"조이스에 대한 이야기는 더 이상 하고 싶지 않다고 했잖아요. 우리에게 알려줄 소식이 있으면 어서 전하고 당장 꺼져요."

그나마 옆에서 지켜보던 글래디스가 나의 지원군이 되어주었다.

"일단 작가 선생님이 무슨 말을 하는지 들어보는 것도 나쁘진 않잖아."

"들어볼 필요도 없으니까 당장 사라져 달라고 해."

안젤라가 소리를 지르고 나서 두 아이를 데리고 집 안으로 들어가 버렸다.

나는 몇 분 정도 글래디스와 이야기를 나눴다. 그녀는 안젤라보다는

---

*Black과 Exploitation의 합성어로 1970년 전후에 나타났던 흑인 영웅이 등장하는 흑인 관객들을 위한 영화의 총칭이다

훨씬 차분하고 지적인 스타일이라 대체로 클레어와 느낌이 비슷했다. 그녀는 길고 매끈한 머리, 뚜렷한 이목구비, 옅게 화장한 얼굴에 목이 깊게 파인 원피스를 입고 있었다.

나는 글래디스를 보면서 도나 섬머의 《포 시즌스 오브 러브 Four Seasons of Love》음반 재킷을 떠올렸다. 내 부모는 도나 서머를 좋아했고, 그녀의 디스코 리듬은 내 어린 시절을 무척이나 흥겹게 해주었다.

글래디스는 《웨스트 프랑스》의 마를렌 기자가 들려준 이야기를 내게 스스럼없이 털어놓았다.

"조이스는 클레어가 납치된 지 한 달도 안 돼 헤로인 과다 흡입으로 사망했어요. 안젤라 언니와 저에게는 그야말로 마른하늘에 날벼락 같은 일이었죠."

"조이스는 오랫동안 마약을 가까이하지 않고 살았는데 왜 갑자기 손을 대기 시작했죠?"

"클레어가 실종되었으니 주체할 수 없을 만큼 괴로웠을 거예요. 고통을 혼자 삭이다가 다시 약에 손을 댔나봐요."

"조이스가 사망한 시점이면 클레어를 찾을 희망이 아직 남아 있던 때 아닌가요?"

"조이스는 극도의 스트레스와 절망감 때문에 체력이 완전히 소진돼 있었죠. 작가 선생님, 혹시 아이를 키워보셨나요?"

나는 휴대폰에 저장해둔 테오의 사진을 보여주었다.

"이 아이만 보면 절로 살맛 나겠군요. 아빠를 정말 많이 닮은 아이네요."

상투적으로 하는 말일지라도 테오가 날 닮았다는 말을 들으면 언제나 기분이 좋았다.

그때 문이 열리며 안젤라가 사진 앨범을 들고 정원으로 나왔다. 이제야 조금 흥분을 가라앉힌 듯 그녀는 자진해서 우리의 대화에 끼어들었다.

"조이스는 열정적인 성격이라 자주 충동적인 사랑에 빠졌어요. 저와는 완전히 다른 기질이었지만 조이스의 보헤미안적인 면을 나무랄 생각은 없었어요. 나와 다른 점을 존중해줘야 한다고 여겼죠."

내 머릿속에서 아나톨 프랑스의 말이 떠올랐다.

'나는 항상 차가운 지혜보다는 열정적인 광기를 선호해왔다.'

안젤라가 들고 온 앨범을 펼쳤다.

"조이스는 가끔 위험한 일에 휩쓸려 들었는데 클레어가 태어나면서 완전히 다른 사람이 되었죠. 조이스는 자애로운 엄마가 분명했지만 마음 한구석에 늘 뜨거운 불꽃이 일렁거리고 있었어요. 늘 내면에 자기 파괴적인 충동을 담고 있었죠. 조이스는 몇 년 동안 마약에 대한 충동에 시달렸지만 용케 잘 견뎌냈어요. 다만 마약의 불씨를 완벽하게 꺼버리진 못했어요. 마약은 아주 작은 불씨만 남아 있더라도 조건만 무르익으면 언젠가 또다시 큰 불길을 만들어낸다는 사실을 몰랐던 거죠."

"조이스의 마음이 다시 흔들리기 시작했을 때 뭔가 낌새가 이상하지는 않았습니까?"

안젤라는 서글픈 눈길로 나를 물끄러미 쳐다보았다.

"욕실 바닥에서 주사기를 팔에 꽂고 쓰러진 조이스를 처음 발견한 사람이 바로 저였어요. 남은 인생 동안 조이스를 좀 더 섬세하게 돌보지 못한 책임을 벗어던질 수 없을 거예요."

3

마르크는 행인들 사이를 비집고 걸었다. 거리로 쏟아지는 햇살 속에서 보니 낭시는 그가 기억하는 것보다 훨씬 활기가 넘쳐 보였다. 모처럼 맑은 날씨가 도시 전체에 활력을 불어넣고 있었다. 보행자 거리로 지정되어 이따금 전차만 지나다니는 생장 가에는 젊음의 에너지가 넘쳐흘렀다.

생디지에 가에 있는 〈르 알 뒤 리브르〉 서점은 그가 기억하고 있는 지난날의 모습과 별반 다르지 않았다. 서점 일 층의 포석이 깔린 바닥과 각 층마다 촘촘하게 이어지는 통로들도 그대로였다. 서점 출입문을 밀고 들어설 때마다 마치 바다에 떠 있는 배에 오를 때처럼 출렁거리는 느낌을 받곤 했다.

마르크는 문고판 사전들을 판매대에 꽂아놓고 있는 서점 직원에게 물었다.

"막심 부아소를 찾아왔는데요."

"4층에 있는 미스터리소설 코너로 가보세요."

마르크는 계단을 두 개씩 성큼성큼 걸어 올라갔다. 미스터리소설들을 진열해놓은 판매대 앞에 다다라 보니 직원이 허버트 리버만의 《네크로폴리스》를 읽고 난 느낌을 손님에게 열정적으로 이야기해주고 있었다.

마르크는 직원에게로 가까이 다가가 말했다.

"막심 부아소를 만나러 왔는데요."

"막심은 지금 개학 준비 때문에 눈코 뜰 새 없이 바쁜 문구 코너 담당자들을 도와주러 갔어요."

마침 금요일 오후였고, 학교 수업이 끝나는 시간이라 문구 코너는 학생들과 학부모들로 발 디딜 틈 없이 북적거렸다. 문구 코너 담당 직원들은 시간이 갈수록 밀려드는 손님들 때문에 정신이 없어 보였다.

나이가 가장 어려 보이는 직원의 빨간 조끼 위에 명찰이 달려 있었다. 그가 바로 막심 부아소였다.

마르크는 막심 부아소에게로 다가갔다.

"자네가 막심 부아소인가? 난 파리경찰청 강력계의 마르크 반장인데 몇 가지 물어볼 게 있어서 찾아왔네."

"아, 그러세요? 보시다시피 여기서는 대화를 나누기 곤란하니까 잠시 기다려 주시겠습니까?"

막심 부아소는 생각보다 나이가 훨씬 어려 보였고, 얼굴에 의심 많고 심약한 성격이 그대로 드러나 있었다.

마르크는 그의 얼굴을 보는 즉시 〈레드 리버〉, 〈젊은이의 양지〉 등의 영화에 출연했던 몽고메리 클리프트가 떠올랐다.

"잠깐 다녀와. 멜라니를 부르면 되니까."

문구 코너 책임자로 보이는 사람이 눈치 빠르게 말했다.

서점 직원용 조끼를 벗은 막심 부아소가 팔을 적당히 놀려가며 혼잡한 통로를 빠져나가고 있는 마르크를 뒤따라왔다.

"손님들이 많아 아직 점심 식사를 하지 못했습니다. 여기서 가까운 곳에 스시 바가 있는데 점심 식사를 하며 이야기를 나누어도 괜찮겠습니까?"

"나도 아직 식사 전이니까 잘됐군 그래. 난 두툼한 스테이크를 좋아하지만 스시도 좋아하는 편이지."

5분 후, 두 사람은 회전 초밥집의 등받이 없는 의자에 나란히 앉았다. 초밥을 담아놓은 작은 접시들이 벨트를 따라 회전하고 있었다. 식당은 점심시간이 지나서인지 거의 텅 비어 있었다.

"프랑크 중령님에게 제가 알고 있는 사실들을 모두 말씀드렸는데요."

막심 부아소가 박하 향 비텔 생수를 마시며 말했다.

"이미 눈치 챘겠지만 프랑크 중령은 자네를 도와줄 사람이 아니야."

"프랑크 중령님의 말에도 일리가 있어요. 벌써 9년이나 지난 일인데 이제 와서 제 증언이 무슨 도움이 되겠어요."

마르크가 단호하게 고개를 저었다.

"자네의 증언이 다른 사건을 해결하는 실마리를 제공해줄 수도 있으니까 아직은 쓸모가 없지 않아."

"제 증언이 어떤 사건을 해결하는 데 도움이 된다는 거죠?"

"내가 묻는 몇 가지 질문에 성실히 대답해주면 알려주지."

막심 부아소는 순순히 동의했다.

"괴한에게 납치당했을 당시 자네는 열 살이었단 말이지?"

"정확히 말하자면 생후 10년 6개월이었어요."

"그 당시 자네가 살고 있던 집은 어디에 있었지?"

"부모님 집에서 살았는데 카리에르 광장 근처였어요."

"카리에르 광장 근처라면 구도심인 스타니슬라스 광장 옆을 말하는 건가?"

부아소가 고개를 끄덕였다.

"수요일마다 우리 집 운전기사가 저를 성당 교리문답 시간에 데려다 주었어요."

"어느 성당이었지?"

"생테브르 대성당에서 신부님이 진행하는 교리문답 수업이 있었어요.

아버지에게 교리문답 시간에 다녀오겠다고 말하고는 몇 번인가 오를리 공원에 간 적이 있어요. 오를리 공원에서 국제청소년 사무국에서 나온 활동가가 연극을 가르쳐주고 있었죠. 참가 제한이 있거나 따로 등록을 해야 하는 절차가 없어 누구나 원하면 참가할 수 있는 수업이었는데 교리문답보다는 훨씬 재미있었죠."

마르크는 맥주를 한 모금 마시고 나서 모둠회 한 접시를 집어 들었다.

막심 부아소가 이야기를 계속했다.

"오를리 공원에서 돌아오는 길에 낯선 남자가 저를 납치했어요. 그 당시에는 몰랐지만 그가 바로 한때 세상을 떠들썩하게 만든 하인츠 키퍼였죠. 큰길 대신 대학병원 쪽 지름길을 이용한 게 화근이었어요. 한적한 길이었는데 그가 가까이 다가오는 걸 미처 눈치채지 못했죠. 결국 저는 불과 몇 초 만에 사륜구동차 짐칸에 갇히는 신세가 되었어요."

"하인츠 키퍼는 자네가 누군지 알고 있던가?"

"그는 제가 누군지 분명하게 알고 있었어요. 하인츠 키퍼가 처음부터 저에게 말하길 '다 잘 될 테니까 걱정하지 마. 네 아빠가 널 여기서 나가게 해줄 거야'라고 했죠. 그는 몇 주 전부터 저를 뒤따라다니며 기회를 엿보고 있었던 거예요."

"하인츠 키퍼의 차를 타고 대략 몇 분쯤 달렸지?"

"대략 두 시간쯤 달렸을 거예요. 숲 한가운데에 있는 하인츠 키퍼의 집에 도착했을 때는 비가 내리고 있었고, 날이 어둑어둑했어요. 그는 저를 집 옆에 있는 창고에 가두었죠. 저는 심한 충격을 받아서인지 열이 심하게 나고 머리가 어질어질했어요. 어두운 창고에 혼자 있는 게 무섭고 고통스러워 급기야 문을 두드리며 소리를 질렀죠. 얼마나 초조하고 무서웠던지 바지에 대변을 지리기까지 했어요. 납치범이 나타나더니 저를 두세 번 때리고 나서 집 안으로 데려가더군요. 그가 검은색 눈가리개로 제 눈을 가리더니 지하로 데려갔어요. 그는 계단을 내려가 잠시 걷다가 여자아이가 있는 방으로 저를 밀어 넣었죠. 목소리가 부드럽고 좋은 냄새가 나는 여자아이였어요. 바이올렛 수를 뿌려가며 다림질한 옷에서 나는 냄새와 비슷했죠. 여자아이가 저에게 걱정할 것 없다고 친절하게 말해주고 나서 눈을 가린 그대로 깨끗이 씻겨주고 잠이 들 때까지 안심시켜주었어요."

"혹시 그 여자아이의 이름을 기억하나?"

막심 부아소가 고개를 끄덕였다.

"루이즈 고티에라고 했어요."

마르크는 두 눈을 깜빡거렸다.

루이즈 고티에는 2004년 연말에 브르타뉴 지방의 조부모 집에서 방학을 보내던 중 실종되었고, 그 당시 나이가 열네 살이었다.

"저는 그때 루이즈가 납치범의 공범이라고 생각했어요. 최근에 하인츠 키퍼에 대한 기사를 읽고 나서야 루이즈 고티에도 희생자 가운데 한 명이라는 사실을 알게 되었죠."

"혹시 그 집에 있는 동안 다른 여자아이와도 접촉할 기회가 있었나?"

"루이즈 말고는 그 집에 다른 여자아이가 있는지조차 몰랐어요."

허공에 시선을 둔 막심 부아소는 거의 일 분 동안 아무 말도 하지 않았다.

"자네 부모님이 몸값을 얼마나 준비했다던가?"

"하인츠 키퍼는 소액권으로 50만 유로를 요구했어요. 제 부모님은 부자였고, 그 정도 액수쯤은 손쉽게 구할 수 있었죠."

"인질 교환은 어디에서 이루어졌지?"

"뤼네빌 근처 라뇌브빌오부아 숲이었어요."

"자네는 나이도 어리고 겁을 집어먹어 경황이 없었을 텐데 어떻게 그런 세부 사항까지 자세히 기억하지?"

"다음 날, 하인츠 키퍼는 제 몸을 꽁꽁 묶긴 했지만 눈을 가리지는 않았어요. 저는 그의 바로 옆자리 조수석에 앉아 있었죠. 그는 도중에 공중전화부스 근처에서 잠시 차를 세웠어요. 아마도 아버지에게 전화해 최종 약속 장소를 정하려는 것이었겠죠."

"자네가 보기에 하인츠 키퍼는 어떤 사람이었지?"

"그날, 하인츠 키퍼는 몹시 흥분해 들떠 있었어요. 저를 옆자리에 앉힌 건 한마디로 미친 짓이었죠. 물론 그는 사람들의 눈을 피하기 위해 작은 샛길을 이용하는 조심성을 보였지만 누군가 제 얼굴을 알아볼 수도 있다는 걸 전혀 감안하지 않았어요. 그는 눈과 입만 빼놓고 얼굴 전체를 가린 마스크를 쓰고 자주 혼잣말을 중얼거리기도 하고, 몹시 흥분해 소리를 지르기도 했죠. 언뜻 보기에는 마약 기운이 있는 사람 같았어요."

"자네는 그가 실제로 마약을 흡입했다고 생각하나?"

"제가 보기에는 틀림없이 마약을 흡입한 사람 같았어요."

"자넨 언제 그의 차량 번호판을 확인했지?"

"인질 교환을 할 때 아버지에게로 달려가면서 잠깐 뒤돌아보았을 때 헤드라이트 불빛 속에 드러나 있는 차량 번호를 봤어요."

"자동차 두 대가 헤드라이트를 켜고 서로 마주보고 있는 상황이라 차량 번호가 유난히 잘 보였을 수도 있겠지."

"제가 생각하기에도 그랬던 것 같아요. 아버지가 돈을 넣은 서류 가방을 던지자 하인츠 키퍼는 재빨리 내용물을 확인하고 나서 저를 돌려보내 주었거든요."

"자네 아버지가 돈을 넣어온 가방이 서류 가방이었다고 했지? 혹시 돈을 노란색 스포츠가방에 넣어왔는데 착각한 건 아닌가?"

"분명 비즈니스맨들이 들고 다니는 서류 가방이었어요."

"프랑크 중령에게는 노란색 스포츠가방에 돈을 넣어왔다고 말해놓고, 왜 내게는 서류 가방이었다고 하지?"

"저는 노란색 스포츠가방이라고 말한 적이 없어요. 지금도 분명 서류 가방으로 기억하고 있으니까요. 아버지가 똑같은 서류 가방을 여러 개 갖고 있었기 때문에 착각했을 가능성은 없죠. 물론 하인츠 키퍼가 서류 가방에 넣어온 돈을 노란색 스포츠가방에 옮겨 담았을 수는 있겠죠. 하인츠 키퍼는 의심이 많은 사람이라 서류 가방에 위치 추적 장치를 달아놓았을지도 모른다고 생각해 재빨리 돈을 옮겨 담았을 수도 있어요."

마르크는 테이블 위에 놓인 막심 부아소의 손톱을 유심히 관찰했다. 손톱을 어찌나 심하게 물어뜯었는지 피가 맺힐 정도였다. 신경이 극도로 예민한 사람이라는 뜻이었다. 막심 부아소는 지금도 신경이 몹시 곤두서 있는 듯 얼굴이 심하게 일그러져 있었다.

"하인츠 키퍼에게 납치됐다 풀려난 후 자네 부모님과는 무슨 일이 있었나?"

"제 부모는 납치사건과 관련해 저에게 아무 말도 해주지 않았고, 이틀 후 저를 스위스의 기숙학교로 보냈어요. 그 후 다시 미국에 있는 기숙학교로 가게 됐어요. 그 이후로도 납치사건에 대한 말을 한 번도 꺼낸 적이 없죠."

마르크는 눈살을 찌푸렸다.

"자네가 겪은 일과 다른 희생자들의 경우를 연관 지어 생각해본 적이 전혀 없었단 말이지?"

"하인츠 키퍼 사건이 프랑스 사회를 온통 떠들썩하게 만들었을 당시 저는 시카고에 있었죠. 6개월 전 제가 지난 신문을 보고 사건의 전말을 알게 되기 전까지만 해도 하인츠 키퍼가 누군지도 몰랐어요."

"프랑크 중령은 정신과 전문의의 충고가 계기가 되었다고 하던데 자네가 군인경찰대를 찾아가 하인츠 키퍼의 자동차 번호판에 대해 증언하게 된 이유가 뭔지 말해줄 수 있나?"

"저는 계속 미국에 머물면서 브로드웨이에서 연극 공부를 하고 싶었지만 프랑스로 돌아와야 했습니다. 갑자기 건강이 나빠졌기 때문이죠. 까닭 없이 마음이 불안하고, 자주 자살 충동을 느끼기도 했어요. 편집증 증세를 보이기도 했고, 열에 들떠 자주 헛것이 보이기도 했죠. 그야말로 미치기 일보 직전이었기 때문에 자르그민의 전문병원에서 6개월 동안 정신과 전문의를 만나 치료를 받았어요. 약물치료와 상담 치료를 병행한 결과 차츰 증세가 나아지게 되었죠."

"정신과 전문의에게 치료를 받는 동안 어린 시절 납치되었던 기억이 자주 떠올랐단 말이지?"

"저를 납치한 사람이 하인츠 키퍼였고, 그가 집에 불을 질러 여자아이들 셋이 끔찍하게 희생되었다는 사실을 알게 된 후 정말이지 괴롭기 그지없었어요. 만약 제가 납치되었던 사실을 경찰에 알렸더라면 여자아이들을 구할 수도 있었을 테니까요."

"자네가 경찰에 그 사실을 알렸더라면 불상사를 막을 수 있었을 거라는 생각은 결과론적인 가정일 뿐이야."

"저를 위로하려 들지 마세요. 그때 저는 하인츠 키퍼의 차량 번호를 분명하게 기억하고 있었어요. 만약 제가 경찰에 그 사실을 알렸더라면 범인을 체포하는 건 시간문제였을 거예요."

마르크는 그를 진정시키기 위해 어깨를 토닥거려주었다.

"그 당시 자네는 너무 어렸어. 굳이 따지자면 자네의 부모에게 잘못이 있겠지."

"제 부모는 신문의 사회면에 이름이 오르내리는 게 싫어 희대의 납치범을 방치했어요. 일말의 양심이 있는 사람들이라면 차마 해서는 안 될 짓이었죠."

"자네 부모님과 그런 이야기를 나눠본 적 있나?"

"하인츠 키퍼에 대해 알게 된 후 제 부모와 인연을 끊다시피 했어요. 재산 상속도 일절 받지 않겠다고 선언했죠. 요즘은 조부모가 저를 돌봐주고 있어요."

마르크는 길게 한숨을 내쉬었다.

"그 당시 자네는 겨우 열 살이었어. 적어도 열 살짜리가 책임질 일은 아니었지."

"나이가 어렸다고 해서 책임으로부터 자유로울 수는 없어요."

"나 역시 하인츠 키퍼 사건 때문에 비난받아야 할 사람이 많다고 생각하지만 자네를 그 안에 포함시키지는 않겠네. 한마디로 말도 안 되니까."

막심 부아소는 여전히 괴로운 듯 두 손으로 머리를 움켜쥐었다. 마르크는 또다시 한숨을 쉬었다. 막심 부아소는 감수성이 예민한데다 심약한 편이었지만 정직한 청년이 분명했다. 그는 막심 부아소를 진심으로 도와주고 싶었다.

"자네는 한시바삐 하인츠 키퍼 사건의 트라우마로부터 벗어나야 해. 낭시에서 잠깐 벗어나는 것도 좋은 방법이 될 수 있을 거야."

"낭시를 벗어나 어디로 가게요?"

"자네에게 낭시는 나쁜 기억들이 너무 많은 도시야. 부모님에게 부탁해서라도 뉴욕으로 다시 가 연극 공부를 하는 게 어때? 어차피 인생은 한 번뿐이야. 자네가 원하지 않아도 시간은 정말 빨리 지나가지."

"저도 뉴욕에 가서 연극 공부를 더 하고 싶지만 아직은 여건이 안 돼요."

"여건이 안 될 게 뭐 있지?"

"사실은 아직 병이 완치되지 않았어요. 현재 저를 치료해주는 의사도 낭시에 있고요."

마르크는 테이블 가장자리에 놓인 스시 바 명함 한 장을 집어 들더니 이름과 전화번호를 적고 나서 막심 부아소에게 건네주었다.

막심 부아소가 명함에 적힌 이름을 쳐다보며 물었다.

"에스테르 아지엘이 누구죠?"

"예전에 생탄 병원에서 일했던 정신과 전문의인데 내가 아는 한 매우 뛰어난 의사야. 원래는 프랑스 사람이지만 지금은 미국 국적도 보유하고 있어. 맨해튼에 개인 진료실이 있고, 틈틈이 종합병원에도 나가고 있지. 에스테르를 찾아가 내 이야기를 하면 반갑게 맞아줄 거야."

"어떻게 알게 된 분인데요?"

"나도 한때 정신과 전문의의 도움이 절실히 필요했던 적이 있었지. 우울증이 심했고, 자주 헛것이 보이기도 했고, 수시로 자살 충동을 느끼기도 했어. 자네처럼 까닭 없이 마음이 불안해지기도 했고, 매일이다시피 지옥문 앞에 서 있는 듯 끔찍하고 두려운 생각이 들기도 했지.”

막심 부아소가 어안이 벙벙한 표정으로 마르크를 쳐다보았다.

“반장님은 강해 보이는 분이라 저처럼 정신적인 문제로 고통을 겪었을 줄 미처 몰랐어요. 지금은 완치됐나요?”

마르크가 고개를 가로저으며 말했다.

“자네에게는 아주 나쁜 소식이겠지만 정신적인 문제는 그리 쉽게 완치되지 않아. 이전보다는 상태가 좋아졌고, 내성이 생겨 고통을 잘 견뎌내고 있을 뿐이야.”

“좋은 소식은 없나요?”

“시간이 흐르면 자네도 고통과 더불어 살아가는 방법을 터득하게 될 거야.”

4

안젤라가 오래된 사진첩을 테라스의 테이블 위에 내려놓았다. 요즘 사람들은 휴대폰에 수백 장의 사진을 넣고 다니지만 예전 사람들은 사진첩에 넣어두고 추억이 생각날 때마다 꺼내보곤 했다.

안젤라가 글래디스와 함께 사진첩을 한 장씩 넘기기 시작하면서 과거라는 댐에 가두어두었던 추억의 수문이 활짝 열렸다. 사진첩 속에 들어 있는 조이스를 볼 때마다 칼라일 자매의 눈시울이 붉어졌다.

1988년, 1989년, 1990년의 조이스는 내가 예상하던 모습과 거리가 멀었다. 마를렌 기자가 기사에서 묘사한 조이스는 분명 마약에 찌든 여자였는데 사진 속 그녀는 활짝 만개한 꽃처럼 밝고 활력이 넘쳐 보였다.

《쉬드 웨스트》의 마를렌 기자가 혹시 잘못된 정보를 토대로 기사를 쓴 건 아닐까? 아니면 제대로 알아보지도 않고 쓴 추측성 기사였나?

나는 칼라일 자매 앞에서 조심스럽게 말을 꺼냈다.

"프랑스의 어떤 기자가 말하길 클레어가 태어났을 당시 조이스는 크랙과 헤로인 중독 상태였다던데 사실인가요?"

안젤라가 화를 벌컥 내며 반박했다.

"조이스가 헤로인 때문에 문제를 일으킨 적은 있지만 크랙에 손을 댄 적은 없어요. 클레어가 태어난 해는 1990년이었고, 조이스가 헤로인을 흡입해 문제가 됐을 때는 그보다 훨씬 이전이었죠. 조이스는 클레어가 태어나기 한참 전에 마약을 끊었어요. 클레어가 태어나자 조이스는 필라델피아의 부모님 댁으로 갔죠. 아이를 돌보는 한편 도서관에서 일자리를 얻었고, 시에서 운영하는 사회복지센터에서 자원봉사자로 일하기도 했어요."

나는 사진첩에 들어 있는 조이스와 클레어의 사진들을 열심히 들여다보며 안젤라의 말을 머릿속에 새겨두었다.

클레어가 엄마, 이모들, 할머니와 함께 찍은 어린 시절 사진들을 보는 순간 나도 모르게 서글픈 감정이 북받쳤다. 사랑하는 여자가 예닐곱 살 때 찍은 사진을 보고 있자니 애잔한 생각이 밀어닥치며 가슴이 뭉클했다.

나는 문득 클레어의 배 속 아이에 대해 생각했다.

어쩌면 클레어를 닮은 딸일지도 몰라. 클레어를 다시 찾을 수 있다면 얼마나 좋을까?

마를렌 기자가 쓴 기사와 다른 사실이 한 가지 더 있었다. 칼라일 자매는 기사 내용과 달리 교양을 갖춘 사람들이었고, 금전적으로도 여유 있는 편에 속했다. 칼라일 자매의 어머니 이본은 평생 필라델피아 시장의 보좌진으로 일했다.

"어머니 사진은 많은데 아버지 사진이 없네요?"

"아버지는 평생 유령처럼 떠돌았기 때문에 사진을 찍을 기회가 없었어요."

글래디스가 대답했다.

"유령보다는 바람이 더 어울릴지도 모르지. 소리 소문 없이 바람처럼 떠돌아다녔으니까."

안젤라가 동생의 말을 바로 잡았다.

두 자매가 피식 웃음을 터뜨리는 바람에 나 역시 애매하게 웃을 수밖에 없었다.

"클레어의 아버지는 누구죠?"

"조이스는 한 번도 클레어의 생부에 대해 말한 적이 없어요. 클레어를 낳은 이후에도 한 번도 찾아 나서지 않았죠."

"클레어가 어릴 때 아빠에 대해 묻지 않던가요?

안젤라가 미간을 찌푸리고 나서 내게로 얼굴을 바싹 들이대더니 크게 호통을 쳤다.

"작가 선생님은 혹시 이 사진첩에서 남자 사진을 본 적 있어요?"

"생각해보니 없는데요."

"이 집에서 남자를 본 적 있어요?"

"이제 보니 우연치고는 정말 이상한 일이네요."

"일찍이 이 집에 남자는 없었어요. 앞으로도 절대 없을 겁니다. 칼라일 집안은 남자 없이도 잘 살아왔어요. 이를테면 우리는 아마존 여전사라고 할 수 있죠."

"아마존 여전사라고요?"

"그리스신화에 나오는 아마존 여전사들은 아들이 태어나면 사지를 부러뜨리거나 눈을 찔러 노예로 부려먹었다고 기록되어 있어요."

"칼라일 집안은 남자에게 아무것도 기대하지 않아요. 물론 작가 선생님은 납득할 수 없는 일이겠지만요."

"모든 남자들을 한 묶음으로 치부하는 건 옳지 않다고 봅니다."

"제가 보기에 남자들은 하나같이 다 똑같아요. 거짓말이나 일삼고, 예쁜 여자만 보면 마음이 싱숭생숭해지는 바람둥이들이죠. 게다가 자기 능력은 생각지도 않고 허풍을 떨어대기 일쑤라 도무지 믿을 수가 없어요. 마치 자기들이 대단한 전사라도 되는 양 으스대지만 사실은 충동에 좌우되는 꼭두각시일 뿐이죠. 남자들은 수컷으로 태어났다는 자부심이 대단하지만 전사는커녕 잔챙이나 잡으러 다니는 얼치기 사냥꾼에 불과해요."

나도 잠자코 당하고 있을 수만은 없어 테오가 태어난 지 겨우 한 달 만에 갓난아기를 나에게 떠맡기고 떠난 나탈리 이야기를 들려주었다.

안젤라가 주저하는 기색도 없이 말했다.

"세상에 예외 없는 법칙은 없잖아요."

해가 뉘엿뉘엿 넘어가면서 뜨거운 열기도 한풀 꺾였다. 모범생처럼 생긴 내 얼굴이 이번에도 긍정적인 요소로 작용한 게 분명했다. 칼라일 자매는 나에 대해 제대로 알지도 못하면서 마음 깊이 감추어두었던 비밀을 미주알고주알 털어놓았다.

안젤라가 사진첩을 덮었고, 해가 뉘엿뉘엿 지는 가운데 뭉쳐 있던 구름들이 서서히 흩어지고 있었다.

"두 분께서는 왜 조이스의 죽음에 책임이 있다고 말씀하셨죠?"

내 질문에 안젤라는 한숨을 쉬었고, 글래디스가 대답했다.

"조이스가 숨을 거둔 주말에 우린 이곳에 있지 않고, 필라델피아에 있는 엄마 집에 있었죠. 조이스는 가기 싫다고 해 이곳에 혼자 남았어요. 우리 자매는 조이스가 다시 마약을 시작했다는 사실을 어렴풋이 인지하고 있었지만 당사자가 극구 부인하는 입장이라 확인할 길이 없었어요. 우린 필라델피아에 사는 엄마가 대퇴골 수술을 받아 병문안을 갔었죠. 엄마는 클레어가 납치되었다는 소식을 듣고 걱정이 이만저만 아니었어요. 우리는 혼자 내버려둔 조이스가 걱정돼 서둘러 돌아왔지만 이미 우려하던 일이 벌어졌더군요. 만약 우리가 여기에 있었다고 하더라도 사전에 불상사를 막을 수 있었을지 자신할 수 없어요. 다만 조이스가 고통스럽게 죽어갈 때 아무도 옆에 있어주지 못한 것에 대해 늘 미안해하고 있죠."

"조이스의 사체는 어디에서 발견되었죠?"

이번에는 안젤라가 입을 열었다.

"조이스는 욕실 바닥에 쓰러져 있었어요. 우리가 필라델피아에 갔다가 집으로 돌아온 일요일 저녁이었죠. 조이스의 팔에는 주사기가 꽂혀 있었고, 머리 부위에 출혈이 보이더군요. 우리가 우려했던 대로 조이스는 다시 마약의 힘을 빌리기 시작했던 거예요."

"사인에 대해 따로 조사하진 않았나요?"

"당연히 경찰에 부검을 요청했어요. 경찰에서도 뭔가 심상치 않은 제보가 있었다면서 부검 요청을 받아들였죠. 조이스가 숨을 거두던 날 누군가에게 피습당했다는 익명의 전화 제보가 있었나봐요."

갑자기 머리에서부터 발끝까지 소름이 끼쳤다. 소설을 쓰다보면 간혹 등장인물이 작가를 기습하는 순간들이 있다. 작가가 미처 의식하지 못한 가운데 등장인물 스스로 이야기에 끼어드는 경우이다. 키보드 위에서 빠르게 움직이는 내 손가락이 미처 인지하지 못하는 가운데 매우 좋은 글을 남기는 경우가 종종 있었다. 내가 의도하고 쓴 글이 아닌 만큼 당장 지워버리면 그만이었지만 굳이 그럴 필요는 없어 보였다. 오히려 이야기 전개 상황에서 매끄러운 윤활유 역할을 해주는 문장이었다. 작가인 나에게는 간혹 발생하는 돌발 상황으로 그때마다 매우 짜릿한 흥분을 느꼈다. 작가가 미처 인지하지 못하는 가운데 등장인물 스스로 이야기에 끼어든 셈이니 정말이지 경이로운 일이 아닐 수 없었다.

안젤라가 털어놓는 이야기를 듣는 동안 나는 마치 내가 소설을 쓸 때 등장인물이 개입했던 경우처럼 짜릿한 전율을 느꼈다.

"경찰이 조이스의 최근 통화 내역을 분석한 결과 마약 딜러 한 놈을 체포했어요. 경찰에 잡혀온 그놈은 주말이 끼어 있어 조이스에게 평소보다 많은 양의 마약을 팔았다고 털어놓았죠."

"혹시 조이스를 살해할 만한 동기가 있다고 의심할 만한 사람은 없었습니까?"

글래디스의 얼굴에 서글픈 미소가 번져갔다.

"딱히 살해 동기를 가진 사람은 없었지만 마약 세계에 발을 들여놓은 이상 누구나 자기 의지와 상관없이 위험한 상황에 휩쓸리게 되겠죠."

안젤라가 그 말을 받았다.

"경찰의 부검 결과 조이스의 사인은 헤로인 과다 흡입으로 나왔어요.

부검의는 머리 부위 출혈에 대해 누군가에게 가격당한 게 아니라 조이스가 쓰러질 때 세면대 모서리에 부딪치면서 생긴 상처라는 의견을 피력했죠."

"그럼 익명의 제보 전화는 어떻게 된 일이죠?"

"그 당시 이 지역에서는 흔한 일이었어요. 아이들이 경찰을 골탕 먹이려고 장난 전화를 거는 경우가 비일비재했죠."

"익명의 제보 전화에 대해 진위 여부를 확인해봤나요?"

"담당 변호사를 통해 경찰의 수사 기록을 일부 열람했습니다."

"그 결과 전혀 이상한 점을 발견하지 못했나요?"

갑자기 안젤라의 눈에 의심의 장막이 드리워졌다. 처음 보는 사람 앞에서 지나치게 말을 많이 한 건 아닌지 후회하는 눈치였다. 나에 대해 제대로 아는 게 없다는 사실을 그제야 깨달은 듯했다.

"작가 선생님은 처음 여기에 왔을 때 클레어의 어린 시절에 대해 궁금한 게 많다고 했죠? 평소 클레어와 알고 지낸 사이였나요?"

나는 대답 대신 휴대폰을 열고 사진함에 저장되어있는 클레어의 사진을 둘러보았다. 나와 함께 찍은 사진이 한 장 있었다. 식당에 가기 전, 앙티브 항구에서 카레 요새를 배경으로 찍은 사진이었다.

나는 안젤라에게 휴대폰을 내밀었다.

"클레어는 아직 살아 있습니다."

안젤라는 한동안 사진을 뚫어지게 바라보다가 휴대폰을 있는 힘껏 내동댕이쳤다.

"협잡꾼 같으니라고! 내 집에서 당장 나가."

안젤라가 고래고래 소리를 지르더니 마침내 울음을 터뜨렸다.

11. 남자를 사랑하지 않았던 여자들

순백의 눈 위에 떨어진 피, 하얀 바탕에 찍힌 빨간 점이 무척이나 아름다웠다.
_장 지오노

1

"아빠! 테오 혼자 먹을 거야!"

유아용 의자에 앉은 테오가 내 손에 들려져 있는 숟가락을 빼앗아들더니 혼자 햄이 들어간 퓨레를 먹기 시작했다. 녀석의 턱받이가 제대로 매졌는지 확인한 나는 갑자기 극장의 관람객 입장이 되었다. 나는 바삭하고 고소한 팝콘 대신 카이피리냐 잔을 들고 녀석이 음식을 맛있게 먹는 모습을 지켜보았다.

테오는 아직 혼자서 음식을 먹기에는 미숙했다. 녀석의 코와 턱은 물론이려니와 머리카락에까지 음식이 묻었고, 바닥과 의자도 녀석이 흘린 음식 때문에 엉망이 되었다. 정작 녀석의 입으로 들어간 음식보다 흘린 양이 더 많을 듯했다. 녀석은 그러거나 말거나 희색만면이었고, 그 모습을 지켜보던 나 역시 웃음이 터져 나왔다.

우리는 호텔 한가운데에 자리 잡은 정원의 아케이드 아래쪽 테이블에 앉아 있었다. 마치 작은 숲처럼 느껴지는 정원의 목가적인 분위기 하나만으로도 왜 비싼 호텔인지 가늠할 수 있을 듯했다.

"아빠, 흘렸어. 흘렸어……."

테오가 음식이 번지르르하게 묻은 입술을 오물거리며 말했다.

"네 말대로 음식을 사방에 다 흘렸구나. 다음부터는 절대로 흘리지 말고 조심스럽게 먹어야 해."

내가 냅킨으로 음식 묻은 얼굴을 닦아주려 하자 녀석이 요리조리 고개를 돌려대는 바람에 겨우 성공했다. 정원에는 야자수를 비롯해 이국적인 나무들이 많았고, 무성하게 자란 아이비 잎사귀에 물이 차올라 싱그러운 느낌을 물씬 풍겼다.

정원 한가운데에는 대리석을 조각한 천사상과 꽃이 만발한 울타리로 둘러싸인 2단 분수대가 설치돼 있었다. 나는 테오가 키 작은 관목들 사이를 요리조리 돌아다니며 즐겁게 노는 모습을 지켜보았다. 그때 문득 큐브릭 감독의 〈샤이닝〉에 등장하는 한 장면이 떠오르며 머릿속이 감전된 듯 아득해졌다.

"너무 멀리 가면 안 돼, 알았지?"

테오가 고개를 돌리더니 천사 같은 미소를 지으며 내게 손짓을 보냈다.

나는 안젤라가 무자비하게 내동댕이치는 바람에 화면에 금이 간 휴대폰을 꺼내 요모조모 살펴보았다. 다행히 케이스 덕분에 작동에는 별문제가 없었다. 와이파이로 인터넷에 접속해 약 10분 정도 클레어의 친구이자 납치될 당시의 유일한 목격자인 올리비아 멘델손의 자취를 검색해봤지만 허사였다. 그녀가 이미 10년도 넘게 지난 일에 대해 결정적인 도움을 줄 수 있으리라 기대하지는 않았지만 내가 언젠가 한 번은 반드시 만나봐야 할 상대임에는 틀림없었다.

내가 길지 않은 생에서 두 번이나 납치당한 클레어를 생각하고 있을 때 호텔 직원이 다가와 몸을 살짝 굽히며 말했다.

"어떤 분이 선생님을 찾아오셨습니다."

글래디스가 정원 입구에 서 있었다. 가죽 라이더 재킷을 입은 그녀는 현란한 사이키델릭 무늬가 인쇄된 점프슈트와 현기증이 날 정도로 높은 킬힐을 신고 있었다. 나는 우아한 걸음걸이로 테라코타 블록이 깔린 잔디밭과 다양한 나무들 사이를 누비며 걸어오는 그녀를 물끄러미 바라보았다. 나는 칼라일 자매의 집을 나서기 전 테라스의 탁자에 호텔 주소를 적은 내 명함을 두고 왔다.

"안녕하세요, 이렇게 와주셔서 감사합니다."

맞은편 등나무 의자에 앉은 글래디스는 한동안 말이 없었다.

"안젤라가 왜 그리 격한 반응을 보였는지 이해합니다."

"언니는 당신을 우리에게 돈을 뜯어내려는 협잡꾼이라 생각했나봐요."

"저는 돈을 원하지는 않습니다."

"인터넷에서 당신 이름을 검색해봤어요. 베스트셀러 작가이니 적어도 돈을 바라고 우릴 찾아오지는 않은 것 같더군요."

글래디스는 다가온 호텔 직원에게 박하차를 주문했다.

"그 사진을 다시 한번 볼 수 있을까요?"

나는 휴대폰을 꺼내 클레어의 사진 몇 장을 보여주었다. 마치 최면에 걸린 사람처럼 사진들을 유심히 들여다보던 글래디스의 눈에 어느새 눈물이 그렁그렁 고였다.

"당신은 우리에게 뭘 원하죠?"

"제가 원하는 건 단 한 가지 클레어를 찾는 겁니다. 제가 클레어를 찾으려면 당신들의 도움이 필요하겠죠."

나는 호텔에서 기르는 티베트 고양이에게 호기심을 보이고 있는 테오를 살피며 이제까지 있었던 일에 대해 상세히 설명했다. 클레어와의 첫 만남, 코트다쥐르 바닷가에서의 언쟁, 클레어의 실종 등 내가 뉴욕에 올 수밖에 없었던 우여곡절에 대해 빠짐없이 이야기했다. 다만 클레어가 임신 중이라는 사실은 함구했다. 감정 과잉 상태를 우려해서였다.

글래디스는 잠시도 눈을 돌리지 않고 내 이야기를 경청했다. 절반은 수긍하는 태도를 보였고, 절반은 도저히 믿기지 않는다는 표정이었다.

글래디스가 한참 동안 생각에 잠겼다가 입을 열었다.

"당신이 털어놓은 이야기가 틀림없는 사실이라면 왜 경찰에 신고하지 않았는지 납득할 수 없어요."

"클레어가 원하지 않았기 때문입니다."

"클레어를 만나본 적도 없는데 어떻게 확신하죠?"

"클레어는 지난 10년 동안 경찰을 피해왔어요. 저는 클레어가 그토록 숨기려고 애썼던 비밀을 반드시 지켜주고 싶었습니다."

"클레어의 목숨이 위태로울 수도 있는 상황인데 끝까지 비밀을 지키겠다는 거예요?"

글래디스가 걱정스런 표정으로 물었다.

나는 그 질문에는 명쾌하게 답변하지 못했지만 언제나 최선의 방법이 뭔지 깊이 고민해보고 선택하는 게 내 방식이었다. 내 나름대로 결론을 내린 이상 끝까지 밀어붙일 작정이었다.

"클레어에게 최선이 뭔지 충분히 생각해보고 내린 결론입니다. 저는 무슨 일이 있어도 반드시 클레어를 찾아낼 겁니다."

"클레어가 사라진 곳은 프랑스인데 할렘에서 찾겠다는 거예요?"

"저는 클레어의 과거에 이번 납치사건과 관련된 해답이 있을 것 같다고 생각하니까요."

"당신은 소설을 쓰는 작가이지 경찰이 아니잖아요?"

나는 차마 그 두 가지가 크게 다르지 않다고 대답할 수 없었다. 그 말을 입 밖으로 내뱉는 대신 글래디스를 안심시키는 방법을 택했다.

"저와 절친하게 지내는 사람 중에 마르크 카라덱이라는 전직 형사가 있습니다. 프랑스에서는 마르크가 클레어를 찾기 위한 조사를 진행하고 있습니다."

나는 테오가 어디에 있는지 곁눈질로 살폈다. 녀석은 제 키보다 두 배나 높은 테라코타 항아리 위로 올라가려고 낑낑대며 힘을 쓰고 있었다.

"조심해!"

녀석은 내 경고의 말을 들은 척도 하지 않고 제 할 일에 열중했다.

글래디스가 다시 두 눈을 감고 생각에 잠겼다. 분수대에서 떨어지는 물소리를 듣고 있자니 문득 내가 가끔 침을 맞으러 가는 침술원에서 틀어주던 힐링 음악이 생각났다.

글래디스가 마침내 입을 열었다.

"저 역시 클레어가 살아 있을 거라는 실낱같은 희망을 갖고 있었어요. 제 나이 스물네 살 때 그 아이가 납치됐죠. 처음 그 아이의 납치 소식을 듣고 나서 몇 주 동안은 그야말로 어떻게 살았는지 정신이 없을 정도였어요."

글래디스가 말문이 막히는 듯 한참 동안 침묵하다가 다시 말을 이었다.

"그 당시 저는 자주 우리가 누군가에게 염탐당하고 있다는 느낌이 들었어요. 구체적인 물증은 없지만 너무나 생생하고 강한 느낌이었죠."

나는 그녀가 말을 계속하도록 잠자코 내버려두었다.

"하인츠 키퍼의 집에서 그 아이의 DNA가 발견되었다고는 하지만 보다 신빙성 있는 이야기가 되려면 아직 퍼즐 조각이 많이 부족해 보여요."

글래디스가 받은 느낌은 놀랍게도 하인츠 키퍼 사건을 가까이에서 접한 사람들 모두에게 공통적으로 나타난 현상이었다.

"클레어의 생부가 누군지 모르십니까?"

"정말 몰라요. 제 생각에 그 문제는 그다지 중요한 것 같지 않아요. 조이스에게 가끔 애인들이 있었지만 그리 집착하지 않았죠. 칼라일 집안 여자들은 그 누구에게도 구애받지 않고 자유롭게 살길 원하죠."

"칼라일 집안 여자들은 남자들에게 연연하지 않는다는 겁니까?"

"뭔가 잘못 이해하고 계신데 칼라일 집안 여자들은 남자들을 싫어하지 않아요. 다만 남자들이 지배하는 사회에서 희생자가 되지 않겠다는 의지를 갖고 있을 뿐이죠."

"남자들이 지배하는 사회에서의 희생자라니요?"

"사회에서 여성이 남성의 지배를 받고 있다는 사실을 군이 설명할 필요가 있을까요? 어디서나 남성 우월적 사고가 뿌리 깊게 박혀 있어 지극히 자연스럽고 당연한 현상으로 받아들여질 뿐 여성이 희생당하고 있다는 사실 자체를 부인할 수는 없다고 생각해요. 게다가 칼라일 집안 여자들은 피부색이 검다는 이유로 더욱 심한 차별을 당했죠."

"이 세상의 모든 남자들이 남성 우월적 사고를 갖고 있지는 않습니다."

글래디스는 답답하다는 듯 인상을 찌푸리며 나를 쳐다보았다.

"저도 개개인의 차원에서 남녀 차별을 말한 게 아니라 사회 통념적으로 그런 문제들이 분명 존재한다는 주장을 했을 뿐이에요. 그 이야기는 이쯤 해두죠. 당신이 사회학자가 아닌 건 상관없지만 제발 날카로운 수사관이었으면 좋겠어요."

글래디스는 차를 한 모금 마시고 나서 붉은색이 도는 파이톤백을 열었다.

"당신이 뉴욕에서 찾고자 하는 게 뭔지 모르겠지만 일단 경찰의 수사 기록을 복사해왔어요."

글래디스가 판지로 된 파일을 꺼내며 말했다.

나는 경찰의 수사 기록을 대충 몇 장 훑어보았다. 안젤라가 고용한 변호사가 얻어냈다는 수사 기록이 분명했다.

"경찰 수사 기록 전부를 확보하지 못해 도움이 될지는 모르지만 당신에게 의미 있는 관점을 제시해줄 수도 있다는 생각에 가져왔어요. 당신은 창의성이 뛰어난 작가니까 우리가 경찰의 수사 기록을 보고도 미처 발견하지 못하고 지나쳤던 중요한 문제를 찾아낼 수도 있을 테니까요."

글래디스가 나를 잠시 바라보다가 뭔가 결심한 듯 내게 열쇠 하나를 내밀었다.

"조이스와 클레어가 사용하던 물건들과 가구를 보관해둔 창고 열쇠를 가져왔어요. 당신이 창고에 있는 살림살이들을 둘러보다가 혹시 흥미로운 물건을 발견할 수도 있잖아요."

"창고에 물건들을 보관한 게 언제부터였죠?"

"조이스가 숨지고 나서 몇 주쯤 지났을 때 우리는 물류창고를 임대해 그 아이가 쓰던 살림살이들을 보관해두기로 결정했어요. 물류창고에 가서 창고를 임대한 다음 약속한 날짜에 트럭을 빌려 물건을 싣고 갔는데 황당한 일이 벌어졌어요. 물류창고 주인이 말하길 먼저 창고를 사용하던 사람이 약속한 날짜에 자리를 비워주지 않았다고 하더군요. 창고 주인은 몹시 미안해하면서 임대 비용을 할인해줄 테니 다른 창고를 쓰라고 제안했어요."

글래디스의 말이 나름 매우 흥미로웠다.

"다음 날 정말 이상한 일이 벌어졌어요. 우리가 애초에 쓰기로 되어 있던 창고가 불타버린 거예요. 이상한 일이 연거푸 두 번이나 발생하는 경우는 그리 흔하지 않잖아요."

"누군가 고의로 창고에 불을 질렀을까요?"

"이제부터 당신이 알아볼 일이겠죠."

나는 한동안 아무런 대꾸도 하지 않고 글래디스의 얼굴을 뚫어지게 쳐다보았다. 그녀의 얼굴이 클레어와 정말 많이 닮아 보였기 때문이었다.

클레어, 당신과 닮은 글래디스를 보고 있자니 더욱 보고 싶어.

"저를 믿고 찾아와주셔서 감사합니다."

글래디스는 입을 비죽 내밀더니 내 눈을 똑바로 바라보았다.

"솔직히 말하자면 아직 당신의 말을 백 퍼센트 신뢰하지는 않아요. 그럼에도 제가 당신에게 협조하려는 이유는 달리 방법이 없기 때문이죠. 안젤라 언니와 제가 조이스를 떠나보내느라 얼마나 많은 고통의 시간이 필요했는지 모를 거예요. 지금 우리 자매에게는 지켜야 할 아이들이 있어요. 만약 당신이 클레어의 이름을 팔아가며 우리 가정을 쑥대밭으로 만들 경우 결코 좌시하지 않을 테니까 명심해요."

"제가 클레어의 이름을 팔다니요?"

"당신은 소설가잖아요. 그럴싸한 이야기들을 지어내 파는 게 당신 일 아닌가요?"

"아직 제 소설을 읽어보지 않은 게 확실하군요."

"클레어가 살아 있다고 했죠? 당신의 말이 진실이라는 걸 증명하려면 클레어를 찾아내야 해요. 제가 당신에게 바라는 건 오직 그 한 가지밖에 없어요."

2

낭시를 출발한 이후 줄곧 비가 내렸다. 도로에 차량이 많이 늘어난 데다 비마저 추적추적 내리는 바람에 기분이 착 가라앉았다.

마르크는 팔스부르 군인경찰대로 돌아갔지만 프랑크는 자리에 없었다. 부관 솔베이그가 컴퓨터 앞에 앉아 페이스북을 들여다보느라 여념이 없었다.

"아직 파리로 돌아가시지 않은 걸 보면 팔스부르의 수려한 경치에 단단히 반하셨나봐요?"

"프랑크 중령은 어디에 갔죠?"

"중령님은 퇴근하셨으니까 아마 댁에 계실 거예요."

"집이 어딘지 알아요?"

부관이 A4 용지 한 장을 꺼내 대략 약도를 그려주었다.

"프랑크 중령님은 스텐부르와 하트마트 중간에 위치한 키르샤트에 살고 계세요."

부관이 손수 그린 약도의 한 지점에 십자가 표시를 했다.

마르크는 안내데스크에 턱을 괴고 서서 이제 막 시작된 두통을 몰아내기 위해 관자놀이를 꾹꾹 눌렀다. 알자스 지방의 엇비슷한 지명들이 가뜩이나 심란한 마음을 더욱 어지럽게 했다.

마르크는 약도를 주머니에 넣고 군인경찰대를 나왔다. 비가 쏟아지는 길을 30킬로미터쯤 달렸을 때 벌써 날이 어둑어둑해지기 시작했고, 연료 표시등에 불이 들어왔다. 레인지로버의 연료탱크에서 기름이 조금씩 새기 시작한 지 벌써 몇 달째 되었다. 자동차도 주인을 닮아가는 듯 가끔 말썽을 부렸지만 아직 길바닥에서 퍼진 적은 없었다.

마르크는 부관이 적어준 대로 D6 도로를 벗어나 숲속 깊숙이 나 있는 좁은 길을 달렸다. 혹시 길을 잘못 들은 건 아닌지 의심하며 고개를 갸웃거리는 순간 목재 대들보가 겉으로 드러나 있는 알자스 식 주택이 시야에 들어왔다. 프랑크 중령이 사는 집은 《아르 에 데코라시옹》에서 흔히 볼 수 있는 웅장한 전통가옥이 아니라 쇠락한 농가에 가까웠다.

마르크는 농가의 공터에 차를 세우고 본채를 향해 몇 걸음 걷다가 우뚝 멈춰 섰다. 프랑크가 희미한 불빛이 비치는 테이블에 앉아 캔맥주를 마시고 있었다.

"반장님이 다시 올 거라고 예상했습니다."

프랑크 중령이 캔맥주 하나를 마르크에게로 던져주고 나서 향나무로 만든 애디론댁 의자*를 가리키며 말했다.

마르크는 그냥 제자리에 서서 담배에 불을 붙였다.

프랑크 중령이 갑자기 큰 소리로 웃어대기 시작했다.

"반장님, 노란색 스포츠가방 때문에 다시 찾아왔군요. 제가 거짓말을 했다는 걸 알게 되었을 테니까."

*Adirondack chair 등받이가 뒤로 젖혀 있으며 팔 받침이 있는 정원용 의자

마르크는 그 말을 듣고도 눈 한 번 깜빡하지 않았다. 프랑크 중령은 애송이가 아니었고, 설익은 질문보다는 무슨 말을 하는지 귀 기울여 들어줄 필요가 있었다.

"반장님도 그 당시 제가 처했던 입장을 상상해보세요. 그때만 해도 저는 지금처럼 무력하지 않았고, 나름 야망이 있는 군인경찰이었습니다. 결혼해 아들을 두고 있기도 했고요."

담배를 피워 문 프랑크 중령은 연기를 깊이 빨아들이고 나서 한참 동안 입 안에 머금고 있다가 한숨 쉬듯 내뱉었다.

"반장님은 그날 저녁에 벌어진 일이 궁금해 다시 저를 찾아왔겠군요. 그러니까 그날은 2007년 10월 25일이었고, 저는 메스에 사는 쥘리의 집에서 저녁 시간을 보내고 있었습니다. 쥘리는 라파이예트 백화점에서 일하는 판매사원이었죠. 저는 쥘리를 사랑했지만 우리 사이는 그다지 순탄하지 않았습니다. 쥘리는 저에게서 달아나려 했고, 저는 그녀를 놓치고 싶지 않았습니다. 그날도 우리는 대판 싸웠고, 술을 많이 마신 데다 코카인을 흡입해 정신을 잃을 지경이었죠. 자정쯤 쥘리의 집을 나왔습니다. 비극의 시작이었죠."

프랑크 중령은 맥주를 한 모금 들이켜고 나서 이야기를 계속했다.

"밤길을 한 시간쯤 달렸을 때 전혀 예기치 않은 일이 발생했습니다. 얼마나 취했던지 길을 잘못 들어 지방도로로 다시 들어갈 방도를 찾고 있었는데 바로 그 여자아이가 내 차 앞에 불쑥 나타났습니다. 그 아이는 마치 깜짝 놀란 암사슴처럼 자동차 헤드라이트를 받으며 꼼짝 않고 서 있었죠."

"그 여자아이가 클레어 칼라일이었겠군요."

"이름은 나중에야 알게 되었죠. 그 여자아이는 당시 타이트한 트레이닝복 하의에 티셔츠만 걸치고 있었고, 안색이 파리했습니다. 저는 힘껏 브레이크 페달을 밟았지만 그 여자아이는 차에 부딪치며 튕겨 나갔죠."

프랑크 중령은 잠시 말을 끊고 어린아이처럼 흘러내리는 콧물을 손으로 닦았다.

"깜짝 놀라며 차에서 뛰어내린 저는 아이가 쓰러져 있는 쪽으로 몸을 굽혔습니다. 아주 예쁘고 깡마른 혼혈 소녀가 바닥에 쓰러져 있더군요. 나이는 대략 열다섯 살쯤으로 보였고, 노란색 스포츠가방이 옆에 떨어져 있었습니다. 처음에는 아이가 크게 다쳤을 거라 생각했는데 맥을 짚어보니 아직 살아 있었습니다. 생각보다 크게 다치지는 않은 듯 눈에 띄는 상처도 없었죠."

"그다음에는 여자아이를 어떻게 했습니까?"

"구조차를 부를 경우 군인경찰대도 함께 출동할 테고, 그 경우 저는 음주 측정과 타액 검사를 받아야 할 형편이었죠. 운전면허 취소에 해당하는 혈중 알코올 농도에 코카인까지 흡입하고 지나가던 여자아이를 차로 치었으니 모든 사실이 드러날 경우 제 인생은 끝장난다고 봐야 할 상황이었습니다. 게다가 그날 집사람에게는 야근이라고 거짓말을 했기 때문에 그야말로 진퇴양난이었죠."

"그래서 어떻게 했습니까?"

"공황 상태에 빠졌던 저는 여자아이를 차 뒷좌석에 눕히고 나서 노란색 스포츠가방을 차에 실었습니다. 사베른까지 가는 동안 어떻게 일을 수습해야 할지 곰곰이 생각해봤지만 마땅히 좋은 생각이 떠오르지 않았습니다. 일단 여자아이의 신원을 확인해봐야겠다고 생각하고, 노란색 스포츠가방을 열었습니다. 아마 태어나서 그렇게 많은 현찰은 처음 봤을 겁니다. 가방 안에 들어 있는 돈다발이 적어도 수십 개는 돼 보였습니다."

"하인츠 키퍼가 막심 부아소를 납치하고 받아낸 몸값이었을 거요."

프랑크 중령이 군소리 없이 인정했다.

"어린 여자아이가 왜 그 많은 돈을 가방에 넣어가지고 다니는지 여러 모로 생각해보았지만 도저히 납득할 수 없었습니다. 아무튼 저는 차창을 열고 시원한 바깥바람을 쐰 탓인지 차츰 머리가 맑아지기 시작하면서 상황을 반전시킬 방법을 모색하기 시작했습니다. 그때 문득 사베른 대학병원에서 간호사로 일하는 처제가 생각났습니다. 처제를 만나 상의하려고 병원을 찾아갔지만 성가신 일이 발생할 게 뻔해 여러모로 고민하다가 결국 가장 단순한 해결책을 선택했습니다. 사람들 눈을 피해 아이와 가방을 병원 뒤 세탁장 근처에 내려놓고 달아나기로 한 거죠. 차로 몇 킬로미터쯤 달리다가 발신자 전화번호가 표시되지 않게 한 다음 병원에 전화해 세탁장 근처에 부상당한 소녀가 있다고 알려주었습니다."

프랑크 중령은 맥주를 벌컥벌컥 들이마셨다. 그의 퉁퉁한 얼굴에서 식은땀이 줄줄 흘러내렸고, 배꼽 단추가 열린 제복 셔츠 사이로 희끗희끗한 털이 삐져나와 있었다.

"다음 날, 날이 밝자마자 병원으로 달려갔습니다. 병원 직원에게 지난 몇 개월 동안 일부 약국 창고에서 벌어진 의약품 도난 사건에 대해 수사하고 있다고 둘러대고 나서 정작 제가 궁금해하는 문제를 알아보기 위해 이것저것 물어보았습니다. 저는 여자아이가 병원에서 입원 치료를 받고 있을 거라 생각했는데 다들 전혀 모르는 눈치였어요. 처제에게도 극비라는 점을 주지시킨 다음 여자아이의 행방을 물었습니다. 처제가 말하길 전날 밤 야간 근무자와 간호사가 신고 전화를 받고 세탁실 근처로 가보았지만 아무도 없었다고 하더군요. 도저히 믿기지 않았지만 여자아이가 정신이 들어 스스로 사라진 거라 치부할 수밖에 없는 상황이었습니다. 병원에서는 이따금씩 걸려 오는 장난 전화였다고 결론 내리고 전혀 기록을 남겨두지 않았더군요. 당직 보고서에도 기록해두지 않았고, 병원 책임자에게 구두보고도 하지 않았다는 걸 확인할 수 있었습니다."

비가 다시 내리기 시작했고, 나뭇잎 위로 떨어지는 빗방울 소리가 요란스럽게 들려왔다. 깊은 어둠 속에 잠긴 숲이 음험하고 불길한 느낌을 전하고 있었다. 어둠 속에서 성곽처럼 둘러쳐진 나무들이 위압감을 느끼게 했다.

마르크의 얼굴과 어깨 위로 굵은 빗방울들이 떨어지고 있었지만 프랑크 중령이 털어놓는 이야기에 몰입해 있어 전혀 의식하지 않았다.

"일이 미처 예상하지 못했던 방향으로 전개되는 바람에 찜찜한 기분을 떨쳐버릴 수 없었습니다. 괜히 혼자 조바심을 치다가 그 여자아이를 처음 들이받았던 현장에 가보기로 했습니다. 바로 그때 숲에서 치솟는 연기를 보게 된 겁니다."

프랑크 중령은 마치 그 당시 현장에 있는 사람처럼 몹시 흥분된 표정을 지었다.

"하인츠 키퍼의 집에서 무슨 일이 벌어졌는지 밝혀지고 나서 저는 그 여자아이가 납치당했다가 탈출했다는 사실을 직감적으로 알 수 있었습니다. DNA 분석이 끝나기까지 많은 시간이 소요되는 바람에 제가 그 여자아이의 이름이 클레어 칼라일이라는 사실을 알게 된 건 2주쯤 지나서였죠. 하인츠 키퍼 사건 수사를 맡은 경찰은 클레어 칼라일이 사망했을 거라 결론 내리더군요. 그 후로도 저는 줄곧 그 여자아이가 어디로 사라졌는지 궁금했죠. 수사 담당자는 하인츠 키퍼가 큰돈을 집에 보관하고 있었고, 사라진 클레어 칼라일이 그 돈을 갖고 도주했다는 사실을 전혀 모르고 있었습니다. 저는 결국 9년이라는 세월이 흐르고 나서야 막심 부아소를 통해 그 당시 어떤 상황이 전개되었는지 알게 되었죠."

마르크가 단호한 표정으로 질문을 던졌다.

"혹시 노란색 스포츠가방에 돈 말고 다른 물건은 들어 있지 않았습니까?"

프랑크 중령은 지난날 생각을 떠올리기 위해 애썼다.

"전화카드 한 개와 겉표지가 파란 노트 한 권이 들어 있었던 것으로 기억합니다."

"노트에 어떤 내용이 적혀 있었는지 압니까?"

"그 당시 저는 노트를 읽어볼 만큼 여유 있는 상황이 아니었습니다."

빗줄기가 점점 거세지고 있었고, 마르크는 이제 이야기를 충분히 들었다고 판단하고 옷깃을 세웠다. 프랑크 중령이 차를 세워둔 곳까지 걸어가는 그를 뒤따라왔다.

"마르크 반장님은 분명 모든 걸 알고 있는 것 같다는 느낌이 드는군요. 클레어 칼라일이 아직 살아 있다면 저에게도 살짝 귀띔해줄 수 있잖습니까?"

마르크는 눈길 한 번 주지 않고 레인지로버에 올라탔다. 마르크가 시동을 거는 순간 프랑크 중령이 옆에서 목청 높여 악을 써댔다.

"제가 클레어 칼라일을 차로 치었을 때 즉시 구조대를 불렀더라면 하인츠 키퍼의 집에 납치되어있던 다른 아이들을 전원 구조해낼 수 있었겠지요. 클레어 칼라일이 정신을 차리게 되면 모든 사실을 털어놓았을 테니까요. 빌어먹을! 저는 평생토록 그 무거운 짐을 내려놓을 수 없게 되었습니다."

마르크가 운전하는 레인지로버는 이미 사라지고 없었지만 프랑크 중령은 그 자리에 서서 계속 소리쳤다.

"그 당시 저는 하인츠 키퍼의 집에서 벌어지고 있던 비극을 전혀 알지 못했습니다."

프랑크 중령의 핏발 선 눈에서 걷잡을 수 없이 눈물이 흘러내렸다.

3

어둠이 내리고 모기가 윙윙거리며 날아다니는 바람에 우리는 정원을 떠나 은은한 조명과 우아한 목재 장식, 고급 양탄자들로 꾸며놓은 브리지클럽 호텔 살롱으로 장소를 옮겼다.

푹신한 소파가 비치된 아늑하고 포근한 장소였다. 다양한 종류의 골동품들로 장식해놓은 살롱에 들를 때마다 마치 이제 막 원정을 끝내고 돌아온 영국 탐험가의 집에 초대받은 느낌이 들었다. 〈블레이크와 모타이머〉*가 애용하던 센토 클럽과 〈마이 페어 레이디〉에 등장하는 헨리 히긴스의 서가를 적당히 버무려놓은 공간 같았다.

---

*벨기에 출신 만화가 에드가 P. 제이콥스가 1946년에 출간한 연작 만화의 주인공들. 블레이크는 영국군을 위해 일하는 비밀 요원이고, 모타이머는 핵물리학자다

테오는 벽난로 근처로 아장아장 걸어가더니 장작을 쑤시는 부지깽이를 집어 들었다.

"안 돼, 위험하니까 어서 내려놔! 그건 장난감이 아니야!"

나는 녀석을 안아 내 옆에 앉혀두고 글래디스가 건네준 서류들을 검토해보기 시작했다. 복사본을 재차 복사해 흐릿한 부분이 많았고, 영어로 된 전문용어들이 많아 읽기가 수월하지 않았다.

일단 나의 호기심을 불러일으켰던 부분부터 자세히 읽어보기로 마음먹었다. 바로 911번으로 걸려온 전화 내용이었다.

2005년 6월 25일 오후 3시, 여자 목소리가 빌베리 가 6번지, 즉 조이스의 집에서 폭행이 벌어지고 있다고 신고한다. 목소리의 주인공은 '누군가가 여자를 죽이려고 해요!'라고 소리친다.

나는 서류뭉치 속에서 조이스의 부검 소견서를 찾아냈다. 조이스가 사망한 시간은 오후 4시경으로 추정되며 오차 범위는 두 시간으로 기록되어 있었다.

"아빠, 나 내려줘!"

나는 더없이 간절한 눈으로 쳐다보고 있는 테오를 의자에서 내려주고 나서 다시 서류로 눈길을 돌렸다.

신고를 접수한 경찰차가 즉시 출동했고, 오후 3시 10분에 조이스의 집에 도착했다. 현장에 출동한 911대원인 포웰과 고메즈가 문을 두드렸지만 안에서는 인기척이 없었다. 그들은 집주변을 자세히 둘러보고 나서 유리창을 통해 거실, 주방, 욕실, 아래층 침실 등을 두루 살펴보았지만 특별히 이상한 점을 발견할 수 없었다. 가택침입, 폭력, 핏자국 같은 흔적은 없었다. 결국 그들은 장난 전화로 결론짓고 현장에서 철수했다. 그들이 근무하는 경찰서로 하루에 수십 통씩 장난 전화가 걸려오던 시절이었다.

그 당시 루돌프 줄리아니 시장이 내세운 범죄에 대한 '관용 제로' 정책은 갖가지 부작용을 야기했다. 실적을 올리기 위한 임의동행과 검거 행위가 잦았고, 그 결과 억울한 피해자가 많이 나왔던 흑인과 히스패닉계의 불만이 팽배해갔다. 과도한 단속과 검거 열풍을 못마땅하게 여긴 시민들은 일종의 보복행위로 장난 전화를 걸어 경찰을 골탕 먹였다. 하필 조이스가 숨질 무렵은 장난 전화가 절정에 달했던 때였다.

신고 전화의 발신지는 바우어리 가와 본드 가가 교차하는 곳에 위치한 로어 이스트사이드의 공중전화부스였다. 할렘에서 15킬로미터나 떨어진 곳이었다. 결국 911번으로 신고한 여자는 조이스가 처한 상황을 직접 눈으로 목격하지 못했다는 뜻이었다.

그렇다면 어떻게 조이스가 공격받고 있다는 사실을 알았을까? 조이스가 전화로 위기 상황을 알렸을 수도 있지 않을까? 조이스는 왜 직접 911번으로 신고하지 않았을까? 현장에 출동한 경찰은 왜 수상한 점을 전혀 발견하지 못했을까?

여러 가지 의문이 꼬리에 꼬리를 물고 이어졌다. 관련된 사람들 중 누군가가 분명 거짓 증언을 하고 있다는 뜻이었다.

테오가 벽난로 근처에서 마티니를 마시는 빨강 머리 여자에게로 다가가 한껏 재롱을 부리고 있었다. 빨강 머리 여자가 테오에게 호의적인 태도를 보였고, 나는 미소로 화답했다. 언젠가 동료 작가인 T가 말하길 두 살짜리 아들 녀석이 '아가씨들의 시선을 끌어당기는 자석' 역할을 한다고 털어놓은 적이 있었다. 그는 여자들에게 작업을 걸 때 아이를 데리고 나가면 효과가 탁월하다고 너스레를 떨었다.

조이스 칼라일 사망사건 담당 형사는 한국계 여자인 수연이었다. 그녀가 조이스의 집 전화와 휴대폰 통화 내역을 조회해본 결과 사망 당일 오전에 마빈 토마스와 통화한 사실을 알아냈다. 스물일곱 살 청년인 마빈 토마스는 이미 마약 판매와 강도 사건으로 실형을 선고받은 적이 있는 전과자였다. 마빈 토마스라는 이름은 조이스가 사망하기 2주 전부터 통화 내역에 세 번이나 등장했다.

수연은 사건 직후 월요일에 마빈 토마스를 체포했다. 그는 과거 전과 기록이 많은데다 폭력 사건에 연루된 적도 수없이 많았다. 그는 조이스에게 헤로인을 판매한 사실은 인정했지만 다른 범행은 저지르지 않았다고 부인했다. 마빈 토마스에게는 확실한 알리바이가 있었다. 조이스가 사망한 시각에 친구 두 명과 함께 뉴저지주 애틀랜틱시티에 있었던 것으로 밝혀졌기 때문이다. 애틀랜틱시티의 호텔과 스파, 카지노 등에서 친구들과 즐기는 마빈 토마스의 행각이 곳곳에 설치된 감시카메라에 그대로 찍혀 있었다.

최종 부검 결과 조이스의 사인은 헤로인 과다 흡입으로 밝혀졌다. 담당 형사인 수연은 더 이상 수사를 진행할 필요성이 없다고 판단하고 사건을 종결지었다.

뉴욕에 와 새로운 사실을 많이 알아내긴 했지만 정작 원하던 조사는 이루어지지 못하고 있었다.

전화를 받고 조이스의 집에 출동했던 포웰과 고메즈를 만나볼까? 우선 담당 형사였던 수연과 접촉해볼까?

둘 다 실효성이 있어 보이지 않았다. 벌써 11년이나 지난 사건이라 당시의 관련 인물들이 상황을 명확하게 기억하고 있을지도 자신할 수 없었다. 내게는 주어진 시간이 많지 않았고, NYPD(뉴욕 경찰)에는 나를 도와줄 인맥이 없었다.

하루 종일 정신없이 놀았던 테오가 어느새 졸음기가 가득한 눈을 비비며 내게로 돌아왔다. 녀석의 입에 물려줄 공갈 젖꼭지를 꺼내려고 주머니를 뒤지던 중 글래디스가 주고 간 창고 열쇠의 촉감이 느껴졌다.

이미 늦은 시간이었지만 우리는 스물네 시간 내내 바삐 돌아가는 도시에 와 있었다. 글래디스가 준 열쇠에는 '쿠간스 블러프 셀프 스토리지, 일주일 내내 하루 24시간 개방'이라고 명시되어 있었다.

가장 심각한 문제는 내가 베이비시터로 일하는 마리케를 벌써 퇴근시켰다는 사실이었다. 내가 없는 사이 테오를 봐줄 사람이 없었다. 나는 테오가 앉아 있는 쪽으로 몸을 굽혀 녀석의 귀에 대고 속삭였다.

"아빠랑 밖으로 나가 시내 한 바퀴를 돌고 오자."

12. 할렘 바이 나이트

죽음이 다가와 너의 눈을 가져가리라.

_**체사레 파베세**

1

갑자기 한기를 느낀 프랑크 중령은 마시던 캔맥주를 테이블에 그대로 두고 집 안으로 들어갔다. 그의 집은 황폐화되고 비탄에 잠긴 주인의 자취를 그대로 닮아 있었다. 거실 벽면의 목재 장식은 여기저기 흠집이 나고 떨어져나가 지저분하기 그지없었다. 박제해 벽에 걸어둔 멧돼지 머리와 뇌조, 사슴뿔 따위에도 먼지가 뽀얗게 내려앉아 있었다.

프랑크 중령은 벽난로에 불을 지피고 나서 리슬링 와인을 한 잔 들이켰다. 아직 몸의 온기를 되찾으려면 그 정도로는 어림없었다. 매일이다시피 차에 부딪쳐 쓰러지던 클레어 칼라일의 모습과 불에 탄 집에서 발견된 세 구의 시체가 머릿속을 온통 뒤집어놓았고, 그럴 때마다 대마초와 환각제에 의존할 수밖에 없었다. 오늘 밤은 약간의 대마초와 환각제 두세 알 정도로는 안정을 찾기 어려울 듯했다.

프랑크 중령은 약을 공급해주는 로랑 에스코에게 문자메시지를 보냈다.

로랑 에스코는 아직 고등학생이지만 공부를 포기한 지 오래되었다. 요즘은 대도시가 아닌 시골 마을에서도 얼마든지 마약을 구입할 수 있었다.

프랑크 중령은 불법 가택침입, 폭행, 조직폭력배 사건을 주로 다루었고, 마약이 유통되는 경로를 훤히 꿰고 있었다. 주민을 모두 합해봐야 3백 명밖에 안 되는 마을에서 백색 가루가 오가고 있는 현실이 참담할 뿐이었다.

로랑 에스코는 즉시 답을 보냈다. 그를 기다리는 동안 프랑크 중령은 소파에 몸을 눕혔다. 처량하기 그지없는 나날이었고, 도저히 중압감을 견딜 수 없었다.

프랑크 중령은 셔츠 단추를 풀고 목덜미를 마사지했다. 여전히 몸이 으슬으슬 추웠다. 언제나 위안을 주던 미스투플의 온기와 냄새를 맡고 싶었지만 이제는 가능성이 전혀 없었다. 그와 단짝 친구였던 미스투플은 지난봄에 죽었다.

나는 유죄인가 무죄인가?

프랑크 중령은 머릿속으로 법정에서 자기 자신을 변호하는 모습을 상상해보았다.

9년 전, 마약과 술에 절어 숲길을 달리다가 어린 여자아이를 차로 치었다. 밤이 이슥한 시간에 숲속 길을 혼자 걸어야 할 이유가 없는 아이였다. 머릿속이 온통 어질어질한 상태였지만 최소한의 조치를 취한 셈이었다. 차에 치인 여자아이는 병원에서 진료를 받았어야 마땅한데 스스로 도망을 쳤다. 그 아이에게도 비극적인 화재 사건이 발생해 세 명의 어린 아이가 불에 타 숨진 것에 대해 일말의 책임이 있다는 생각이 들었다.

그때 자동차가 집 가까이에서 멈춰 서는 소리가 들려왔다.

녀석이 빨리도 왔군 그래.

프랑크는 이제 약 기운이 거의 떨어져 가고 있는 형편이라 반색하며
자리에서 벌떡 일어섰다.

프랑크 중령은 문을 열고 밖으로 나가 빗속에 서 있는 사람의 실루엣
을 바라보았다. 이제 막 그를 향해 걸어오기 시작한 사람은 그가 눈이
빠지게 기다렸던 로랑 에스코가 아니었다. 그가 가까이 다가오고 나서
야 손에 총이 들려 있다는 사실을 깨달았다.

프랑크 중령은 몹시 당황해하며 입을 열려고 했으나 결국 아무 말도
하지 못하고 바닥으로 쓰러졌다.

나는 유죄인가 무죄인가?

이제 그 사실을 밝힐 사이도 없이 프랑크 중령의 운명이 결정되었다.

프랑크 중령은 운명에 대한 순종의 표시로 고개를 힘없이 떨어뜨렸다.

그래, 나름 괜찮은 결말이야.

프랑크 중령은 숨을 거두기 직전 그렇게 생각했다.

2

택시는 밤 9시에 우리를 에지콤애비뉴 지하철역 앞에 내려주었다. 글
래디스가 열쇠를 주며 위치를 알려준 가구 보관 창고는 벽돌로 지은 저
가 임대주택 단지에 자리 잡고 있었다. 십자가 모양의 고층 타워들이
할렘강과 155번가 사이에 낀 삼각주 지역에 무수히 복제되고 있다는
느낌이 들었다.

대기는 후텁지근했고, 동네는 대체로 어두컴컴했다. 많은 사람들이

집 밖으로 나와 담벼락 앞 혹은 잔디밭에 삼삼오오 모여 앉아 한밤의 더위를 식히고 있었다. 내가 청소년기를 보낸 에손 지역의 분위기와 크게 다르지 않았다. 다만 이 지역 주민들 대다수가 흑인이라는 점이 다를 뿐이었다. 마치 내가 스파이크 리 감독의 영화에 출연하고 있다는 느낌이 들 정도였다.

나는 유모차를 펼치고 테오를 앉혔다. 녀석을 즐겁게 해주기 위해 F1 경기에 출전한 스포츠카에서 나는 소리를 내며 유모차를 밀었다. 사람들이 호기심 어린 눈으로 우리를 쳐다보았지만 아무도 참견하지 않았다.

몇 분 후, 나는 숨을 헉헉 몰아쉬며 창고 앞에 다다랐다. 사무실 안으로 들어가 찾아온 용건을 말했지만 아르바이트 학생은 여전히 맥북에서 시선을 거두지 않았다. 컬럼비아대학교 로고가 선명하게 새겨진 맨투맨 티셔츠가 어찌나 큰지 아르바이트 학생이 마치 그 안에서 허우적거리고 있는 듯했다. 여드름이 밤하늘의 별처럼 점점이 박혀 있는 얼굴과 아프로 스타일로 손질한 머리가 특이해 보였고, 과도하게 큰 안경테 밖으로 숱 많은 눈썹이 삐죽삐죽 빠져나와 있었다.

"여긴 아이를 데려올 만한 곳이 아닌데요."

아르바이트 학생이 내 신분증을 복사하며 중얼거렸다.

"이 시간이면 아기들이 진작 잠자리에 들었어야 하지 않나요?"

"내일은 어린이집에 가지 않고 쉬는 날이라 밤늦게까지 데리고 다니고 있어요."

학생이 마뜩치 않은 눈길로 나를 일별하고 나서 평면도를 펼쳐놓고 내가 찾아온 창고의 위치를 설명해주었다.

나는 다시 스포츠카에서 나는 소리를 내며 창고를 향해 달려갔다.

"아빠! 더 빨리! 더 빨리!"

테오가 신이 나는 듯 계속 나를 독려했다.

창고 앞에 다다라 테오를 유모차에서 내려준 다음 철제 셔터를 올렸다.

창고 안이 지저분할 거라 생각했는데 상상한 것보다 훨씬 깨끗했다. 나는 강아지 인형 피피를 안고 있는 테오를 번쩍 들어 올린 다음 전구를 켜고 창고 안으로 들어갔다.

나는 창고에 있는 물건들이 어떤 경로로 여기까지 오게 되었는지 머릿속으로 그려보았다. 안젤라와 글래디스는 조이스가 사망한 2005년에 물건들을 이 창고에 보관해두었다. 2년 후, 하인츠 키퍼의 집에서 클레어의 DNA가 발견되었다. 두 자매가 창고를 빌려 물품을 보관할 당시만 해도 클레어를 찾을 수 있으리라는 희망을 간직하고 있었으리라.

창고는 공간이 넓어 아직 빈자리가 많이 남아 있었다. 테오를 바닥에 내려주자 녀석은 마치 알리바바의 동굴에라도 온 듯 신이 나서 창고 안을 활보하기 시작했다. 녀석의 눈에 들어오는 모든 물건들이 그저 황홀한 듯했다. 알록달록 색칠한 목재 가구, 자전거, 스케이트보드, 다양한 의상들, 주방 기구 따위가 온통 경이의 대상인 듯했다.

나는 창고에 보관해둔 물건들을 차분하게 둘러보았다. DVD, CD, 책이 가장 먼저 내 시선을 끌었다. 대부분 소설과 에세이였지만 유명한 인문학 서적들도 제법 많았다. 하워드 진의 《미국 민중사》, 노암 촘스키의 《여론 조작》, 업튼 싱클레어의 《정글》, 잭 런던의 《밑바닥 사람들》, 나오미 클라인의 《노 로고》 등이 우선 눈에 띄었다. 루시 스톤, 앤 브레이든, 빌 클린턴, 말콤 엑스, 리틀 록 9인, 세자르 차베스 전기도 있었다. 영어로 번역된 피에르 부르디외의 《남성 지배》도 꽂혀 있었다.

안젤라와 글래디스처럼 조이스도 페미니즘 성향을 가진 여성이 분명했다. 클레어가 입었던 어린 소녀의 옷들과 교과서들도 눈에 들어왔다. 반듯한 글씨체로 필기한 클레어의 노트도 눈에 띄었다. 클레어가 숙제로 쓴 작문 노트 가운데 〈왜 나는 변호사가 되고 싶은가?〉라는 글이 내 시선을 끌었다. 그 당시는 2005년이었으므로 랠프 네이더(변호사, 녹색당 정치인)와 애티커스 핀치(하퍼 리의 《앵무새 죽이기》에 나오는 변호사)를 두루 인용해가며 변호사가 되고 싶다는 생각을 피력한 글이었다. 그 글을 읽는 동안 잊고 있던 기억이 떠올랐다. 마를렌 기자도 클레어가 원래는 변호사 지망생이었다고 했다.

클레어는 어릴 때부터 변호사가 되길 바랐는데 왜 갑자기 의사가 되기로 마음을 바꾸었을까? 납치사건이 영향을 미쳤을까?

변호사보다는 의사가 어려운 사람들을 돕는 데 적당한 직업이었기 때문일 거야.

창고에 들어온 지 45분쯤 지났을 때 신나게 돌아치던 테오도 지친 기색을 보였다. 먼지가 덕지덕지 쌓인 창고 안을 휘젓고 다니는 바람에 행색이 꼬질꼬질했다.

나는 유모차의 등받이를 평평하게 조정한 다음 테오를 눕혔다. 녀석이 잠들 때까지 볼 수 있도록 화면이 깨진 휴대폰으로 만화영화를 틀어주었다.

창고 안에서 밤을 새우는 한이 있더라도 빈손으로는 돌아가지 않을 작정이었다. 조이스는 나름 정리를 잘하는 인물이었던지 각종 서류들이 종류별로 분류돼 파일 속에 들어 있었다.

테오가 세상모르고 깊은 잠에 빠져든 사이 나는 책상다리를 하고 앉아 각종 서류들을 살피기 시작했다.

조이스는 인근 중학교에서 사서로 일했다. 그녀의 어머니는 명목뿐인 세를 받고 집을 조이스에게 빌려주었다. 조이스는 돈을 거의 쓰지 않았지만 사서 일 말고는 수입이 없었다. 그녀가 《뉴욕헤럴드》에서 오려내 비닐 파일에 따로 보관해두고 있는 일련의 기사들이 내 시선을 끌었다. 우선 제목들을 쭉 훑어보았다. '빚더미에 올라앉은 중산층', '절정에 이른 양극화', '여전히 법적으로 금지된 임신중절', '미 하원의원 절반이 백만장자', '월 스트리트 대 메인 스트리트'.

클레어가 스크랩해둔 기사들이 '진보 성향'이라는 점 말고 어떤 공통점을 가지고 있을까?

나는 기사들을 읽어본 후에도 특별한 공통점을 발견하지 못해 자리에서 일어나 기지개를 켰다. 결국 아무런 단서를 찾아내지 못했다.

마르크는 뭔가 획기적인 단서를 발견했을지도 몰라.

나는 즉시 마르크에게 전화를 걸어보려고 했지만 지하라서인지 전파가 잡히지 않았다.

나는 다시 조이스의 서류를 살펴보기 시작했다. 이케아에서 구입한 옷장, 오븐, 휴대폰, 세탁기, 선불 전화기, 커피메이커 등 잡다한 도구들에 대한 조립설명서와 사용설명서, 품질보증서 따위가 정리되어 있었다. 그중에서 선불 전화기 사용설명서가 내 시선을 잡아끌었다. 설명서에 부착되어있는 영수증에는 2005년 5월 30일이라는 날짜가 찍혀 있었다. 클레어가 납치되고 나서 이틀째 되는 날이었다.

나는 흥분을 주체할 수 없어 자리에서 벌떡 일어났다. 글래디스가 건네준 수사 기록을 훑어보고 조이스의 집 전화와 휴대폰 통화내역을 확인했지만 또 다른 전화가 있었다는 사실은 처음 알게 되었다. 특별한 가입 절차가 필요하지 않고, 선불카드만으로 사용 가능한 전화라 편리한 면이 있지만 통화 내역을 추적하기 까다롭다고 알려져 있었다. 무엇보다 중요한 사실은 조이스가 딸의 납치 소식을 접한 지 마흔여덟 시간도 안 돼 선불 전화기를 마련했다는 사실이었다.

나는 다시 조사 활동에 착수했다. 이번에는 옷가지를 조사해볼 생각이었다. 청소년 시절, 옷 때문에 벌어진 사건이 지금도 머릿속에 생생하게 남아 있었다. 우리 가족 모두가 앙티브에 살고 있을 때였다. 아버지가 혹시나 바람을 피울까봐 노심초사했던 어머니는 나름 정교한 감시망을 펼치고 있었다. 물론 그 당시에는 요즘처럼 각종 감시 장비도 발달되어 있지 않았고, 인터넷도 없었고, 페이스북도 없었고, 온라인 채팅 사이트도 없었다. 아버지는 조심성이 많은 분이었는데 딱 한 번 실수로 어머니에게 덜미를 잡히고 말았다. 아버지가 애인과 함께 투숙했던 호텔 영수증을 양복 주머니에 넣어둔 것이다.

어머니는 아버지의 양복을 세탁소에 맡기러 가던 중 주머니에 들어 있는 호텔 영수증을 발견했다. 거짓말이라면 질색했던 어머니는 아버지와 결별을 선언하고 집을 나갔다. 그때부터 화기애애하고 안락했던 우리 집에 어둡고 우울한 그림자가 드리워지게 되었다.

나는 어머니와 함께 앙티브의 집을 나와 파리 교외에서 살기 시작했다. 내 의사와 상관없이 유서 깊은 루스탕 중학교를 떠나야 했고, 매일처럼 바라보던 바다와 작별해야 했고, 신선한 바닷바람을 마시며 해송 숲을 산책하던 특혜를 더 이상 누릴 수 없게 되었다. 나는 어머니를 따라 우중충한 잿빛 콘크리트 세계로 진입했다.

나는 어머니처럼 조이스의 옷에 있는 주머니를 뒤지기 시작했다. 원피스, 점퍼, 재킷, 블라우스, 바지에 있는 주머니를 모두 뒤졌다. 그 결과 지하철표, 볼펜, 동전, 시장에서 물건을 구입한 영수증, 할인쿠폰, 스탬프, 아스피린, 명함 따위를 찾아냈다. 명함에는 달랑 이름과 전화번호만 적혀 있었다.

나는 명함을 주의 깊게 살펴보았다.

플로랑스 갈로 (212) 132-5278

왠지 무척이나 낯익은 이름이었다. 어딘가에서 봤거나 최근에 누군가가 언급했던 이름이 분명했다. 팔다리에 쥐가 나고, 먼지 때문에 눈이 따끔거렸지만 심장만큼은 힘차게 뛰고 있었다. 마침내 중요한 단서를 손에 넣었다는 느낌이 들었다.

어느새 밤공기가 선선해져 재킷을 벗어 테오를 덮어준 다음 호텔에 가서 살펴볼 요량으로 최대한 많은 서류를 챙겨들고 창고를 나섰다. 창고회사 로비에 잠시 멈춰 선 나는 여드름이 덕지덕지한 아르바이트 학생의 곱지 않은 시선을 받으며 휴대폰을 꺼내 콜택시를 불렀다.

택시가 도착하기를 기다리는 동안 다시 마르크와 통화를 시도해보았지만 이번에도 역시 받지 않았다. 휴대폰을 꺼낸 김에 플로랑스 갈로에게 전화를 걸었다.

'지금 거신 전화번호는 없는 번호입니다.'

휴대폰에 택시가 도착했다는 메시지가 떴다. 나는 창고회사 건물을 나와 택시를 향해 걸어갔다. 친절한 택시 기사가 나를 도와 유모차와 챙겨온 서류들을 트렁크에 실어주었다.

나는 테오가 깨지 않도록 조심하며 택시 뒷좌석에 앉았다. 택시는 미끄러지듯 어두운 길을 달렸다. 스페니시 할렘, 어퍼 이스트 사이드, 센트럴 파크를 지나는 동안 저절로 눈이 감겼다. 목 언저리에 테오의 숨결이 와닿았다. 달콤한 잠 속으로 빠져들려는 순간 문득 한 가지 이미지가 뇌리를 스쳐 지나갔다.

나는 다급한 마음에 택시 기사에게 소리쳤다.

"차를 잠깐 세워주시겠습니까?"

택시 기사는 비상등을 켜고 길 가장자리에 차를 세웠다.

"죄송합니다만 트렁크를 좀 열어주시겠습니까?"

차에서 내리는 바람에 잠을 깬 테오가 걱정스러운 눈길로 물었다.

"피피 가져왔어?"

"당연하지, 가져왔으니까 걱정 마."

나는 강아지 인형을 흔들어 보이고 나서 신문 기사를 모아둔 파일을 집어 들었다. 그제야 플로랑스 갈로가 누구인지 알 수 있었다. 조이스가 《뉴욕헤럴드》에서 스크랩해둔 기사를 쓴 기자였다.

나는 조이스가 모아둔 기사들의 날짜를 확인해보았다. 2005년 6월 14일부터 6월 20일 사이에 게재된 기사들이었다. 조이스가 프랑스를 방문했던 기간과 일치했다.

나는 그 당시 텔레비전 뉴스를 통해 보았던 조이스의 초췌한 모습을 떠올렸다.

혹시 클레어 칼라일 사건이 조이스 칼라일 사건의 비극적인 속편이라면? 칼라일 집안에 몰아닥친 저주가 클레어의 납치가 아니라 조이스와 관련된 어떤 사건에서 비롯되었다면?

아무튼 한 가지는 분명했다. 큰 인형을 열면 작은 인형이 계속해서 따라나오는 러시아 인형처럼 내가 착수해 있는 조사도 하나의 서랍을 열면 다른 서랍이 계속해서 따라나오는 식이었다.

나는 다시 테오를 안고 택시에 올랐다.

조이스는 클레어가 납치되었다는 소식을 듣자마자 추적이 불가능한 전화를 마련했다. 프랑스의 지롱드 지방을 방문하고 돌아온 조이스는 탐사 전문기자와 접촉했다. 분명 뭔가 중요한 사실을 기자에게 털어놓기 위해서였을 것이다. 조이스는 그로부터 며칠 후 숨을 거두었다.

택시는 다시 속도를 내 달리기 시작했다. 오소소한 소름이 등골을 타고 올라왔다.

나는 아직 아무런 증거를 확보하지 못했지만 조이스가 누군가에게 살해되었다는 확신을 갖게 되었다.

3

마르크는 고속도로를 탈 경우 졸음운전을 하는 경우가 많아 국도를 따라 파리로 돌아오는 중이었다. 그는 비트리 르 프랑수아 나들목에 있는 주유소에 차를 멈춰 세웠다. 이미 몇 킬로미터 전부터 연료탱크 경고등에 불이 들어온 상태였다. 이제 막 문을 닫고 펌프 밸브를 잠그려던 주유소 직원이 부루퉁한 표정으로 연료탱크를 가득 채워주었다.

마르크는 주유소 매점에서 한 개 남은 샌드위치를 샀다. 북구 스타일 빵에 항생제를 듬뿍 넣은 연어 샌드위치였다. 밖으로 나와 샌드위치를 먹으며 휴대폰을 체크했다. 생트바르브 요양병원의 의료심리 보조사

말리카 페르시시가 보낸 문자메시지가 들어와 있었다.

혹시 저를 저녁 식사에 초대하실 의향이 있으면 연락주세요.
이번 주말에 시간이 나거든요. M. F.

말리카가 보낸 문자메시지를 보는 순간 젊은 여인의 체취가 기억의 수면 위로 떠오르며 몸과 마음을 술렁이게 했다. 그녀의 체취는 달콤한 과일 향기와 상큼한 방울꽃 향기가 한데 어우러진 듯 싱그러웠다.

마르크는 답변을 잠시 미루고 라파엘의 전화번호를 눌렀다. 자동응답기에 음성메시지가 들어와 있었다.

"마르크 형사님, 중요한 사실을 알아냈어요. 형사님도 뭘 좀 알아냈는지 전화해서 알려줘요."

부슬부슬 비가 내리기 시작했다. 레인지로버에 올라탄 마르크는 시동을 켜고 계기판을 확인했다. 그는 차를 출발시키고 나서 곧 담배 한 개비를 피워 물었다. 그가 말리카의 메시지를 떠올리며 몽상에 젖어들려는 순간 문득 눈앞에 펼쳐진 광경이 달콤한 상상에 찬물을 끼얹었다.

빌어먹을!

방금 검은색 BMW X6가 앞서 지나갔다. 마르크는 시커멓게 선팅한 차창과 크롬 도금한 이중 그릴을 한눈에 알아보았다. 클레어를 납치한 차가 틀림없다고 생각한 그는 반대 방향으로 가기 위해 급히 핸들을 틀었다.

우연한 일일까? 저 SUV 차량은 여기서 무얼 하고 있었지?

마르크는 곧 X6를 따라잡았지만 적당히 거리를 두고 뒤따라가기 시작했다. 그는 환기장치를 가동시키고 나서 옷소매로 앞 유리에 서려 있는 수증기를 닦았다. 제법 굵은 빗줄기가 내리고 있었고, 바람이 심하게 불었다.

급커브 길을 지난 X6는 방향지시등도 켜지 않고 아무런 표지판도 없는 시골길로 접어들었다. 마르크는 조금도 망설이지 않고 X6를 뒤따랐다. 도로 상태는 점점 험악해지고 있었고, 물안개가 심해 10여 미터 앞도 보이지 않았다. 길은 좁고, 양옆에는 키 작은 관목들과 바위들이 빼곡하게 들어차 있었다.

X6가 앞에서 길을 터주고 있었지만 마르크는 쉽사리 앞으로 나아갈 수 없었다. 그렇다고 차를 돌려 되돌아 나갈 수도 없다는 사실을 인지하는 순간 함정에 빠졌다는 걸 깨달았다.

앞서가던 X6가 급히 멈춰 섰다. 검은색 외투 차림에 총을 손에 든 사람이 차에서 나오더니 마르크의 차가 있는 쪽으로 다가왔다. 상대가 헤드라이트 불빛 속으로 들어온 순간 얼굴을 확인할 수 있었다.

이럴 수가!

마르크는 얼마나 놀랐던지 숨을 제대로 쉴 수 없었다. 그의 머릿속에서 세 명의 여자 얼굴이 번갈아가며 떠올랐다.

엘리즈, 딸, 클레어.

총을 어깨에 올려놓은 괴한이 그에게 총을 겨누었다.

이렇게 죽을 수는 없어. 클레어 칼라일 사건을 해결하기 전에는 결코 죽지 않을 거야.

밤하늘에 총성이 울려 퍼졌고, 레인지로버의 앞 유리가 폭발하듯 박살 났다.

13. 타인의 시선 속에서

불행이란 우리에게 복종할지 극복할지 선택하게 만드는 얼어붙은 진창이며,
시커먼 진흙 바닥이며, 고통스러운 욕창이다.
_보리스 시륄닉

1

내 이름은 클레어 칼라일이다. 나이는 열다섯 혹은 열여섯 살쯤 되었
을 거라 짐작하지만 정확하지 않다. 이 끔찍한 독방에 얼마나 오래 갇
혀 있었는지 알지 못하기 때문이다.

200일? 300일? 600일?

나로서는 도저히 알 길이 없다. 햇빛을 전혀 볼 수 없는 방이고, 시
계, 신문, 텔레비전 따위도 일절 없다. 나는 진정제 약 기운 때문에 마
치 머릿속에 안개가 잔뜩 끼어 있는 듯 흐리멍덩한 시간을 보낸다.

방금 전, 그가 다가와 내 팔뚝에 주사를 놓아주고 돌아갔다. 두터운
재킷 차림에 목도리를 두르고 있는 것으로 보아 외출을 하려나 보았다.
그는 평소 두 개의 알약을 주었는데 내가 그중 한 개를 먹지 않는다는
사실을 알아차린 후로는 직접 주사를 놓는다. 그의 신경이 곤두서 있는
탓에 주사를 맞을 때 굉장히 아프다.

그는 항상 쉴 새 없이 눈꺼풀을 깜빡거리며 내게 거친 욕설을 퍼붓는다. 움푹 들어간 두 뺨과 퀭한 두 눈에서는 광기가 뿜어져 나온다. 내가 아파서 비명을 지르면 그는 내 뺨과 가슴팍을 연속해서 때린다. 몹시 흥분한 그는 내게 '더러운 창녀'라고 욕설을 내뱉고는 쾅 소리가 나게 문을 닫고 밖으로 사라진다. 그가 나를 묶지는 않았으므로 나는 방한구석에서 몸을 웅크리고 앉아 더러운 이불을 덮어쓴다.

얼마나 추운지 뼈마디가 아프고, 코에서는 콧물이 흐르고, 머리는 불덩이나 다름없다. 방음장치가 철저하게 되어 있었지만 어디선가 빗소리가 들려오는 것 같다. 이 방에서 빗소리를 듣는다는 건 불가능한 일이기 때문에 어쩌면 상상인지도 모른다.

맨바닥에 누워 잠이 오기를 기다렸지만 쉽게 잠을 이룰 수 없다. 머릿속에서 계속 노래가 울려 퍼진다. 아레사 프랭클린이 부른 〈프리덤〉이다. 나는 노래를 머릿속에서 떨쳐버리려 했지만 소용없다.

그때 문득 뇌리를 스쳐가는 생각이 있다. 이유는 알 수 없지만 그가 몹시 흥분하는 바람에 문의 빗장을 걸지 않았다는 사실이다. 나는 정신이 번쩍 들며 자리에서 벌떡 일어선다. 포로가 된 이후 그가 실수를 범한 적이 두 번 있다. 첫 번째 실수를 범했을 때는 안타깝게도 아무런 시도도 해보지 못했다. 손목에 수갑이 채워져 있었고, 그가 실수를 저질렀다는 사실을 즉시 깨닫고 문을 잠갔기 때문이다. 두 번째 실수 때는 복도로 나와 콘크리트 계단을 올라갔다. 계단 끝에 비밀번호를 넣어야 열리는 문이 있었다. 나는 문을 여는 데 실패했고, 결국 어쩔 수 없이 방으로 돌아와야 했다. 집 안에 있는 그가 기척을 듣고 달려올까봐 두려웠기 때문이다.

이번에는 지난 두 번과는 분명 다른 상황이다. 그는 차를 타고 외출했으니까.

나는 문을 열고 빠른 걸음으로 복도를 지나쳐 단숨에 계단을 올라가 문에 귀를 대본다. 그가 집에 없는 게 확실하다. 나는 비밀번호를 넣어야 열리는 문을 바라본다.

비밀번호를 알아내야 해!

일단 생각나는 대로 숫자를 넣어본다. 숫자 버튼을 누르자 작은 화면에 차례대로 숫자가 나타난다. 더 이상 숫자가 들어갈 공간이 남지 않는 것으로 보아 비밀번호는 네 자리 숫자 조합이 분명하다. 그렇다면 어떤 특정한 날짜를 비밀번호로 정했을 가능성이 크다.

언젠가 그가 했던 말이 떠오른다.

"널 만난 날은 내 인생에서 가장 아름다운 날이었어."

내가 이 집에 납치돼 온 날은 2005년 5월 28일이다. 반신반의하며 0528#을 넣었다가 이내 유럽에서는 달보다 날을 먼저 쓴다는 점에 착안해 2805#으로 바꿔 넣어보았지만 문은 열리지 않는다.

내 예상은 빗나갔다. 사이코패스의 인생에서 가장 아름다운 날이라면 온전히 자기 자신과 관련된 날일 가능성이 컸다.

혹시 생일을 비밀번호로 택하지 않았을까?

납치된 지 몇 주 정도 지난 어느 날 저녁, 그가 케이크를 들고 내 방에 나타났다. 시커멓게 타 바짝 말라버린 포레 누아르에 생크림을 잔뜩 바른 케이크였다. 그가 억지로 케이크를 먹이는 바람에 결국 난 토하고 말았다. 그가 바지 지퍼를 내리며 '생일 선물'을 요구했다. 무릎을 꿇고 있는 동안 그가 손목에 찬 시계를 보고 날짜를 확인했다. 7월 13일이었다.

1307을 친 다음 '#' 기호를 누르자 거짓말처럼 문이 열린다. 심장이 심하게 요동치기 시작했고, 과연 내가 무사히 탈출할 수 있을지 자신할 수 없다.

나는 감히 불을 켤 엄두를 내지 못하고 어둠 속에 잠긴 그의 방으로 올라간다. 덧문과 창문이 모두 닫혀 있다. 지붕과 유리창을 때리는 빗소리 말고는 아무런 소리도 들려오지 않는다. 지금 내가 있는 집의 위치가 어디쯤인지 전혀 가늠할 수 없다. 물론 외따로 떨어진 집이라는 사실만 알고 있을 뿐이다. 비록 몇 번 안 되지만 그가 집 뒤편 울타리가 쳐진 풀밭에서 운동 삼아 몇 걸음 뗄 수 있게 해준 적이 있다.

여긴 어디일까? 여기서 가장 가까운 도시는 어디일까?

내가 미처 집을 돌아볼 겨를도 없이 차가 달려오는 소리가 들려온다. 그가 집으로 달려오고 있었지만 이상하게도 마음이 평온하다. 나는 두 번 다시 찾아오지 않을 기회라는 사실을 알고 있다. 약 기운 때문에 의식이 희미해진 상태이긴 하지만 절대로 무너지지 않을 자신이 있다. 아드레날린이 솟구치면서 팽팽한 긴장감이 진정제의 효과를 상쇄시키고 있다.

나는 방 안에 있는 스탠드의 갓을 벗기고 전선을 뽑아버린다. 그의 차가 멈춰 서는 소리가 들려온 순간 재빨리 문 뒤로 몸을 숨긴다. 내 몸의 모든 감각이 급속도로 예민해지기 시작한다. 분명 차가 멈춰 섰는데 엔진소리가 계속해서 들려오고 있다.

패닉상태에 빠진 그가 미처 엔진을 끄지 않고 차에서 내린 거야. 외출했던 그는 문득 내 방의 빗장을 걸지 않았다는 사실을 깨닫고 부리나케 되돌아왔겠지. 그는 소심하기 그지없는 겁쟁이일 뿐이니까 겁먹을 필요 없어.

나는 문이 열릴 때까지 침착하게 기다린다. 이미 오래전부터 고대해 온 순간이고, 주어진 기회는 오직 한 번뿐이다. 두 손이 축축해질 만큼 긴장했지만 스탠드 몸체 부분을 어깨 위로 치켜들고 그가 나타나길 기다린다. 그가 문을 열고 머리를 들이미는 순간 들고 있던 스탠드를 힘껏 휘두른다. 내 눈앞에서 그의 움직임이 마치 고속 촬영 영상처럼 펼쳐진다. 그의 얼굴에 경련이 일었고, 내가 스탠드로 얼굴을 짓이기자 고통에 찬 비명소리가 터져 나온다. 그가 비틀거리다가 균형을 잃고 쓰러진다. 그 순간, 나는 스탠드를 집어던지고 문밖으로 달려나간다.

2

집 밖은 칠흑처럼 어두운 밤이고, 비가 추적추적 내리고 있다. 나는 머릿속에서 떠오르는 생각을 무시하고 앞으로 내달린다. 나는 신발을 신지 않은 맨발에 타이트한 트레이닝복 하의와 긴 소매 티셔츠를 입고 있다. 그의 포로가 된 이후 단 한 번도 신발을 신어본 기억이 없다.

주차장에 헤드라이트가 켜진 픽업이 서 있다. 엉겁결에 뒤를 돌아보니 그가 따라오고 있다. 마치 피가 얼어붙는 듯 온몸이 경직되는 느낌과 함께 두려움이 밀어닥친다.

픽업에 오른 나는 재빨리 문을 닫는다. 문의 잠금 버튼을 찾아 누르는 시간이 마치 영원처럼 길게 느껴진다. 갑자기 쏟아지기 시작한 굵은 빗줄기가 마치 커튼처럼 앞 유리창을 가린다.

그가 처참하게 일그러진 얼굴에 광기 어린 눈으로 나를 죽일 듯 노려보며 차창을 두드리고 있다. 나는 계기판과 변속장치를 번갈아 바라본다. 이제껏 한 번도 운전을 해본 적이 없다. 그나마 다행스럽게도 자동

변속 차량이다. 뉴욕에 있을 때 굽이 무려 12센티미터나 되는 킬힐을 신고 손톱에 매니큐어를 떡칠한 여자들이 포르쉐 카이엔의 운전대를 잡고 질주하는 광경을 본 적이 있다.

난 할 수 있어. 운전대를 잡고, 액셀을 밟으면 차는 앞으로 가게 되어 있잖아.

그 순간 차창이 산산조각 났고, 나는 소스라치게 놀라 비명을 지른다. 심장이 그대로 멎는 느낌이다. 그가 다시 쇠막대기를 높이 쳐드는 순간 나는 가속페달을 밟는다. 비로소 픽업이 움직이기 시작한다. 나는 숲으로 난 길을 달려가고 있고, 주변은 온통 칠흑처럼 어두울 뿐이다. 불길한 느낌을 안겨주는 관목 숲과 잔뜩 찌푸린 하늘, 그저 시커먼 실루엣으로 보이는 나무들이 불안감을 더욱 부채질한다. 나는 운전대를 힘껏 움켜쥐고 길 밖으로 벗어나지 않기 위해 안간힘을 다한다.

2백 미터쯤 달리자 길이 넓어진다.

오른쪽 아니면 왼쪽?

나는 오른쪽 내리막길을 택해 속도를 올린다. 몇 군데 커브 길을 무사히 지나자 조금이나마 운전에 자신이 붙는다. 실내등을 켜자 조수석에 놓인 가방이 눈에 들어온다. 노란색 스포츠가방이다. 내가 납치되던 날 들고 있었던 가방이다. 나는 그 가방이 왜 조수석에 놓여 있는지 궁금했지만 깊이 생각해볼 여유가 없다. 어느새 뒤에서 추적자의 모터사이클 소리가 들려오고 있었기 때문이다.

룸미러를 보니 모터사이클을 타고 있는 그가 보인다. 나는 가속페달을 밟아 거리를 벌려보려고 하지만 오히려 점점 좁혀지고 있다. 소스라치게 놀라며 속도를 올리는 순간 커브 길이 나타난다. 순간적으로 차가 길을 벗어나며 바위에 부딪친다. 나는 후진해보려 하지만 바퀴가 진창에 박혀 꼼짝도 하지 않는다.

나는 마치 혈관이 터져버릴 것 같은 공포를 느끼며 가방을 집어 들고 차에서 뛰어내린다. 두 발이 진창 속으로 푹푹 빠진다. 오토바이가 이제 몇 미터 뒤까지 바짝 추격해왔고, 나는 길을 벗어나 숲으로 뛰어든다. 죽을힘을 다해 달리는 동안 나뭇가지들이 얼굴을 할퀴고, 돌멩이들이 발에 상처를 내고 있지만 나는 오히려 기운이 난다. 독방에 갇혀 있는 동안 그토록 갈구했던 자유가 잠시나마 나와 함께하고 있고, 살아 있다는 희열이 두려움을 누르기 시작한다.

나는 어느새 칠흑처럼 어두운 숲과 하나가 된다. 잠시 전만 해도 두려움을 안겨주었던 숲이 어느새 나와 일체감을 이룬 느낌이다. 추적추적 내리는 비가 내 심장 속에서 뜨겁게 흐르는 피와 일체감을 이룬 느낌이다. 나는 패배를 받아들일 수 없다는 각오와 함께 온 힘을 다해 달린다.

나는 갑자기 발을 헛디뎌 몇 미터 아래로 굴러떨어진다. 그 와중에도 가방은 여전히 등에 매달려 있다. 한참을 구르다가 깨닫고 보니 가로등이라고는 전혀 없는 아스팔트 길에 떨어져 있다. 한숨 돌릴 겨를도 없이 나를 향해 다가오는 모터사이클 소리가 들려온다. 나는 모터사이클과 반대편으로 달리려고 몸을 돌린다. 그때 갑자기 두 개의 헤드라이트 불빛 때문에 눈이 부시다. 요란한 경적소리가 울리며 힘껏 브레이크를 밟는 소리가 길게 이어진다. 그다음은 타이어 마찰음이 어두운 밤하늘의 정막을 깨고 울려 퍼진다. 마치 내 몸 위로 거대한 바위가 굴러떨어진 느낌에 이어 머릿속이 방전된다. 기억의 블랙홀, 나는 더 이상 달릴 수 없다.

3

나는 어둠 속에서 번쩍 눈을 뜬다. 여전히 주변은 어둠만이 가득할 뿐이다. 나는 주차장 한구석에 누워 있다. 등은 만신창이고 머리가 몹시 아픈데다 허벅지 부근에 통증이 느껴진다. 머리에서는 피가 흐르고 있고, 노란색 스포츠가방은 여전히 내 옆에 놓여 있다.

나는 왜 여기에 있는 걸까?

눈물이 두 뺨을 타고 흘러내린다.

어쩌면 지금 꿈을 꾸고 있는지도 몰라. 아니면 이미 죽은 건가?

나는 일어나려고 팔에 힘을 가해본다. 다행히 아직 죽지 않았다는 사실을 깨닫는다.

내용물을 보기 위해 가방을 연 나는 마치 헛것을 본 듯 입을 다물지 못한다. 가방에 세기 어려울 만큼 많은 돈다발이 들어 있다. 그가 무슨 이유로 거액의 현금을 픽업에 넣어가지고 다녔는지 알 수 없다. 가방 옆구리 주머니에는 파란색 노트와 전화카드가 들어 있다. 지금 이 순간 나에게는 억만금보다도 전화카드가 더욱 절실히 필요하다.

나는 일어나 몇 걸음 걷는다. U자 형태로 된 건물이 내 눈앞에 버티고 있다. 빨간 벽돌로 지은 데다 지붕에 기와를 얹고 있는 걸 보면 오래된 건물이 분명하다. 콘크리트와 유리로 지은 다른 건물들은 훨씬 모던한 느낌이 든다.

주차장으로 구급차 한 대가 들어온다. 나는 그가 당장이라도 나타날 것만 같아 겁이 난다. 급히 주변을 살피던 중 건물 표지판이 시야에 들어온다.

사베른 의료센터.

나는 지금 병원 주차장에 있다는 의미다.

누가 나를 병원으로 데려와 후미진 주차장에 내려놓았을까?

나는 얼마나 오랫동안 여기에 있었을까?

잠시 나는 병원 안으로 들어가 치료받을까 생각하다가 단념한다. 일단 엄마에게 전화하는 게 우선인 듯하다. 지금 이 순간 내가 믿을 수 있는 사람은 엄마가 유일하다. 엄마는 지금 내가 어디로 가야 하고, 어떤 행동을 취해야 하는지 잘 알려줄 테니까.

나는 병원 건물을 벗어나 주택들이 양옆으로 늘어선 도로를 따라 걷는다. 어느새 비는 그쳤고, 대기의 온도는 따뜻하다. 나는 여전히 오늘 날짜와 시간을 알 수 없다. 어느 집 앞을 지나다가 대문이 열려 있는 걸 발견한다. 집 안 빨랫줄에 트렌치코트를 비롯한 다양한 옷가지들이 널려 있다. 집 안으로 들어간 나는 바람막이 점퍼 한 벌과 농구화 한 켤레를 들고나온다. 나는 가방에서 50유로짜리 지폐 두 장을 꺼내 집 안으로 던져두고 다시 걷기 시작한다.

계속해서 머리가 빙빙 돈다. 내가 자유의 몸이 되었다는 사실을 도무지 믿을 수가 없다. 나는 약 기운 때문에 두 다리가 풀려 휘청거리며 걷는다. 어느새 사베른 시내의 역 앞 광장에 도착해 있다. 벽시계가 새벽 1시 55분을 가리키고 있다. 그보다 좀 더 멀리 보이는 표지판에 '스트라스부르 54킬로미터'라고 적혀 있다. 내가 있는 곳이 프랑스 동부라는 사실을 알게 되었지만 여전히 나에게는 낯선 지명일 뿐이어서 아무런 감흥도 주지 못한다. 지금 내가 있는 곳이 로잔이나 브레스트라고 해도 마찬가지일 것이다. 나에게는 모두 낯선 도시들일 뿐이니까.

역 광장 바닥에서 잠든 두 명의 노숙자를 제외하면 인적이 드물다.

역 광장에 설치된 공중전화부스가 눈에 들어온다. 나는 공중전화부스 안으로 들어갔지만 차마 문을 닫지 못한다. 질척질척한 바닥에서 당장이라도 질식시킬 것 같은 지린내가 스멀스멀 올라왔기 때문이다.

전화카드를 집어넣고 수화기를 든 내 손이 부들부들 떨린다. 나를 절망하게 만들 만큼 느려터진 속도로 전화벨이 울린 다음 엄마가 전화를 받는다.

"엄마, 나 클레어야. 나, 도망쳤어."

전화기 너머에서 내 전화를 받은 사람은 엄마가 아니다.

목소리가 생경한 여자가 내게 말한다.

"이 집에 살던 조이스 칼라일은 벌써 2년 전에 사망했어요."

처음에는 그 말이 내 귀에 들어오지 않는다. 나의 뇌가 그 정보를 받아들이길 거부하고 있는 느낌이다. 머리에서 윙 소리가 들리며 나는 심한 통증을 느낀다. 마치 누군가가 내 귀에 대고 못을 쾅쾅 내리친 느낌이다. 가뜩이나 충격을 받고 멍하니 서 있는 내 코로 참기 힘든 지린내가 스며든다. 구역질이 일었지만 토할 기운조차 없다.

역 광장으로 나온 나는 다시 바닥에 쓰러지며 기억의 블랙홀로 빠져든다.

4

새벽 6시에 겨우 정신을 차린 나는 좀비처럼 역사로 들어가 파리행 열차표를 구매한다. 마침 파리행 열차에 빈자리가 있다.

나는 열차의 좌석에 무너지듯 주저앉는다. 차창에 얼굴을 기댄 나는 검표원이 열차표를 보여 달라고 요구할 때까지 깊은 잠 속으로 빠져든다.

검표원이 자리를 뜨고 나서 나는 다시 잠에 빠져든다. 잠을 자는 동안 무서운 꿈이 계속 이어진다. 랭스를 지난 지 얼마 되지 않아 열차가 역도 아닌 곳에서 정차하더니 한 시간 반 동안 꼼짝도 하지 않자 승객들이 불만을 토로하기 시작한다.

"열차가 무려 한 시간 반이나 멈춰 서 있는데 무슨 일인지 설명해주는 사람이 아무도 없다는 게 말이나 돼?"

급기야 기차는 다시 움직이기 시작했고, 결국 10시 30분에 파리에 도착한다.

자, 이제부터 어쩐다지?

사실 나는 기차를 타고 파리에 오는 동안 줄곧 캔디스 챔벌린을 생각했다. 캔디스는 할렘의 우리 집에서 100미터쯤 떨어진 집에 살던 아이였다. 나보다 나이가 많았지만 우리는 학교가 끝나고 집으로 돌아올 때마다 자주 함께 어울리는 사이였다. 모범생이었던 캔디스는 반드시 성공하겠다는 집념을 가진 아이였다. 간혹 나에게 책도 빌려주었고, 내가 가지고 있던 환상에 대해 지적하며 조언도 해주었다.

어느 날, 캔디스는 150번 가 너머 게토의 보머아파트 단지에 사는 남자아이들을 따라나섰다. 나는 평소 그토록 말수가 적고 신중했던 캔디스가 왜 게토의 패거리들을 따라나서게 되었는지 정확한 경위를 알지 못한다. 단지 내가 아는 사실은 게토의 패거리들이 캔디스를 쓰레기 처리장에 가두고 번갈아가며 성폭행을 가했다는 사실이다. 경찰이 캔디스를 구출하기까지 무려 2주일이라는 시간이 걸렸다.

캔디스는 며칠 동안 병원에 입원했다가 134번가 주교당 근처의 집으로 돌아왔다. 언론매체들은 고삐 풀린 망아지처럼 캔디스 사건을 집중

보도했다. 기자들과 파파라치들이 밤낮없이 캔디스의 집 근처를 에워쌌다. 나는 아침에 학교에 갈 때마다 캔디스의 집 앞에서 진을 치고 있는 기자들과 카메라맨들을 볼 수 있었다.

캔디스의 아버지는 견디다 못해 기자들을 만나 딸의 프라이버시가 심각하게 침해되고 있는 상황에 대해 호소하며 집 앞에서 당장 철수해줄 것을 간곡히 요청했지만 묵살당했다. 캔디스는 흑인이었고, 성폭행을 저지른 패거리들 가운데 백인 한 명이 끼어 있었다. 내가 보기에는 인종 문제라기보다는 패거리 아이들의 일탈에서 비롯된 야만적인 사건일 뿐이었는데 정치인들과 각종 시민단체 사람들은 어떻게 하면 정치 쟁점화시킬 수 있을지를 두고 혈안이 되어 있었다.

그때 나는 열한 살 어린 나이에 불과했지만 캔디스 사건 때문에 심각한 충격을 받았다.

마치 신나는 일이라도 벌어진 듯 캔디스의 집 앞에 몰려들어 취재에 열을 올리는 사람들의 목적은 무엇일까? 정치인, 언론사 기자, 시민단체 회원이라면 나름 지적인 사람들일 텐데 정작 피해자의 입장은 조금도 고려하지 않는 태도를 어떻게 받아들여야 할까? 그들이 피해자의 한숨을 외면하면서까지 내세우고자 하는 가치는 무엇일까? 피해자의 이웃 사람 혹은 친구의 증언을 받아낼 경우 전체 맥락과는 상관없이 제멋대로 입맛에 맞게 편집해 사실을 왜곡하는 목적은 무엇일까? 가뜩이나 침울해 있는 피해자의 집 앞에서 마치 불난 집에 부채질하듯 카메라 플래시를 터뜨리며 기고만장해 있는 모습을 과연 어떻게 이해해야 할까?

어느 날, 나는 수업을 마치고 집으로 돌아오는 길에 우연히 마주친 기자에게 평소 의아하게 생각했던 문제들에 대해 질문한 적이 있었다.

내 질문에 그 여기자는 '시민의 알 권리 차원'이라고 답변했다.

사람들은 언론보도를 통해 과연 무엇을 알게 될까? 나이 어린 소녀가 차마 입에 올리기에도 끔찍한 폭행을 당하고, 피해자는 물론 가족들 모두가 괴로워하고 있는데 '알 권리'를 충족시켜주어야 한다는 미명 아래 원색 보도와 과장된 보도, 심지어 관음주의적인 성향의 보도까지 덧붙일 필요가 있을까? 기껏해야 술을 마실 때 가십거리로 삼을 이야기를 널리 퍼뜨리고, 사건의 본질과는 전혀 관련 없는 내용으로 시청률을 끌어올려 광고나 팔아보려는 사람들이 과연 '알 권리 차원' 운운할 수 있을까?

어느 날 아침, 캔디스의 엄마인 챔벌린 부인은 핏빛 욕조 안에 의식을 잃고 누워 있는 딸의 시신을 발견했다. 캔디스는 한밤중에 부모 몰래 손목을 그어 자살했다. 유서나 메모는 발견되지 않았다.

캔디스는 더 이상 정상적인 삶을 지속할 자신이 없어 스스로 손목을 그어 자살한 게 틀림없었다. 그 아이는 자기 자신이 게토의 보머아파트 단지 쓰레기 처리장에서 패거리들에게 강간당한 여자로 낙인찍히게 되었다는 사실을 받아들일 수 없었으리라.

캔디스의 아버지는 딸의 죽음에 격분한 나머지 총을 들고 테라스로 나가 악의적인 보도를 일삼은 기자들을 겨누었다. 그는 침착한 태도로 탄환을 장전하고 기자들을 향해 총을 쏘았다. 나에게 '알 권리'에 대해 이야기한 여기자도 중상을 입었고, 또 다른 아이의 아버지인 카메라맨은 총에 맞아 즉사했다.

내가 2년 동안 포로로 잡혀 있었던 하인츠 키퍼의 집에는 책이 제법 많았다. 독서는 그가 나에게 허락해준 유일한 오락이었다. 나는 작은 방에서 그의 엄마가 즐겨보았다는 철학과 심리학 분야 책들을 읽었다. 나는 2년 동안 책을 읽을 때마다 인상적인 부분들을 노트에 옮겨 적었다. 그는 노트의 공간이 차는 즉시 빼앗아 갔다.

얼마나 여러 번 읽었던지 몇몇 책은 눈을 감고도 외울 수 있을 정도였다. 프로이트는 《문명 속의 불만》이라는 책에서 '인간은 사랑을 갈구하는 온유한 존재가 아니다'라고 말했다. 인간에게 가장 무서운 존재는 바로 인간 자신이다. 맹수들은 굶주린 배 속을 채우기 위해 사냥하지만 인간은 그저 즐기기 위해 사냥한다. 인간의 한마디로 최악의 포식자이다. 인간은 동종을 상대로 전쟁을 벌이는 유일한 존재이다. 인간은 폭력성과 공격성을 가진 존재이며, 동종의 인간을 지배하고 모욕하고 비굴하게 만들어버리는 존재이다.

5

파리 동역의 에스컬레이터는 고장이 나는 바람에 멈춰 서 있다. 계단을 걸어 올라가는 동안 가뜩이나 힘에 겨운 나를 밀쳐대는 사람들 때문에 정말이지 곤혹스럽다. 나는 쓰러질 듯 비척거리며 걷다가 카페로 몸을 피한다. 카페에도 사람들이 많아 카운터에 앉을 수밖에 없다. 얼마나 배가 고픈지 뱃속에서 꼬르륵거리는 소리가 수시로 들려온다.

나는 코코아 한 잔과 크루아상 두 개를 주문해 허겁지겁 먹어 치운다. 눈물이 나오려 했지만 나는 기를 쓰고 참아낸다.

자, 이제부터 어쩐다지?

나는 캔디스처럼 인생을 허망하게 끝내고 싶지 않다. 그렇지만 나 역시 정상적인 삶을 살 수 없으리라는 절망감이 엄습해온다. 다른 사람들의 입장에서 볼 때 나는 사이코패스에게 납치돼 수없이 강간당한 끝에 탈출한 소녀에 불과할 테니까. 평생 강간당한 소녀라는 구설수가 꼬리표처럼 따라다니게 될 테니까. 마치 시골 장터에 구경거리로 내놓은 짐승처럼 관음적인 호기심의 대상과 치기 어린 질문에 대답해야 할 처지에 놓이게 될 테니까.

사이코패스가 당신에게 어떤 짓을 했죠? 몇 번이나 그런 짓을 하던가요?

검찰이나 경찰은 물론 언론사 기자들도 알 권리를 충족시켜주기 위한 목적을 앞세우며 대답하기 곤란한 질문들을 마구 쏟아 내리라. 그들은 호기심이 충족될 때까지 내게 모든 비밀을 털어놓으라고 강요하리라.

언젠가 내가 사랑에 빠지게 된다면 나를 진정으로 사랑해주고, 나의 프라이버시를 존중해주면서도 보호받고 싶어 하는 마음을 헤아려주는 남자를 만나고 싶다. 난 나를 사랑해주는 남자를 만날 생각만으로도 기분이 좋다. 나는 마치 영화에서처럼 나를 사랑해주는 남자를 만나는 장면을 상상한다.

내가 누구인지 그 남자가 알게 되는 순간이 올 것이다. 내가 하인츠 키퍼에게 납치되었던 소녀라는 사실은 다른 모든 수식어를 삼켜버리고도 남을 만큼 강력한 위력을 가진 꼬리표일 테니까. 내가 만난 남자는 그 사실을 알더라도 나를 사랑해줄 테지만 그 전과 같지는 않으리라. 적어도 연민과 동정심이 더해질 테니까. 나는 동정심 따위는 필요 없을 뿐더러 사람들이 어디서나 호기심 어린 눈길로 바라보는 소녀로 남고 싶지 않다.

이제 그토록 바라던 탈출에 성공했지만 내가 마냥 기쁘거나 해방감을 느끼지 못하는 이유다. 나는 누구보다 강하고, 혼자 힘으로 당당하게 일어설 수 있다. 나는 무려 2년 동안이나 지옥을 경험했고, 다시는 덫에 걸린 짐승처럼 되고 싶지 않다. 사이코패스의 포로가 되었던 것도 억울한데, 또 다른 지옥을 경험할 수는 없다.

두 눈이 절로 감길 만큼 기진맥진한 상태다. 사이코패스의 추격을 따돌리느라 심각한 부상을 당했고, 극심한 심리적 파고를 견뎌내야 했고, 내가 유일한 안식처나 다름없는 엄마의 사망 소식을 접했다.

나는 카페의 등받이 없는 의자에 앉아 쓰러지지 않으려고 안간힘을 쓴다. 엄마의 얼굴이 떠오르며 다시 눈물이 솟는다. 나는 엄마가 정확하게 어떤 경위로 죽음을 맞게 되었는지 알 수 없지만 적어도 나와 관련이 있을 거라 짐작한다.

문득 카페 한구석 벽에 설치된 텔레비전 화면에서 초현실주의적인 장면이 내 눈길을 잡아끈다. 나는 몇 번이나 눈을 문지르며 뉴스 앵커의 입에서 쏟아져 나오는 말에 귀를 기울인다.

"오늘 새벽, 사베른 인근 프티트 피에르 숲에 위치한 주택에서 화재가 발생한 가운데 도저히 믿기지 않는 엽기적 사건이 추가로 발견되었습니다.

화재 현장 인근을 지나던 군인경찰대원의 신고를 받고 출동한 소방대원들은 주변 숲으로 확산되기 시작한 불길을 잡는 데 성공했습니다. 정확한 화재 원인은 경찰의 수사 결과가 나와 봐야 알 수 있을 듯합니다. 불길을 잡기 위해 출동한 소방대원들은 화재 현장인 하인츠 키퍼 소유의 주택에서 네 구의 시체를 발견했습니다. 독일 태생 건축가인 하인츠 키퍼는……."

뉴스를 보고 있는 내 눈에서 불꽃이 이는 동시에 심장이 빠른 속도로 뛰기 시작한다. 나는 갑자기 숨이 턱 막히는 충격 속에서 가까스로 무얼 해야 할지 깨닫는다.

당장 도망쳐야 해.

나는 카운터에 지폐를 한 장 내려놓고 자리에서 일어나 카페를 나선다.

클레어 칼라일은 이제 이 세상에 존재하지 않는다.

나는 이제부터 다른 누군가가 되어야 한다.

셋째 날, 아침

:조이스 칼라일 사건

14. 앙헬 폭포

물을 두려워하는 자는 강변에 남아 있어라.

_피에르 드 마르뵈프

1

조각조각 파편화된 불안감이 시시때때로 엄습해오는 바람에 밤새 뒤척이다가 새벽 6시쯤 잠에서 깨어났다. 샤워를 하고 나자 그나마 힘이 나 테오가 아직 잠들어 있는 침실과 거실을 가르는 미닫이문을 닫았다.

활처럼 굽은 거실의 통유리로 허드슨 강이 내려다 보였다. 나는 에스프레소 커피를 끓인 다음 노트북을 켜고 휴대폰 화면을 살폈다. 마르크로부터 부재중 전화가 걸려 왔고, 그가 남긴 메시지가 들어 있었다.

나는 곧 마르크에게 전화를 걸었지만 응답기 소리만 들려왔다.

마르크 형사님은 왜 전화를 받지 않는 거야?

나는 솔직히 그가 걱정되기보다는 슬슬 짜증이 나기 시작했다. 마르크는 수사 목적으로 프랑스 동부로 가면서도 휴대폰 충전기를 집에 두고 갈 수도 있는 사람이었다.

나는 조금 남은 커피를 입에 털어 넣을 때 두통약 한 알도 함께 삼켰다.

귀에서는 여전히 윙윙거리는 소리가 들려왔다. 마치 지난밤 잠든 나를 집요하게 괴롭혔던 질문들이 머릿속에서 제멋대로 충돌을 일으키고 있는 듯했다.

나는 이른 아침의 희미한 빛 속에서 컴퓨터 화면 앞에 앉으며 제발 인터넷이 나를 도와주기를 갈망했다. 첫 번째 검색어는 수연으로 조이스가 사망했을 당시 수사를 맡았던 NYPD 형사였다. 몇 번의 클릭한 끝에 나는 수연이 지금은 정규직 형사가 아니라는 사실을 확인했다. 수연은 2010년 초에 경찰을 떠나 현재는 사법적 판단 잘못으로 피해를 당한 희생자들을 지원하기 위한 목적으로 설립된 트랜스패런시 프로젝트의 대변인으로 활동하고 있었다.

나는 트랜스패런시 프로젝트의 공식 웹 사이트에 접속해 수연의 이메일 주소를 알아냈고, 조이스 칼라일 사건과 관련해 면담을 원한다는 메일을 보냈다. 수연의 기억을 되살려주기 위해 조이스 칼라일 사건의 개요를 대략 설명해두었다.

솔직히 빠른 답변을 기대하지 않았고, 최악의 경우 아예 나와의 면담을 회피할 가능성도 있다고 생각했지만 내가 계획하고 있는 조사의 순서상 수연을 만나보는 게 급선무였다.

두 번째 검색어는 《뉴욕헤럴드》로 클레어 칼라일 납치사건이 발생하고 나서 며칠 후 조이스가 접촉한 것으로 보이는 플로랑스 갈로 기자가 근무했던 일간지였다. 인터넷에 접속해본 결과 《뉴욕헤럴드》가 문을 닫았다는 사실을 알고 깜짝 놀랐다. 수많은 신문사들이 존립 위기를 겪고 있다는 사실을 알고 있었지만 《뉴욕헤럴드》가 2009년에 이미 가판대에서 사라졌을 줄은 미처 몰랐다. 인터넷과 스마트폰의 광범위한 보급

이후 고전을 면하지 못하던《뉴욕헤럴드》는 여러 차례 구조조정을 단행했지만 광고 축소로 경영 위기가 가속화되던 중 설상가상으로 서브프라임 모기지 금융위기가 겹치면서 결국 문을 닫고 말았다.

그나마 신문사 웹사이트만큼은 여전히 서비스를 계속하고 있어 과거 자료에 대한 열람은 가능한 상태였다. 전직 편집장 앨런 브리지스를 중심으로 일부 기자들이 모여 별도의 뉴스 사이트를 개설한 사실도 확인되었다. 정기구독료에 의해 유지되는《윈터선》은 미국판《메디아파르》*로 정치 탐사를 중심으로 운영되는 온라인 매체를 표방하고 있었다.

곰곰이 생각해본 끝에 스노우든 사건과 관련해 앨런 브리지스와 그의 사이트에 대해 들었던 기억이 떠올랐다.《윈터선》은 그 당시 NSA(National Security Agency 미국 국가안보국)가 자행한 일반인들 감시 활동에 대해 조사한 단체로부터 제공받은 비밀자료들을 공개해 파란을 일으킨 적이 있었다.

나는 플로랑스 갈로 기자가 조이스와 관련된 기사를 쓴 이후에는 어떤 일을 했는지 살펴보기 위해 검색창에 플로랑스 갈로를 쳤다.

나는 맨 위에 나와 있는 기사를 보고 깜짝 놀랐다. 플로랑스 갈로 기자가 사망했다는 소식이었다.

2

2005년 6월 27일 자《뉴욕헤럴드》인터넷 사이트에 플로랑스 갈로 기자의 사망 소식이 짧은 회고문 형식으로 소개되어 있었다.

*Mediapart 2008년 3월 프랑스의《르몽드》에서 일하던 40명 가량의 기자들이 만든 뉴스 전문 사이트. 소속 기자들이 작성하는 기사뿐만 아니라 시민기자들이 작성하는 기사들도 게재한다는 점에서 우리나라의 <오마이뉴스>와 유사하다

우리의 친구이자 동료인 플로랑스 갈로 기자가 베이스점핑 활동 중 사고사한 것에 대해 심심한 애도를 표합니다. 플로랑스 갈로 기자는 스물아홉 살 때 신문사에 입사한 이후 언제나 빼어난 기사를 선보이며 기자의 임무를 훌륭하게 수행해냈습니다. 우리 직원 일동은 남달리 책임감이 강하고 부지런했던 플로랑스 갈로의 열정과 유쾌한 성격, 불굴의 직업정신, 직관력, 결단력을 결코 잊지 않을 것입니다.

우리는 지금 더없이 소중했던 동료 기자의 부음을 전해 듣고 모두 비탄에 잠겨 있습니다. 플로랑스 갈로의 가족과 그녀를 사랑한 모든 분들과 함께 다시 한번 심심한 애도를 표합니다.

회고 형식의 애도문과 함께 플로랑스 갈로가 젊은 시절에 찍은 사진도 게재되어 있었다. 밝게 빛나는 금발에 젊음의 에너지가 넘쳐 보이는 여자가 파격적인 반바지에 허벅지까지 올라오는 가죽 부츠를 신고 오토바이에 올라 포즈를 취하고 있는 사진이었다. 1960년대에 할리 데이비슨 오토바이를 즐겨 타고 다닌 브리지트 바르도를 연상케 하는 모습이었다.

내 입장으로 보자면 큰 낭패가 아닐 수 없었다. 결정적인 도움을 줄 수도 있는 사람을 겨우 찾아냈는데 뜻밖의 사망 소식을 접하고 보니 허망하기 그지없었다.

다시 커피를 한 잔 준비하는 동안 내 머릿속에서는 온갖 의문들이 떠올랐다. 컴퓨터 화면 앞에 앉은 나는 여러 개의 창을 동시에 띄우고 검색을 진행했다. 클릭 횟수가 늘어날수록 조금이나마 더 유용한 정보에 가까이 접근할 수 있다는 사실을 알고 있었기 때문이다.

나는 플로랑스 기자의 전기를 작성할 수 있을 만큼 많은 자료를 모았다. 스위스 출신인 플로랑스 갈로는 어렸을 때부터 기자가 되기 위해 필요한 환경을 두루 갖추고 있었다. 그녀의 아버지는 《마탱》의 스포츠 담당 기자였고, 어머니는 오랫동안 〈RTS(스위스 라디오 · 텔레비전 방송국)〉에서 문화 관련 프로그램을 진행했다.

플로랑스 갈로는 고교 과정을 마친 열아홉 살 때부터 제네바의 여러 신문사에서 연수 과정을 밟았다. 《뱅 카트르 외르》에서 연수를 받는 동안 스위스 로망 지역의 기자양성학교인 CRFJ에서 학업을 병행하기도 했다.

2002년, 플로랑스 갈로는 일 년 동안 런던에 체류하면서 경제 전문 채널 〈블룸버그 TV〉에서 일했고, 그 후 대서양을 건너 뉴욕에 정착했다. 뉴욕 생활 초기에는 미국에서 발행되는 프랑스판 신문 《프랑스-아메리크》에서 일하다가 2004년부터 《뉴욕헤럴드》 기자가 되었다.

구글 이미지 검색을 통해 플로랑스 갈로의 모든 사진을 보았다. 평소 운동을 즐기는 데다 활동적이고, 언제나 입가에 미소를 달고 사는 미녀였다. 오만한 구석은 눈을 씻고 찾아봐도 없는 데다 절로 친밀감이 느껴지는 얼굴이라 누구든 가까이 지내고 싶어 할 듯했다. 그녀가 쓴 기사와 얼굴에서 느껴지는 이미지가 상당히 비슷하다는 느낌이 들기도 했다.

나는 플로랑스 갈로가 쓴 기사 수십 편을 다운로드했다. 인물을 다룬 기사, 시사 문제를 다룬 기사, 정치 탐사 기사, 사회적 갈등을 다룬 기사 외에도 다양한 문제를 다룬 기사들이 있었다. 언제나 풍부한 식견과 균형 잡힌 시각, 날카로운 분석력으로 객관적인 기사를 쓰기 위해 애쓴 흔적이 역력히 드러나 보였다. 문장은 물 흐르듯 자연스러운데다 유려했고, 군더더기가 전혀 없이 정확했다. 기사의 색깔은 선의에 바탕을 두고 있는 한편 치열한 문제의식을 담고 있었고, 섣불리 타협하거나 적당히 양보하거나 필요 이상으로 냉소적이지 않았다. 그녀가 쓴 기사들을 모두 연결해보면 다양한 얼굴을 가진 거대 도시 뉴욕의 복합적이면서 만화경 같은 초상화가 완성될 듯했다. 간혹 방향을 제대로 잡지 못해 혼돈에 빠지기도 하지만 역동적인 에너지와 어려운 국면을 맞을 때마다 단결된 모습으로 위기를 극복해내고 새로운 미래를 열어가는 미국의 모습이 손에 잡힐 듯 그려지는 기사였다.

플로랑스 기자는 타인에 대한 배려심이 많고, 남달리 의협심이 강한 인물이 분명했다. 소설가들이 독특하고 매력적이고 개연성 있는 인물을 구현해내기 위해 끊임없이 가상의 인물들과 소통을 시도하듯 그녀는 자신이 취재한 인물들과의 공감 능력을 높이기 위해 끊임없이 발품을 판 기자였다.

플로랑스 기자가 쓴 기사를 읽는 동안 나는 조이스가 그녀를 어떻게 알게 되었을지 궁금했다.

플로랑스 기자가 먼저 연락했을까?

내가 보기에는 조이스가 먼저 연락했을 가능성이 커 보였다.

클레어가 납치된 후 살아서 만나게 될 확률이 점점 희박해지는 상황이라 지푸라기라도 잡는 심정으로 언론에 도움을 요청하지 않았을까? 조이스도 플로랑스 기자가 쓴 기사를 읽어보고 크게 신뢰하게 되지 않았을까?

나는 바탕화면에 떠올라 있는 마지막 웹페이지를 살펴보았다. 가장 중요한 사이트를 맨 마지막에 확인하게 된 셈이었다. 나는 플로랑스와 조이스의 사망 날짜가 매우 근접해 있다는 사실에 주목했다. 물론 우연일 수도 있지만 두 사람이 그 당시 기자와 취재원이었다는 점을 감안한 다면 쉽게 넘길 수 없는 문제였다.

왠지 내가 알게 될 사실이 두려웠지만 필요한 정보수집에 나섰다. 이 제 내 조사는 클레어의 실종에 국한되어있지 않았다. 어쩌면 미궁에 빠 진 연쇄살인사건의 단초를 발견하게 될 수도 있었다. 조이스, 플로랑스 기자 그리고 또 다른 희생자가 어딘가에 더 있을지도 모른다는 생각이 뇌리를 떠나지 않았다.

계속 구글 검색을 해나가던 중 플로랑스 기자의 사망 원인에 대한 전 말을 담은 기사를 발견했다.

버지니아주 지역 신문인 《라파예트 트리뷴》에 실린 기사였다.

6월 26일 일요일 아침, 웨스트버지니아의 실버 리버 브리지 공원 인근에서 베이스점핑에 도전했던 플로랑스 갈로 기자가 낙하산이 펴지지 않는 바람에 사망하는 사고가 발생했다. 베이스점핑은 항 공기가 아니라 높은 곳에서 낙하산을 타고 아래로 뛰어내리는 극한 스포츠의 일종으로 사망사고가 종종 발생하고 있다.

강 언저리에서 시체로 발견된 플로랑스 갈로 기자는 베이스점핑 경험이 풍부하고, 주변 지역의 지리적 환경에도 익숙했기 때문에 그 녀의 사고사는 많은 애호가들 사이에서 매우 이례적인 일로 받아들 여지고 있다.

플로랑스 갈로는 이미 여러 차례 실버 리버 브리지에서 뛰어내린 경험이 있었고, '브리지데이' 축제 기간 동안 열린 베이스점핑시범 멤버로도 활약한 전력이 있었다. 그녀를 죽음으로 몰아간 베이스점

핑은 정해진 구역을 벗어난 곳에서 일체의 관객 없이 진행되었다고
한다.

　관할 구역인 파에트의 보안관이 플로랑스 갈로의 죽음과 관련된
수사를 진행할 것으로 보인다. 현재로서는 사고사일 가능성이 높지
만 낙하산이 펼쳐지지 않은 이유가 뭔지 철저하게 조사해보아야 할
필요성이 있어 보인다.

　나는 플로랑스 기자가 베이스점핑을 시도한 다리 사진을 살펴보았
다. 실버 리버 브리지는 베이스점핑 애호가들에게는 잘 알려진 명소였
다. 3백 미터 높이에 설치된 철교로 다리 아래에는 수심이 깊은 강물이
흐르고 있었다. 3백 미터 높이에서 낙하산을 타고 뛰어내린다는 상상
만으로도 나는 오금이 저렸다.

　실버 리버 브리지는 오랜 세월이 흐르는 동안 애팔래치아 지역의 랜
드마크 역할을 해오다가 1990년대 중반에 안전 문제가 제기되면서 통
행이 금지되었다. 그 후 대대적인 보수작업이 진행되었고, 요즘은 트레
킹을 즐기는 사람들과 실버 리버 브리지 공원을 찾는 관광객들이 즐겨
찾는 명소로 자리매김했다. 다리의 상판에서 강으로 뛰어내리는 베이스
점핑도 허용되고 있지만 플로랑스 갈로는 안전 규정을 철저하게 따르
지 않아 사망사고가 발생한 것으로 추정되었다.

　나는 수사를 맡은 파에트의 보안관이 과연 납득할 만한 수사 결과를
얻어냈는지 검색해보았지만 인터넷에 올라와 있는 자료가 전혀 없었다.

　나는 다시 《윈터선》의 홈페이지로 돌아갔다. 편집장인 앨런 브리지스
에게 이메일을 보내기 위해서였다. 그에게 특별히 기대하는 건 없었지

만 플로랑스 갈로에 대해 물어볼 말이 있다면서 언제 약속을 정하고 만나는 게 바람직할지 물었다.

메일을 보내고 났을 때 휴대폰이 울렸다. 전화를 받아보니 알렉상드르였다. 뉴욕 시각으로 오전 9시 30분이니 프랑스는 오후 3시 30분이라는 뜻이었다.

"안녕, 그동안 잘 지냈어?"

"잠시 짬이 나서 전화했어."

"좋은 소식이라도 있어?"

전화기 너머에서 대답 대신 한숨 소리가 들려왔다.

"간밤에 클로틸드 블롱델의 몸에서 혈종이 발견되었어."

"빌어먹을!"

"급히 수술을 진행했지만 출혈 부위 위치가 안 좋아. 수술은 차질 없이 잘 진행된 편인데 여전히 의식이 없고, 호흡 곤란 상태야."

"앞으로도 계속 클로틸드의 예후를 알려줄 수 있지?"

"물론이지. 그건 걱정하지 마."

통화를 끝내자마자 두 개의 메일이 동시에 도착했다. 수연과 앨런 브리지스가 약속이나 한 듯 동시에 답장을 보내왔다. 예상과 달리 두 사람은 언제든 편한 시간에 찾아오면 만나주겠다고 했다.

나는 두 사람 다 오늘 중으로 찾아가 만나기로 약속을 정했다. 한편으로 두 사람이 신속하게 답변해준 이유가 궁금했다. 두 사람 모두 나를 기꺼이 도와줘야 할 책임이나 의무는 없었다. 그들이 예상과 달리 내 요청을 쉽게 받아들인 걸 보면 내가 누구인지, 내가 무엇을 알고 싶어 하는지 이미 알고 있을지도 모른다는 생각이 들었다. 내가 무엇을 알고 있고, 무얼 더 알아보기 위해 동분서주하는지 알아보고자 하는 것일 수도 있었다.

9시 30분, 테오가 잠에서 깨어난 듯했다. 칸막이벽 너머로 녀석이 즐겁게 옹알거리는 소리가 들려왔다.

테오는 요거트를 먹으며 2주 전부터 좋아하게 된 노래인 비틀즈의 〈겟백〉을 제법 그럴 듯하게 흥얼거렸다. 나는 호텔 프런트에 전화를 걸어 베이비시터를 불러달라고 한 다음 칸막이벽의 여닫이문을 열어젖혔다. 녀석이 상큼한 미소를 짓는 걸 보면 기분이 몹시 좋은 듯했다.

그 후 30분가량 녀석을 목욕시키고, 마르세유 비누로 세수를 시키고, 기저귀를 갈아주고, 속옷을 갈아입힌 다음 라벤더 향이 나는 새 옷을 입혀주었다.

"아빠, 과자! 과자!"

녀석은 미니바 옆에 놓여 있는 빵 바구니 속에 들어 있는 오레오 과자 상자를 집어 들었다.

"지금은 우유를 먹을 시간이라 과자는 안 돼. 일단 우유부터 쭉 마시고 나서 과자는 아래에 내려가서 먹자."

"알았어, 쭉!"

녀석이 내가 한 말을 따라했다.

나는 테오의 장난감이 든 가방을 손에 들었다. 방문을 닫기 전, 머릿속으로 혹시 빼놓은 물건은 없는지 생각해보았다. 인형, 젖병, 턱받침, 추피 책, 미니카, 기저귀, 물휴지, 크리넥스, 욜라 크레용, 컬러링 북…….

아무리 거듭 생각해봐도 빼놓은 물건은 없는 듯했다. 그제야 마음이 놓여 복도로 나가 엘리베이터 앞에 섰을 때 녀석이 소리쳤다.

"아빠, 젖꼭지!"

녀석이 외출할 때마다 입에 물고 다니는 젖꼭지를 빼놓다니?

"이 녀석아, 진작 좀 말해주면 좋았잖아."

녀석이 짐짓 화난 표정을 지으며 곧 울음을 터뜨릴 기세였다.

나는 다시 방으로 돌아가 5분 정도 방 안을 뒤진 끝에 침대 밑에 떨어지는 바람에 먼지를 뒤집어쓰고 있는 젖꼭지를 찾아냈다.

젖꼭지를 물로 깨끗이 씻고 나자 방 안에서 이상한 냄새가 진동했다. 냄새의 진원지인 녀석의 기저귀를 갈아주고 나자 이번에는 배가 고프다면서 한바탕 난리를 쳤다.

나는 온갖 감언이설을 동원해 녀석과 협상에 나섰다. 결국 엄청난 시간을 허비한 끝에 우리는 다시 엘리베이터 앞에 설 수 있었다. 엘리베이터를 기다리는 동안 녀석의 헝클어진 머리를 다듬어주었다.

우리는 10시가 다 되어서야 로비에 도착했다. 육중한 호텔 출입문이 열리며 사람들이 들어오자 녀석의 얼굴이 환하게 밝아졌다.

"마크! 마크!"

녀석이 손가락으로 로비 한가운데에 서 있는 사람을 가리키며 소리쳤다.

얼른 고개를 돌리는 순간 나는 이내 미간을 찌푸렸다. 잠시 내 눈을 믿을 수가 없었다.

마르크가 뉴욕에 오다니?

3

"장대 같은 비가 억수처럼 쏟아지고 있었어. 그야말로 칠흑처럼 어두운 숲길에서 오도 가도 못 하는 신세가 되었지. 앞서가던 사륜구동차에서 공기총을 든 사람이 튀어나오더니 빗속을 뚫고 나를 향해 성큼성큼 다가오는 거야."

우리는 호텔 정원에 놓인 테이블을 마주하고 앉아 벌써 30분 동안 밀린 이야기를 나누고 있는 중이었다. 우리는 각자 알아낸 정보들을 교환했다. 우리가 알아낸 정보들을 하나로 모으자 내용이 좀 더 풍성해졌고, 클레어와 조이스의 과거가 서서히 윤곽을 드러내고 있다는 느낌이 들었다. 두 모녀의 과거가 밝혀질수록 점점 더 비극적인 양상을 보인다는 게 안타까웠다.

"그놈이 나를 향해 총을 겨누었어. 난 헤드라이트 불빛 속에 드러난 그놈의 얼굴을 똑똑히 보았어. 땅딸막한 체구에 붉은색 머리카락, 숱 많은 턱수염이 도드라져 보였는데 왠지 어디서 본 적이 있는 놈이라는 생각이 들었어. 그놈이 방아쇠에 손가락을 얹고 3미터쯤 떨어진 곳에서 나를 노려보고 있더군."

내가 이야기에 매혹되어있는 사이 마르크가 테오의 지저분한 입가를 닦아주었다. 유아용 의자에 올라앉은 녀석은 리코타 치즈를 바른 토스트를 먹느라 여념이 없는 가운데 나름 마르크의 이야기에 귀를 기울였다.

"그놈이 방아쇠를 당기자 차 유리가 박살 났지. 재보지는 않았지만 아마 관자놀이에서 불과 몇 밀리쯤 떨어진 지점에서 총알이 비껴가는 소리가 들려오더군."

"하마터면 형사님을 다시는 못 볼 뻔했군요. 그다음에는 어떻게 되었는데요?"

마르크가 카푸치노를 한 모금 들이켜고 나서 어깨를 으쓱했다.

"그놈이 두 번째 총알을 발사하는 순간 핸들 아래로 고개를 처박고 사물함에 들어 있는 권총을 꺼내 들었어. 그야말로 일촉즉발의 순간에 그놈을 향해 총을 발사했지. 어차피 둘 중 하나는 죽어야 할 운명이었고, 행운은 내 편이었지."

나는 마르크의 이야기를 듣는 동안 오소소한 소름이 등골을 타고 흘러내렸다. 마르크는 목숨을 잃을 뻔했던 상황에 대해 이야기하는 와중에도 특별히 흥분한 것 같지는 않았다. 나는 그의 대리석 같은 표정 이면에 예민하고 상처받기 쉬운 영혼이 숨겨져 있다는 걸 잘 알고 있었다. 사실 그는 인간 실존의 고통을 누구보다 잘 알고 있는 사람이었다.

"추피! 추피!"

얼굴에 리코타 치즈를 잔뜩 묻힌 테오가 《추피는 말썽꾸러기》를 읽겠다고 성화를 부렸다.

나는 가방에서 책을 꺼내 녀석에게 내밀었다.

"얼굴이 많이 익숙하다고 생각했는데 알고 보니 전직 형사였던 놈이었어. 오래전에 그놈을 만났던 적이 있었지. 강력계 미성년자 파트에서 일할 때 동료 형사들이 '나무꾼'이라는 별명으로 불렀던 놈인데 이름이 스테판 라코스트야."

우리의 조사가 진행될수록 위험수위가 점점 높아지고 있어 겁이 나기도 했다. 처음 조사를 시작할 때만 해도 목숨이 위태로운 상황이 빚어지리라고는 미처 생각지 못했다. 하마터면 마르크가 목숨을 잃을 뻔했고, 어쩔 수 없이 상대를 죽일 수밖에 없는 상황이 발생했다. 안나의 과거에 대한 의심에서 시작된 말다툼이 우리를 점점 걷잡을 수 없을 만큼 위험한 상황 속으로 밀어 넣고 있다는 느낌이 들었다.

"스테판의 차를 샅샅이 조사했지만 별 소득이 없었어. 그 어디에도 클레어를 납치했던 흔적이 남아 있지 않더군. 어찌나 경계심이 철저한 놈인지 휴대폰도 없었어."

"빌어먹을! 경찰이 곧 마르크 형사님을 체포하려고 할 텐데 어쩌죠?"

마르크가 단호하게 고개를 저었다.

"경찰은 내가 쏜 총알을 찾아내지 못할 거야. 스테판 라코스트를 운전석에 앉히고, 차에 불을 질러 버렸는데 경찰이 과연 내가 현장에 있었다는 사실을 밝혀낼 수 있을까? 짐작컨대 스테판의 차는 도난 차량일 거야. 그러니까 그놈의 신분을 확인하려면 유전자 검사를 해봐야 할 테고, 시체가 심하게 훼손되었을 테니 그리 쉬운 일은 아닐 거야."

"형사님의 레인지로버는 어떻게 되었는데요?"

"레인지로버의 앞 유리가 박살 났지만 샬롱앙샹파뉴까지 차를 운전해갔어. 차를 계속 타고 다닐 경우 경찰의 의심을 사게 될 테니까 어쩔 수 없이 한 대를 슬쩍했지. 1994년 산 쉬페르생크 모델인데 아직도 그런 차가 굴러다닌다는 게 신기할 정도였지. 아마 《아르귀스》*에서 정한 가격이 2백 유로쯤 되는 것으로 알고 있어."

"사람들이 곧 레인지로버를 발견하지 않을까요?"

"자동차정비공장을 하는 친구 녀석에게 연락해 차를 끌고 가라고 했으니까 걱정하지 마. 모르긴 해도 지금쯤 성형수술을 완벽하게 끝마쳤을 거야."

나는 마르크가 들려준 이야기들을 머릿속에 고스란히 입력해두기 위해 정신을 집중했다.

*Argus 자동차 전문잡지로 중고차를 매매할 때 적정 가격을 알려주는 지침서로 통한다

"스테판은 클레어의 실종과 어떤 관련이 있을까요?"

"스테판의 경력을 알아봤는데 오를레앙 BRI(경찰 강력계)에서 형사 일을 시작했고, 베르사이유 BPM(미성년자 보호 담당 부서)과 PJ(사법 경찰)*에서 일한 경력이 있더군. 그놈의 단짝 형사가 있는데 리샤르 앙젤리 반장이야. 내 예전 동료의 말에 따르면 리샤르가 스테판을 파리경 찰청 BRI로 데려오고 싶어 했는데 다수의 간부들이 반대하는 바람에 뜻을 이루지 못했다더군."

"생각해보니 리샤르 앙젤리라는 이름을 어디선가 들은 적이 있어요. 아주 최근이었는데 어디서 들었는지 기억나지 않네요."

나는 정신을 집중해 기억을 더듬어보았지만 끝내 떠오르지 않았다.

"자네가 그 이름을 어디서 들었다는 거야?"

"지금은 기억나지 않지만 곧 생각날 겁니다. 형사님은 리샤르 앙젤리 에 대해 기억나는 게 전혀 없어요?"

"나는 한 번도 만난 적 없는 사람이야. 내가 알아본 바로는 제법 고속 승진을 했더군. 마흔 살의 나이에 강력계 반장이 될 정도면 일단 능력 이 뛰어나다는 사실을 인정해줘야 할 거야."

그 순간, 나는 의자에서 벌떡 일어나 테오가 들고 있던 그림책을 빼 앗아들었다. 테오가 깜짝 놀라며 울음을 터뜨렸다. 녀석은 마르크의 품에 안겨서야 겨우 진정했다. 나는 마치 열에 들뜬 사람처럼 그림책을 넘기며 공항 가는 길에 급히 휘갈겨 썼던 메모를 찾아냈다.

"비로소 리샤르 앙젤리가 누군지 알아냈어요. 2005년 클레어 칼라일 사건이 터졌을 때 보르도경찰서 강력계에서 일했던 형사이자 《쉬드 웨

*검사의 지휘 아래 형사 사건을 수사하는 경찰

스트》에서 일했던 마를렌 기자의 애인이었던 사람이 바로 리샤르 앙젤리였어요."

마르크 형사는 내가 말한 사실을 잠자코 듣고 나서 한 가지 가설을 내놓았다.

"리샤르 앙젤리가 바로 조이스가 비밀리에 고용했다는 사설탐정이 아닐까? 조이스는 프랑스 경찰의 수사 정보를 알아낼 수 있는 사람이 필요했을 거야. 리샤르 앙젤리라면 그 당시 모든 수사 정보에 대해 접근이 가능한 사람이었지."

마르크가 제시한 가설은 제법 설득력이 있었다. 나는 조이스가 전도유망한 리샤르 앙젤리 형사를 탐정으로 고용하는 장면을 떠올려보았다.

그렇다면 누가 두 사람을 연결시켜 주었을까? 그 당시 경찰의 공식적인 수사는 별 성과 없이 흐지부지되고 말았는데 왜 이제 와서 리샤르 앙젤리와 그의 부하 스테판 라코스트가 은밀한 활동을 벌이고 있을까?

"헬로, 테오, 하우 아 유, 어도러블 영 보이?"

베이비시터 마리케가 호텔 정원으로 들어서고 있었다. 그녀는 날씬한 몸매의 윤곽이 그대로 드러나는 레이스 원피스를 입고 있었다. 뉴욕 패션 위크 시즌을 맞아 방금 전 패션쇼장에서 캣워크를 마치고 온 모델 같았다.

잠시 울적해 있던 테오의 얼굴에 금세 화색이 돌았다. 녀석이 독일 출신 미녀에게 장난기를 가득 머금은 미소를 보냈다.

나는 손목시계에 힐끔 보고 나서 자리에서 일어났다. 앨런 브리지스를 만나러 가야 할 시간이었다.

15. 조이스 칼라일 사건

전보다 나를 더 사랑해주세요. 난 지금 고통 속에 있으니까요.
_조르주 상드

1

《윈터선》은 뉴욕의 명물로 알려진 플랫아이언 빌딩에 입주해 있었다. 다리미 모양 석회석 건물이 흡사 그리스 신전 같은 느낌을 자아냈다.

《윈터선》 사무실은 최첨단 인테리어 탓에 마치 언론사가 아니라 벤처 기업 같은 냄새를 풍겼다. 직원들 사이에서 커뮤니케이션이 원활하게 이루어지도록 칸막이 하나 없이 공간을 오픈시켜놓았고, 각 부서마다 모여 앉아 회의를 여는 데 용이하도록 원탁을 비치해두고 있었다. 바닥에는 나뭇결이 그대로 드러나는 백색 쪽마루가 깔려 있었다.

사무실 한가운데에 있는 카운터 뒤쪽에서는 바리스타가 거품으로 덮인 카푸치노를 만들고 있는 중이었다. 탁구대와 베이비풋 주변에서는 직원 몇몇이 모여 앉아 이야기를 나누고 있었다. 직원들의 평균 나이가 많아 봐야 스물다섯을 넘지 않을 듯했다. 일부 직원은 바칼로레아 시험을 치를 고교 졸업반 학생처럼 보이기도 했다. 저마다 스타일도 제각각이어서 턱수염을 기른 힙스터도 있었고, 마크 저커버그 복사판도 눈에 띄었다.

윌리엄스버그의 빈티지 숍에서 구입한 꽃무늬 원피스에 라이더 재킷을 유니폼처럼 차려입은 직원도 있었고, 유명 패션 사이트에서 방금 전 빠져나온 듯 최첨단 유행을 선도하는 직원도 눈에 띄었다. 그야말로 다양성을 추구하는 사람들이 자유분방한 분위기 속에서 저마다 독특한 개성을 자랑하고 있었다.

손에는 휴대폰을 들고, 무릎에는 노트북을 올려놓은 직원들이 가끔 샐러드 볼 속에 들어 있는 견과류와 케일 칩스를 집어먹으며 일에 열중하고 있었다.

정형화된 픽션을 비웃는 현실 세계라고나 할까?

"기다리게 해서 죄송합니다. 사흘 전부터 갑자기 바쁜 일이 생겨 시간을 확인할 틈도 없어 정신없이 지내다보니 약속 시간을 깜박했네요."

앨런 브리지스는 완벽에 가까운 프랑스어로 우리를 맞이했다.

나도 인사를 건네고 나서 함께 동행한 마르크를 소개했다.

"저는 프랑스를 좋아합니다. 스무 살 때 엑상프로방스에서 일 년 동안 지낸 적이 있죠. 지스카르 데스탱이 프랑스 대통령으로 선출되었을 무렵이니까 까마득한 옛날이네요."

육십 대 초반인 앨런 브리지스는 색 바랜 진 바지와 흰색 셔츠, 얇은 트위드 재킷과 가죽 스니커 차림이었다. 커다란 체구에 따뜻하고 부드러운 목소리의 소유자인 그는 카리스마가 넘쳐 보였고, 성이 같아서인지 배우 제프 브리지스와 비슷한 분위기를 풍겼다. 인터넷 서핑을 하면서 그의 본명이 앨런 코발코브스키라는 사실을 알게 되었고, 열일곱 살 때 대학신문 기자로 일할 당시 브리지스라는 성을 사용하기 시작했다는 것도 알게 되었다.

"저를 따라오시죠."

앨런이 유리창 가까이에 비치된 테이블로 우리를 안내했다.

뉴욕에 도착한 이후 플랫아이언 빌딩 앞을 지날 때마다 건물 내부가 과연 어떻게 생겼을지 궁금했는데 예상대로 창의성과 기하학적 조형미가 돋보이는 공간으로 꾸며져 있었다. 앨런의 사무실은 한쪽 변이 긴 삼각형 구조로 되어 있었고, 브로드웨이와 피프스 애비뉴, 매디슨 스퀘어 가든이 한눈에 내려다보이는 전망이 기가 막혔다.

"대화를 나누기 전에 제가 잠깐 전화 한 통화만 하겠습니다. 전당대회 때문에 매일이다시피 핫뉴스가 터지고 있죠."

프랑스에서 온 이방인조차도 실감하고 있는 분위기였다. 미니애폴리스에서 열릴 예정이었던 공화당 대통령 후보 지명 전당대회가 미네소타주에 폭풍 경보가 내려지는 바람에 막판에 갑자기 뉴욕으로 바뀌었다. 이틀 전부터 매디슨 스퀘어 가든에서 열리고 있는 공화당 전당대회 행사는 대선주자로 지명받은 태드 코플랜드의 수락 연설을 끝으로 막을 내리게 될 예정이었다.

벽면을 차지하고 있는 세 대의 텔레비전 화면에서는 태드 코플랜드, 젭 부시, 칼리 피오리나, 테드 크루스, 크리스 크리스티 등 공화당 유력 인사들의 얼굴이 나오고 있었다.

앨런의 책상에 위키피디아에 나와 있는 내 프로필을 프린트한 A4 용지가 놓여 있었고, 그가 몇 군데 밑줄을 그어놓았다는 사실을 알 수 있었다.

앨런이 공화당 대선 주자와 인터뷰를 잡기 위해 통화에 열중해 있는 동안 나는 그의 집무실을 둘러보았다. 불교와 도교 정신을 반영한 듯 일체의 장식을 배제하고 여백과 자연미를 그대로 살린 공간이었다.

거칠고 투박한 목재를 그대로 사용한 선반 위에 놓인 액자에는 앨런과 플로랑스가 배터리파크에서 손을 맞잡고 찍은 사진이 놓여 있었다. 사진을 보는 순간 나는 두 사람이 연인 사이였을 거라는 느낌이 강하게 들었다. 이제야 앨런이 눈코 뜰 새 없이 바쁜 와중에 나를 만나주기로 한 이유를 알 수 있을 듯했다. 앨런은 요즘도 안타까운 사고로 유명을 달리 한 플로랑스를 그리워하고 있는 게 분명했다.

그 사진을 보는 동안 카메라가 인간에게 얼마나 잔인한 기계인지 새삼 깨달았다.

소녀들의 불에 탄 시체를 찍은 사진이 나에게 얼마나 강한 충격을 주었던가? 카메라는 인간의 눈이 놓쳐버린 찰나의 순간을 포착해 증거로 남기지만 이미 증발해버린 잔상에 불과하지 않은가? 카메라는 셔터를 누르는 순간 반드시 표적의 심장을 관통한다. 아무리 시간이 흘러도 사진으로 남아 있는 과거의 순간은 강력한 위력을 발휘한다. 사진 한 장에는 안타깝게 잃어버린 기회와 다시는 찾아오지 못할 사랑의 추억이 담겨 있기도 하고, 이미 과거가 되어버린 쓰라린 기억들이 오장육부를 뒤흔들어놓기도 한다.

아이는 사진과 달리 빛바랜 기억을 치료해주는 활력소가 되어준다. 아이는 우리를 과거에 얽매어 있게 내버려두지 않고 미래로 향하게 만든다. 아이가 맞이할 미래가 우리의 과거보다 훨씬 소중하기 때문이다.

2

마침내 앨런이 전화를 끊고 다가왔다.

"작가 선생께서 저에게 보낸 메일을 아주 흥미롭게 읽었습니다만 왜 그토록 플로랑스에게 관심을 보이는지 언뜻 이해가 되지 않더군요."

"혹시 플로랑스를 죽음으로 이끈 사고가 다른 뭔가를 가리기 위한 연출일 수도 있다는 생각을 해본 적 없습니까?"

앨런이 미간을 찌푸리는 사이 마르크가 단도직입적으로 물었다.

"플로랑스가 사고로 목숨을 잃은 게 아니라 누군가에게 살해되었을 가능성에 대해 전혀 생각해본 적 없습니까?"

앨런이 뜻밖의 질문에 당황한 듯 세차게 고개를 저었다.

"저는 단 한 번도 타살을 고려해본 적이 없습니다. 경찰 수사 결과 사고사로 결론이 내려졌고, 낙하산이 펴지지 않은 것 말고는 딱히 의심할 만한 정황이 없었으니까요. 플로랑스는 평소 베이스점핑을 즐겼고, 기분이 우울할 때마다 그곳에 갔습니다. 플로랑스의 차가 다리에서 몇 미터 떨어진 공원에서 발견되었고, 딱히 이상한 점은 없었습니다."

"왜 하필 그날 낙하산이 펼쳐지지 않았는지 이상하게 생각되지 않던가요?"

"베이스점핑에 대해 잘은 모르지만 간혹 낙하산 사고가 발생하는 것으로 알고 있습니다. 만약 누군가가 플로랑스를 죽이려고 했다면 낙하산이 펼쳐지지 않게 하는 것보다 훨씬 쉽고 확실한 방법이 있지 않았을까요?"

"혹시 플로랑스에게 원한을 가질 만한 사람은 없었습니까?"

"제가 알기로 플로랑스를 살해할 만큼 원한을 가진 사람은 없었습니다."

"혹시 플로랑스가 사망하기 직전에 어떤 기사를 준비하고 있었는지 아십니까?"

"저는 플로랑스가 준비하고 있는 기사가 뭔지 전혀 몰랐습니다. 모르긴 해도 그다지 폭발력을 지닌 기사는 아니었을 겁니다."

"플로랑스는 특종을 노리는 기자가 아니었나요?"

"물론 특종을 마다할 기자는 없겠지요. 다만 플로랑스는 단 한 번도 특종을 노리고 기사를 쓴 적이 없습니다. 특종을 노리지는 않았지만 간혹 큰 건을 터뜨린 적은 있었죠. 특종이 제 발로 찾아왔다고나 할까요. 플로랑스는 설득력과 공감 능력이 뛰어난 기자였습니다. 게다가 상사의 눈치를 보지 않는 소신파였고, 기자로서의 직업윤리를 외면한 적이 없었죠. 요즘 기자들에게서는 찾아보기 힘든 미덕을 가지고 있었다고나 할까요. 굳이 안 좋은 말로 표현하자면 구닥다리 기자였습니다. 목적을 이루기 위해서라면 수단과 방법을 가리지 않는 요즘 세태와는 어울리지 않는 유형이었죠."

앨런은 잠시 침묵하더니 이내 플로랑스의 사진 쪽으로 시선을 돌렸다. 그 순간 그의 눈이 반짝 빛났다.

"플로랑스는 제 연인이었습니다. 우리는 서로를 깊이 사랑했었죠."

앨런이 한숨을 길게 내쉬었다. 불과 10초 남짓한 사이에 그의 얼굴이 10년은 더 늙어 보였다.

"그 당시 아내 캐리와의 사이에 네 살짜리 아이가 있었고, 둘째를 임신한 지 8개월쯤 되었을 때였죠. 저를 개자식이라 비난하시겠지만 솔직히 말하자면 캐리와 이혼하고 플로랑스와 결혼하고 싶었습니다. 플로랑스야말로 제 이상형 여자였으니까요. 평생 함께하고 싶은 여자가 나타났는데 불행하게도 타이밍이 좋지 않았죠."

앨런이 사회적으로 지탄받을 수도 있는 말을 하고 있었지만 나름 진정성이 느껴지는 고백이라 그가 안쓰럽게 보이기도 했다.

"작가 선생께서 플로랑스에게 집요한 관심을 보이는 이유가 따로 있지 않나요?"

앨런이 좀 전과 똑같은 질문을 던졌다.

내가 대답하려는 순간 마르크가 경계의 눈길을 보냈다. 나는 마르크의 의도를 알아채고 입을 다물었다.

앨런은 언론계에서 산전수전 다 겪은 베테랑이었고, 웬만한 형사보다는 눈치가 빠르다고 봐야 했다. 괜히 입을 잘못 놀렸다가는 클레어의 비밀이 탄로 날 수도 있었다. 나는 어떻게 대답해야 할지 한참 동안 궁리한 끝에 입을 열었다.

"저에게는 플로랑스의 죽음이 계획된 살인이라고 추정할 만한 근거가 있습니다."

앨런이 또다시 한숨을 푹 쉬었다.

"계획된 살인이라고 추정하는 근거가 뭐죠?"

"저는 플로랑스가 사망할 무렵 무엇을 취재하고 있었는지 알고 있습니다."

앨런이 내가 제시한 카드에 관심을 보였다. 이제 힘의 균형추가 우리 쪽으로 기울게 되었다는 느낌이 들었다.

앨런의 심리를 간파한 마르크가 회심의 압박을 가했다.

"우린 같은 배를 타고 있습니다. 진실이 뭔지 궁금하지 않나요?"

"도대체 어떤 진실을 말하는 겁니까?"

"그 전에 한 가지만 더 묻겠습니다. 플로랑스가 기분이 우울할 때 베이스점핑을 하러 가는 습관이 있다고 하셨죠?"

"네, 그런데요?"

"사망사고가 발생한 주말에 플로랑스의 기분이 우울했다고 믿을 만한 근거가 있습니까?"

앨런이 또다시 한숨을 쉬었다.

"사실은 플로랑스가 사망하기 전날 금요일에 제 아내 캐리가 우리 사이를 눈치챘습니다. 금요일 오후에 캐리가 신문사에 나타났죠. 캐리는 직원들이 다 지켜보는 가운데 저를 맹렬하게 질타하더니 손목을 그어 자살하겠다며 협박을 가했죠. 그때 하필이면 취재를 나갔던 플로랑스가 사무실로 돌아왔고, 캐리는 곧장 그녀의 책상 앞으로 달려갔어요. 캐리는 손에 잡히는 대로 물건을 집어던지다가 플로랑스가 들고 있던 노트북을 낚아채 벽으로 집어던졌죠. 노트북을 박살 낸 이후로도 캐리는 한동안 계속 소동을 벌이다가 제풀에 쓰러져 병원으로 실려 갔고, 결국 아이를 유산하고 말았습니다."

사람은 누구나 어느 날 느닷없이 찾아온 위기와 조우하게 된다. 수풀 한가운데에 떨어진 담배꽁초가 하루아침에 나무가 울창한 숲을 잿더미로 만들어버리듯 갑자기 찾아온 위기가 우리의 존재 기반 자체를 송두리째 허물어뜨리기도 한다.

"플로랑스와 마지막으로 이야기를 나눈 게 언제였죠?"

마르크는 전직 형사답게 어떤 상황에서든 주저하는 법이 없었다.

"다음 날 플로랑스가 제 휴대폰에 음성메시지를 남겼는데 경황이 없었던 탓에 저녁이 다 되어서야 들을 수 있었습니다."

"음성메시지 내용이 뭐였는데요?"

앨런은 잠시 생각에 잠겼다.

"앨런, 방금 메일 한 통을 보냈어요. 반드시 내가 보낸 첨부파일을 복사해두어야 해요. 당신도 두 귀를 의심할 수밖에 없는 내용이 들어 있을 거예요. 메일을 보고 나서 전화 줘요'라고 했어요."

마르크가 나를 의미심장한 눈으로 바라보았다.

"토요일 오후에 저는 캐리의 병상을 지켜야 했기 때문에 옴짝달싹할 수 없는 상황이었습니다. 제가 어떤 상황이었을지 충분히 상상하실 수 있을 겁니다. 그날 오후가 되어서야 겨우 메일함을 열어봤는데 플로랑스가 보냈다는 메일은 그 어디에도 없었습니다. 혹시나 해서 신문사 메일함을 열어봤지만 역시 없더군요. 저는 플로랑스가 보낸 메일이 어떤 내용이었는지 도저히 짐작할 수 없게 된 셈이죠."

"분명 메일을 보냈는데 없었다면 어떻게 된 일인지 궁금하지 않던가요?"

"물론 궁금해 그날 밤 병원을 나온 즉시 로어 이스트사이드에 있는 플로랑스의 아파트로 갔습니다. 플로랑스는 집에 없었고, 차를 주차해두는 골목을 살펴봤지만 그녀의 렉서스는 그 어디에도 없었습니다."

빨강 머리의 기자가 문을 노크하고 나서 안으로 들어왔다.

"태드의 비서가 인터뷰에 응해주겠다고 약속했습니다."

기자가 들고 있던 노트북 화면을 앨런에게 보여주며 희색을 지었다.

"태드가 대선주자로 확정되고 나서 최초의 인터뷰를 우리와 하게 된 셈이죠. 일단 환영할 일이지만 괜히 태드 측에 좋은 일을 시켜주는 건 아닌지 모르겠습니다."

"내가 예리한 질문으로 태드를 몰아붙일 테니까 걱정하지 마."

앨런은 빨강 머리의 기자가 방을 나갈 때까지 기다렸다가 다시 이야기를 이어 나갔다.

"플로랑스가 사망했다는 소식은 저를 극도로 절망하게 했습니다. 그 일이 있은 후 캐리와 전격 이혼했죠. 캐리의 변호사는 우리 부부가 이혼하게 된 과실이 전적으로 저에게 있다며 거액의 위자료를 요구하더군요. 캐리는 저를 아예 빈털터리로 만들고, 아이들도 가끔 한 번씩 볼 수 있게 하겠다고 공언했죠. 신문사 상황도 지옥이긴 마찬가지였습니다. 2009년 파산선고를 앞두고 기자들 대부분이 해고 대상자가 되었죠. 제 인생에서 가장 혹독하게 어두웠던 시절이었습니다."

"그 후에 플로랑스가 보낸 메일을 찾아봐야겠다고 생각하지 않았나요?"

"플로랑스가 신문사에서 사용하던 메일함을 열어보았지만 역시 없었습니다. 그 당시에는 신문사 사이트를 해킹당하는 일이 빈번했죠. 《뉴욕헤럴드》도 해킹당한 적이 있습니다. 해커들이 신문사 사이트를 해킹하다가 실수로 메일을 날려버렸을 수도 있다는 뜻입니다."

"해킹을 시도한 자들이 누군지는 밝혀졌습니까?"

"그 당시 해킹 사건은 다반사였습니다. 《뉴욕헤럴드》는 진보성향 신문이라 조지 W. 부시 정부 입장에서 보자면 눈엣가시였을 겁니다. 부시 대통령의 임기가 2년 정도 남은 때였고, 우리는 부시 행정부의 무능과 비리를 캐내기 위해 눈에 불을 켜고 있었죠."

"부시 행정부가 해킹을 시도했다고 생각하십니까?"

"반드시 그렇게 보지는 않습니다. 《뉴욕헤럴드》를 적대시하는 단체는 도처에 널려 있다시피 했으니까요. 총기협회, 임신중절 반대 단체, 동성애자 결혼 반대 단체, 이민 정책 반대 단체 등이 우리를 특히 싫어했죠."

"결국 플로랑스의 컴퓨터에서 전혀 이상한 점을 찾아내지 못했습니까?"

"플로랑스가 회사에서 독자적으로 사용하는 컴퓨터는 남아 있지 않았습니다. 공동으로 사용하는 데스크톱 컴퓨터가 있을 뿐이었죠. 캐리가 신문사에 들이닥쳤던 날 플로랑스의 노트북을 빼앗아 박살내버렸으니까요."

"플로랑스는 주로 어떤 메일을 이용해 편집장님과 연락을 주고받았습니까?"

"보안 문제 때문에 주로 개인 메일을 이용했죠. 그 메일 주소는 여전히 살아 있습니다."

앨런이 주머니에서 명함 한 장을 꺼내더니 메일 주소 하나를 적어주었다.

alan.kowalkowskiatt.net.

"제 본명이 앨런 코발코브스키입니다. 기자가 된 후 앨런 브리지스라는 이름을 쓰게 되었죠."

앨런은 초점 잃은 눈으로 허공을 응시하며 사라져버린 젊은 시절로 잠시 돌아간 표정을 짓다가 이내 현실로 돌아왔다.

"자, 이제 작가 선생이 말씀해보세요. 플로랑스는 사망할 무렵 어떤 기사를 준비하고 있었습니까?"

"사고를 당하기 며칠 전, 플로랑스는 조이스 칼라일이라는 여자를 만나 취재한 적이 있습니다."

앨런은 앞에 놓인 메모장에 그 이름을 받아 적었다.

"혹시 기억하실지 모르지만 조이스 칼라일의 딸이 프랑스에서 사이코패스에게 납치당한 직후였습니다."

앨런의 얼굴에 적이 실망감이 감돌았다.

"저는 기억나지 않습니다. 그 사건이 플로랑스의 죽음과 무슨 관련이 있죠?"

"조이스 역시 플로랑스보다 몇 시간 앞서 사망했습니다."

앨런의 얼굴이 순간적으로 눈에 띄게 달라졌다.

"사인이 밝혀졌나요?"

"경찰은 헤로인 과다 흡입이 사망 원인이라고 발표했지만 저는 조이스가 누군가에게 살해당했다고 생각합니다."

"무슨 근거로 그렇게 생각하죠?"

"유감스럽게도 심증은 있지만 아직 물증을 확보하지 못했습니다. 물증이 확보되는 대로 말씀드리죠."

앨런은 두 손을 깍지 끼더니 엄지손가락으로 눈두덩을 문질렀다.

"제가 조이스 칼라일에 대해 자세히 알아보겠습니다."

앨런이 자리에서 일어나더니 유리창 너머 사무실에서 바삐 움직이는 직원들을 가리켰다.

"저기 보이는 젊은이들이 제가 아는 한 이 세상에 둘째가라면 서러워할 만큼 뛰어난 머크래커*들입니다. 조이스 칼라일의 죽음과 관련해 좀 더 알아내야 할 게 있다면 저 젊은이들에게 임무를 맡기는 게 최상이죠."

나는 주머니에서 글래디스가 맡긴 열쇠 꾸러미를 꺼내 들었다.

"조이스의 자매들이 고인이 사용하던 물건들을 보관해둔 창고 열쇠

*Muckracker '쓰레기를 뒤지는 사람들'이라는 뜻으로 정치가들을 부패시키는 대기업들의 마피아적 로비 방식을 고발하는 기자들을 지칭한다

입니다. 시간이 나시면 한번 둘러보시길 바랍니다."

앨런이 열쇠 꾸러미를 받아 들며 말했다.

"반드시 가보겠습니다."

앨런이 엘리베이터까지 배웅해주러 나왔고, 난 뭔가 중요한 질문을 빠뜨렸다는 생각을 떨쳐버릴 수 없었다. 나는 소설의 한 챕터를 마치고 나서도 간혹 찜찜한 기분이 드는 적이 많았는데 지금도 그랬다. 소설은 시작과 중간 그리고 끝이 있어야 한다. 이번에도 핵심을 벗어나 변죽만 울린 느낌이 들었다. 분명 중요한 질문을 빠뜨렸다는 생각을 떨쳐버릴 수 없었는데 도무지 뭔지 생각나지 않았다.

앨런은 우리 두 사람과 차례로 악수를 나누었다. 엘리베이터 문이 닫히려는 순간 나는 급히 손을 뻗으며 소리쳤다.

"그 당시 플로랑스는 어느 지역에 살았죠?"

"이미 로어 이스트사이드에 살았다고 말씀드렸는데요."

"번지는 어떻게 되죠?"

"보어리 가와 본드 가가 교차하는 지점입니다."

나는 몹시 흥분한 눈으로 마르크를 바라보았다. 조이스가 피습당했다고 경찰에 신고한 전화의 발신지가 바로 그 주소와 일치했기 때문이다.

3

플랫아이언 빌딩을 나선 우리는 브로드웨이와 유니버시티 광장을 거쳐 그리니치빌리지까지 걸어갔다. 맨해튼은 수많은 사람들로 북적거렸다. 기자, 대의원, 당원, 지지자 등 공화당 전당대회에 참가한 엄청난 인파 때문이었다. 그 반면 매디슨 스퀘어 가든 주변은 한산했다. 전당대회 행사장으로 참가자들을 실어 나르는 차량들만 통행이 허용되고 있었기 때문이다.

전통적으로 뉴욕은 공화당 열세 지역이었다. 2004년 가을, 나는 새로 집필할 소설의 배경 도시로 뉴욕을 설정한 까닭에 맨해튼에 머물며 필요한 자료들을 수집하고 있었다. 그 당시 공화당 대선 후보로 나선 조지 W. 부시 대통령은 9·11 사태 때 절정으로 치달았던 반테러 감정을 선거에 이용하기 위해 뉴욕에서 공화당 전당대회를 치르기로 결정했다. 그 당시 뉴욕에 팽배해 있던 진저리나는 분위기가 지금도 생생하게 기억났다.

뉴욕 시민들은 공화당을 증오하고 있었고, 마이클 무어를 선봉으로 내세운 수십만 명의 시위자들이 도심으로 몰려들어 부시 대통령이 이라크 전쟁을 일으키며 내세웠던 거짓말을 성토했다. 맨해튼은 마치 계엄령이 내려진 도시 같았고, 시위대와 경찰이 시내 도처에서 충돌했다. 그 결과 시위를 주도한 수백 명이 경찰에 체포되었다. 그 당시 시멘트 블록을 쌓아 올린 바리케이드 뒤에서 경찰의 보호를 받던 공화당원들의 사진이 전 세계 언론에 소개되기도 했다. 우여곡절 끝에 부시 대통령은 재선에 성공했지만 공화당을 바라보는 뉴욕 시민들의 시선은 한없이 냉랭하기만 했다.

나는 손목시계를 보았다. 약속 시간이 되려면 아직 여유가 있었고, 마르크의 얼굴에서 지친 기색이 느껴졌다.

"배가 출출한데 어디 가서 굴 요리나 한 접시 먹을까요?"

"좋은 생각이야. 시차 때문인지 피로가 쉽게 가시지 않아."

"어쩔 수 없는 일이었지만 한때 경찰이었던 스테판 라코스트를 제거할 수밖에 없었던 것에 대해서도 충격이 크시겠어요?"

"적어도 난 범죄자들과 한통속이 된 경찰에 대해서는 동료의식을 느끼지 않아. 게다가 자네 말대로 선택의 여지가 없는 상황이었어."

나는 고개를 들어 주변을 살폈다.

"제가 잘 아는 굴 요리 집이 있어요."

코르넬리아 가와 블리커 가가 교차하는 지점에 해산물 전문 식당이 있었다. 친구 아서 코스텔로를 따라 몇 번 가본 적 있는 식당이었다. 아서 코스텔로는 뉴욕 출신 작가로 그의 프랑스판 책이 나와 같은 출판사에서 출간되고 있었다.

우리는 울긋불긋한 가로수와 갈색 벽돌 건물들이 늘어서 있는 골목길로 들어섰다.

"어서 오십시오!"

오이스터 바는 뉴욕을 찾는 관광객들에게는 잘 알려져 있지 않은 식당이었다.

마르크가 카운터 주변에 놓인 등받이 없는 의자에 앉으며 말했다.

"복고적인 분위기가 마음에 드는 식당이야."

"마르크 형사님이 마음에 들어 할 거라 짐작했어요."

오이스터 바의 실내장식은 1960년대에 고정되어 있었다. 마치 뉴잉글랜드의 작은 항구 식당에 와 있는 것 같은 느낌이 들었다. 종업원이 친근한 미소를 지으며 다가오더니 식전주를 가져다주었고, 라디오에서는 리치 밸런스, 조니 마티스, 처비 체커의 노래가 흘러나왔다. 식당 주인은 귀에 연필을 꽂고 있었고, 식전주와 함께 내온 딸기 맛이 일품이었다.

우리는 해물 모듬 안주와 화이트와인을 주문했다. 한가하게 술이나 마시고 있을 상황이 아니었지만 차분하게 머리를 식힐 필요가 있었다.

나 때문에 사서 고생을 해주는 마르크가 더없이 고마웠다. 그는 늘 나와 테오 곁에 있어 주었고, 머나먼 뉴욕까지 와주는 수고를 마다하지 않았다. 하마터면 목숨을 잃을 뻔했고, 선택의 여지가 없는 상황이었지만 스테판 라코스트를 죽여야 했다.

마르크와 클레어를 빼면 지금 내 인생은 빈털터리나 다름없었다. 여동생과는 가까이 살면서도 자주 만나지 못했고, 스페인에 사는 엄마는 테오가 태어나고 나서 고작 두 번 보았을 뿐이다. 아버지는 남프랑스에서 스물다섯 살짜리 젊은 여자와 새살림을 차린 이후 본 적이 없었다. 가족끼리 아예 등을 돌리고 사는 건 아니었지만 지나치게 소원하게 지내고 있는 건 분명했다.

"저 때문에 힘든 일을 너무 많이 겪고 계셔서 몸 둘 바를 모르겠어요. 사실은 저도 일이 이렇게까지 커질 줄은 몰랐습니다."

우리 두 사람의 시선이 교차했다.

"자네가 깊이 사랑하는 여자와 관련된 일 아닌가? 내가 돕지 않으면 누가 돕겠나?"

"그렇게 생각해주신다니 고맙지만 은혜를 어떻게 다 갚아야 할지 모르겠어요."

"우리는 처음 조사에 착수할 당시보다 많은 사실들을 알게 되었어. 우린 정말 환상적인 팀이야."

앨런과의 만남으로 새로운 사실들을 많이 알게 된 건 분명하지만 여전히 풀리지 않은 숙제들이 많았다.

마르크는 호주머니에서 안경을 꺼내 쓰더니 뉴욕 지도 한 장을 꺼냈다.

"조이스의 죽음과 관련된 장소들을 지도상에 표시해보는 게 좋겠어."

마르크는 일단 할렘의 조이스 집에 십자 표시를 했고, 로어 이스트사이드의 플로랑스의 집에도 표시를 했다. 조이스의 집과 플로랑스의 집은 15킬로미터쯤 떨어져 있었다.

"플로랑스가 앨런에게 메일을 보내고 나서 남겼다는 음성메시지 말입니다. '반드시 첨부파일을 복사해두세요. 당신도 두 귀를 의심할 수밖에 없을 거예요'라는 말이 이상하지 않아요? 앨런은 메일함을 열어봤지만 결국 플로랑스가 보낸 메일은 없었다고 주장했잖아요."

"도대체 어떤 부분이 이상하다는 거야?"

"플로랑스는 '당신도 두 눈을 의심할 수밖에 없을 거예요'라고 하지 않고 '당신도 두 귀를 의심할 수밖에 없을 거예요'라고 했어요. 그렇다면 플로랑스는 음성파일을 메일로 보냈다는 뜻이잖아요."

"두 귀를 의심할 거라 했으니 자네 말에 일리가 있어. 그럼 어떤 음성파일이었을까?"

"혹시 조이스와 통화한 내용을 녹음해둔 파일이 아니었을까요?"

마르크는 회의적이라는 뜻으로 입맛을 쩍쩍 다셨다.

"플로랑스가 과연 조이스가 모르는 사이에 그녀와의 전화 통화 내용을 녹음해두었을까? 내 생각은 달라."

"그렇게 생각하는 근거가 뭔데요?"

"첫째, 몰래 취재원의 말을 녹음하는 건 기자의 윤리의식을 소중하게 생각하는 플로랑스의 방식이 아니라고 생각해. 둘째, 난 처음부터 조이스가 플로랑스를 먼저 찾아가 모든 사연을 털어놓고 도움을 요청했을 거라 생각해."

"그럼 마르크 형사님은 플로랑스와 조이스가 공모해 제3자의 말을 녹음해두었다는 겁니까?"

"조이스가 집에서 만나기로 약속한 누군가의 말을 녹음했을 가능성이 크다고 생각해. 조이스가 누군가의 증언을 녹취하기 위해 미끼를 던져 유인했을 수도 있겠지. 선불 전화기 통화버튼을 누를 경우 플로랑스가 다른 곳에서 두 사람의 대화 내용을 녹취할 수 있을 테니까."

"그러다가 갑자기 조이스와 제3의 인물이 말다툼을 벌이기 시작했겠군요."

마르크가 다시 내 말을 받았다.

"모든 대화를 녹취하고 있다는 사실을 대화상대가 알아차리는 바람에 싸움이 벌어졌을 수도 있겠지. 제3의 인물이 폭력을 가하자 조이스는 비명을 질러댔겠지."

"그러자 패닉상태에 빠진 플로랑스는 공중전화부스로 달려가 경찰에 신고했겠군요. 글래디스가 넘겨준 서류에 기록되어있는 대로 말입니다."

식당 종업원이 해산물 요리를 내왔다. 나는 가방에서 복사한 서류를 꺼내 마르크에게 내밀었다.

마르크는 다시 안경을 쓰고 나서 911에 접수된 신고 전화 녹취록을 살펴보았다.

날짜 : 2005년 6월 25일 토요일

시각 : 오후 3시

내용 : 빌베리 가 6번지, 조이스 칼라일의 집에서 심각한 폭력 행위가 벌어지고 있어요. 누군가가 여자를 죽이려고 해요!

그들의 추론은 그 부분까지 정확하게 일치했다.

6분 후, 형사들이 현장에 도착했을 당시 전혀 수상한 점을 발견하지 못했다는 것만이 다를 뿐이었다.

나는 마르크의 어깨 너머로 서류를 보면서 현장에 출동한 두 형사가 집 안 내부를 들여다보았지만 어떠한 불법 침입이나 폭력 행위 정황을 발견하지 못했다고 보고한 부분을 펜으로 표시했다.

"현장에 출동한 형사들은 전혀 이상한 점을 발견하지 못했다고 보고했지만 다음 날 조이스의 사체는 분명 집 안에서 발견되었어."

"다음 날 안젤라가 세면대 근처에서 쓰러져 있는 조이스를 발견했고요. 안젤라 말로는 주변이 온통 피투성이였다고 했죠."

"우리가 추론한 내용과 현장에 출동한 형사들의 보고가 일치하지 않는다는 게 이상하지 않아?"

나는 주먹으로 카운터를 내리쳤다.

16. 콜드 케이스

오직 시간만이 우리에게 속한다.

_세네카

1

오이스터 바의 손님 몇몇이 나를 힐난하는 시선으로 쳐다보았다.

"현장에 출동한 포웰과 고메스 형사가 거짓말을 한 게 분명해요."

마르크가 호밀 빵 한 조각에 버터를 바르며 고개를 저었다.

"나는 그들이 거짓 보고를 했다고 단정할 수는 없어."

"왜 그렇게 생각하죠?"

"포웰과 고메스 형사가 군이 거짓 보고를 해야 할 이유가 있었을까?"

"그들이 아예 현장에 가지 않았을 수도 있지 않을까요? 당시 할렘에서는 장난 전화가 부지기수였다니까요."

내 말에 마르크가 손사래를 쳤다.

"플로랑스의 신고 전화는 장난으로 치부하기에는 너무나 진지했어. 신고 전화를 접수한 경찰은 추후 어떻게 행동을 취해야 할지 법으로 정해둔 매뉴얼이 있어. 화급을 다투는 신고 전화를 받고도 무시해버릴 경우 해당 경찰은 징계를 받게 되지. 만일 두 형사가 현장에 출동하지도 않고 거짓 보고를 했을 경우 창문에 커튼이 쳐져 있어 집 안을 들여다볼 수 없었다고 둘러댔을 거야. 그래야 책임이 줄어들 테니까."

마르크의 반론을 듣고 보니 나름 일리가 있어 보였다.

마르크는 눈으로 계속 서류들을 훑어보며 부지런히 해산물을 먹었다. 그는 영어를 제법 잘하면서도 전문용어나 애매한 관용구가 나올 때마다 내게 질문하는 걸 잊지 않았다.

마르크는 내가 대수롭게 여기고 그냥 넘어갔던 사항에 대해 질문했다. 2E 132번가에 위치한 주류매장의 주인 아이작 랜디스가 6월 25일 토요일 오후 2시 45분에 조이스에게 보드카 한 병을 판매했다고 진술한 내용이었다.

"조이스가 적어도 오후 2시 45분까지는 살아 있었다는 뜻이야."

마르크는 주류매장이 위치한 지점에도 십자 표시를 했다. 주류매장은 조이스의 집이 있는 빌베리 가 6번지에서 700미터 떨어진 지점에 있었다.

잠시 생각에 잠겼던 마르크가 말했다.

"자네는 내가 단 한 번도 할렘을 방문한 적이 없다는 사실을 알고 있었나?"

"마지막으로 뉴욕을 방문한 게 언제였는데요?"

"2001년 부활절 휴가 때 엘리즈와 딸을 데리고 뉴욕에 왔었어. 9·11 테러가 발생하기 몇 달 전이었지."

나는 칼라일 자매를 만나러 가기 전날 오후 할렘에서 찍은 사진을 저장해둔 휴대폰을 그에게 내밀었다. 그는 내가 찍은 사진들을 유심히 살피다가 또다시 질문을 던졌다.

"여긴 어디지?"

마르크가 〈디스카운트 와인 앤드 리커〉라는 간판이 붙은 상점 위쪽 표지판을 가리키며 물었다.

"리녹스 가와 빌베리 가가 교차하는 지점인데요."

"조이스의 집과 아주 가까운 곳이지?"

"20미터쯤 떨어진 지점이니까 매우 가깝다고 봐야죠."

마르크의 눈에서 갑자기 반짝 빛이 났다. 나는 아직 그가 무엇에 주목하고 있는지 감을 잡을 수 없었다.

"조이스가 술이 필요했다면 왜 집에서 가까운 주류매장을 이용하지 않고 7백 미터나 떨어진 곳으로 갔을까?"

내가 생각하기에는 그다지 이상할 게 없는 듯했다.

"가까운 주류매장이 문을 닫았을 수도 있잖아요."

마르크가 두 눈을 치켜들었다.

"토요일 오후에 문을 닫는 상점은 드물어. 미국에서는 마크롱 법*이 없어도 주말에 상점을 열지."

"듣고 보니 이상한 일이긴 하네요."

나는 카운터 위에 펼쳐놓은 뉴욕 지도를 바라보다가 문득 안젤라가 했던 말이 떠올랐다. 그 주말에 안젤라는 글래디스와 함께 필라델피아의 어머니 집에 다녀왔다고 했다. 결국 두 사람이 사는 집은 비어 있었다는 뜻이었다. 갑자기 등줄기가 오싹해지며 등에서 소름이 돋았다.

---

*2015년에 채택된 경제적 기회균등에 관한 법. 일명 마크롱 법으로 일요일 근무, 야간근무 조건 완화, 재시험자의 운전면허 응시 기간 단축 등의 내용을 포함한다

"이제야 알아냈어요!"

나는 마르크를 돌아보며 소리쳤다.

어떤 이유에선지는 몰라도 조이스는 제3자를 자기 집이 아닌 자매들 집에서 맞기로 했다. 플로랑스에게는 그런 사실을 시시콜콜 말해주지 않았다. 만일 내 생각이 옳다면 조이스가 그토록 먼 곳까지 보드카를 사러 갔다거나 현장에 출동한 형사들이 수상한 점을 전혀 발견하지 못했다고 보고한 것에 대해 설명이 가능해진다. 그 사실을 전혀 모르고 있었던 플로랑스가 경찰에 신고 전화를 할 때 엉뚱한 주소를 말해주었을 테니까.

너무 흥분해 갑작스럽게 몸을 움직이는 바람에 카운터에 놓여 있던 잔이 쓰러지며 바닥으로 굴러떨어졌다. 술잔에 담겨 있던 화이트와인이 내 옷에 튀며 셔츠 한가운데에 큼지막한 얼룩이 생겼다.

냅킨으로 물기를 닦았지만 몸에서 와인 냄새가 가시지 않았다.

"잠깐 다녀올게요."

나는 등받이 없는 의자에서 내려서며 말했다.

홀을 가로질러 화장실로 가보니 이미 누군가가 있어 문 앞에서 잠시 기다리는 수밖에 없었다. 바로 그때 휴대폰이 울렸다. 마리케가 몹시 당황한 목소리로 테오가 넘어지는 바람에 머리에 혹이 났다는 소식을 전했다.

"작가 선생님께서 미리 알고 계셔야 할 것 같아 전화했어요."

전화기 너머에서 테오 녀석이 칭얼거리는 소리가 들려왔다. 나는 녀석의 머리에 혹이 나긴 했어도 그다지 우려할 상황은 아니라는 사실을 알아차렸다.

"테오가 엄살이 좀 심한 편이죠. 너무 걱정하지 마세요."

테오는 아프다고 엄살을 떨어 예쁜 베이비시터의 관심을 받고 싶은 게 분명했다. 나는 금세 아픈 게 나은 듯 미주알고주알 떠들어대는 녀석의 목소리를 들으며 옆자리 대학생과 이야기에 심취해 있는 마르크를 쳐다보았다. 마르크는 처음 보는 사람일지라도 금세 신뢰감을 불러일으키게 만드는 재능이 있었다. 그는 마치 십년지기라도 되듯 옆자리 대학생과 대화에 열중해 있었다.

마르크가 학생에게 휴대폰을 빌리려는 눈치였다. 그는 구닥다리 노키아 휴대폰을 사용하고 있었고, 미국에서는 사용이 불가능했다.

마침내 화장실 문이 열렸고, 나는 안으로 들어가 미지근한 물로 와인 자국을 지우고 나서 손 건조기의 뜨거운 공기로 셔츠를 말렸다. 화장실을 나온 내 몸에서 비로소 와인 냄새가 나지 않았다.

밖으로 나와 보니 마르크의 모습이 보이지 않았다.

"저와 함께 있던 분은 어디로 갔죠?"

내가 옆자리 대학생에게 물었다.

"방금 전에 나가셨습니다."

안경잡이 대학생이 오이스터 바의 출입문을 가리키며 말했다.

"그분이 전해달라고 했어요."

대학생이 점퍼를 걸치며 뉴욕 지도를 내밀었다.

지도 뒷면에 마르크가 휘갈겨 쓴 문장이 적혀 있었다.

라파엘

나 혼자 확인해볼 게 있어 먼저 가네. 나 혼자 가는 편이 낫겠다고 판단했기 때문이야. 자네 나름대로 계속 조사를 진행하게. 자네가 소설 쓰듯 조사하는 방식이 지금껏 좋은 결과를 낳았잖은가? 계속 칼라일 집안의 유령들을 추적해가다보면 결국 뭔가 나오겠지. 이 세상의 모든 진실은 결국 어린 시절에 뿌리를 두고 있다고 했던 자네의 말에 전적으로 동감하네. 새로운 결과를 얻게 되면 연락하겠네. 나를 대신해 테오 녀석에게 뽀뽀해주게.

마르크

나는 식당을 나서려는 대학생의 옷소매를 잡았다.

"그가 좀 전에 당신 휴대폰을 빌려 무얼 했는지 아십니까?"

"직접 확인해보세요."

검색 엔진을 가동하자 미국 전화번호부가 떴다. 마르크는 누군가의 전화번호 혹은 주소를 검색한 게 분명했다. 아쉽게도 그가 검색한 내용은 따로 저장되어있지 않았다.

나는 휴대폰을 돌려준 다음 잠시 얼빠진 상태로 그 자리에 앉아 있었다.

왜 다들 나를 멀리하려고 그러지?

2

내가 전화하자 전직 형사 수연은 워싱턴스퀘어에 있는 맨해튼 법과대학의 트랜스패런시 프로젝트 사무실에서 만나자고 했다. 수연의 비서가 잠시 기다리라며 나를 안내한 사무실의 유리창 너머로 대학 강의실이 내려다보였다.

지난주에 개학을 맞은 학생들은 도서관을 찾아 열심히 공부하고 있었다. 학구적인 분위기를 물씬 풍기는 대학이었다.

내가 석사학위를 받은 대학은 학생 수에 비해 강의실이 지나치게 협소했다. 1970년대에 지은 강의실을 리모델링도 하지 않고 그대로 사용하고 있었고, 교수들의 강의 내용도 따분하기 그지없었다. 시대의 조류를 반영하지 않고 천편일률적인 강의를 하는 교수들 때문에 시간 낭비라는 의구심이 든 적이 많았다. 경쟁력 부재, 높은 실업률, 꽉 막힌 전망 때문에 진취적으로 학업에 임하는 학생들이 드물기도 했다. 물론 겉으로 드러난 모습으로 단순 비교하는 건 무리였다. 미국의 대학들은 일단 등록금이 프랑스보다 훨씬 비싼 편이었다. 차라리 등록금을 좀 더 내더라도 교육 내용을 알차게 바꿔야 한다는 게 내 생각이었다.

프랑스 교육정책은 수십 년 동안 사회가 정체되고, 경직되고, 아무런 자극도 가해지지 않고 있는데도 여전히 아무것도 바뀌지 않고 있었다. 교육 기회 균등을 내세우지만 실제로는 불평등한 결과를 도출하는 교육정책을 수십 년 동안이나 고수하고 있는 셈이었다.

나는 휴대폰으로 다운로드한 자료들을 훑어보았다.

사형제도에 반대하는 변호사 부부 에단과 조안 딕슨이 1990년대 초에 설립한 트랜스패런시 프로젝트는 사법적 판단 실수로 피해를 입은 사람들을 구제해주는 창구 역할을 해왔다. 이 단체는 사법적 오류로 판단되는 재판을 가려내고, 사건의 재수사를 위해 미국 내 여러 법과대학과 파트너십을 체결했다.

트랜스패런시 프로젝트는 그동안 경찰의 부실 수사나 법원의 명백한 오류로 판단되는 사건을 재조사해왔다. 주로 불우한 사람들의 삶을 파탄 낸 형사 사건들이 재조사 대상이 되어왔다.

트랜스패런시 프로젝트의 재조사가 활발하게 전개되면서 사법적 오류를 저지른 수많은 사건들의 진실이 밝혀졌다. 그 결과, 미국인들은 사법적 판단의 공정성에 대해 심각한 의문을 갖게 되었다. 아무런 죄도 없는 사람들을 사법적 판단 오류로 단죄하는 일들이 자주 일어난다는 사실은 수많은 미국인들을 충격에 빠뜨렸다. 수천 명의 무고한 시민이 잘못된 증언과 사법적 판단 오류로 평생 교도소에 수감되거나 사형장의 이슬로 사라진 적도 있었다.

경찰 수사에 DNA 검사가 보급되고, 트랜스패런시 프로젝트의 구제활동이 본격화되면서 부당하게 유죄판결을 받았던 수많은 피해자들이 구제받았고, 교도소가 아닌 집에서 편히 발을 뻗고 잠잘 수 있게 되었다.

"안녕하세요, 라파엘 바르텔레미 선생님."

수연이 안으로 들어서며 문을 닫는 소리가 들려왔다. 사십 대로 보이는 그녀는 진 바지에 대학교 문장을 수놓은 노란 빛깔 코르덴 재킷 차림에 아디다스 운동화를 신고 있었다. 무엇보다 윤기가 자르르 흐르는 검은 머리카락이 가장 먼저 눈에 띄었다. 편안한 옷차림과는 달리 머리를 돌돌 말아 터키석이 박힌 핀으로 고정시킨 모습을 보니 동양 귀족이 연상되었다.

"바쁘실 텐데 이렇게 만나주셔서 감사합니다."

수연이 나와 마주보는 쪽에 자리를 잡고 앉더니 서류뭉치와 한국어로 번역된 내 소설 가운데 한 권을 테이블 위에 내려놓았다.

"당신 책이 한국에서 인기가 많더군요. 뉴욕을 방문 중인 올케가 당신을 만난다고 하니까 사인을 받아달라고 해서 가져왔어요. 올케 이름은 이효정입니다."

내가 웃음으로 화답하자 수연이 혼잣말처럼 계속 이야기했다.

"조이스 칼라일 사건이라면 저도 분명하게 기억하고 있어요. 제가 경찰을 그만두기 전 마지막으로 맡았던 사건이었으니까요."

나는 사인한 책을 그녀에게 다시 되돌려주며 물었다.

"많은 사람들이 선망하는 NYPD(뉴욕경찰)가 되었다가 거울의 반대편으로 간 이유가 뭔지 궁금해지는군요."

수연의 한쪽 눈썹이 움찔했다.

"거울의 반대편이라는 표현은 제법 근사하긴 해도 제 경우와 일치하는 비유는 아닌 것 같아요. 근본적으로 저는 형사 시절과 똑같은 일을 하고 있습니다. 사건을 수사하고, 보고서를 작성하고, 범죄 현장을 수색하고, 증인들을 만나고 다니니까요."

"범죄자들을 체포해 교도소로 보내는 대신 억울한 피해자들을 찾아내 밖으로 꺼내주는 일을 하시니까 결국 같다고 볼 수도 있겠군요."

"저는 공권력이 단 한 명의 억울한 피해자를 양산해서도 안 된다고 생각하고 있지요."

나는 수연이 경계심을 푸는 대신 잔뜩 보호막을 치고 있다는 느낌을 받았다.

"당신은 조이스 칼라일 사건에 대해 무엇을 알고 싶죠?"

나는 대답 대신 글래디스에게 받은 서류뭉치를 내밀었다.

"당신은 이 서류들을 어디서 구했나요?"

수연이 자못 놀란 얼굴로 서류를 넘기며 물었다.

"가장 정직한 방법으로 손에 넣었으니 괜한 의심은 하지 마시길 바랍니다. 조이스의 자매들을 만났더니 수사의 오류를 바로 잡아주길 바란다며 서류를 건네주더군요."

"제가 아는 한 수사의 오류는 없었습니다."

당시의 담당 형사로서 자존심에 상처를 받은 수연이 내 말을 바로잡았다.

"그렇다면 목격자가 911에 신고한 내용과 현장에 가장 먼저 도착한 형사들의 진술이 엇갈리는 부분에 대해서는 어떻게 설명하실 겁니까?"

수연의 눈이 다시 반짝 빛을 발했다.

"조이스의 가족에게는 내용을 간추린 요약본만 전달했기 때문에 추가 설명이 생략된 부분이 많아요."

"제가 보기에도 설명이 필요한 부분이 많더군요."

나는 약 10분에 걸쳐 조이스가 사망하기 며칠 전 선불카드 휴대폰을 구입한 사실, 플로랑스와 연락하고 지낸 사실, 911에 긴급구조 전화를 남긴 사람의 주소지가 바로 플로랑스의 아파트와 일치했다는 사실 등에 대해 이야기했다. 나는 마지막으로 조이스가 자매들 집에서 살해당한 뒤 자기 집 욕실로 옮겨졌을 가능성이 크다고 지적했다.

내 말을 듣는 동안 수연의 표정이 몇 번이나 심하게 일그러졌다. 그녀의 안색이 금방이라도 폭발할 것처럼 위태로워 보였다.

"당신이 방금 전 이의를 제기한 부분이 모두 사실이라면 부실 수사가 분명하군요. 담당 형사였던 저 역시 방금 전 당신이 제기했던 문제를 신중하게 고려해보고 판단을 내렸습니다."

수연은 눈을 가느다랗게 뜨고 생각에 잠겼다가 나에게 들으라는 듯 혼잣말로 중얼거렸다.

"검시관이 헤로인 과다 흡입이 사인이라고 최종 결론을 내렸고, 목격자 신고는 장난 전화일 가능성이 크다고 판단했죠."

수연이 창백해진 얼굴로 고개를 떨어뜨리더니 눈앞에 흩어져 있는 서류를 한 장씩 살피기 시작했다.

"원본 서류에는 어떤 내용들이 더 들어 있었죠? 지금 이 서류 뭉치에서 빠져 있는 내용이 뭔지 말씀해 주시겠습니까?"

초점 잃은 눈으로 멍하니 창밖을 바라보던 그녀가 되물었다.

"당신은 10년도 더 지난 사건에 대해 왜 그토록 깊은 관심을 갖게 되었죠?"

"아직은 말씀드릴 단계가 아닙니다."

"그렇다면 저도 당신을 도와줄 수 없어요."

나는 그 말에 갑자기 분노가 치밀어 올라 그녀 쪽으로 얼굴을 바짝 들이밀며 목소리를 높였다.

"당신은 저를 도와야 할 의무와 책임이 있어요. 10년 전, 당신이 수사를 서둘러 종결하는 바람에 사건의 진실이 묻히게 되었단 말입니다. 당신은 방금 전 나에게 분명 단 한 명의 억울한 피해자가 발생해서도 안 된다고 했죠? 당신의 말이 구호로만 그치지 않기를 바랄 뿐입니다."

3

수연이 잠시 사이코패스를 대하듯 나를 쳐다보았다. 그나마 다행스러운 점은 그녀가 이제는 보호막을 치는 데 연연하지 않고 있다는 점이었다.

수연이 잠시 눈을 감고 생각에 잠겨 있는 동안 나는 그녀의 입을 통해 무슨 말을 듣게 될지 내심 두려웠다.

"당신은 여러 가지 의혹을 제기했지만 결국 누가 조이스를 살해했는지에 대해서는 아무런 의견 제시도 하지 못하는군요."

"제가 당신을 찾아온 이유가 바로 그 점 때문입니다. 저는 형사가 아니기 때문에 정보를 모으는 데 한계가 있죠."

"당신이 용의자로 추측하는 사람이 누군지 말해봐요. 조이스의 자매들인가요?"

"괜히 넘겨짚지 마십시오. 저는 그저 당신이 가지고 있던 수사 기록을 열람하고 싶을 뿐입니다."

"당신은 법원의 허가 없이는 수사 기록을 열람할 수 없어요."

"그러니까 당신 도움이 필요하다는 겁니다."

"그전에 당신에게 해주고 싶은 말이 있어요. 당신은 작가니까 아마 제 이야기가 무척이나 흥미로울 겁니다."

수연이 자리에서 일어나더니 주머니에서 동전을 꺼내 음료수 자판기에 집어넣고 마테차 한 캔을 빼냈다.

"저는 원래 과학을 전공했지만 연구보다는 사람들과 치열하게 부딪치며 살고 싶었습니다. 대학에서 생물학박사 학위를 취득했고, NYPD에 들어가게 되었죠. 처음에는 일도 마음에 들었고, 제법 성공적인 수사관이 되었지만 2004년부터 골치 아픈 문제가 발생하기 시작했습니다."

수연은 캔에 든 마테차를 한 모금 마시고 나서 이야기를 계속했다.

"그 당시 저는 52번 구역에 배속되었습니다. 브롱크스 베드포드 파크를 중심으로 하는 구역이죠. 며칠 사이를 두고 두 가지 사건을 수사하게 되었습니다. 어떤 남자가 젊은 여성의 집에 침입해 들어가 강간하고 고문한 끝에 살해한 사건이었습니다. 매우 끔찍하고 잔인한 사건이었는데, 수사에는 딱히 어려움이 없어 보였습니다. 사건 현장에 범인이 씹었던 것으로 보이는 껌과 담배꽁초, 체모, 손톱 등이 그대로 남아 있었으니까요. 게다가 범인으로 지목된 자의 신상 자료가 FBI의 CODIS(DNA 검색시스템)에 올라가 있었습니다."

"경찰이 그를 체포했겠군요?"

수연이 고개를 끄덕였다.

"유전자 분석 결과가 나오자마자 그를 체포했어요. 범인의 이름은 유진 잭슨이었습니다. 스물두 살짜리 흑인으로 다자인 학교에 재학 중인 학생이었습니다. 유난히 수줍음을 많이 타는 동성애자였고, 겉으로 보자면 제법 똑똑한 청년으로 보였죠. 유진 잭슨은 3년 전 노출증으로 유죄판결을 받은 적이 있어 FBI 데이터베이스에 신상 자료가 올라와 있더군요. 친구들과 내기 장난을 쳤다가 체포되었답니다. 아무튼 유진 잭슨은 강간·살해 혐의를 완강하게 부인했지만 알리바이가 불확실한 데다 사건 현장에서 DNA가 검출되는 바람에 실형을 받고 교도소에 수감되었죠. 유진 잭슨은 성격이 심약해 교도소에 수감된 직후 동료 죄수들에게 죽도록 얻어맞고 병원으로 옮겨졌습니다. 그 후 재판이 열리기도 전에 스스로 목을 매 자살했죠."

수연은 한숨을 푹 쉬더니 일그러진 얼굴로 나를 쳐다보았다. 이제부터 진짜 괴로운 고백이 시작될 것 같다는 느낌이 들었다. 사람에게 아픈 기억은 암과 같아서 일시적으로 잊고 있었다고 해도 어떤 일을 계기로 다시 수면 위로 부상하기 마련이었다.

"일 년 후, 저는 브롱크스를 떠났는데 그 지역에서도 비슷한 사건이 발생했습니다. 유진 잭슨의 사건과 마찬가지로 어떤 남자가 젊은 여성이 사는 집에 침입해 들어가 집주인을 강간하고 고문한 끝에 살해한 사건이었죠. 범인으로 지목된 사람은 FBI 데이터베이스에 신상 자료가 올라가 있었고, 유진 잭슨처럼 DNA 흔적을 무수히 많이 남겼습니다. 저의 후임 수사관은 일이 너무 쉽게 풀리자 이상하게 생각했고, 결국 진범을 잡게 되었습니다. 진범은 앙드레 드 발라트라는 자였습니다."

"어떻게 그런 일이 발생할 수 있었죠?"

"법의학자들과 언론은 앙드레 드 발라트를 'DNA 도둑'이라고 명명했죠. 그는 캐나다 출신 간호사였는데 성범죄자들을 치료해주는 정신병원에서 일하던 놈이었습니다. 그놈은 정신병원에 근무하면서 성범죄자들의 유전자를 다량 채취해두었다가 범행 현장에 마구 뿌렸습니다. 앙드레 드 발라트는 아주 특별한 부류의 연쇄살인마였죠. 그놈에게 희생된 여자들도 가엾지만 그를 대신해 누명을 쓰고 옥살이를 했던 사람들은 얼마나 억울했겠습니까? 앙드레 드 발라트는 경찰은 물론 억울한 피해자들을 맘껏 비웃으며 연쇄살인을 수없이 저질렀던 겁니다."

나는 홀린 듯 수연의 말에 귀를 기울였다. 훌륭한 추리소설 소재이긴 했지만 그 이야기가 과연 조이스의 죽음과 무슨 관련이 있는지 도저히 짐작할 수 없었다.

"유진 잭슨은 저 때문에 억울한 누명을 쓰고 자살했습니다. 벌써 12년이라는 세월이 흘렀지만 한순간도 그 일을 잊을 수 없더군요. 앙드레 드 발라트가 처놓은 악마의 덫에 걸려들었던 제 자신이 견딜 수 없을 만큼 부끄럽기도 하고요."

"저에게 무슨 말을 하고 싶은 겁니까?"

"사람들의 믿음과 달리 DNA는 증거로서 충분하지 못합니다."

"DNA가 조이스 칼라일 사건과 무슨 상관이 있죠?"

"조이스가 사망해 있던 현장에 DNA 흔적이 남아 있었어요."

수연이 내 눈을 똑바로 쳐다보며 말했다.

"조이스와 자매들 말고 또 다른 사람의 DNA 흔적이 남아 있었다는 말입니까?"

"네."

"누구의 DNA였죠?"

"저도 몰라요."

"모르다니요? 당신은 왜 DNA 검사를 하지 않았죠?"

"그때는 제가 막 사건에서 손을 뗀 직후였어요. 그 무렵 저는 심신이 지친 상태였고, DNA 검사 결과만으로는 법원에서 유무죄를 가릴 수 없다는 사실을 알고 있었죠."

"왜죠?"

분명 무언가 석연치 않은 점이 있었다.

"제 말을 이해하려면 당신이 직접 수사 기록을 읽어봐야 할 겁니다."

"어떻게 하면 수사 기록을 전부 입수할 수 있죠?"

"당신은 수사 기록을 볼 수 없어요. 이미 10년이 지난 사건이니 봉인 해제가 되었을 테지만 관계자 외에는 열람이 불가능할 테니까요."

"아무튼 NYPD 문서 보관실 어딘가에 봉인 해제된 수사 기록이 남아 있겠군요?"

수연이 고개를 끄덕였다.

"제가 수사 기록을 입수할 수 있도록 도와주십시오. 저도 트랜스패런

시에 관한 기사를 많이 봤습니다. 경찰 내부, 심지어 고위 간부들 중에
도 당신들에게 파행적으로 진행된 수사 정보를 제공하는 사람들이 있
다는 걸 알고 있습니다."

수연이 고개를 저었다.

"수사 기록을 확보한다고 해서 과연 당신에게 어떤 도움이 될 수 있
을지 모르겠군요."

"경찰 고위직 가운데에서 내부 고발자가 나온다는 건 최소한의 양심
때문일 겁니다. 경찰은 약한 자들에게는 한없이 권위적이고 억압적인
조직이라고 할 수 있죠. 실적에 집착한 나머지 억울한 피해자를 양산할
수 있다는 사실을 외면하는 조직, 늘 손에 피를 묻히면서도 언제나 처
벌 대상에서는 제외되는 조직이기도 하죠."

"당신은 경찰에 대해 유감이 많군요. 당신이 수사 기록을 열람할 수
있도록 해줄 사람을 찾아볼 테니까 이제 그만하세요."

"고맙습니다."

"고마워할 필요도 없고, 미리 기뻐할 필요도 없어요. 그 당시 제가 왜
수사를 서둘러 종결할 수밖에 없었는지 알게 될 경우 당신은 아마 괜한
짓을 하느라 아까운 시간만 허비했다고 생각하게 될지도 모르겠네요."

17. 플로랑스 갈로

그리고 너, 내 심장아, 너는 왜 뛰는 거지?
우수에 찬 염탐꾼처럼
나는 밤과 죽음을 관찰한다.
_기욤 아폴리네르

1

2005년 6월 25일 토요일

내 이름은 플로랑스 갈로, 나는 스물아홉 살이고 기자다.

여덟 시간 후면 나는 죽을 테지만 지금은 아직 그 사실을 알지 못한다.

현재 나는 화장실 변기에 앉아 임신 테스터 위에 소변 방울을 떨어뜨리려고 애쓰는 중인데, 마음이 너무 불안해 시간이 제법 오래 걸린다.

일을 마치고 나는 마침내 변기에서 일어나 막대기처럼 생긴 테스터를 세면대 가장자리에 내려놓는다. 3분 후면 결과를 알게 되리라.

욕실에서 나온 나는 불안감을 억누르며 냉장고를 열어 생수 한 병을 꺼낸다. 거실에서 몇 발자국을 옮긴 다음 마음을 진정시키기 위해 숨을 깊이 들이마시고 나서 창틀에 올라앉아 얼굴 가득 햇살을 받는다. 초여름의 화창한 토요일, 파란 하늘을 머리에 이고, 살랑살랑 불어오는 가벼운 미풍에 몸을 내맡긴 도시 곳곳에서는 시민들의 활발한 발걸음이 이어진다. 나는 종종걸음으로 바삐 인도를 걷는 뉴요커들을 바라본다. 길에서 노는 아이들의 웃음소리가 내게는 모차르트 음악처럼 감미롭다.

나는 아이를 낳길 원한다. 앨런이 어떤 반응을 보이든지 나는 아이를 낳아 키우고 싶다. 나는 사랑에 빠졌고, 미칠 듯이 행복하다. 마침내 내가 기다려왔던 남자를 만났다. 나는 우리가 함께하는 매 순간이 기쁘기 한량없고, 우리의 이야기가 지속되어 갈 수 있다면 무슨 짓이든 할 각오가 되어 있다.

한편 나의 행복은 죄책감으로 얼룩져 있어 파란 하늘을 향해 힘차게 날아오르려던 날개가 저절로 꺾인다. 나는 그의 정부다. 부인이 있는 남자라는 사실을 뻔히 알면서도 그의 곁을 떠나지 못한다. 내가 이런 역할을 맡게 되리라고는 단 한 번도 상상해본 적이 없다. 내가 여섯 살 때 아빠는 직장 동료 여자와 살기 위해 집을 떠났다. 나는 엄마보다 훨씬 젊고 매력적인 그 여자를 증오했다. 그런 내가 다른 여자의 행복을 도둑질하는 여자가 되었다.

휴대폰 벨 소리 때문에 내 머릿속을 가득 채우고 있던 상념들이 순식간에 자취를 감춰버린다. 벨 소리를 들으면서도 나는 누구에게서 걸려온 전화인지 즉각 알아차리지 못한다. 조이스 칼라일의 선불카드 전화를 구별하기 위해 나 자신이 특별히 선택한 벨 소리였는데, 예상보다 한 시간가량 빨리 오는 바람에 헛갈리고 말았다.

나는 전화를 받았지만 미처 입을 열 사이도 없이 조이스의 말이 속사포처럼 터져 나온다.

"그가 약속 시간을 변경했어요."

"그가 어디쯤 왔죠?"

"거의 다 왔어요. 나는 몸이 심하게 떨려 아무것도 할 수가 없어요."

나는 패닉에 빠진 조이스를 진정시키려고 애쓴다.

"아무리 급해도 계획대로 하세요. 스카치테이프를 이용해 휴대폰을 식탁 밑에 고정시켜야 해요, 알았죠?"

"알았어요, 시간이 없지만 그렇게 해보도록 할게요."

"조이스, 해보도록 하는 게 아니라 반드시 그렇게 해야만 해요!"

나 또한 사전에 조이스와 약속한 조치를 하지 않은 상태이다. 나는 거리의 소음이 들리지 않도록 창문을 닫고 확성기를 전화기에 부착한다. 그런 다음 남동생이 빌려준 컴퓨터를 부팅한다. 내 동생 에드가는 3주 전부터 뉴욕에 머물고 있다. 페란디에서 3년간 공부한 뒤 불루드 카페에 취업한 그 아이는 첫 월급을 받을 날을 학수고대하며 내 아파트에 빌붙어 사는 중이다.

마음이 급한 나머지 내 손놀림은 서툴기 그지없다. 앨런의 부인 캐리가 어제 오후에 내 노트북을 벽에 던져 박살내버렸다. 나는 전화기에서 흘러나오는 대화를 녹음하기 위해 애플리케이션을 클릭한 다음 컴퓨터의 마이크를 작동시킨다.

일 분가량 지날 때까지 아무 일도 일어나지 않는다. 통화가 끊긴 건가 의심될쯤 남자의 목소리가 들려온다. 단단히 역정이 난 목소리다. 그 뒤 몇 분 동안은 충격의 연속이다. 나는 내 귀에 들려오는 소리에 기겁하지 않을 수 없다. 결국 두 사람의 대화는 예기치 못한 국면으로 치닫는다. 논쟁에 이어 남자의 위협이 가해지는가 싶더니 비명소리가 터져 나온다. 그 순간 나는 매우 위험한 상황이 전개되고 있다는 사실을 직감한다. 폐부를 찌르는 듯 조이스의 비명이 울려 퍼진다. 조이스가 나에게 도와달라고 외친다.

두 손에 진땀이 축축하게 배어나며 목이 메어 온다.

나는 다리의 힘이 모조리 빠져나간 사람처럼 꼼짝도 않고 서 있다가 미친 듯이 아파트 밖으로 뛰어나간다. 나는 쏜살같이 계단을 내려간 다음 인도를 달린다. 거리를 오가는 사람들이 많았지만 눈에 들어오지 않는다. 혈관 속에서 피가 요동치는 가운데 스타벅스 맞은편에 있는 공중전화부스가 눈에 들어온다.

나는 오가는 행인들로 붐비는 보행자 거리를 죽을힘을 다해 달린다. 마침내 공중전화부스에 당도해 911을 누르는 두 손이 심하게 떨려온다.

"빌베리 가 6번지, 조이스 칼라일의 집에서 심각한 폭력 행위가 벌어지고 있어요. 누군가가 여자를 죽이려고 해요!"

2

내 심장이 마치 몸을 벗어나기라도 하듯 맹렬하게 요동친다. 하필이면 엘리베이터도 고장이다. 걸어서 아파트로 올라간 나는 전화기를 귀에 가져다 댄다. 이제 전화기에서는 아무런 소리도 들려오지 않는다. 나는 조이스에게 전화를 걸어보지만 덧없는 신호음만 들려올 뿐이다.

빌어먹을! 도대체 무슨 일이 벌어진 걸까?

온몸이 부들부들 떨리는 가운데 나는 뭘 어떻게 해야 할지 감을 잡을 수 없다.

현장으로 달려가 볼까? 아니, 아직은 아니야.

조이스를 걱정하던 나는 문득 나 자신도 몹시 위험하다는 생각이 든다. 나는 흔히 여섯 번째 감각이라고 하는 직관력이 남달리 발달한 편이라는 소리를 들어왔다. 우리 업계에서는 직관력이 큰 차이를 만들어 내기도 한다. 나는 컴퓨터를 들고 보우어리 가로 나선다.

지금은 혼자 있어선 안 돼. 군중을 방패막이로 삼을 필요가 있어.

나는 스타벅스로 들어가 빈자리를 찾아 앉고 나서 커피를 주문하고 컴퓨터를 켠다. 아이포드 이어폰을 귀에 꽂고 녹음된 내용을 다시 듣는다. 불안감과 공포가 가시지 않는 가운데 음성파일을 압축해 MP3 파일을 만든다.

캐러멜 마키아토를 한 모금 마시고 나서 스타벅스 계산서에 나와 있는 와이파이 비밀번호를 컴퓨터에 입력하고 메일 계정에 접속한다. 동생의 컴퓨터라 내 메일 주소록이 저장되어있지 않다.

다시 내 손가락이 자판 위에서 바삐 움직인다. 나는 MP3 파일을 불러와 첨부파일에 덧붙인 다음 앨런의 메일 주소를 입력한다.

alan.kowalkowskyatt.net.

메일은 정상적으로 발송된다. 나는 깊이 숨을 들이마신 다음 앨런의 휴대폰으로 전화를 건다. 세 번의 신호음이 가는 동안 앨런은 전화를 받지 않는다.

나는 생각다 못해 앨런에게 음성메시지를 남긴다.

"앨런, 방금 메일 한 통을 보냈어요. 반드시 내가 보낸 첨부파일을 복사해두어야 해요. 당신도 두 귀를 의심할 수밖에 없는 내용이 들어 있을 거예요. 메일을 보고 나서 전화 줘요."

계속 지금처럼 머뭇거릴 수는 없어. 일단 골목에 세워둔 차를 끌고 할렘으로 달려가 조이스가 무사한지 알아봐야 해.

나는 차 키를 가지러 아파트로 올라간다. 웬 여자아이 하나가 내 아파트 문 앞에 서 있다. 작은 키에 스트레이트 진 바지, 체크무늬 셔츠 차림에 나도 고교 시절 즐겨 입었던 허리 들어간 리바이스 점퍼를 입고 있다. 분홍색 컨버스 운동화를 신고 있고, 등에는 천으로 된 백팩을 메고 있다.

아이가 몸을 돌리는 순간 나는 그제야 아이가 아니라 나와 동년배 여자라는 사실을 알아차린다. 이마를 덮고 있는 갈색 머리와 레이번의 웨이페어러 선글라스 탓에 매력적인 얼굴이 모두 묻혀 있다.

나도 익히 아는 여자로 이름은 조라 조르킨이다. 나는 그녀가 쓴 책들을 읽었고, 강연을 들은 적이 있다. 지금껏 열 번도 넘게 인터뷰를 요청했지만 번번이 퇴짜를 맞았다. 나는 그녀가 무슨 말을 하려고 내 아파트를 찾아왔는지 잘 알고 있다.

아니, 내가 지나치게 넘겨짚었는지도 모른다. 이제 보니 조라 조르킨은 나와 이야기를 나누기 위해 찾아온 게 아니다. 그녀는 느린 걸음으로 내게로 다가온다. 그녀가 다가올수록 나는 뱀 같은 그녀의 눈 안으로 빨려든다. 눈빛이 녹색인지 갈색인지 가늠하기 어렵다. 이제 그녀는 겨우 2미터쯤 떨어진 곳까지 다가왔고, 나는 겨우 중얼거린다.

"생각보다 빨리 왔군요."

그녀가 손을 점퍼 주머니 속에 집어넣더니 테이저건을 꺼내 나에게 겨눈다.

"당신은 정말로 아름답군요."

너무나 초현실적인 상황이라 나는 그저 어안이 벙벙할 따름이다. 나의 뇌는 이 모든 상황이 실제로 벌어지고 있는 것인지 간파하지 못한다.

조라 조르킨은 내 생각 따위는 알 필요도 없다는 듯 거침없이 테이저건의 방아쇠를 당긴다. 테이저건에서 발사된 두 개의 침이 날아와 목에 꽂히는 순간 벼락과도 같은 전기 충격이 느껴지며 나는 저항 한번 못해보고 바닥에 쓰러진다.

3

눈을 떴지만 정신이 여전히 몽롱하다. 열이 높고 심하게 구역질이 나는 가운데 나는 몸을 부르르 떤다. 입 안은 모래 바닥처럼 서걱거리고, 혀는 부피가 두 배는 될 만큼 부풀어 올라 있다. 몸을 움직이는 순간 마치 척추가 산산조각 난 것처럼 우지직 소리를 낸다.

등 뒤로 돌려진 두 손목에는 수갑이 채워져 있고, 발목에도 철제 링이 채워져 있다. 입에는 테이프를 둘둘 만 재갈이 물려 있다. 몇 번이나 침을 삼키려고 해봤지만 쉽지 않다. 그야말로 나는 완전 패닉상태에 빠져 있다.

나는 밖에서 안이 전혀 보이지 않게 선팅한 캐딜락 에스컬레이드의 뒷좌석에 내동댕이쳐져 있다. 마치 2미터 높이에서 아스팔트 위를 비행하는 느낌이 드는 차량이다. 앞좌석과 뒷좌석은 투명 아크릴 칸막이를 통해 분리되어 있다.

어찌된 영문인지 나는 베이스점핑용 콤비네이션 차림이다. 헬멧, 허벅지와 어깨를 조여주는 안전벨트, 낙하산을 넣은 가방 등 장비도 완벽하다.

투명한 칸막이 너머로 운전기사의 실루엣이 보인다. 단단한 체구, 깔끔하게 면도한 목덜미, 짧게 자른 머리를 보아하니 어느 모로 보나 군

출신이 분명하다. 그의 옆에 조라 조르킨이 휴대폰 화면에 두 눈을 고정시키고 앉아 있다. 나는 헬멧을 쓴 머리로 계속 칸막이를 힘껏 들이받는다. 조라 조르킨이 성가시다는 듯 뒤를 힐끔 돌아보았다가 이내 휴대폰으로 눈을 돌린다. 계기판의 시계가 눈에 들어온다. 어느새 밤 10시가 지난 시각이다.

나를 어떻게 하려는 걸까? 어쩌다가 난 옴짝달싹하지 못하는 처지가 되었을까?

나는 바깥 풍경을 살피기 위해 고개를 들어 올린다. 나를 태운 차는 칠흑 같은 어둠을 뚫고 외딴 숲길을 달려가고 있다. 전나무 숲이 끝없이 이어진다. 바람에 흔들리는 기다란 나무의 자취가 어두운 밤하늘에 새겨지고 있다.

차츰 시간이 지나면서 나는 차가 어디를 향해 달려가고 있는지 대충 감이 잡힌다. 적어도 예닐곱 시간을 달렸으니 펜실베이니아와 메릴랜드를 지나 버지니아 서부를 가로지르며 달렸으리라. 내 계산이 틀리지 않다면 차는 지금 실버 리버 브리지 근처 애팔래치아산맥의 숲길을 달리고 있는 중이다.

뒤쪽에서 또 다른 차 한 대가 뒤따르는 모습을 발견한 나는 잠시나마 희망을 품어본다. 나는 뒤따르는 차에 탄 사람들의 시선을 끌기 위해 뒷좌석 차창에 헬멧을 쓴 머리를 힘껏 부딪쳐본다. 이제 보니 뒤따르는 차는 평소 내가 타고 다니는 렉서스이다.

이제야 납치범들의 계획을 분명하게 알아차린 나는 흐느껴 울기 시작한다.

4

나를 태운 사륜구동차는 벌써 20분이나 실버 리버 브리지의 가파른 고갯길을 오르는 중이다. 마침내 목적지에 도착한 듯 두 대의 차가 까마득한 계곡을 굽어보는 능선에서 나란히 멈춰 선다. 이제부터는 난간을 잡고 낡은 다리를 향해 내려가야 하리라.

조라 조르킨이 부르는 소리를 듣고, 사륜구동차를 운전한 군인의 이름이 블런트라는 사실을 알게 되었다. 블런트가 사륜구동차의 뒷문을 열더니 무지막지한 힘으로 내 허리를 잡고 밖으로 끌어낸다. 그가 나를 어깨에 둘러메고 다리를 향해 내려가기 시작한다.

조라 조르킨은 몇 미터 떨어진 뒤쪽에서 우리를 뒤따른다. 나는 비명을 지르려고 해보지만 입을 열기 무섭게 절연테이프가 입술을 도려내듯 파고든다. 결국 아무리 비명을 질러봐야 아무도 듣지 못하는 상황이다.

마지막 순간까지 나는 죽음이 임박해 있다는 사실을 믿고 싶지 않다.

아마 겁을 주려는 것일지도 몰라. 아니야, 고작 겁을 주기 위해 무려 6백 킬로미터를 달릴 필요가 있을까?

내가 평소 베이스점핑을 즐긴다는 사실을 어떻게 알았을까? 내가 베이스점핑을 할 때 실버 리버 브리지를 특히 선호한다는 건 어떻게 알았을까? 아마 내 아파트를 뒤지다가 베이스점핑 장비와 사진들, 메모를 적어놓은 지도를 발견했을 거야.

철제 다리의 중간쯤에 이르렀을 때 블런트가 나를 바닥에 내려놓는다. 나는 몸을 일으키자마자 달아나려고 해보지만 팔다리가 묶인 상태라 단 한 발짝도 떼지 못하고 바닥으로 쓰러진다.

3백 미터 아래쪽에서 강물이 흐르는 소리가 들린다. 주변 경관은 황홀할 만큼 아름답고, 주위는 달빛 때문에 더없이 환하다. 맑게 갠 하늘에 휘영청 밝은 달이 떠 있다.

조라 조르킨이 다리 위에 서서 나를 주시한다. 손을 왁스 먹인 바버 재킷 주머니에 찔러 넣고, NYU 글자가 새겨진 모자를 쓰고 있다. 그녀가 나온 대학이다.

조라 조르킨의 표정은 가차 없이 단호하다. 적어도 그녀에게 지금 이 순간의 나는 인간이 아니다. 그저 빨리 처리해야 할 골칫덩이에 불과하다.

숨 막히는 공포와 함께 땀이 비 오듯 쏟아지는 와중에 오줌을 지린다. 끔찍스러운 장면이 머릿속에 그려지며 피가 얼어붙어버린다. 내가 지금 겪고 있는 일은 패닉이라는 말로는 왠지 설명이 부족해 보인다. 뻣뻣하게 경직된 내 몸은 거의 마비 직전이다. 마침내 절연테이프가 끊어졌고, 나는 마지막 남은 힘을 다해 그녀 앞으로 엉금엉금 기어간다. 고함을 지르기도 하고, 몸을 굽혀 애원하기도 했지만 그녀의 눈빛은 얼음장보다도 차갑다.

"자, 이제 시작할까요?"

블런트가 내 쪽으로 몸을 굽혀 낙하산 추출기의 나일론 줄을 끊으며 말한다.

나는 죽음이 임박했다는 사실을 느꼈지만 별 도리가 없다. 블런트는 바위처럼 단단한 거인이라 제압할 방법이 전혀 없다.

블런트가 임무를 수행하기 직전 조라의 눈에서 광채가 반짝인다.

"당신도 알고 있는지 모르겠군요. 혹시 모를 수도 있으니까 알려주는 게 좋겠다고 생각했어요."

나는 무슨 말을 하는지 도저히 감을 잡을 수 없다. 조라가 주머니에서 임신 테스터를 꺼내드는 걸 보고 나서야 나는 경악한다.

"플로랑스, 당신은 임신했어요. 축하해요."

나는 몇 초 동안 꼼짝도 하지 않는다. 마치 더 이상 이 세상에 속해 있지 않고, 다른 곳을 헤매고 있는 느낌이다.

블런트가 내 손목에 채운 수갑을 풀어주고 나서 내 다리를 붙잡고 몸을 거꾸로 들더니 난간 너머로 집어던진다.

5

나는 추락하면서도 비명을 지를 엄두가 나지 않는다. 극도의 공포가 내 입을 얼어붙게 했기 때문이다. 추락이 계속되고 있고, 지나치게 시간이 긴 느낌이다.

맑은 하늘에 떠 있는 달을 보며 나는 아직 태어나지도 않은 내 아기를 생각한다. 아직 내 배 안에 있기에 함께 죽어야 할 운명이다. 나는 아기에게 이름을 지어줘야겠다고 생각한다. 단 한 번도 신을 믿은 적이 없지만 지금 이 순간 신이 도처에 존재한다고 느낀다. 아니, 지금 내 눈앞을 스쳐가는 하늘과 달, 산과 나무가 신이라고 느낀다.

노면에 닿기 0.5초 전, 나는 신의 계시를 받는다.

내 아기는 딸이다. 아기 이름은 레베카.

나는 내가 어디로 가는지 알지 못하지만 레베카와 함께 가고 있다. 레베카를 생각하니 두려움이 많이 가시는 느낌이다.

셋째 날, 오후

:한밤중의 드래곤

18. 서부로 가는 도로

우리는 그저 하나의 유령만을 사랑할 뿐이다.
_폴 발레리

1

아직 막바지 여름의 열기가 가시지 않은 아스팔트 위에 자욱한 먼지가 피어올랐다. 카오디오에서는 존 콜트레인의 음악이 흘러나오고 있었다.

마르크는 차창을 활짝 열어젖히고, 한쪽 팔을 창가에 걸쳤다. 뜨거운 바람이 머리카락을 흩날리게 했고, 차창 너머로 목가적인 풍경들이 휙휙 지나갔다. 가축을 키우는 농장, 목초지, 트랙터, 곡식을 보관하는 사일로가 차례로 눈앞을 스쳐갔다.

끝없이 이어지는 밭에서는 밀, 옥수수 콩, 담배 따위 농작물들이 자라고 있었다. 작물에 따라 색깔이 약간씩 달라질 뿐 단조롭기 그지없는 풍경이 계속 이어지고 있었다.

마르크는 미드웨스트로 들어서자마자 중학생 딸아이에게 지리 숙제를 시키던 순간이 떠올랐다. 옥수수 벨트, 과일 벨트, 밀 벨트, 낙농 벨트 등 생산되는 작물에 따라 지역을 구분해놓은 미국 지도를 색색의 색

연필로 칠하는 숙제였다. 여행할 기회가 없었던 열네 살짜리 아이에게는 그야말로 추상적이고 재미없는 숙제였으리라. 그때와 달리 아이의 숙제가 현실이 되어 그의 눈앞에서 펼쳐지고 있었다.

마르크는 두 팔을 쭉 펴 기지개를 켜고 나서 손목시계를 들여다보았다. 5시가 조금 넘은 시각이었다. 라파엘을 오이스터 바에 혼자 남겨두고 길을 떠난 지 네 시간이 지나 있었다. 혼자 오이스터 바를 나온 이유는 설명하기 힘든 직관 때문이었다. 그는 오이스터 바를 나오자마자 곧장 JFK공항으로 직행해 오하이오행 비행기표를 구입했고, 콜럼버스에 도착한 즉시 공항에서 도지 한 대를 렌트했다. 처음에는 렌터카에 부착되어있는 GPS를 이용해 길을 찾아볼까 생각하다가 이내 단념했다.

마르크는 마냥 직관에 의존해 북서쪽으로 방향을 잡고 표지판에 나와 있는 포트웨인을 향해 달리기 시작했다. 간밤에는 한숨도 자지 못했고, 지난 이틀 동안에도 잠깐 눈을 붙였을 뿐이다. 시차가 큰데다 신경안정제를 복용했으니 지금쯤 세상모르고 잠에 빠져들었어야 마땅한데 오히려 정반대 현상이 나타나고 있었다.

마르크는 꾸벅꾸벅 조는 대신 에너지가 넘쳤고, 온몸에서 아드레날린이 솟아나며 극도로 민감한 정신을 유지시켜주고 있었다. 그의 오감은 한껏 예민해진 상태로 일제히 깨어 있었다. 분명 양날의 검처럼 긍정적일 수도 부정적일 수도 있는 상황이었다.

긍정적인 부분이라면 이성적이고 명쾌한 추리를 기대해도 좋다는 것이었다. 실제로 조각조각 흩어져 있던 생각들이 한 군데로 뭉쳐지며 점점 추리의 가속도가 붙었다. 부정적인 면이라면 엘리즈와 딸아이가 연관된 지난날의 아픈 기억들이 곳곳에서 매복 중이라는 것이었다. 아무리 애를 써도 결코 돌이킬 수 없는 불가역적 기억들이었다.

마르크의 두 뺨 위로 뜨거운 눈물이 흘러내렸다. 여기저기에서 유령들이 어슬렁거렸고, 신경안정제 효과가 겨우 냉정을 유지하도록 그를 지탱해주고 있었다.

그때 갑자기 아라공이 했던 말이 머릿속에 떠올랐다.

인간으로 산다는 건 무수히 넘어지는 것이다.

마르크는 벌써 12년째 넘어지고 있었다. 최근 며칠 사이에 지난날의 아픈 기억이 슬금슬금 되살아나고 있었다. 그는 결국 고통스런 기억이 승리를 가져다주리라는 걸 알고 있었다. 쓰라린 고통이 그의 내면에 잠들어 있는 맹견들의 잠을 깨울 테고, 녀석들이 주인의 명령을 받들어 눈앞의 적들을 단숨에 쓸어버리게 될 것이다. 그날이 가까워지고 있다는 사실을 느끼지만 적어도 오늘은 아니었다.

마르크는 길게 숨을 들이마셨다. 지금 이 순간, 오가는 인적이라고는 없는 이 황량한 도로에서 그는 자신의 선견지명을 믿었다. 그는 마치 자신이 물 위를 걷고 있는 것 같은 느낌이 들었다. 스테판 라코스트를 해치운 이후 그는 줄곧 자신의 힘으로는 어쩌지 못하는 힘에 이끌리고 있다는 느낌이 들었다. 총알이 관자놀이 근처를 지나는 순간 모든 두려움을 단숨에 날려버렸다.

마르크는 그 후에 벌어진 일들을 한 장면씩 천천히 되새겨보았다. 그는 운전대 아래로 엎드리며 총을 손에 들었고, 몸을 일으키는 즉시 상대를 향해 총알을 발사했다. 스테판 라코스트를 죽인 건 그의 증오심이 아니라 자비심이었다.

마르크는 반드시 클레어를 찾아내야 한다고 생각했다. 그가 머나먼 미국 땅에 온 건 클레어를 찾기 위해서였다. 그는 클레어를 반드시 찾아낼 결심이었다.

클레어 칼라일 사건은 10년도 넘은 이 시점에서 예기치 않은 방향으로 확산되어 가고 있었다. 대서양을 가뿐히 건너 엄청난 도미노 현상을 불러일으키고 있었다.

마르크의 머릿속에서는 도미노 조각들이 하나씩 넘어지는 소리가 들려왔다. 클로틸드 블롱델, 프랑크 뮈즐리에, 막심 부아소, 하인츠 키퍼, 조이스 칼라일, 플로랑스 갈로, 앨런 브리지스…….

아이의 실종이나 죽음은 절대로 한 가정만의 문제로 국한되지 않는다. 아이의 실종사건은 엄청난 파급력으로 모든 뉴스를 빨아들인다. 우리들 모두는 마치 약점을 잡힌 사람처럼 실종사건에 매몰되고, 제대로 해결되지 않을 경우 저마다 심각한 트라우마에서 벗어나지 못한다.

마르크는 갈림길이 나타나자 브레이크 페달도 밟지 않고 무작정 오른쪽 길로 접어들었다. 그 길로 가면 어디에 닿게 될지 전혀 예측할 수 없었지만 비로소 길을 제대로 찾았다는 사실 만큼은 분명하게 확신할 수 있었다. 진실은 갑자기 수면 위로 부상하며 물방울을 튀기고, 어두운 자들이 애써 감추려고 하는 비밀의 방에 물벼락을 내리게 될 것이다.

마르크는 자신이 한낱 진실의 도구에 불과하다고 믿었다.

2

수연을 만나고 난 후 나는 테오가 잘 있는지 보기 위해 호텔로 갔다. 나는 녀석이 낮잠을 자도록 유도하기 위해 갖은 방법을 다 써보았지만 끝내 실패했다. 늘 그랬듯 우리의 신경전은 컴퓨터 모니터 앞에서 루이드 퓌네스의 오래된 코미디영화를 보는 것으로 마무리되었다. 오후 3시가 되어서야 녀석은 겨우 잠이 들었다. 나 역시 녀석과 마찬가지로 잠의 여신에게로 뛰어들었다.

문자메시지가 도착했다는 사실을 알리는 효과음이 잠을 깨웠다. 눈을 떠보니 온몸이 땀에 흥건히 젖어 있었다. 테오 녀석은 언제 깼는지 두 발을 공중으로 번쩍 치켜올리고 쉴 새 없이 종알거리며 강아지 인형 피피와 놀고 있었다. 손목시계를 보니 어느새 저녁 6시였다.

"빌어먹을!"

나는 침대에서 내려서며 투덜거렸다.

"빌어먹을!"

아들 녀석이 내 말을 따라하며 키득거렸다. 그 모습을 보자 나도 모르게 웃음이 터져 나왔다.

"그 말은 욕이니까 앞으로는 따라 하면 안 돼!"

테오가 방금 전 배운 욕을 내뱉을지 말지 망설이는 동안 나는 휴대폰을 집어 들었다. 수연이 보낸 문자메시지가 들어와 있었다.

20분 후, 〈펄맨스〉 크니쉬 베이커리에서 만나요.

나는 호텔 방 유선전화로 베이비시터 마리케에게 전화를 걸었다. 마리케는 친구들과 소호의 비스트로 라울에서 한잔 마시고 있는 중이었다. 나는 그녀에게 테오를 봐달라고 부탁했다.

마리케는 15분 후 호텔에 도착할 수 있다면서 터무니없이 높은 시간 외 수당을 요구했다. 나는 눈물을 머금고 그녀의 요구를 수용하지 않을 수 없었다.

나름 서둘렀지만 약속 장소에 30분 늦게 도착했다. 수연이 약속 장소로 정한 〈펄맨스〉 크니쉬 베이커리는 로어 이스트사이드 경찰서 바로 옆에 있었다.

셀카를 찍는 일본인 커플을 제외하고는 손님이 없었다. 대형 유리 진열장 뒤에서 나이 든 노인이 유대인들의 전통 요리를 팔고 있었고, 상점 한구석에는 호마이카 테이블 몇 개와 빨간 인조피혁을 씌운 장의자 몇 개가 놓여 있었다.

수연을 발견하지 못한 나는 베이커리 입구에서 가장 가까운 테이블에 앉아 생수 한 병을 주문했다. 테이블 위에는 먼저 다녀간 손님이 두고 간 《뉴욕타임스》가 놓여 있었다. 나는 낮잠을 잔 나 자신에게 짜증이 났다. 나는 계속 출입문을 곁눈질하며 건성으로 신문을 뒤적거렸다. 후텁지근한 날씨였고, 낡은 선풍기 한 대가 마늘, 파슬리, 튀긴 양파 냄새로 범벅이 된 미지근한 바람을 사방에 흩뿌리고 있었다. 그때 테이블 위에 내려놓은 내 휴대폰이 진동했다.

앨런이 보낸 메시지였다.

지금 당장 저를 보러 와주실 수 있습니까?

무슨 일이죠?

조이스 칼라일에 대해 새로운 사실을 알아냈습니다.

뭘 알아냈는지 말씀해보시죠.

전화상으로는 말씀드리기 곤란합니다.

가능한 한 빨리 가겠습니다.

내가 휴대폰을 주머니에 챙겨 넣는 동안 남자 한 명이 베이커리의 문을 밀고 들어섰다. 내 나이쯤 되어 보이는 다부진 체구에 새카만 머리, 사흘쯤 면도를 하지 않은 듯 턱수염을 기른 남자였다.

남자는 넥타이를 느슨하게 풀고 셔츠 소매를 걷어 올렸다. 그가 주변을 살피다가 나를 발견하자마자 결연한 걸음걸이로 다가왔다.

"저는 바레시 형사입니다. 예전에 수연과 한 팀이 되어 조이스 칼라일 사망사건을 수사했죠."

"라파엘 바르텔레미라고 합니다."

바레시 형사가 냅킨으로 이마에 밴 땀을 닦았다.

"수연이 당신을 만나보라고 하더군요. 미리 말해두지만 저는 시간이 그리 많지 않습니다. 사흘 전부터 공화당 전당대회 때문에 정신없이 바빠서요."

바레시 형사의 단골집인 듯 베이커리 주인이 간단한 요리를 내왔다.

"크니쉬가 지금 막 오븐에서 나왔어."

주인이 바레시 형사 앞에 감자튀김과 코울슬로, 피클이 담긴 접시를 내려놓으며 말했다.

"조이스 칼라일 사건 관련 서류를 찾았나요?"

바레시 형사는 잔에 물을 따르며 고개를 저었다.

"그 서류를 작성한 지 이미 10년이 지났습니다. 아직 서류가 남아 있다고 해도 제52구역 자료 보관실에 있을 겁니다. 브루클린이나 퀸스의 창고에 보관되어있을 거라는 뜻입니다. 수연이 당신과 어떤 약속을 했는지 모르지만 서류를 보려면 먼저 각종 허가를 받아야만 합니다. 절차도 복잡할뿐더러 시간이 많이 걸리는 일이죠."

"수연의 말로는 조이스가 숨진 장소에 범인의 DNA 흔적이 남아 있었다고 하던데요?"

바레시 형사가 인상을 찌푸렸다.

"수연이 여러 단계를 건너뛰어 설명했군요. 조이스가 숨진 현장은 그야말로 완벽하게 깨끗했습니다. 우리가 찾아낸 유일한 흔적이라고는 모기 한 마리가 전부였죠."

"모기라고요?"

난 모기가 경찰들이 사용하는 은어일 거라 짐작했지만 우리가 익히 아는 그 곤충을 가리키는 말인 듯했다.

"죽은 모기 한 마리가 조이스의 욕실 바닥에서 발견되었죠. 현장 수색을 벌이던 수연이 재빨리 머리를 굴렸습니다. 조이스를 살해한 자가 모기에게 물렸을 가능성이 있고, 만일 그 경우 죽은 모기의 체내에 범인의 DNA가 남아 있을 수도 있다는 것이었죠. 수연은 결국 죽은 모기를 증거물로 채택해 DNA 분석을 해야 한다고 주장했습니다."

"당신은 수연의 주장에 찬성했나요?"

"당연히 반대했죠. 만약 수연의 말대로 모기의 체내에서 누군가의 DNA가 발견된다고 한들 범죄 입증이 가능할까요? 판사가 모기를 증거물로 채택할 경우 받아들일 수 있을까요? 수연은 대단한 야심가였죠. 얼마나 야심이 큰지 간혹 병적으로 보이기도 했어요. 모기를 증거물로 내놓자고 했던 건 아마도 언론의 관심을 끌어보고 싶었기 때문일 겁니다."

바레시 형사는 한꺼번에 감자튀김 몇 개를 집어먹고 나서 말을 이었다.

"아무튼 과학수사연구소에서는 모기의 체내에서 추출해낸 혈액 표본으로 DNA 검사를 했습니다."

"그 결과 어떻게 되었죠?"

바레시가 어깨를 으쓱했다.

"과학수사연구소에서 추출해낸 DNA를 경찰이 보유하고 있는 CODIS(DNA 검색시스템)에 입력하고, 유전자가 일치하는 사람을 찾아보았습니다."

"결과는?"

"결국 찾아내지 못했습니다."

바레시 형사가 서류 한 장을 내밀며 말을 이었다.

"그 당시 과학수사연구소의 보고서를 복사해온 서류입니다. 아직 보고서가 경찰 서버에 저장되어 있더군요. CODIS에서는 유전자가 일치하는 인물이 존재하지 않는다는 결과가 나왔습니다."

바레시 형사가 피클 한 조각을 입에 넣고 한마디 덧붙였다.

"사실은 과학수사연구소에서 DNA를 추출해내고 CODIS에 넣어 결과를 얻어낼 때까지 시간이 너무 오래 걸리는 바람에 조이스 건은 이미 그 이전에 미해결 사건으로 잠정 결론 내려진 상태였습니다."

바레시 형사가 건네준 서류에 모기에서 추출해낸 DNA 지도가 나와 있었다.

"당시 경찰의 CODIS에 유전자가 등록되어 있던 사람이 모두 합해 몇 명이었죠?"

바레시 형사가 다시 한번 어깨를 으쓱했다.

"그 당시에는 아마 2백만 명가량 되었을 겁니다."

"요즘에는 몇 명인데요?"

"아마 일 천만 명이 넘을 겁니다. 이제야 당신이 어떤 생각을 갖고 있는지 감이 오네요. DNA 조회 작업을 다시 해보게요?"

"안 될 것도 없잖습니까?"

바레시 형사는 기가 막힌다는 듯 코웃음을 쳤다.

"경찰은 항상 인력 부족을 실감하는 조직입니다. 가급적 경찰은 빠른 시일 내에 사건을 해결하기 위해 애쓰고 있습니다. 10년 전 미해결로 남은 사건을 재수사할 만큼 한가하지 않다는 뜻입니다. 〈콜드 케이스〉[*]는 그저 드라마일 뿐입니다."

"저도 형사들을 제법 많이 알고 있습니다만 모두 당신처럼 생각하진 않을 거라고 생각하는데요."

바레시 형사가 한숨을 푹 내쉬더니 신경질적으로 목소리를 높였다.

"이봐요, 작가 선생! 그렇게 할 일이 없어요? 이미 사인이 헤로인 과다 흡입으로 결론 내려졌는데 뭐가 더 궁금하다는 겁니까?"

나도 한바탕 되받아치려다가 참기로 했다.

바레시 형사가 목청을 높이면서까지 재조사 포기를 종용하는 이유가 혹시 조이스를 살해한 자가 누군지 알고 있기 때문은 아닐까?

---

[*] 미국의 CBS에서 방송한 수사 드라마. 장기 미해결 사건을 담당하는 필라델피아 경찰서의 이야기를 담고 있다

3

오후의 늦은 태양이 미드웨스트의 대규모 농장 위로 뉘엿뉘엿 지고 있었다. 석양에서 쏟아져 나온 황금빛 햇살이 옥수수밭을 물들이다가 서서히 콩밭으로 옮겨가는 동안 빛을 등지고 있는 대규모 곡물창고들과 목장의 자태가 뚜렷하게 드러났다.

마르크는 계속 서쪽을 향해 달리고 있었다. 사람들은 흔히 오하이오의 풍경을 지나치게 단조롭다고 말하지만 전혀 공감할 수 없을 듯했다. 농장지대 한 귀퉁이에 녹이 슨 채 방치되어있는 탈곡기의 초현실적인 모습, 푸른 목장에서 한가롭게 풀을 뜯는 암소 떼, 사프란 빛 하늘에서 빙글빙글 돌아가는 풍력발전기, 마치 서부 영화에서 방금 튀어나온 듯 누런 먼지가 낀 도로 표지판들을 지나치는 동안 전혀 단조로운 풍경이라는 생각이 들지 않았다.

마르크는 방금 전 와파코네타, 록포드, 헌팅턴, 콜드워터를 지나쳤다. 그가 찾아가려는 곳은 오하이오주와 인디애나주가 경계를 이루는 포트웨인 인근이었다. 불과 몇 킬로미터만 더 달리고 나면 과연 천재적인 직관력을 발휘했는지 공연히 시간만 낭비했는지 가려지게 되어 있었다.

눈앞에 주유소가 보였고, 마르크는 본능적으로 연료게이지를 확인했다. 아직 연료가 조금 남아 있었지만 미리 채워두는 게 나을 듯했다.

마르크는 방향 지시등을 켜고, 속도를 줄인 다음 주유기 앞에 차를 세웠다. 짐 해리슨의 소설에서 방금 빠져나온 듯한 낡은 픽업 한 대가 바로 옆에 세워져 있었다.

"가득 채울까요?"

체구에 비해 턱없이 큰 오버롤 바지와 신시내티 레즈 팀 모자를 쓴 소년이 웃는 얼굴로 물었다. 겨우 열세 살쯤 된 아이에게 일을 시켜도 법적으로 문제가 되지 않는지 의아했다.

"가득 채워."

마르크는 주요소 옆에 붙은 식당 문을 열고 안으로 들어가 톱밥으로 얼기설기 틈을 메운 마룻바닥을 몇 발짝 걸어갔다. 그가 걸어가자 바닥에 쌓인 먼지들이 풀풀 피어올랐다. 나른한 오후 햇살을 받아 가수면 상태에 빠진 듯 대체로 조용한 식당이었다.

카운터 뒤로 몇몇 손님들이 베이컨 햄버거, 바비큐 립스, 피시 앤드 칩스 등을 안주 삼아 맥주를 마시고 있었다. 식당 천장에 설비해놓은 고물 텔레비전에서 공화당 전당대회 실황 중계방송이 나오고 있었지만 아무도 관심을 보이지 않았다. 선반 위에 놓인 라디오에서는 밴 모리슨의 한물간 노래가 흘러나오고 있었다.

마르크는 등받이 없는 의자에 앉아 버드와이저를 주문했다. 그는 맥주를 마시며 머릿속에서 떠오르는 이미지들에 주목했다. 그는 플로랑스의 입장이 되어보려고 애썼다. 요가, 최면술, 정신 집중술 등에 빠졌던 강력계 선배가 가르쳐준 방식이었다. 피해자가 처해 있었던 환경과 심리상태를 생각하며 아주 짧은 시간만이라도 정신적인 합일을 이루는 동안 머릿속에 떠오르는 이미지에 주목하는 방식이었다.

마르크는 피해자와 정신적 합일을 이룰 가능성에 대해서는 회의적이었지만 합리적 사고에 의한 추론과 피해자가 처했던 상황에 대한 이해를 바탕으로 머릿속으로 이미지를 떠올려보았다.

앨런과의 대화는 특히 중요했다. 그와 대화를 나눈 결과 플로랑스의 '머릿속으로 들어가기'라는 아이디어를 얻게 되었다.

라파엘이 지적한 대로 플로랑스는 앨런에게 음성파일을 메일에 첨부해 보냈다. 조이스와 그녀를 살해한 자가 나누었던 대화 내용을 그녀의 휴대폰에 녹음해둔 파일이었다.

플로랑스는 911에 긴급 신고를 한 직후 메일을 발송했다. 감정이 매우 격앙되어 있었고, 긴장감과 두려움이 최고조에 달해 있을 때 하필이면 컴퓨터 조작을 한 셈이었다. 게다가 그녀가 늘 사용하던 게 아니라 남동생의 컴퓨터였다. 가뜩이나 손에 익숙하지 않은 컴퓨터였고, 메일함에 그녀가 작성해둔 주소록이 저장되어있지 않았다.

마르크는 두 눈을 지그시 감고 플로랑스의 모습을 떠올려보았다. 한시가 급한 순간이었고, 엄청난 초조감, 긴장감, 두려움 따위의 감정이 한순간에 밀어닥치며 이마에서는 진땀이 배어났다. 메일 주소를 입력하기 위해 자판 위에서 바삐 움직이는 플로랑스의 손가락 이미지가 떠올랐다.

마르크는 수첩에서 《윈터선》의 편집장 앨런이 손으로 메일주소를 휘갈겨 쓴 명함을 발견했다.

alan.kowalkowskiatt.net.

플로랑스가 극도의 긴장 속에서 과연 메일주소를 정확하게 입력했을까?

플로랑스는 어쩌면 alan.kowalkowskyatt.net라 입력했을 수도 있었다. i대신 y를 넣었을 거라는 가정이었다. i보다는 y가 머리에서 먼저 떠오르는 철자일 테니까. 아무리 빈틈없는 사람일지라도 몹시 초조하고 긴장되는 상황일 경우 실수를 저지르게 마련이었다. 플로랑스는 뉴욕에서 오래 살았고, 미국인들은 러시아식 이름을 쓸 때 i보다는 y를 선호하는 경향이 있었다.

가령 Tchaïkovski, Dostoïevski, Stanislavski를 Tchaikovsky, Dostoyevsky, Stanislavsky라고 쓰는 경우가 많았다. 다만 코발코브스키는 러시아가 아니라 폴란드 이름이긴 했다.

4

"당신은 누가 조이스를 죽였는지 알고 있죠?"

베이커리 안은 눅눅한 습기와 침묵, 양파, 박하, 실파 냄새에 잠겨 있었다.

"천만에요."

바레시 형사는 아무런 표정 변화 없이 짧게 대답했다.

나는 약간 형식을 바꿔 다시 물었다.

"바레시 형사님, 당신은 내가 요청하는 바람에 그 서류를 열람했던 게 아니지요?"

바레시 형사가 한숨을 푹 쉬었다.

"사실 그 서류를 열람하느라 늦었습니다. 수연이 작가 선생을 만났던 이야기를 들려주더군요. 수연의 마음이 무척이나 심란해 보였습니다."

한동안 긴 침묵이 이어졌다.

나는 의자에 가만히 앉아있을 수가 없었다.

"모든 과정은 10년 전 과학수사본부 실험실에서 진행되었습니다. 나는 CODIS(DNA 검색시스템)에 접속해 자료를 입력했죠."

바레시 형사가 유전자지도가 나와 있는 서류를 내 눈앞에서 흔들어 보이며 말했다.

"DNA가 일치하는 자료가 나왔죠?"

나는 앨런이 보낸 문자메시지가 도착했다는 알림 화면이 떴지만 무시했다.

바레시 형사가 셔츠 주머니에서 두 번 접은 서류 한 장을 꺼냈다.

"바로 이 사람이 용의자입니다."

접혀 있던 서류를 펼치자 넓적하게 각진 얼굴의 남자 사진이 눈에 들어왔다. 얼굴 위로 각이 지게 자른 머리, 흰 머리카락의 남자는 〈특공대 작전〉에 나오는 어네스트 보그나인과 흡사해 보이는 인상이었다.

"이 사람의 이름은 블런트 리보비츠이고 1964년 4월 13일에 퀸시의 애스토리아에서 태어났습니다. 1986년에 육군에 입대해 2002년까지 복무했고, 최종 계급은 중위였습니다. 제1차 이라크 전쟁과 소말리아 작전에 참가한 경력이 있습니다."

"군에서 전역한 뒤로는 주로 무슨 일을 했습니까?"

"자세한 사항은 알지 못하지만 4년 전 가벼운 범법 행위를 저지르고 경찰에 체포된 적이 있었는데, 그 당시 사설 경호업체 대표였다고 하더군요."

"블런트 리보비츠라는 이름은 조이스 칼라일 사건에서 단 한 번도 언급된 적이 없죠?"

"그렇습니다. 직접적으로든 간접적으로든 단 한 번도 언급된 적이 없는 인물입니다."

"블런트 리보비츠는 무슨 일로 CODIS(DNA 검색시스템)에 신상 자료가 올라 있었습니까?"

"2012년 로스앤젤레스에서 음주운전으로 체포된 적이 있었습니다.

블런트 리보비츠가 단속 경찰을 협박했다고 합니다. 결국 공무집행방해 혐의로 유치장에 수감됐지만 다음 날 풀려났습니다."

"다른 전과는 없던가요?"

"신상 자료에 다른 전과는 나와 있지 않았습니다."

바레시 형사는 테이블에 지폐 한 장을 테이블에 놓더니 자리에서 일어서며 나에게 말했다.

"작가 선생은 조이스 칼라일 사건을 다시 조사하려는 이유가 있겠지만 부디 몸조심하길 바랍니다. 나는 그 이유를 알고 싶지도 않고, 다시는 이 문제로 작가 선생을 만나고 싶지도 않습니다. 제가 작가 선생에게 정보를 제공해준 이유는 수연에게 진 빚이 있기 때문입니다. 앞으로는 절대로 나에게 연락하지 마세요."

바레시 형사는 내 대답을 기다리지도 않고 베이커리 출입문을 향해 걸어갔다.

"당신은 진실이 궁금하지 않습니까?"

바레시 형사가 몸을 돌리지도 않고 대꾸했다.

"나는 이미 진실을 알고 있습니다. 작가 선생도 이미 진실이 뭔지 알아차렸을 텐데요?"

바레시 형사가 베이커리 문을 열고 밖으로 나서는 순간 나는 잠시 그가 한 말을 생각했다.

내가 이미 진실이 뭔지 알아차렸을 거라고? 무슨 뜻일까?

나는 눈을 감고 블런트 리보비츠에 대해 생각했다.

그러다가 문득 테이블 위에 놓인 신문에 눈길이 갔다.

공화당 전당대회 소식이 《뉴욕타임스》 1면을 장식하고 있었다. 공화당 대선후보 태드 코플랜드가 부인과 함께 밀집해 있는 군중 사이를 가르며 걷고 있는 사진이었다. 태드의 경호원 두 명이 귀에 이어폰을 꽂고 그 뒤를 따르고 있었다.

두 명의 경호원들 가운데 한 명이 바로 블런트 리보비츠였다.

19. 바이오픽

위키피디아

태드 코플랜드

같은 이름을 가진 동명이인에 관해서는 Copeland(동음이의어)를 참조할 것.

태데우스 데이빗 태드 코플랜드, 1960년 3월 20일 펜실베이니아주 랭카스터에서 출생. 미국 정치인이며 공화당 당원인 그는 2000년부터 2004년까지 필라델피아 시장을 역임했고, 2005년 1월부터 펜실베이니아 주지사로 재직하고 있다.

학력과 경력

태드 코플랜드의 부친은 카센터를 운영했고, 모친은 사회복지사로 일했다. 서민 가정에서 태어난 태드 코플랜드는 1985년 필라델피아의 템플 로스쿨에서 변호사 자격을 취득했다.

학업을 마친 태드 코플랜드는 유명 로펌 〈와이즈 앤드 아이보리〉에서 일했다. 그는 〈와이즈 앤드 아이보리〉에서 미래의 부인이 될 캐롤린 아이보리를 만났다. 캐롤린의 부친인 다니엘 아이보리는 〈와이즈 앤드 아이보리〉 로펌의 공동창립자였다.

1988년 캐롤린과 결혼한 태드 코플랜드는 장인이 경영하는 로펌을 나와 이타카의 코넬 로스쿨 법학 교수로 임용되었고, 그 후 펜실베이니아의 명문 대학인 필라델피아대학교에서 헌법학 교수로 재직하기 시작했다.

태드 코플랜드는 교수직을 유지하며 TBY(Take Back Your Philadelphia)라는 비영리단체를 설립했고, 필라델피아 북동부 지역에 거주하는 소수인종을 위한 다양한 지원 활동을 펼쳤다.

교육, 주거, 마약 중독 퇴치 등을 위한 범시민 캠페인을 펼쳐 괄목할 만한 성과를 거두었다. 미성년 소녀들의 조기 임신을 막기 위해 대대적인 홍보활동을 벌이는 한편 젊은 유권자들의 선거인 명부 등록을 적극 독려했다.

필라델피아 시장으로서의 활동 사항

1995년, 필라델피아 시의원(노스이스트 지역 대표)으로 선출되었고, 민주당이 다수인 시의회에서 보기 드문 공화당 의원이 되었다.

성공적인 시의회 활동으로 얻은 전폭적인 인기에 힘입어 다수의 지지자들을 확보하게 되었고, 2000년에는 모두를 깜짝 놀라게 한 가운데 필라델피아 시장에 당선되었다.

시장 재임 기간 동안 균형 잡힌 재정 집행으로 흑자 행정을 펼쳤고, 지방세 감세를 추진했으며 관내 교육기관의 기능을 현대화했다.

시 정부와 민간 부문의 파트너십을 체결하고, 대대적인 도심 재개발 계획에 착수했다. 뉴욕시에서 시범적으로 실시해 성공적인 결과를 도출해낸 범죄에 대한 '무관용 원칙'을 도입해 범죄율을 획기적으로 낮추었으며, 경찰개혁을 추진해 괄목할 성과를 거두었다.

폐허 상태로 방치되어 있던 철길 5킬로미터 구간을 친환경적인 녹지대로 만든 '레일 파크 프로젝트'를 입안해 언론과 시민들의 찬사를 이끌어냈다.

암살 기도

2003년, 태드 코플랜드는 시장 재선을 위한 선거 운동 기간 중 선거본부를 나서다가 괴한의 총격을 받는 사건이 발생했다. 암살 시도를 한 하미드 쿠마드는 53세의 정신이상자로 태드 코플랜드를 향해 다수의 총알을 발사했다.

태드 코플랜드는 폐와 복부에 각각 한 발씩의 총알을 맞았다. 심각한 부상당한 그는 즉시 병원으로 이송되었고, 다섯 달이 지난 후 완전히 회복했다. 결국 재선에는 실패했지만 여론의 열렬한 지지를 얻게 되었다. 공화당 정치인으로는 보기 드물게 총기 소지 규제를 지지했던 그는 이 사건을 계기로 평소 신념을 한층 더 공고히 하게 되었다.

펜실베이니아 주지사

2004년, 높은 인기에 힘입어 민주당 강세 지역인 펜실베이니아의 주지사로 선출되었다. 주지사 임기를 시작한 그는 최우선 과제로 재정 안정성 확보를 위해 노력했다. 세수 낭비를 줄이기 위해 효용성이 떨어지는 일부 사업을 과감하게 포기하는 대신 교육 개혁, 노인 보호시설 확충, 건강보험 개혁 추진사업에 예산을 집중했다. 그 결과 펜실베이니아 주는 미국에서 가장 복지 정책을 효율적으로 펼친다는 평가를 이끌어 냈고, 안심하고 질병 관리를 받을 수 있는 주로 거듭나게 되었다.

태드 코플랜드는 2008년과 2012년 선거에서도 압도적인 표 차로 주지사에 당선되었다. 연임 기간 동안에도 그는 초선 때부터 혁신적이고 실용적인 정치가라는 평가를 들어온 긍정적인 이미지를 계속 각인시켜 나갔다. 환경보호에도 진력해 주의 자연 자산 보호를 강화하는 일련의 법안을 통과시켰다.

2014년 12월, 그는 무려 65퍼센트의 지지율로 미국에서 여섯 번째로 인기 좋은 주지사 자리에 올랐다.

대통령에 대한 야망

태드 코플랜드는 지역에서 인기가 천정부지로 높았지만 공화당을 대표하는 대선 후보로서 입지는 폭넓게 다지지 못했다. 임신 중절 찬성, 동성애자 결혼 지지, 총기 규제 강화 지지 입장을 취해온 그의 정치적 노선이 공화당 전통 지지자들의 성향과 배치돼 대선 후보로서의 입지를 다지는 데 걸림돌로 작용했다.

일부 정치 비평가들은 태드 코플랜드가 전통적으로 공화당에 비우호적인 유권자들로 분류되는 히스패닉, 여성, 젊은 층 사이에서 인기가 높다는 점을 고려할 때 차기 대통령 선거 2차 투표에서 선전할 수 있는 후보라는 전망을 내놓기도 했다.

2014년에서 2015년까지 공화당 대선후보 경선에 나설 잠재적인 후보자를 묻는 여론조사에서 그는 3퍼센트 이하의 저조한 지지를 받는 데 그쳤다.

태드 코플랜드는 초라한 여론조사 결과에 실망하지 않고 여전히 대선을 향한 야심을 버리지 않고 있으며, 2015년 9월 1일에는 2016년 대통령 선거에 출마하겠다는 의사를 공식적으로 발표했다.

사생활

태드 코플랜드의 부인 캐롤린 아이보리는 민주당 지지 성향을 보여온 펜실베이니아 토박이 가문 출신이다. 변호사로 활동하던 그녀는 현재 펜실베이니아 서부법원의 연방 검사 수석 보좌관으로 재직 중이다.

1988년 5월 3일에 결혼식을 올린 두 사람은 슬하에 1남 1녀를 두고 있다. 아들 피터는 존스 홉킨스 의대에 재학 중이고, 딸 나타샤는 런던의 로얄 칼리지 오브 아트에 재학 중이다.

20. 앨런과 머크래커들

모든 인간에게는 세 개의 삶이 있다. 하나는 공적인 삶,
다른 하나는 사적인 삶 그리고 세 번째는 은밀한 삶이다.
_가브리엘 가르시아 마르케스

1

미드웨스트

마르크는 식당을 나와 다시 도로로 나서기 전 휘발유 값을 계산하고,
맥주 한 병을 샀다. 라디오에서는 밥 딜런의 〈사라〉가 흘러나오고 있었
다. 그가 좋아하는 노래 가운데 하나였다. 1976년에 발매된 앨범 《디
자이어》에 수록된 곡으로 밥 딜런이 노래의 주인공이기도 한 아내 사라
와 이혼하기 직전 발표했고, 추억을 떠올리는 순간들을 시적인 언어로
형상화했다.

모래언덕, 하늘, 해변에서 노는 아이들, '찬란한 빛을 발하는 보석'에
비유한 여인 등이 나오는 가사는 석양의 애잔한 분위기로 마무리된다.
아내 사라와의 화해 시도는 실패로 돌아가고, 인적이 사라진 해변에는
녹슬어가는 배 한 척만 덩그러니 남았다는 마지막 부분 가사 내용은 밥
딜런의 인생 이야기이기도 하지만 우리 모두에게 적용되기도 한다.

"오늘의 메뉴 한번 드셔볼래요?"

종업원이 주문한 맥주를 내려놓으며 말했다. 식당의 손님들은 그녀를 '진저'라고 불렀다. 짧게 자른 머리를 붉은색으로 물들이고, 양팔에는 오토바이 폭주족들처럼 문신을 새겨 넣은 여자였다.

"오늘의 메뉴가 뭔데요?"

"허브를 가미한 닭가슴살과 마늘을 곁들인 감자 퓌레."

"고맙지만 난 아직 배가 고프지 않아요."

"말할 때 악센트가 굉장히 특이하네요. 어디서 오셨죠?"

"파리."

"파리 테러 당시 프랑스로 신혼여행을 갔던 친구가 정말 무서웠다더군요."

"저런! 안됐군요."

마르크는 사람들이 그런 말을 할 때마다 헤밍웨이가 파리에 대해 썼던 문장을 들려주고 싶었다.

'파리는 언제든 가볼 가치가 있다. 당신이 그 도시에 제공한 것 이상으로 뭔가를 보상받게 될 테니까.'

"무슨 일로 포트웨인까지 오셨죠?"

"수사를 하고 있어요. 난 형사거든요."

"어떤 사건을 수사하는데요?"

"난 사람을 찾고 있습니다. 앨런 코발코브스키라는 남자죠. 내 생각에는 그가 여기서 조금 떨어진 농장에 살고 있는 것 같던데 말입니다."

진저가 고개를 끄덕였다.

"저도 그 망할 자식을 잘 알아요. 우린 같은 학교에 다녔죠. 앨런에게 뭘 원하시는데요?"

"그냥 몇 가지 물어볼 게 있어요."

"앨런은 형사님의 질문을 들어줄 수 없을 텐데요?"

"왜죠?"

"벌써 10년 전에 죽었으니까요."

진저가 아무렇지도 않게 말했다.

큰 충격을 받은 마르크는 당혹감을 감추지 못하며 진저와 좀 더 대화를 나누려고 했지만 그녀는 다른 손님들을 응대하기 위해 가버렸다.

빌어먹을!

방금 전에 들은 앨런의 사망 소식은 마르크를 실망스럽게 했지만 애초의 계획이 아예 좌초된 건 아니었다. 컴퓨터에 대해 잘 알지는 못했지만 플로랑스가 메일을 보냈다면 여전히 앨런 코발코브스키의 메일함에 들어 있을 거라고 믿었다.

마르크는 오이스터 바에서 인터넷으로 전화번호부를 검색해봐야겠다고 생각했고, 그 결과 놀라운 사실을 발견했다. 미국 전역에 i로 끝나는 코발코브스키는 수백 명인데 비해 y로 끝나는 코발코브스키는 네 명에 불과했다. 그중 한 명의 이름이 공교롭게도 앨런 코발코브스키였고, 오하이오주와 인디애나주 경계에 살고 있다는 사실을 확인했다. 그 후, '오하이오에 사는 앨런 코발코브스키가 메일을 받았다면?'이라는 질문이 한시도 머리를 떠나지 않았다.

마르크는 2년 전에 비슷한 착오를 겪은 적이 있었다. 어느 날 아침, 그는 마리라는 이름을 가진 여자가 그와 동명이인이라고 해도 좋을 마르크 카라덱(Karadec)에게 보낸 야한 사진들을 보게 되었다. 메일의 수신자로 되어 있는 마르크 카라덱은 툴루즈에 사는 남자로 그의 성 카라덱(Caradec)과 철자 하나가 다를 뿐이었다.

마르크는 생각을 정리하며 맥주를 한 모금 들이켰다.

앨런 코발코브스키가 10년 전에 죽었다면 왜 아직 전화번호부에 그의 이름이 올라 있을까?

마르크는 손짓으로 진저를 불렀지만 그녀는 가끔씩 가슴골을 곁눈질하는 젊은 남자와 시시덕거리느라 돌아볼 여념이 없었다.

마르크는 생각다 못해 20달러짜리 지폐를 꺼내 진저를 향해 흔들어 보였다.

"프랑스에서 온 형사님은 이 돈으로 저를 살 수 있을 거라 믿고 있군요."

진저가 쪼르르 달려오더니 지폐를 날름 가로채며 말했다.

마르크는 두 눈을 깜빡거리며 길게 숨을 들이마셨다.

"앨런에 대해 좀 더 이야기를 듣고 싶을 뿐이니까 착각하지 말아요. 앨런은 농장을 운영하는 사람이었나요?"

"형사님 말대로 앨런은 아내 헬렌과 함께 작은 농장을 운영했어요."

"앨런이 왜 죽었는지 알고 있나요?"

"앨런은 자살했어요. 아주 끔찍한 일이라 그 이야기는 더 이상하고 싶지 않아요."

자세히 보니 진저의 목 아래쪽에 문신이 있었다. 마르크는 문신에 적혀 있는 문장을 읽기 위해 가느다랗게 실눈을 떴다.

'우리는 우리가 선택한 상처와 더불어 산다.'

완전히 틀린 말은 아니었지만 인생은 그리 간단하지만은 않다고 생각했다.

마르크는 지폐 한 장을 더 꺼냈다. 진저가 다시 지폐를 날름 받아 채더니 진 바지 주머니에 집어넣었다.

"앨런은 단 한 가지 열정밖에 없던 사람이었어요. 그는 틈만 나면 사슴 사냥에 나섰죠. 사냥을 나갈 때마다 아들에게 함께 가길 원했어요. 그의 아들은 사냥을 그다지 좋아하지 않았죠. 앨런의 아들은 이름이 팀이었는데 정말이지 특별한 아이였어요. 사람들이 팀을 볼 때마다 자식을 낳지 않은 걸 크게 후회할 만큼 똑똑하고 잘생긴 아이였죠."

진저의 시선이 잠시 허공을 맴돌다가 이내 제자리로 돌아왔다.

"10년 전 어느 날 아침, 앨런이 평소처럼 사냥을 가자고 하자 팀은 따라가지 않겠다고 버텼어요. 앨런은 함께 가야 한다며 팀을 윽박질렀어요. 그는 아들이 진정한 사내로 성장하려면 사냥을 배워야 한다고 믿는 사람이었죠. 왜 남자들의 멍청한 생각 있잖아요."

마르크도 순순히 고개를 끄덕였다.

"팀은 어쩔 수 없이 따라나섰고, 부자 사이 언쟁은 숲에서도 계속 이어졌어요. 팀은 작심이라도 한 듯 고집불통인 아빠의 잘못된 점을 조목조목 지적했나봐요. 앨런은 팀을 숲에 남겨두고 몇 시간째 추격 중인 사슴을 따라다니다가 마침 풀숲을 헤치고 도망치는 소리를 듣고 총을 난사했다더군요. 그 뒤는 상상에 맡기죠."

마르크는 끔찍한 광경이 떠올라 눈살을 찌푸렸다.

"앨런이 아들을 쏜 건가요?"

"팀은 총알이 심장을 파고드는 바람에 그 자리에서 즉사했어요. 겨우 열네 살이었는데 정말 안타까운 일이었죠. 자책감을 견디지 못한 앨런은 팀을 묻은 다음 날 스스로 머리에 총을 쏴 목숨을 끊었어요."

마르크는 결국 한숨을 푹 내쉬었다.

"빌어먹을! 앨런의 부인은 어떻게 되었죠?"

"헬렌은 아직 농장에서 계속 살고 있어요. 비극적인 사건이 있기 전에도 약간 정신이 온전하지 못해 외톨박이로 지냈는데, 남편과 아들을 잃고 나서는 완전히 실성해버리다시피 했나봐요. 농장은 아무도 돌볼 사람이 없어 황폐해졌고, 헬렌은 아침부터 저녁까지 술에 찌들어 살고 있죠."

"그 여자는 뭘 먹고 목숨을 부지하고 있답니까?"

진저가 씹고 있던 껌을 쓰레기통에 뱉었다.

"헬렌은 몸을 팔아 살아가고 있어요. 아마도 여자가 궁했던 동네 놈팡이들에게는 엄청난 희소식이었을 거예요."

마르크는 할 말을 잃고 애꿎은 식당 출입문만 뚫어지게 쳐다보았다.

"요즘은 헬렌을 찾는 남자들의 발길이 뜸하다는 말을 들었어요. 아무리 궁한 남자들이라고 해도 시체 같은 여자와 그 짓을 하고 싶겠어요?"

2

앨런 브리지스는 몹시 기분이 언짢아 보였다.

"도대체 무얼 하고 있었습니까? 사람을 한 시간 넘게 기다리게 하다니!"

"죄송합니다, 나름 사정이 있었습니다만 변명은 하지 않겠습니다."

플랫아이언 빌딩 꼭대기 층에 위치한 앨런의 집무실은 마치 전시 작전사령부로 돌변해 있었다. 벽에 걸린 코르크 게시판에는 압정으로 고정시킨 사진들이 걸려 있었고, 칠판에는 일정이 **빼곡**하게 적혀 있었고, 책이 가득 찬 상자들이 여기저기 널려 있었다.

한쪽 벽면에는 《윈터선》 소속 젊은 기자 두 명의 노트북에 연결시킨 모니터가 세 개나 걸려 있었다.

앨런은 나에게 아침에 잠깐 보았던 부하직원들을 정식으로 소개시켜 주었다.

"이 두 사람은 크리스토퍼 해리스와 에리카 크로스입니다. 이 회사에서는 모두 크리스와 크로스라고 부르죠."

크로스는 붉은색 머리를 어깨까지 치렁치렁 늘어뜨린 미녀였고, 크리스는 왜소한 체구에 말수가 적은 남자였다. 유리 벽 너머로 보이는 머크래커 팀 기자들이 대부분 공화당 전당대회 취재차 매디슨 스퀘어가든에 가 있는 탓에 빈자리가 눈에 띄게 많았다.

앨런은 진지한 목소리로 말문을 열었다.

"저는 사실 작가 선생의 말을 믿지 않았는데 이제야 제 생각이 틀렸다는 걸 알게 되었습니다."

앨런이 바닥에 놓인 책 상자들을 가리켰다.

"조이스의 물건을 보관해둔 창고에 가봤는데 아주 이상한 점이 있더군요."

앨런은 책상에 놓여 있던 책을 한 권 집어 들더니 나에게 내밀었다.

《예사롭지 않은 후보자》라는 제목으로 출판된 태드 코플랜드의 전기였다.

"1999년 말, 태드가 필라델피아 시장 선거에 출마했을 때 출판된 책입니다. 선거 캠페인을 할 때 태드의 열렬한 지지자들이 더러 책을 사기도 했나본데 칭찬 일변도라 그다지 읽을 만한 내용은 없더군요."

나는 저자의 이름을 소리 내어 발음해보았다.

"페페 롬바르디?"

"페페 롬바르디는 《필라델피아 인베스티게이터》에서 일했던 기자이자 사진작가인데 태드가 시의원으로 출마해 정계에 입문하던 당시부터 줄곧 따라다녔죠."

나는 책을 대충 훑어보다가 포스트잇을 붙여놓은 페이지를 펼쳤다.

"태드와 다정하게 포즈를 취하고 있는 여자가 누군지 알아보시겠습니까?"

1980년대 말에 촬영한 사진으로 한 장은 1988년 12월, 다른 한 장은 1989년 3월에 찍은 것으로 되어 있었다. 두 장 모두 조이스와 태드 코플랜드가 TBY(Take Back Your Philadelphia) 사무실에서 함께 찍은 사진이었다. 젊은 조이스는 눈부시게 아름다웠고, 탄산수처럼 톡톡 튀는 매력이 있어 보이는 여자였다. 날씬한 몸매에 뚜렷한 이목구비, 백옥 같은 치아, 아몬드 빛깔이 도는 눈동자를 보건대 클레어와 너무나 흡사했다.

두 장의 사진으로 미루어 볼 때 조이스와 태드가 매우 친밀한 사이였다는 사실은 명백해 보였다.

"제가 조사를 해봤는데 조이스는 TBY에서 일 년 동안 일했더군요. 처음에는 자원봉사자로 일하다가 나중에는 월급을 받는 정식 직원이 되었죠."

"조이스가 태드와 어떤 사이였던 것으로 보입니까?"

"저는 사진을 보는 순간 클린턴과 르윈스키가 떠오르던데요. 분위기상 냄새가 풀풀 나잖아요."

크리스가 몹시 흥분한 말투로 끼어들었다.

"단지 두 장의 사진으로 두 사람의 관계를 단정적으로 이야기할 수는 없지 않나요? 잘 아시는 분들이 왜 그러세요?"

이번에는 빨강 머리 크로스가 나섰다.

"현재 이 책의 저자인 페페 롬바르디가 메인주의 한 요양원에 있습니다. 올해 나이 아흔 살인데 아직 정신이 온전하더군요. 한 시간 전에 그와 통화했는데 책이 출판되고 나서 열흘쯤 지났을 때 태드 코플랜드 선거운동 책임자인 조라 조르킨이 남은 책들은 물론 책에 수록된 사진 필름까지 몽땅 구입해갔답니다."

"책과 필름을 모두 구입해간 이유가 무엇 때문인지 알아보았습니까?"

이번에는 앨런이 입을 열었다.

"표면적으로 내세운 이유는 태드 코플랜드가 책이 너무 마음에 들어 하는 만큼 직접 서문을 곁들여 새로운 판본을 출판하고 싶다고 했답니다."

"물론 새로운 판본이 나오지는 않았겠죠?"

"아니, 새로운 판본이 나왔습니다. 다만 새로운 판본에는 태드 코플랜드가 조이스와 찍은 두 장의 사진이 빠져 있더군요."

나는 계속 악마의 대변인 역할을 자처했다.

"얼마든지 사진을 빼버린 이유가 있지 않겠습니까? 그 사진들이 불필요한 오해를 불러일으킬 소지가 있다면 정치가 입장에서 빼버리는 게 당연하지 않나요? 더구나 태드 코플랜드에게는 부인이 있지 않습니까?"

"물론 백 번을 양보해 그렇게 생각할 수도 있지만 이상한 점은 또 있었습니다."

빨강 머리 크로스가 또다시 나섰다.

"인터넷으로 중고 서적 판매 사이트를 뒤지다가 매우 이상한 점을 발견했습니다. 그 책의 초판본이 아마존이나 이베이의 중고 서적 판매 사이트에 뜰 때마다 누군가 즉시 거액을 지불해 사들이고 있더군요."

"초판본을 악착같이 구입한 사람이 누군지 확인해봤습니까?"

빨강 머리 크로스가 어깨를 으쓱했다.

"아직 확인해보지는 않았지만 작가 선생도 짐작이 가는 사람이 있지 않나요?"

"물론 짐작이 가는 사람은 있지만 섣불리 예단할 수야 없죠."

"이상한 점은 또 있습니다. 필라델피아의 몇몇 도서관과 접촉해본 결과 분명 온라인 상으로 확인했을 때는 서가에 꽂혀 있어야 마땅한 책이 실제로는 없더란 말입니다. 책이 분실되었거나 누군가가 빌려 갔다가 반납하지 않았다는 뜻인데 공교롭게도 필라델피아의 몇몇 도서관 사정이 모두 똑같더군요."

앨런은 고갯짓으로 부하직원들에게 잠깐 밖으로 나가 있으라고 지시했다. 집무실 안에 둘만 남게 되자 앨런이 허심탄회하게 자기 생각을 털어놓았다.

"자, 이제부터는 쓸데없이 말을 빙빙 돌리지 말고 편하게 이야기합시다. 태드가 그 사진들을 모두 찾아내 없애려고 하는 이유는 자명합니다. 조이스와 연인 관계였다는 사실을 숨기기 위해서겠죠. 한 발 더 나가보자면 태드는 클레어의 생부일 가능성이 매우 큽니다. 그림이 제대로 맞아 떨어지잖아요. 그가 조이스와 가까이 지냈던 시기와 클레어가 혼혈이라는 사실을 감안해보면 아귀가 딱딱 맞아떨어지는 시나리오가 성립되더군요."

"저도 얼마든지 가능한 시나리오라고 생각합니다."

"제가 정말로 뜻밖이라고 생각한 점이 한 가지 있습니다. 작가 선생은 플로랑스가 사망하기 직전 조이스와 태드에 대해 조사하고 있었다고 확신하시죠?"

"네, 그렇게 생각하고 있습니다."

"바로 그 부분이 뜻밖이라는 겁니다. 플로랑스와 저는 정치인들의 사생활에 대해 늘 비슷한 입장을 취해왔습니다. 정치인의 능력과 사생활은 별개라는 입장이었죠. 저널리즘이 유력 정치인들에 대해 지나친 관음증을 보이는 것도 문제라고 생각했습니다. 저는 미국의 차기 대통령 후보가 20년 전 혼외정사를 했다는 사실 따위에는 전혀 관심이 없습니다. 제가 생각하기에 대통령 후보 자격을 박탈해야 할 만큼 심각한 결격 사유는 아니라고 생각하거든요."

"제 생각은 조금 다릅니다. 아직 단정할 수 있는 단계는 아니지만 조이스가 스스로 태드와의 관계를 밝히려고 시도했던 것 같습니다."

"조이스가 그 사실을 세상에 알리고 싶었다면 진작 나섰어야지 왜 오랫동안 침묵하고 있다가 갑자기 나서게 되었을까요?"

"조이스의 딸 클레어가 프랑스에서 납치되었는데 경찰 수사가 지지부진했기 때문이겠죠. 제가 만약 조이스의 입장이었더라도 언론이 납치사건을 대대적으로 보도할 수 있도록 모든 수단을 강구했을 겁니다."

잠시 침묵이 이어졌다.

"작가 선생, 지금 무슨 말씀을 하시려는 겁니까?"

"태드가 과거의 연인을 살해했거나 하수인에게 죽이라고 사주했을 거라는 뜻입니다."

21. 슬픔의 계절

오늘 저녁, 또다시 내 원피스는 그 향기를 잔뜩 머금었네……
나에게서 향기 나는 추억을 호흡하렴.
_마르셀린 데보르드 발모어

1
미드웨스트

마르크는 석양이 사위를 붉게 물들일 무렵 앨런 코발코브스키의 집에 도착했다.

농장 중심부에 위치한 코발코브스키의 집 마당은 쇠락해가는 주인의 운명을 반영하듯 잡초가 무성하게 자라 있었다. 콜럼버스에서 포트웨인까지 오는 동안 수백 개는 보았음직한 미드웨스트의 전형적인 농장이었다. 그나마 다른 점이 있다면 3층짜리 본채 옆에 곡물창고로 쓰는 별채가 있다는 것 정도였다. 석양으로 붉게 물든 하얀 지붕을 머리에 이고 있는 별채의 모습이 인상적이었다.

마르크는 시선을 집으로 들어가는 현관문에 고정시키고 앞으로 걸어갔다. 그는 네 개의 계단을 올라가 페인트가 심하게 떨어져 나간 현관문 앞에 섰다. 현관문에 드리워놓은 모기장이 뜨거운 기운을 머금은 바람이 불 때마다 조금씩 흔들렸다.

마르크는 모기장을 젖히고 집 안쪽을 향해 소리쳤다.

"코발코브스키 부인!"

마르크는 잠시 기다리다가 집 안으로 들어가기로 마음먹었다. 현관과 연결되어있는 거실을 보니 페인트칠이 벗겨져 나간 벽에 풀칠을 잘못해 벌렁벌렁 일어난 벽지, 닳아빠진 양탄자, 임시방편으로 수리해놓은 가구 따위가 놓여 있었다.

거실 소파에 몸을 잔뜩 웅크린 여자가 아몬드 빛깔 소파에 옹송그리고 누워 있었다. 여자의 발치에는 싸구려 보드카 병 서너 개가 나뒹굴고 있었다.

마르크는 한숨을 길게 내쉰 다음 소파에서 잠든 헬렌에게로 다가갔다. 여자가 몸을 웅크리고 누워 있어 얼굴을 자세히 볼 수 없었다. 그는 헬렌의 잠든 모습을 바라보는 동안 절로 안쓰러운 생각이 들었다. 슬픔의 구렁텅이에 빠져 허우적대는 여자였고, 그 자신 역시 크게 다르지 않은 존재라는 생각이 들었다.

"코발코브스키 부인!"

마르크는 여자의 어깨를 흔들며 귀에 대고 속삭였다.

마침내 헬렌이 잠에서 깨어났다. 그녀는 전혀 놀라거나 두려워하지 않고 그저 무심한 태도로 두 눈을 껌벅이며 그를 쳐다보았다. 마치 그녀의 육신은 이곳에 있지만 정신은 다른 곳에 가 있는 듯했다.

"미리 연락도 없이 불쑥 찾아와 죄송합니다."

"누구시죠? 미리 말씀드리지만 이 집에는 훔쳐 갈 물건이 없어요."

"저는 도둑이 아니라 형사입니다."

"저를 체포하러 왔나요?"

"부인을 체포하러 온 건 아니니까 걱정하지 말아요."

헬렌은 몸을 일으키려고 애쓰다가 힘겨운 듯 다시 소파에 주저앉았다. 술에 취한 상태일 수도 있었고, 약을 과다하게 사용했을 수도 있었다. 눈 아래로 다크서클이 짙게 드리워진 얼굴에 몸 전체에 뼈와 가죽만 앙상하게 남아 있어 마치 산 사람 같지 않았다. 길쭉길쭉한 팔다리에 잿빛 머리, 연회색 눈동자로 미루어볼 때 한때는 모델처럼 아름다운 여자였을 거라는 생각이 들었다.

"차를 한잔 끓여드릴까요? 뜨거운 차를 마시면 그나마 머리가 맑아지면서 기분이 좋아질 겁니다."

마르크의 제안을 듣고도 그녀는 아무런 대꾸를 하지 않았다. 그는 마치 유령을 만나고 있는 것 같은 느낌이 들었다. 그녀가 유령 행세를 하다가 갑자기 돌변해 공격해올 경우 곤란한 문제가 발생할 수도 있기에 그는 거실 어딘가에 무기를 숨겨둔 건 아닌지 확인하고 나서 주방으로 갔다.

주방 창밖으로 웃자란 풀들로 뒤덮여 있는 농장이 보였다. 개수대에는 설거지해야 할 그릇들이 층층이 쌓여 있었고, 냉장고에는 날계란 몇 개와 따지 않은 보드카 병들이 가득 들어 있었다.

마르크는 또다시 한숨을 푹 쉬었다. 그가 오래전부터 벗어나지 못하는 삶이 지금 여기에서도 펼쳐지고 있었다.

더 이상 삶을 견디기 힘든 사람이 차마 목숨을 끊지 못해 겨우 생명을 연장해가고 있다면 그 얼마나 우울한 일인가?

마르크는 끓는 물에 레몬, 꿀, 계피 따위를 넣고 차를 만들었다. 그가 차를 만들어 거실로 돌아왔을 때 헬렌은 여전히 소파에 비스듬히 앉아 있었다. 그는 헬렌에게 뜨거운 차를 건넸다.

삶의 지표를 잃고 헤매는 여자에게 집을 찾아온 목적을 설명해준다는 건 도저히 불가능한 일로 보였다. 헬렌은 찻잔에 입술을 대고 아주 조금씩 차를 마셨다. 초점 잃은 눈, 굽은 등, 앙상한 뼈만 남은 몸을 보아하니 황폐한 집 이미지와 아주 잘 맞아떨어져 보였다.

마르크는 잠시 눈을 감고 에곤 실레의 그림에 등장하는 여자들의 병적인 얼굴과 누르스름한 피부를 생각했다. 그 여자들은 살아 있다기보다는 차라리 죽은 존재에 가까웠다.

마르크는 블라인드를 걷어 올리고 문을 활짝 열어 실내공기를 환기시키고 나서 서가를 둘러보았다. 오하이오의 농장 서가에서 발견하게 될 줄은 전혀 몰랐던 책들이 금세 눈에 들어왔다.

팻 콘로이, 제임스 리 버크, 존 어빙, 이디스 워튼, 루이스 얼드리치와 캘리포니아 대학 출판사에서 펴낸 기욤 아폴리네르의 《칼리그람》도 꽂혀 있었다.

"제가 가장 좋아하는 시인입니다."

마르크가 서가에서 책을 꺼내며 말했다.

그 말을 들은 헬렌의 얼굴에 갑자기 활기가 돌았다. 마르크는 아폴리네르와 루에게 바치는 시, 제2차 세계대전, 전쟁에 나갔다가 전사한 조부, 스페인 독감, 문학을 전공한 아내 엘리즈, 엘리즈와의 만남, 엘리즈가 어떻게 그를 고전문학의 매력과 예술작품에 눈 뜨게 해주었는지 두서없이 이야기하며 헬렌을 안심시켰다.

마르크가 이야기를 마쳤을 때 어느새 햇빛이 사라진 방 안은 금세 어둠 속에 잠겼다.

마치 기적처럼 헬렌이 묻지도 않은 자신의 이야기를 털어놓기 시작했다. 공부를 잘하는 학생이었지만 부모님 일을 돕기 위해 수업을 자주 빼먹어야 했던 어린 소녀, 대학에 입학할 당시만 해도 전도유망한 학생이었던 여자, 너무 일찍 남자를 만나고 결혼과 함께 힘든 날들을 보내다가 아들 팀을 낳고서야 비로소 활기를 되찾았던 여자의 이야기가 고즈넉한 방 안에서 조용히 울려 퍼졌다.

헬렌이 농장에서 행복을 느낀 시간이라면 책을 읽을 때뿐이었다. 팀이 숨지면서 다시 바닥 모를 심연 속으로 빠져들었고, 그 후 지금껏 칠흑 같은 어둠 속에서 헤매고 있었다.

사람은 누구나 무덤에 눕기 전까지는 죽은 게 아니야.

헬렌은 오래도록 많은 말을 했다. 다시 방 안에 침묵이 내려앉았고, 그녀는 긴 손가락으로 머리카락을 쓸어내렸다.

마르크는 비로소 틈을 내 찾아온 이유를 털어놓았다.

"내가 당신을 찾아온 이유는 확인해볼 게 있어서입니다."

"파리에서 이 먼 곳까지 오셨으니 분명 중대한 이유가 있을 거라 짐작했어요."

"10여 년 전, 여러 사람의 인생을 망가뜨린 사건이 있었습니다. 어쩌면 당신이 그 사건의 열쇠를 쥐고 있을 수도 있습니다."

"제가 무슨 말인지 이해할 수 있게 좀 더 상세하게 말씀해보세요."

마르크는 클레어의 실종에서부터 비롯된 일련의 과정을 빠짐없이 이야기해주었다. 그의 이야기가 진행되는 동안 헬렌의 두 눈이 반짝거렸고, 움츠렸던 어깨가 곧게 펴졌다. 오늘 저녁만큼은 대학 시절의 전도유망한 학생으로 돌아간 듯 보였다. 적어도 '브루클린의 소녀'에 대한 이야기를 제대로 이해할 수 있을 정도의 지적 능력을 회복한 게 분명했다.

헬렌이 이야기를 다 듣고 난 후 장난기를 곁들여 물었다.

"그러니까 당신은 11년 전 누군가의 실수로 제 남편의 메일함에 들어와 있을지도 모를 첨부파일을 찾아 뉴욕에서 일천 킬로미터를 달려왔다는 말이죠?"

"좀 더 정확하게 말씀드리자면 2005년 6월 25일 자 메일입니다. 제가 생각하기에도 무모한 시도이지만 그 첨부파일이 사건 해결의 키를 쥐고 있는 중요한 단서가 될 수도 있기에 이렇게 달려왔습니다."

"농장에 정착한 1990년 이후 우리는 줄곧 앨런이라는 이름으로 전화를 사용했죠. 남편이 죽고 나서도 전화는 여전히 그 사람 이름으로 되어 있었어요. 인터넷 역시 남편 이름으로 되어 있죠. 앨런은 팀을 기쁘게 해주려고 인터넷에 가입했어요. 정작 그는 컴퓨터에 대해 전혀 관심이 없었죠. 메일 검색은 모두 팀이 도맡아 했죠."

마르크에게 희망이 샘솟았다.

"팀이 정체불명의 메일을 받았다면 당신과 터놓고 상의했을까요?"

"제가 괜한 걱정을 할까봐 이야기하지 않았을 거예요. 팀은 언제나 저를 보호해주기 위해 애쓰는 아이였죠."

"아버지와는 상의했을까요?"

"팀은 아버지와 대화를 나누지 않는 편이었어요."

"그럼 메일 계정이 아직도 그대로입니까?"

헬렌이 고개를 저었다.

"팀이 죽고 나서 인터넷을 끊었어요. 그러니까 그 메일 주소는 존재하지 않은 지 10년이 넘었어요."

마르크는 희망이 사라진 대신 한 가지 의혹이 피어올랐다.

"혹시 팀이 쓰던 컴퓨터를 아직 보관하고 있습니까?"

2
뉴욕

앨런이 잔뜩 굳은 얼굴로 생각에 잠겼다.

"직접적이든 간접적이든 태드가 조이스의 죽음에 깊이 관련되어 있다는 사실은 명백합니다."

"작가 선생, 너무 앞서나가는 발언 아닌가요?"

앨런은 즉시 내 말에 이의를 제기했다.

"아직 태드가 관련되어 있다는 명백한 증거는 없습니다. 태드는 공화당 후보이지만 케네디 이후 가장 기대가 되는 대선 후보입니다. 저는 아직 검증되지 않은 이야기로 유력 대선 후보를 공격하는 일은 하지 않을 겁니다."

앨런이 태드라는 정치인에 대해 이중적인 감정을 지니고 있다는 사실을 간파했다. 앨런은 태드와 같은 세대에 속하는 인물이었고, 이념적으로도 호감을 느끼고 있었다. 태드는 공화당 대선 후보로는 처음으로 과도한 신자유주의 정책을 반대하고, 총기 규제를 소리 높여 외치고, 교조적인 종교관과 거리를 두고 있었다.

한편 태드는 과감하게 미국의 전통적인 정치 지형을 앞장서서 해체시키는 시도를 하고 있었다. 그가 내세우고 있는 개혁적인 공약은 민주당 지지자들까지 자기편으로 만드는 시너지 효과를 누리고 있었다.

나 역시 태드가 내세우고 있는 슬로건에 찬성할 수밖에 없는 입장이었다. 특히 그가 연설할 때 존 스타인벡과 마크 트웨인을 인용하는 모습을 보고 큰 감명을 받았다. 공화당 경선 과정에서 경쟁자들과 TV 토론을 할 당시 상대 후보의 코가 납작해지도록 질책을 퍼부었을 때에는 짜릿한 전율을 느끼기도 했다.

태드는 야심만만한 정책 공약을 준비해두고 있었고, 균형 잡힌 시각을 갖고 있는 후보라는 인식을 주기에 충분했다. 중대한 정치적 결정은 합리적인 토론의 틀 안에서 이루어져야 한다거나 경제성장의 과실이 극소수 슈퍼 리치들에게 돌아가는 현재의 시스템을 개혁해 다수의 국민들이 수혜를 받을 수 있는 제도를 마련하겠다는 발언 등이 내 마음에 큰 울림을 준 건 분명한 사실이었다.

태드가 매력적인 정치가라는 점은 부인할 수 없었지만 나는 그가 조이스와 플로랑스의 죽음, 클레어 납치사건에 깊이 연루되었다고 믿었다.

나는 앨런을 내 편으로 만드는 게 무엇보다 중요하다고 생각했다.

"저는 태드가 조이스뿐만 아니라 플로랑스의 죽음에도 깊이 관련되어 있을 거라고 믿습니다."

"지나친 억측입니다. 이제 더는 못 들어주겠어요!"

앨런이 마침내 폭발했고, 나는 그를 설득하기 위해 내가 지니고 있는 두 개의 히든카드를 공개했다. 911에 접수된 신고 전화의 발신지가 플로랑스의 집 주소와 일치한다는 점, 범행 현장에서 블런트 리보비츠의 DNA가 발견되었다는 점이었다.

앨런은 예상대로 몹시 당혹스러워했다. 그의 얼굴 표정이 심각하게 굳어지더니 눈이 이글이글 불타올랐고, 이마의 주름이 한층 더 깊어졌다.

"블런트 리보비츠가 누군지 알고 계셨습니까?"

"당연하죠. 태드와 접촉한 정치부 기자라면 누구나 블런트 리보비츠가 누군지 알 겁니다. 그는 이미 오래전부터 태드의 경호를 맡아왔으니까요. 조라 조르킨의 삼촌이기도 하고요."

조라 조르킨이라는 이름을 두 번째로 듣는 순간이었다.

"조라는 태드의 선거 캠페인 총책임자이자 가장 핵심적인 참모입니다. 태드가 가는 곳이면 어디든 그림자처럼 따라다니죠. 조라는 태드가 펜실베이니아 주지사로 재직할 당시에도 보좌진으로 일했는데, 이미 그 이전인 필라델피아 시장 시절부터 막후에서 태드의 정치적인 성공을 위해 활약한 인물로 알려져 있습니다. 조라가 아니었다면 태드는 지금도 여전히 법대 교수 노릇이나 하고 있었을지도 모릅니다."

"저는 그 여자가 누군지 전혀 모르고 있었습니다."

"대중들은 막후에서 활약하는 브레인을 알 길이 없죠. 태드가 유력 대선 후보가 되면서 조라의 위상도 많이 달라지고 있습니다. 석 달 전, 《뉴욕타임스》가 조라를 표지 인물로 실으면서 '미국에서 가장 섹시한 브레인'이라는 제목을 달기도 했죠. 그 제목이 절대로 과장이 아닐 만큼 조라는 매력적인 여자입니다."

"조라가 왜 뛰어난 브레인이라는 평가를 받고 있죠?"

"조라는 판세를 읽는 눈이 뛰어나고 선거자금 모집에도 대단한 수완을 발휘한 것으로 알려져 있습니다. 특히 페이스북을 적극 활용해 그녀와 동 세대 기업인들을 후원자로 만들어내는 성과를 거두었죠. 태드가 여론조사에서 바닥을 기고 있을 당시에도 넉넉한 선거자금 덕분에 물

속으로 가라앉지 않고 유리한 국면이 될 때까지 버텨낼 수 있었습니다. 조라는 뛰어난 전략가일 뿐만 아니라 모략 전문가이기도 하죠. 상대의 약점을 잡으면 절대로 놓지 않는 투견입니다."

나는 그저 멋쩍은 생각이 들어 어깨를 한 번 추어올릴 수밖에 없었다.

"비즈니스든지 정치든지 스포츠계든지 연예계든지 분야만 다르지 방법은 모두 똑같군요. 기꺼이 자기를 대신해 손을 더럽힐 누군가를 필요로 한다는 게 권력을 쥔 사람들의 공통적인 특징인가 봅니다."

앨런은 고개를 끄덕여 내 말에 동의하면서 인터폰을 눌러 크리스와 크로스를 다시 들어오게 했다.

"2005년 6월 25일 테드 코플랜드 주지사의 스케줄에 대해 알고 있는 게 있으면 모두 털어놔봐."

나는 회의적인 생각이 들어 앨런에게 말했다.

"조이스가 사망한 날 말입니까? 이미 10년이나 지난 일인데 이제 와서 주지사의 스케줄을 알아낼 수 있을까요?"

앨런이 한숨을 푹 쉬었다.

"저는 감당이 안 되는 일입니다만 여기 있는 크리스와 크로스가 얼마나 뛰어난 능력을 발휘하는지 곧 알게 될 겁니다. 두 사람이 당시 언론에 실린 정보들은 물론 웹사이트, 블로그, SNS 등을 눈 깜짝할 사이에 검색해낼 테니까 두고 보세요. 작가 선생도 잘 아시겠지만 인터넷 공간에서 완벽하게 지워지는 데이터는 없으니까요."

앨런이 리모컨을 눌러 공화당 전당대회 실황을 중계하는 뉴스 채널을 틀었다.

매디슨 스퀘어가든에서는 일만 명의 군중이 운집한 가운데 지지 연설을 맡은 인사들이 차례대로 연단에 올라 대선후보로 선출된 태드 코플랜드에 대한 찬사를 이어갔다. 문화계와 스포츠계 유명 인사들이 열광적으로 환호를 보내며 박수를 치는 모습이 화면에 잡혔다. 이틀 전부터 공화당 대의원들이 대선후보를 결정하기 위한 투표에 돌입했다. 한 시간만 지나게 되면 태드 코플랜드가 대선 출마 수락 연설을 하게 될 테고, 그다음에는 풍선 날리기와 삼색 색종이 조각이 비처럼 쏟아지는 장면을 보게 될 것이다.

"앨런, 방금 파일을 보냈어요."

인터폰에서 크로스의 목소리가 흘러나왔다.

크리스가 벽면에 부착된 모니터 화면을 보며 설명을 시작했다.

"2004년 태드 코플랜드 주지사의 공식 스케줄을 펜실베이니아주 홈페이지에서 검색해봤습니다. 모니터 화면으로 태드 코플랜드 주지사의 2005년 6월 25일 일정을 보십시오."

9h-10h 30 : 공공 교통수단의 효율성 제고를 위해 노동조합 대표들과 마지막 라운드 협상

11h-12h : 체스터 하이츠 고등학교 교사들과의 만남

"두 가지 행사와 관련해 언론이나 블로그에 실린 모든 자료들을 정리했습니다."

크리스가 한마디 덧붙였다.

태드 코플랜드가 노동조합 대표들과 포즈를 취한 사진들과 체스터 하이츠 고등학교 교사와 학생들과 함께 찍은 사진들이 보였다.

"사진에서 보시다시피 조라와 블런트는 언제나 태드 코플랜드와 가까운 거리에서 밀착 경호를 하고 있다는 사실을 확인할 수 있습니다."

앨런이 건장한 체격의 블런트와 언뜻 봐서는 나이를 가늠할 수 없는 조라를 가리켰다. 모든 사진에서 조라는 얼굴을 가리거나 몸의 일부분이 잘려나가 있었다. 다분히 의도적인 면이 엿보였다.

"이 사진만 봐서는 딱히 수상한 점을 발견할 수 없군요."

내가 다소 맥 빠진 목소리로 논평했다.

"태드 코플랜드의 오후 일정이 흥미롭더군요."

크리스가 나를 향해 말했다.

12h 30-14h : 몽고메리 지역 노인 요양원 거주자들과의 오찬 및 대담

15h : 필라델피아 북동부 지역에 위치한 메트로폴 스포츠 콤플렉스 준공 기념식

"태드 코플랜드는 컨디션 핑계를 대고 예정된 행사에 불참했고, 부지사 애너벨 쉬보가 대신 참석했습니다."

"북동부 지역은 태드 코플랜드가 공을 들여온 곳이고, 메트로폴이라면 저도 잘 알고 있어요. 그가 메트로폴 준공식에 참석하지 않았다면 분명 긴급 사태가 벌어졌기 때문일 거예요."

흥분한 앨런의 얼굴이 붉게 상기되었다.

"그날 오후, 필라델피아에서 태드를 볼 수 없었겠군."

앨런이 추측했다.

크리스가 화면에 새로운 영상 하나를 띄우며 말했다.

"아닙니다, 그는 오후 6시에 웰스 파고 센터에서 벌어진 필라델피아 팀의 농구 경기를 관전했습니다."

나는 모니터 화면 가까이 다가갔다. 필라델피아 팀 엠블럼이 새겨진 머플러와 모자를 쓰고 관객석에 앉아 있는 태드의 온화한 모습을 보니 방금 전 한 여자를 살해한 사람 같지는 않았다. 정치가들이 시치미를 떼는 선수라는 점을 감안하더라도 그의 얼굴은 지나치게 편안해 보였다.

"혹시 필라델피아 농구 팀의 다른 시합 사진들을 볼 수 있나?"

순식간에 화면에는 새로운 사진들이 줄줄이 떴다.

이번 사진에서는 태드만 보일 뿐 체격 좋은 경호원과 선거본부 총책임자의 모습은 보이지 않았다.

"크리스, 다른 시합 사진도 있는지 찾아봐줘. 그보다 좀 더 이른 날짜에 열린 시합 말이야."

30초쯤 지났을까? 크리스가 다시 입을 열었다.

"그 전주에 열린 셀틱스와의 경기 사진과 4월 말에 열린 올랜도와의 시합 사진이 있습니다."

두 시합 사진에서는 역시 주지사의 주변에 있는 블런트와 조라의 모습이 포착되었다.

"조라는 항상 주지사 뒤쪽에 앉아 있었습니다. 6월 25일에만 예외였죠. 과연 우연일까요?"

내 말에 앨런은 아무런 이의를 제기하지 않았다.

"필라델피아에서 뉴욕까지 자동차로 시간이 얼마나 걸리죠?"

내가 물었다.

"교통체증까지 감안하자면 넉넉잡아 두 시간은 잡아야 합니다."

나는 눈을 감고 3분 정도 생각을 정리했다. 2005년 6월 25일에 무슨 일이 있었는지 확실하게 감을 잡았지만 앨런을 우군으로 끌어들이기 위해서는 신중을 기할 필요가 있었다. 클레어를 찾아내 안전하게 데려오려면 앨런의 도움이 절실히 필요했다.

나는 감았던 눈을 뜨고, 내가 생각하고 있는 시나리오를 앨런에게 설명했다.

"토요일 오후에 주지사와 조라 그리고 블런트는 차량을 이용해 필라델피아를 떠납니다. 주지사가 조이스와 만나기로 약속했기 때문이죠. 두 사람의 대화는 순조롭게 진행되지 않았고, 끝내 격렬한 논쟁이 벌어집니다. 당황한 주지사는 끝내 조이스를 살해했고, 플로랑스가 두 사람의 대화를 녹취했다는 사실을 알게 됩니다. 주지사는 경호원 없이 혼자 필라델피아로 돌아옵니다. 알리바이 확보를 위해 농구 시합 관전을 할 필요가 있었을 테니까요. 블런트와 조라는 뉴욕에 남아 조이스의 시체를 옮기고, 사인을 헤로인 남용으로 포장합니다. 그다음에는 플로랑스를 해치워야 하는 과제를 수행했겠죠. 플로랑스의 입을 막아야 했을 테니까요."

충격을 받은 앨런은 두 손으로 머리를 감쌌다. 플로랑스와 재혼해 그녀의 아이를 낳고, 미래를 계획하고, 자신의 삶에서 조연이 아니라 주연이 되고 싶었던 그의 꿈은 이제 물거품이 되었다. 그는 지금 플로랑스가 홀로 감내해야 했던 죽음의 공포를 떠올리고 있을지도 모른다. 그 후 플로랑스를 잊기 위해 애쓰며 흘려보낸 시간들을 생각하고 있을지도 모른다. '성공은 근사하지만 성공을 베개 삼아 잠들 수는 없잖아요'라고 한

마릴린 먼로의 말이 틀리지 않았다는 걸 인정하고 있을지도 모른다.

"이제 어떻게 하실 겁니까?"

앨런이 마치 깊은 잠에서 방금 전 깨어난 사람 같은 표정을 지으며 물었다.

"나를 도와줄 수 있습니까?"

"플로랑스를 위해서라도 당신을 도와야겠지요."

"혹시 조라 조르킨의 휴대폰 번호를 알고 있습니까?"

"당연히 알고 있죠. 태드와 독점 인터뷰를 따내기 위해 그녀와 통화한 적이 있어요."

앨런이 휴대폰 번호를 찾는 동안 나는 일단 조라에게 보낼 문자메시지를 작성했다.

나는 당신이 플로랑스 갈로, 조이스 칼라일, 클레어 칼라일에게 저지른 짓을 알고 있어.

"작가 선생, 조라에게 문자메시지를 보내는 게 과연 좋은 방법인지 모르겠네요. 그들은 위치 추적 장치를 통해 작가 선생이 있는 위치를 금세 알아낼 겁니다."

"제가 바로 원하는 게 바로 그겁니다. 저도 체스라면 지지 않아요."

22. 조라

냉혈동물들만이 독을 지니고 있다.

_아르투르 쇼펜하우어

1

17년 전, 1999년 봄

내 이름은 태드 코플랜드이고, 올해 나이 서른아홉이다. 현재 펜실베이니아대학에서 헌법학과 사회과학을 가르치는 교수로 재직하고 있다. 나는 낚시를 하고 돌아오는 길이다. 사실 낚시보다는 자연 속에서 휴식을 취하고 싶을 뿐이다.

내가 호숫가에 배를 매려고 할 때 아르고스가 달려오더니 꼬리를 살랑살랑 흔들며 내 주변을 맴돈다.

"아르고스, 어서 가자!"

녀석이 낙엽송과 석재, 유리를 적절하게 배합해 지은 별장을 향해 달려간다. 나는 주말마다 별장에서 지낸다.

집 안으로 들어선 나는 라디오에서 흘러나오는 레스터 영의 색소폰 연주를 들으며 커피를 내린다. 나는 커피를 잔에 따라 들고 통나무로 지은 테라스로 나가 시가를 피우며 신문을 훑어보고 나서 학생들이 제출한 과제물을 채점한다. 휴대폰에 캐롤린이 보낸 문자메시지가 들어와 있다. 캐롤린은 필라델피아에서 볼 일이 있어 오후나 되어야 올 수 있다고 한다.

당신이 페스토 소스로 만든 파스타 요리를 준비해두고 기다릴 거라고 믿어요. C.

나는 경쾌한 모터 소리가 들려와 고개를 든다. 선글라스를 낀 나는 두 눈을 가느다랗게 뜨고 보트에서 내려서는 사람이 누군지 확인한다. 아주 멀리서도 나는 조라 조르킨이라는 걸 알 수 있다.

조라는 5년 전 내 제자였다. 내가 교수로 재직하며 만나본 제자들 중 단연 최고였다. 그녀는 날카로운 통찰력과 깊이 있는 지식으로 모든 주제에 대해 막힘없이 논리를 전개할 줄 알았던 비범한 재원이었다. 정치와 경제 분야, 미국 역사를 해석하는 안목도 뛰어났지만 유머나 공감 능력을 갖추지 못한 게 조금 아쉬웠다.

내가 알기로 조라에게는 성별을 불문하고 친구가 없었다. 나는 조라와 토론할 때마다 큰 즐거움을 느꼈지만 내 동료 교수들은 그녀를 불편하게 여겼다. 냉정하고 치밀한 조라의 지적 능력은 주변 사람들을 불편하게 만드는 구석이 있었다. 조라는 생각에 몰두해 있는 동안에는 주변 사람들을 전혀 의식하지 않고 있다가 갑자기 활화산처럼 폭발하기도 하고, 투우사의 칼처럼 날카로운 눈으로 상대를 쏘아보기도 했다.

"안녕하세요, 교수님."

조라가 내 앞에 와서 선다. 낡은 진 바지에 보풀이 일어난 스웨터를 입고 있다. 한쪽 어깨에는 고등학생 때부터 메고 다닌 가방이 걸려 있다.

"여기까지 나를 찾아온 걸 보면 매우 중요한 일이 있나본데?"

이윽고 조라가 경험한 일에 대해 이야기하기 시작한다. 그녀는 대학을 졸업하고 나서 최근 몇 년 동안 몇몇 지방선거 운동본부에서 일했다. 그녀는 애초 열세였던 후보의 선거 캠페인을 맡아 승리를 따내며 누구나 함께 일하고 싶어 하는 선거운동 전문가가 된다. 지금은 그녀가 상대 캠프에 합류할 경우 불리해진다는 인식이 널리 퍼져 있다.

"자네는 지방선거 결과로 만족하기에는 너무 아까운 인재야. 자네의 능력을 맘껏 펼칠 수 있는 정치인을 찾아봐."

"제 능력을 유감없이 발휘할 수 있는 예비 정치인 한 분을 알고 있어요."

나는 그녀가 입김을 불어가며 뜨거운 커피를 마시는 모습을 지켜본다. 눈을 덮다시피 한 앞머리 때문에 그녀의 얼굴이 가려지는 게 안타까울 지경이다.

"축하할 일이네. 혹시 나도 아는 인물인가?"

"바로 교수님입니다. 교수님 같은 분이 정치를 해야 합니다."

"난 도무지 무슨 말인지 못 알아듣겠어."

조라는 배낭의 지퍼를 열더니 포스터, 플래카드, 선거 전략이 담긴 인쇄물 등을 주섬주섬 꺼내놓는다.

"난 정치판에 뛰어들고 싶지 않아."

"이미 정치 경험이 있잖아요. 시민단체를 만든 적도 있고, 시의원도 역임하셨잖아요."

"내 말은 정치에 대해 더 이상 야심이 없다는 뜻이야."

조라가 커다란 눈을 동그랗게 뜬다.

"제가 보기에 교수님은 야심이 많은 분이에요."

"자네는 내가 어떤 선거에 출마하기를 원하나?"

"일단 필라델피아 시장에 출마하세요. 그다음은 펜실베이니아 주지사에 출마하시고요."

나는 어깨를 으쓱한다.

"필라델피아는 이제껏 단 한 번도 공화당 후보를 시장으로 뽑은 적이 없는 곳이야."

"아니, 있어요. 1941년에 버나드 사뮤엘이 공화당 후보로 나와 당선되었죠."

"60년 전 일이잖아. 지금은 불가능해."

조라는 내 말에 전혀 설득당하지 않는다.

"교수님은 공화당 주류와는 다른 이념을 가지고 있어요. 게다가 사모님은 대대로 민주당을 지지해온 집안 출신이잖아요."

"어쨌거나 갈랜드의 재선이 확실시되는 선거야."

"갈랜드는 출마하지 않을 거예요."

조라가 장담했다.

"갈랜드가 출마하지 않는다니, 그게 무슨 소리야?"

"그냥 알아요. 어떻게 알게 되었는지는 묻지 마세요."

2

"가령 내가 정치에 뛰어들 마음이 있다면 자네를 믿고 내 앞날을 걸어야 하는 건가?"

"교수님이 저를 믿고 앞날을 걸어야 하는 게 아니라 그 반대라고 할 수 있죠. 저는 교수님에게 제 앞날을 걸고 싶어요."

우리는 벌써 한 시간째 결론이 나지 않는 대화를 이어가고 있다. 나도 모르게 조라에게 설득당하고 있는 느낌이다. 나는 그동안 정치에 도전하길 꺼려 왔지만 한편으로는 더 이상 아무런 비전도 없는 인생에 나 자신을 방치해두고 싶지 않다. 캐롤린과의 결혼생활은 시들해져가고 있고, 교육자로서의 소명도 점점 더 희미해져가고 있다. 한마디로 뚜렷한 목표나 비전도 없이 세월만 흘려보내고 있는 중이다.

조라의 말이 설득력 있게 들렸고, 그녀가 옆에서 도와준다면 그리 불가능한 일도 아닌 듯하다. 나는 안정적이지만 지루하고 단조로운 생활에 매몰돼 있다. 이제 권태로 점철된 나날들을 박차고 일어나 미래를 향한 돌파구를 열어젖히고 싶기도 하다.

"자네도 알다시피 난 무신론자야. 미국 유권자들은 무신론자를 좋아하지 않지."

"교수님 스스로 무신론자라고 사방에 외치고 다닐 필요는 없잖아요."

"난 한때 대마초도 피웠어."

"누구나 그 정도 실수는 하고 살아요."

"요즘도 가끔 피워."

"지금까지는 그나마 괜찮았지만 앞으로는 절대로 피우지 말아야 해요. 상대 캠프에서 대마초를 꼬투리 삼아 물고 늘어질 경우 솔직히 호기심에 몇 번 피워봤을 뿐 상용한 적은 없다고 하세요."

"난 선거를 치를 만한 자금이나 재산도 없어."

"선거자금은 저에게 맡겨두세요. 교수님이 직접 선거자금을 모금하지 않아도 돼요."

"난 벌써 여러 해 전부터 정신과 상담을 받고 있어."

"어디가 아픈데요?"

"조울증이라고 하더군. 아직은 가벼운 증세에 불과해."

"윈스턴 처칠도 조울증을 앓았고, 패튼 장군도 조울증 환자였어요. 캘빈 쿨리지, 에이브러햄 링컨, 시어도어 루스벨트, 리처드 닉슨도 조울증을 앓았어요."

조라는 내가 넌지시 시장 선거에 나서지 못하는 이유를 말할 때마다 설득력 있는 논리를 앞세워 조목조목 반박했다. 결국 나는 조라의 말에 설득당하는 입장이 된다. 조라가 계속 내 용기를 북돋아주고, 내 안에서 자라기 시작한 희망의 씨앗에 물을 대주기를 바라는 심리가 작동하기 시작한다. 은근히 내가 미국 5대 도시인 필라델피아 시장이 될 수 있다는 자신감이 생기기도 한다.

3

나를 설득하는 데 성공한 조라는 갑자기 화제를 바꾼다. 나는 그 당시 처음으로 무섭도록 치밀한 조라의 진면목을 확인한다. 적어도 조라에게 털어놓지 않은 비밀이 있어서는 안 된다는 사실도 깨닫는다.

"지금껏 교수님이 제기해주신 검증 차원의 문제들은 선거의 승패를 좌우할 만큼 중요하지는 않아요. 이제부터는 교수님과 정말 중요한 대화를 나누고 싶어요."

"무슨 대화를 나누겠다는 건가?"

"교수님은 이미 정치에 대해 진지하게 생각해본 적이 있을 거예요. 교수님은 정치가가 되기 위해 태어난 분이라고 해도 과언이 아니니까요.

교수님 강의를 잠깐만이라도 들어본 사람이라면 누구나 제 말에 동의할 수 있을 거예요. 교수님의 열정적인 강의는 언제나 핵심을 찔렀고, 학생들을 열광하게 했죠. 저는 교수님이 이 나라에서 의료보험 혜택을 못 받는 사람이 수천만 명이나 된다는 사실을 지적하며 분노를 터뜨렸던 순간을 지금도 생생하게 기억해요. 교수님이 아메리칸드림이 사라져가고 있는 현상에 대해 지적하며 미국을 다시 꿈이 있는 나라로 만들어야 한다고 역설하던 모습을 또렷이 기억해요. 제가 감히 판단하자면 교수님은 대중을 감동시킬 수 있는 천부적 자질을 타고났어요."

나는 이의를 제기하려고 입을 벌렸다가 결국 아무 말도 하지 못한다.

"교수님은 뛰어난 정치가의 자질을 타고났음에도 지금껏 정치판에 뛰어들지 않았어요. 교수님이 내심 뛰어넘을 수 없는 장벽이라고 생각하고 있는 문제가 뭔지 저에게 솔직하게 말씀해주세요."

"자넨 지금 나를 심리적으로 테스트하겠다는 건가?"

조라는 도전적인 눈길로 나를 쏘아본다.

"혹시 몰래 사람을 죽이고 시체를 벽장 안에 숨겨두기라도 하셨습니까?"

나는 잠시 아무 말도 하지 못하고 테라스 난간에 기대서서 아침 햇살을 받아 물고기 비늘처럼 반짝이는 호수의 표면을 바라본다.

조라는 가방을 어깨에 메고 일어선다.

"시간을 일 분만 드릴게요. 교수님이 저를 전폭적으로 신뢰하지 못한다면 바로 지금 없던 일로 하는 편이 나을 테니까요."

조라는 테이블 위에 올려놓은 담뱃갑에서 담배 한 개비를 꺼내 입에 물고는 나에게 시선을 고정시킨다.

그때 나는 조라가 얼마나 무서운 존재인지 실감한다. 조라는 나를 나무 위에 올려놓고 흔들어대며 선택을 강요하고 있다. 어느 쪽을 선택하든 내게는 그다지 유쾌하지 않은 결론이 주어질 수밖에 없는 상황이다. 내가 노(No)라고 말할 자유의 시간은 고작 일 분밖에 주어지지 않는다. 나는 진퇴의 기로에서 잠시 갈피를 잡을 수 없다. 아직 어느 누구에게도 말하지 못한 비밀을 털어놓아야 할지 이대로 주저앉아야 할지 머릿속이 복잡하다.

"자네가 짐작한대로 내가 정치판에 뛰어들지 못하고 주저한 이유가 있었어."

"들을 준비가 되어 있으니까 어서 말씀하세요."

"생각하기에 따라서는 흔한 일이기도 하지만 정치판에 뛰어들려는 사람에게는 절대로 사소하게 치부하고 넘길 수 없는 문제이기도 하지. 10년 전, 은밀하게 만나는 여자가 있었어."

"그 여자가 누군데요?"

"조이스 칼라일이라는 여자인데 내가 설립한 TBY에서 자원봉사자로 일하다가 나중에 정식 직원이 되었지."

"사모님도 그 일을 아세요?"

"캐롤린이 알았다면 이미 오래전에 이혼소송을 제기했을 거야."

"그분은 지금 어디에 살고 있죠?"

"조이스는 지금 뉴욕에 살고 있는데 더욱 심각한 문제가 있어. 그녀에게 딸이 하나 있는데 이름이 클레어 칼라일이야."

"교수님이 그 아이의 아버지라는 말씀이세요?"

"조이스는 아직 한 번도 그런 말을 한 적이 없지만 내 딸이 틀림없어."

"조이스가 과거 일을 빌미로 교수님을 협박한 적 있나요?"

"조이스는 그렇게 구질구질한 여자가 아니야. 자유분방하지만 적어도 그런 문제를 앞세워 한 남자의 인생을 망치려고 들지는 않을 거야. 조이스의 모친이 아직 필라델피아 시의 법률 관련 부서에서 일하고 있기도 하지."

"최근까지 연락하고 지냈나요?"

"아니, 몇 년째 만나지 못했어. 사실은 굳이 만나려고 하지 않았지."

"클레어 칼라일이라는 아이는 교수님이 아버지라는 사실을 알고 있나요?"

"그거야 나도 모르지. 조이스가 내가 아버지라는 사실을 이야기해주지 않았을 가능성이 크지만 사람의 일이란 뭐든 단정할 수 없잖아."

조라는 한숨을 푹 내쉬더니 깊은 생각에 잠긴다. 나는 마치 판사의 선고를 기다리는 피고인처럼 불편한 심정으로 조라의 판결을 기다린다.

이제 와 생각해보면 바로 그 순간에 모든 걸 단념했어야 마땅한데 조라의 입에서 내가 듣고 싶어 하던 말이 쏟아져 나온다.

"정치가에게는 언제나 그런 문제들이 걸림돌로 작용하죠. 정치가의 애정 문제야말로 부지불식간에 수면 위로 부상하며 큰 폭풍을 일으키니까요. 우리가 선제적으로 상황을 장악하는 수밖에 없어요. 그 일이 잠재적으로 문제를 일으킬 확률은 크지만 운이 좋으면 아무 일도 일어나지 않고 지나갈 수도 있어요. 물론 우리는 운이 나쁠 경우에 대비해둘 필요가 있죠. 일단 그 문제는 저에게 맡겨두세요. 문제가 발생할 경우 즉시 처리할 수 있는 방법을 강구해둘 테니까요."

4

'문제가 발생할 경우 즉시 처리할 수 있는 방법을 강구해둘 테니까요.'

조라의 그 말은 앞날을 내다보는 예언자적 성격이 있었다는 사실을 이제야 깨닫는다. 그렇지만 솔직해지고 싶다. 내가 저지른 비극적인 사건을 염두에 두고 그때의 선택을 후회한다고 말한다면 거짓말에 지나지 않는다. 아니, 좀 더 솔직히 말하자면 나는 그보다 더한 일도 저지를 수 있었다.

그날 아침 시작된 일에 대해 일말의 후회도 하지 않는다고 말한다면 거짓말일 것이다. 조라가 진 바지에 보풀이 일어난 스웨터 차림에 낡은 가방을 메고 별장 앞에 나타난 그날 아침에 모든 일이 시작되었다고 해도 과언이 아니니까. 조라가 테라스의 테이블 위에 가방 속에 넣어가지고 다니던 선거 관련 자료들을 늘어놓고 나서 "교수님은 미국 정치사의 새로운 페이지를 쓸 준비가 되셨나요? 교수님은 분명 미국 정치사의 한 획을 긋는 정치인이 될 거예요"라고 말했던 그날 아침 나는 다시는 돌아오지 못할 강을 건너고 말았다.

23. 화약 연기를 내뿜는 총

법칙 제2번 : 친구들을 믿지 말라. 적들을 활용하라. 만일 적이 없다면 적을 만들 방도를 찾아내라.

_로버트 그린

1

"체스 한판에 20달러입니다."

체스판을 든 턱수염 수북한 노숙자가 내게 체스 게임을 하자고 제안했어.

"오늘은 약속이 있으니까 다음 기회에 합시다."

나는 노숙자에게 지폐 한 장을 건네며 정중히 거절했어.

나는 체스 게임을 즐기는 사람들의 집합소가 되어버린 워싱턴스퀘어 파크의 테이블 앞 벤치에 앉아 조라 조르킨을 기다리는 중이었지.

벌써 사방에 어스름이 깔려오는 시간이었지만 워싱턴스퀘어 파크는 여전히 후끈 달아오른 열기로 가득했어. 여름날의 활기차고 유쾌한 토요일 저녁이었지. 날마다 해는 길어져가고, 나른한 대기 속에서 음악을 들으며 산책을 즐기는 사람들, 깔깔대며 웃는 소리, 왁자지껄 떠들어대는 소리가 공원을 가득 채우고 있었어.

나의 우울한 심정과는 정반대 분위기였지. 아무런 근심 걱정이 없어 보이는 사람들 틈에 섞여 있자니 어디에 있는지도 모르는 당신이 '혹시 잘못되기라도 했으면 어쩌지?' 하는 걱정이 고개를 들었어. 감시카메라에 찍혀 있던 영상들이 주마등처럼 머리에 떠올랐지. 체격이 건장한 남자가 당신을 BMW X6의 트렁크 속으로 던져 넣던 장면 말이야. 그때 감시카메라의 희미한 영상 속에서 당신이 간절하게 내 이름을 부르는 소리를 들었어.

"라파엘, 도와줘!"

체격이 건장한 사내에게 납치된 지 사흘이나 지난 지금 당신은 어디에 있을까? 당신의 몸 안에서 자라고 있는 또 하나의 생명은 무사할까? 우리에게 과연 아이의 탄생을 함께 기뻐할 수 있는 기회가 주어질까?

지금껏 당신이 살아 있을 거라는 사실에 대해 단 한 번도 의심한 적 없지만 확실한 증거에 기반하고 있는 확신이라기보다는 그저 그렇게 믿고 싶은 간절한 바람이라고 하는 편이 맞을 거야. 우울한 현실을 받아들이길 두려워하는 한 남자가 지레 겁을 집어먹은 나머지 스스로를 위로하고자 꾸며낸 억지 확신인지도 모르지.

나는 쉴 새 없이 당신은 반드시 살아 있을 거라는 최면을 걸고 있어. 당신이 이대로 영원히 사라져버리는 일이 있어서는 안 되니까. 당신이 지금 이대로 사라진다는 건 너무나 억울한 일이니까.

지난 며칠 동안 나는 당신이 남긴 흔적을 찾아다녔어. 소설 속 등장인물들을 통해서나 행동에 나서던 내가 마치 형사처럼 여기저기 쑤시고 다니며 탐문수사를 벌였지. 나는 당신이 깊숙이 숨기고자 애썼던 과거를 파헤치고 있고, 당신을 찾기 위해 가능한 모든 단서를 수집하고 있고, 내가 할 수 있는 모든 방법을 동원하고 있어.

당신은 내게 물었지.

"모두 내가 저지른 짓들이야. 그래도 당신은 여전히 나를 사랑할 수 있어?"

난 당신을 비난할 자격이 없어. 그 끔찍한 일들을 모두 지워버리고 새로운 삶을 살아보려고 한 당신의 마음을 이해하니까. 나는 오히려 당신의 강인한 성격과 결단력, 뛰어난 두뇌 회전에 감탄한 게 사실이야.

그래도 당신은 여전히 나를 사랑할 수 있어?

당신을 찾기 위한 내 여정도 이제 막바지에 다다라 있어. 당신을 납치한 사람들이 누군지 알아냈으니까. 태드와 그의 하수인들인 조라와 블런트가 바로 당신을 납치한 사람들이야. 아마 그들이 당신 엄마도 살해했을 거야. 나는 아직 그들이 왜 그리 오랜 시간이 지나서야 당신을 찾아냈는지 납득할 수 없어. 그들은 왜 이 시점에 당신을 찾아내 납치했을까? 그들은 왜 당신이 내게 비밀 이야기를 해준 직후에 납치했을까? 아무리 생각해봐도 의문이 풀리지 않아. 내가 아직 뭔가 중요한 부분을 놓치고 있다는 뜻인지도 모르지.

그래도 당신은 여전히 나를 사랑해?

클레어, 이제 나에게 그런 질문은 하지 말아줘. 난 당신을 진심으로 사랑했고, 그 마음은 지금도 그대로야. 다만 내가 사랑했던 여자가 현재의 당신이라는 말은 못 하겠어. 누군가를 사랑한다면 그 사람에 대해 잘 알아야 하는데 난 당신에 대해 제대로 아는 게 없으니까. 내가 사랑한 여자는 안나였지 클레어가 아니었으니까. 안나는 의과대학을 졸업하고 수련의 과정을 이수한 여자로 자주 우수 어린 표정을 짓긴 했지만 생각이 깊고 마음씨가 따뜻했어. 그녀와 함께했던 6개월은 내게 더없이 행복했던 시간이었지.

당신은 이제 안나가 아니라 클레어야. 하인츠 키퍼가 숲속에 만들어 놓은 지옥에서 기적처럼 살아 돌아온 여자, 수수께끼 같은 조상을 가진 '브루클린의 소녀'가 바로 당신이지. '브루클린의 소녀'에 대해 아는 건 많지 않지만 내게는 여전히 매혹적인 여자야. 하지만 난 아직 안나와 클레어가 같은 사람이라는 생각이 들지 않아.

클레어, 당신은 어떤 사람인지 궁금해.

나는 시련이 사랑을 한층 더 단단하게 만들어준다고 믿어왔어. 고통스러운 일들을 함께 헤쳐나가다 보면 강한 애착 관계가 형성되기 마련이니까. 난 당신의 지난날을 알게 되었고, 당신을 납치한 사람들이 누군지 알게 되었어. 이제 한 가지만은 분명해. 우리는 서로 남이 될 수 없는 사람들이라는 거야.

2

동작이 유연하고 체구가 가냘픈 조라는 매디슨 스퀘어 가든에 운집한 군중들을 헤치며 앞으로 나아갔다. 유력 대선후보인 태드 코플랜드의 보좌진이라 무대 뒤쪽 출입이 자유롭게 허용된 그녀는 두 명의 군인이 지키고 있는 방화문까지 이어지는 수백 미터의 복도를 통과했다. 방화문을 열면 바로 31번가였다.

블런트가 방화문 밖에서 기다리고 있었다. 그는 휴대폰의 위치 추적 장치에서 깜박거리고 있는 파란불을 조라에게 보여주었다.

"라파엘은 10분 동안 한 자리에서 꼼짝도 하지 않았어."

"그가 지금 어디에 있는지 알아요?"

"워싱턴스퀘어 가든의 북서쪽 모퉁이 근처에 있어. 체스 게임을 즐기는 사람들이 모여드는 곳이야."

조라는 고개를 끄덕였다. 라파엘이 그녀의 영역에서 도전장을 내밀었다. 그녀는 불이 붙으면 성공적으로 진화해야 하고, 어느 누구보다 토론을 좋아하지만 절대로 상대를 과소평가하면 안 된다는 원칙을 고수해왔다.

블런트에게 거리를 두고 따라오라고 한 다음 7번가로 가기 위해 길을 건넜다. 그 일대가 봉쇄된 상태였으므로 차를 운행하는 건 무리였다. 길이 막혀 빨리 달릴 수도 없을 뿐더러 자칫 기자들의 눈에 띌 염려도 있었다.

조라는 잠시 걸음을 멈추고, 노점상에게 생수를 한 병 산 다음 태드의 대선후보 수락 연설을 듣기 위해 휴대폰에 이어폰을 연결했다. 그녀는 행사 초반부밖에 보지 못했다.

공화당 대선후보 수락 연설은 사흘 동안 계속된 행사의 대미를 장식하는 순서로 대체로 순조롭게 진행되고 있었다. 태드의 승리는 조라의 승리를 의미했다. 정치평론가들이라면 누구나 그 사실을 알고 있었고, 후보자인 태드도 인정했다.

태드의 악관 입성이 점점 가시화되고 있었다. 공화당 대선후보 경선 당시 상대 캠프에서는 전략전문가, 여론조사전문가, 홍보전문가, 마케팅전문가 등을 망라한 수백 명의 거대 조직을 꾸렸다. 상대 캠프가 백화점이라면 태드의 대선 캠프는 구멍가게나 다름없었다. 조라 혼자 선거 유세 전략을 세우고, 연설문을 쓰고, 홍보 전략을 수립했다. 그녀가 작전을 세우면 태드가 부지런히 유권자들을 만나고 다니며 눈도장을 찍는 이인삼각 경기를 펼쳤다.

태드와 조라는 서로에게 없어서는 안 되는 존재였고, 둘 중 한 사람이 없을 경우 선거는 해보나 마나라는 사실을 잘 알고 있었다. 태드는 대선에 뛰어들기 전 최대한 출마 발표를 늦추고, 마치 들러리를 서기 위해 나선 것처럼 행동했다. 조라는 유력 후보들이 초반 경쟁 과정에서 서로 물고 물리는 혈전을 치르는 동안 뒤로 멀찍이 물러나 있다가 중반 이후 등장해 결정적인 한 방을 먹이고 판세를 뒤집는다는 전략을 갖추고 있었다.

전통적인 의미에서의 정치가들이 드문 시대였다. 균형 잡힌 시각과 복합적인 사고력을 가진 후보는 발붙일 자리가 없는 시대였다. 지극히 단순하고 과장된 말들이 미디어의 확대 재생산을 통해 큰 반향을 불러일으키는 시대였다. 진실은 중요하지 않았고, 감성이 이성을 몰아내는 시대였다. 이미지와 인지도가 실제로 가진 능력보다 중요한 시대였다.

경선 초기만 해도 태드는 줄곧 패배했고, 슈퍼 화요일에는 다른 후보들과의 격차가 크게 벌어졌다. 그러다가 하늘의 별자리가 바뀌듯 은총의 순간이 도래했다. 초창기에는 태드의 단점으로 지목받았던 선거 공약이 장점으로 승화되면서 여론의 주목을 받기 시작했다. 유권자들은 공화당의 전형적인 이념을 선거 공약으로 내세운 다른 후보들에 대해 갑자기 넌덜머리를 내기 시작했다. 가장 유력한 후보가 한순간에 내리막길을 걷기 시작했고, 태드를 제외한 모든 후보들이 마치 도미노 현상처럼 인기가 하락했다.

태드는 다른 후보들의 약세를 이용해 금전적 지원과 지지세를 끌어모으기 시작했다. 경선은 마지막 순간까지 한 치 앞을 내다볼 수 없을 만큼 치열하게 전개되었다. 공화당 전당대회 초반까지도 조라는 다른 후보들의 역공이 펼쳐질 것에 대비해 긴장을 늦출 수 없었다. 한순간 130명의 '슈퍼 대의원들'이 정변을 일으킬 것으로 예상되기도 했던 경선은 결국 찻잔 속의 미풍에 그치며 태드의 승리로 판가름 나게 되었다.

태드는 분명 지적이고 명석하고 진지한 인물이었다. 정치, 경제, 외교 문제 등 국정 전 분야에 걸쳐 풍부한 식견을 가지고 있기도 했다. 게다가 적절한 유머 감각을 곁들인 카리스마 넘치는 언변으로 TV 토론에 최적화된 후보였다. 공화당 전통 지지자들과 이념적인 면에서 여러모로 배치되는 성향을 보인다는 게 오히려 여론을 의식하지 않는 단호한 면모로 부각되어 소신파 정치인이라는 이미지를 각인시키는 데 성공하기도 했다. 사람들은 태드가 푸틴이나 시진핑을 만났을 때 당당하면서도 논리 정연한 언변으로 대화를 리드해가는 모습을 상상하기 어렵지 않았다.

태드가 백악관에 입성하게 될 경우 비서실장은 조라의 차지가 될 확률이 높았다. 미국 대통령의 비서실장이라면 아마도 세계에서 가장 흥미진진한 직업이 아닐까? 대통령이 대중들과 카메라 앞에 등장해 직접적인 정치를 한다면 비서실장은 막후에서 나라의 중요한 결정에 엄청난 영향력을 행사하는 자리가 아니던가? 의회의 협력을 이끌어 내고, 지방정부, 연방기관들과의 협상을 도맡아야 하는 자리가 아니던가?

조라는 사흘 전부터 급작스럽게 수면 위로 부상한 조이스 칼라일 사건 때문에 신경을 곤두세우고 있었다. 하필이면 가장 중요한 순간에 그 사건이 불거지게 될 줄은 몰랐다. 자칫 잘못 대응했다가는 지난 15년 동안 쌓아 올린 공든 탑이 한순간에 무너질 수도 있었다.

조라는 대선 과정에서 일어날 수 있는 악재들에 대비해 가능한 모든 시나리오를 검토했다. 다소 우려가 되긴 했지만 문제화될 가능성이 적다고 판단해 유일하게 검토하지 않았던 조이스 칼라일 사건이 현실로 구체화될 조짐을 보이고 있다는 게 아이러니였다. 10년 전, 모두들 이미 사망했다고 믿었던 클레어 칼라일이 신분을 세탁하고 엄연히 살아 있다는 사실이 드러났다.

클레어가 살아 있다는 소식을 최초로 전해준 사람은 리샤르 앙젤리 형사였다. 지난주 처음 전화를 받았을 때만 해도 조라는 보르도의 형사를 까마득히 잊고 있었다. 11년 전, 태드는 딸의 납치와 관련된 소식을 담당 형사를 통해 직접 듣고 싶다고 했다. 리샤르 앙젤리 형사는 이미 11년 전부터 조라와 비밀 협약을 맺어오고 있었다.

11년 전, 태드를 만난 리샤르 앙젤리 형사는 클레어가 사망했을 가능성이 매우 높다고 말했다. 그 후, 모두 그렇게 믿고 있었는데 리샤르 앙젤리 형사의 입을 통해 클레어 칼라일이 살아 있다는 소식을 듣게 될 줄은 미처 몰랐다.

조라는 한 치의 망설임도 없이 태드에게 클레어가 살아 있다는 소식을 숨기기로 마음먹었다. 예기치 않은 문제가 발생할 경우 태드에게 누가 되지 않도록 조속히 해결하는 게 그녀의 임무이기도 했다.

조라는 탐욕에 눈이 먼 리샤르 앙젤리 형사에게 큰 액수의 자금을 안기며 클레어의 소재를 파악해 납치 감금하라고 지시했다. 그녀는 문제를 완벽하게 해결하기 위해서는 클레어를 죽이고 시체를 감쪽같이 처리하는 게 최선이라고 생각했지만 만에 하나 태드가 그 사실을 알게 될 경우를 고려하지 않을 수 없었다.

3

벌써 몇 분 동안 주변을 두루 살피고 있었지만 소용없었어. 조라가 일 미터 떨어진 곳까지 다가왔을 때에야 알게 되었으니까. 조라는 생각보다 훨씬 나이가 들어 보였지만 여전히 워싱턴스퀘어에서 흔하게 보는 뉴욕대학교 여대생처럼 낡은 진 바지와 티셔츠 차림에 스니커즈를 신고 가방을 등에 메고 있었지.

나는 자리에서 벌떡 일어서며 말했어.

"마침내 왔군요. 당신이 누군지 알고 있어요."

그 순간 내 어깨에 마치 쇠붙이처럼 단단한 느낌이 전달되었어. 뒤돌아보는 순간 미식축구선수처럼 크고 단단한 체구의 블런트가 눈에 들어왔지. 태드의 경호원은 내 몸을 뒤져 휴대폰을 압수했어. 조라와의 대화를 녹음하지 못하도록 하려는 조치였겠지. 블런트는 거기서 10미터쯤 떨어진 곳에 있는 체스 테이블에 가서 앉았지.

"나를 만나보고 싶어 했다고요?"

조라의 목소리는 내가 상상했던 것과 달리 맑고 부드러웠어.

"당신들이 저지른 일들을 다 알고 있습니다."

나는 다짜고짜 그렇게 말했어.

"나에 대해 다 아는 사람은 없어요. 당신도 예외는 아니죠. 당신은 보츠와나의 수도가 어딘지 알아요? 타지키스탄이나 캄보디아의 화폐 명이 뭔지 알아요? 당신은 1901년 미국 대통령이 누구였는지, 천연두 백신을 처음 개발한 사람이 누군지 알아요?"

"당신은 저와 '트리비얼 퍼슈트' 게임을 하길 원해요?"

"당신은 나에 대해 뭘 알고 있죠?"

"당신은 프랑스 어딘가에 제 약혼녀 클레어 칼라일을 감금해두고 있죠. 클레어는 태드 코플랜드 주지사의 딸이고요. 11년 전, 당신과 저 고릴라처럼 생긴 거인이 클레어의 어머니 조이스를 살해했다는 사실도 알고 있어요. 조이스는 한 때 태드의 연인이었고요."

조라는 주의 깊게 내 말을 경청했지만 크게 동요하는 기색을 보이지는 않았어.

"나는 매일 아침마다 익명의 편지를 백 통가량 받고 있어요. 하나같이 의혹의 수준을 벗어나지 않는 주장들이죠. 태드를 외계인이라고 주장하는 사람도 있고, 사이언톨로지교 신자라고 떠들어대는 사람도 있고, 심지어 여자이거나 뱀파이어 혹은 동물 성애자라고 주장하는 사람들도 있죠. 하나같이 아무런 증거도 없는 의혹들이죠. 유력 정치인들이 겪어야만 하는 숙명이라고나 할까요?"

"저는 증거도 없이 허황된 주장을 하지는 않아요."

"어떤 증거를 제시할 수 있을지 무척이나 궁금해지는군요."

조라는 테이블 위에 내려놓은 휴대폰에 힐끔 눈길을 주었어. 휴대폰 배터리가 터질 만큼 열이 나고 있었기 때문이야. 도처에서 경고 메시지들이 쉴 새 없이 날아오고 있었으니까.

나는 턱짓으로 블런트를 가리켰어.

"블런트의 DNA가 조이스의 사망 현장에서 발견되었어요."

조라는 터무니없는 말이라는 듯 시큰둥한 표정을 지었지.

"당신의 말이 명백한 사실이라면 사건 당시에 경찰이 블런트를 체포했어야 마땅할 텐데요."

"경찰도 그 당시에는 블런트가 현장에 있었다는 사실을 미처 몰랐지만 지금은 사정이 완전히 달라졌어요."

나는 앨런이 찾아낸 책에서 찢어낸 종이를 꺼냈어.

"보시다시피 조이스가 태드와 함께 찍은 사진도 있어요."

조라는 내가 내민 사진을 물끄러미 바라보았지만 전혀 놀라는 기색이 아니었어.

"이 사진이라면 저도 잘 알아요. 이 사진이 뭘 입증할 수 있죠? 태드와 이 여자는 한 때 서로 잘 통했어요. 내가 알기로는 태드가 고용한 직원이었죠."

"두 사람이 그냥 단순하게 아는 정도는 아니었어요."

조라가 팔을 들어 올리며 내 말을 끊었어.

"당신이 제시할 수 있는 증거가 겨우 그 정도라면 과연 나서줄 언론이 있을까요?"

"그 부분에 대해서는 전혀 걱정하지 않아도 됩니다. 기자들은 당신이 그들의 동료였던 플로랑스 갈로를 살해했다는 사실을 알게 될 경우 저절로 깊은 관심을 보이게 될 테니까요."

조라는 여전히 시큰둥한 표정으로 내 말을 받아넘겼지.

"솔직히 간혹 마음에 안 드는 기자들을 죽여버리고 싶을 때가 있었어요. 악의적인 허위기사나 고의적으로 진실을 왜곡하는 기사를 쓰는 기자들을 대할 때면 당연히 화도 나고 복수하고 싶은 생각이 들기도 하죠. 화가 난다고 행동으로 옮길 수야 없잖아요."

"내 말 잘 들어요. 나는 형사나 판사가 아니라 글을 쓰는 작가이고, 그저 사랑하는 약혼자를 애타게 찾아 헤매는 남자일 뿐입니다."

"정말 눈물이 날 만큼 감동적인 사연이네요."

"클레어는 10년 동안 철저하게 신분을 감춰왔고, 생부가 누구인지도 모릅니다. 클레어를 풀어주면 앞으로 다시는 당신을 찾아오지 않겠다고 약속하죠."

조라는 단호하게 고개를 저었다.

"방금 전, 협상을 제안한 건가요? 미리 말해두지만 협상은 없습니다."

조라가 자신감을 갖는 이유를 모르지 않았어. 내가 마르크와 힘을 합해 수사를 벌인 끝에 복잡한 퍼즐을 맞추는 데 성공했지만 우리가 확보한 진실을 뒷받침해줄 수 있는 증거가 턱없이 부족한 건 분명했어.

4

마르크와 헬렌은 마치 교회의 기도실에 들어설 때처럼 엄숙한 태도를 유지하며 팀의 방으로 들어섰다. 팀이 학교나 친구 집에 놀러 가느라 방을 비웠지만 곧 돌아와 가방을 침대에 휙 던지고 나서 얼마나 배가 고팠는지 우유 한 잔을 벌컥벌컥 마시며 빵을 맛있게 먹는 모습이 연상되었다.

걸음을 내디딜 때마다 마룻바닥에서 삐걱거리는 소리가 났다. 마르크는 마루를 가로질러 방 한가운데로 갔다. 벽에 붙어 있는 전등 스위치를 켜자 흐릿한 불빛이 방 안을 밝혔다.

방 안에서 후추를 곁들인 박하 향이 감돌았다.

"팀은 영화학교에 가고 싶어 했어요."

헬렌이 각종 영화 포스터가 잔뜩 붙어 있는 벽면을 가리키며 말했다.

영화 포스터들을 보아하니 팀의 취향이 제법 마음에 들었다.

마르크에게도 익숙한 영화인 〈메멘토〉, 〈꿈을 위한 레퀴엠〉, 〈올드보이〉, 〈오렌지 메카닉〉, 〈버티고〉 따위 포스터였다.

서가 위에는 만화영화 CD들과 등장인물들의 피규어, 다양한 영화잡지들과 엘리엇 스미스, 아케이드 파이어, 화이트 스트라이프스, 수프얀 스티븐스 같은 뮤지션들의 CD 앨범들이 잔뜩 쌓여 있었다. 오디오 스피커 위에는 HDV 비디오카메라도 놓여 있었다.

"팀은 틈나는 대로 영화 학습에 열중했고, 직접 아마추어 단편영화들을 찍기도 했어요."

책상 위에는 다스베이더가 그려진 전화기, 필기구를 모아둔 단지, DVD 케이스, 제시카 래빗의 얼굴이 새겨진 머그잔, 선명한 색상의 아이맥 G3 등이 놓여 있었다.

"이제 컴퓨터를 확인해볼까요?"

마르크가 컴퓨터를 가리키며 물었고, 헬렌이 고개를 끄덕였다.

"팀이 직접 만든 영화나 사진들을 보려고 저도 가끔 컴퓨터를 켜보곤 하죠. 그럴 때마다 대체로 기분이 나아지기는커녕 더욱 우울해지곤 했어요."

마르크는 등받이 없는 회전의자에 앉아 컴퓨터를 켰다. 화면에 비밀번호를 입력하라는 표시가 떴다.

헬렌이 침대 모서리에 앉으며 털어놓았다.

"일 년쯤 걸려 겨우 비밀번호를 알아냈어요. 비밀번호가 맥거핀(MacGuffin)으로 되어 있더군요. 알프레드 히치콕 감독을 존경하는 아이였으니 생각해내기 어려운 일도 아니었는데 말이죠."

마르크가 아홉 글자를 차례로 치자 다양한 아이콘들이 떠올라 있는 바탕화면이 나타났다. 달리가 그린 〈성 조지와 용〉이 컴퓨터의 배경 화면으로 깔려 있었다.

천장에 매달린 전구가 갑자기 펑 소리를 내며 터지는 바람에 마르크와 헬렌은 소스라치게 놀랐다. 오래된 전구라 수명이 다한 듯했다.

이제 컴퓨터 화면에서 흘러나오는 빛이 방 안을 비추는 유일한 조명이었다. 마르크는 방 안이 너무 어두워 영 불편했다. 그의 목 뒤로 한 줄기 바람이 스쳐 지나갔다. 머리 위로 지나가는 그림자를 본 듯해 방 안에 혹시 다른 사람이 더 있는지 둘러보았지만 헬렌 말고는 아무도 없었다.

마르크는 다시 화면으로 눈길을 돌리고 메일함을 열었다. 헬렌이 말했듯이 인터넷을 끊은 지 오래되었고, 메일 계정도 존재하지 않았지만 예전 메일들이 그대로 남아 있었다.

마르크는 2005년 6월 25일 자 메일을 찾기 시작했다. 문득 두 눈이 아리고, 온몸의 털이 곤두서는 느낌이 드는 가운데 플로랑스 갈로가 보낸 메일이 눈에 들어왔다. 메일을 열자 오소소한 전율이 온몸을 타고 흘러내렸다. 플로랑스가 보낸 메일에 MP3 음성파일 하나가 첨부돼 있었다. 첨부파일을 내려받은 그는 컴퓨터 스피커의 볼륨을 올리고 녹음 내용을 들었다.

조이스의 목소리는 상상했던 대로 약간 갈라지긴 했어도 따뜻한 느낌이 나는 저음이었다. 조이스를 살해한 남자 목소리는 왠지 낯설지 않았다. 마르크는 다시 한번 녹음 내용을 들었다. 도저히 믿기 힘든 일이라 혹시 잘못 들었을지도 모른다고 생각하며 재차 들어봤지만 결과는 똑같았다. 큰 충격을 받은 그는 한동안 꼼짝도 하지 않고 앉아 있다가 다스베이더가 그려진 전화기를 들고 라파엘의 번호를 눌렀다.

신호가 떨어지면서 자동응답기가 돌아갔다.

"라파엘, 최대한 빨리 전화해주게. 플로랑스 갈로가 보낸 메일에 첨부되어있던 음성파일을 찾아냈어."

5

"더 이상 할 말이 없으면 이제 대화를 끝낼까요."

조라가 자리에서 일어서자 블런트가 잔뜩 굳은 얼굴로 우리 두 사람이 있는 쪽으로 걸어왔어.

블런트의 손에 내 휴대폰이 들려 있었지.

"방금 전, 작가 선생의 휴대폰이 울리더군."

블런트가 내 휴대폰을 조라에게 건네주며 말했어.

"휴대폰을 받지 않자 마르크라는 자가 음성메시지를 남겼어."

"메시지를 들어봤어요?"

경호원이 고개를 끄덕였어.

"너도 당장 들어보는 게 좋겠어."

조라가 메시지 내용을 확인하는 동안 나는 그녀의 얼굴 표정을 주시하며 살짝이라도 눈을 깜박이는지, 아주 사소할지라도 감정의 동요가 일어나는지 살펴보았어. 그녀가 휴대폰을 귀에서 떼었을 때 과연 무슨 내용을 들었을지 몹시 궁금했지. 대화를 끝내자고 제안했던 그녀가 다시 자리에 앉는 모습을 보고 나서야 비로소 내가 방금 전처럼 불리한 입장에 놓여 있지 않다는 사실을 직감했어.

"클레어는 살아 있죠?"

"당연히."

조라가 전혀 거리낌 없이 대답했어.

"클레어는 지금 어디에 있죠?"

"파리에 있는 리샤르 앙젤리가 안전하게 데리고 있을 거예요."

"클레어와 대화할 수 있게 해줘요!"

조라는 고개를 저었어.

"이 녹음파일을 내게 건네주고, 원본을 없앨 경우 클레어를 풀어주죠."

"녹음파일 원본을 없애겠다고 약속할게요."

"당신의 약속은 필요 없어요."

내가 물었어.

"내가 녹음파일을 공개하지 않으리라고 확신할 수 있어요?"

"태드가 백악관에 입성할 경우 어느 날 아침 특수부대 요원이 당신을 찾아가 머리에 바람구멍을 내지 않으리라 확신할 수 있어요?"

조라는 무시무시한 질문으로 대답을 대신했지. 그녀는 역질문이 예상했던 효과를 내길 기다렸다가 덧붙였어.

"공포의 균형이 안정적인 상황을 만드는 법이죠. 예를 들자면 우리는 서로 가공할 위력을 가진 핵무기를 보유하고 있어요. 누군가 먼저 핵무기를 사용해 상대를 파괴하려고 들 경우 스스로 파멸을 자초하는 셈이 되겠죠. 파멸당하지 않으려면 균형을 유지해야 한다는 뜻입니다."

나는 내심 당황해하며 조라를 바라보았어. 그녀가 예상보다 빨리 협상카드를 내놓았다는 느낌이 들었지. 그녀가 나의 심적 동요를 간파한 듯 말했어.

"당신은 지지 않았어요. 다만 내가 이겼을 뿐이지요. 우리는 동일한 전쟁을 치르는 게 아니기 때문에 엄밀히 말하자면 서로 적이 아니잖아요."

조라는 언제나 몇 수를 앞서 내다본다는 앨런의 말이 떠올랐다.

"당신의 적은 누군데요?"

"당신은 권력을 손에 쥔 정치가들이 어떻게 변하는지 아세요? 승리한 정치가들은 과거를 지우고 싶어 하죠. 승리를 얻기 위해 손에 피를 묻히길 마다하지 않은 전쟁 당시의 동료와 거리를 두고 싶은 유혹을 느끼게 된다는 뜻입니다."

"태드가 배신할 경우 녹음파일을 당신의 보험용으로 쓰겠다는 뜻인가요?"

"태드와 나 사이에도 공포의 균형이 필요하니까요."

"공포의 균형이라?"

"커플 사이에서도 관계를 오래도록 유지하려면 공포의 균형이 필요하죠."

"당신은 권력을 쟁취할 수만 있다면 수단과 방법을 가리지 않는 사람이군요?"

"다수에게 도움이 되는 권력을 얻고자 하는 게 제 목표입니다. 지금은 목표를 이루기 위한 과정일 뿐이죠."

나는 체스 테이블을 떠나기 위해 자리에서 일어났어.

"난 당신의 생각에 결코 동의할 수 없어요."

"난 이 나라와 대다수 국민을 위한 일이라 믿어요."

"과연 대다수의 국민들이 당신 생각에 동의할 수 있을까요? 적어도 법치국가라면 권력을 획득하는 과정에서도 법을 지켜야 마땅하지 않나요?"

조라는 한심하다는 듯 나를 바라보았어.

"당신은 법의 공정성을 믿어요? 세상에서 통용되는 유일한 법이 있다면 바로 강자의 법이죠."

24. 할렘에서의 어느 오후

의지는 우리를 불사르고, 권력은 우리를 파괴한다.
_오노레 드 발자크

할렘, 2005년 6월 25일 토요일

조이스는 평소 두 자매가 사는 빌베리 가 6번지에 있는 집의 문을 닫았다. 태드는 사람들의 시선을 의식한 듯 마지막 순간에 약속 장소를 바꾸자고 요청했다.

조이스는 누런 크라프트 봉투에 들어 있는 보드카를 꺼냈다. 상점 주류코너에서 보드카를 사서 돌아오는 길에 벌써 몇 모금을 들이켰다. 그녀는 집 안으로 들어서자마자 또다시 보드카 두 잔을 연거푸 마셨다.

토요일 오후, 바람이 불자 마로니에 잎들이 부르르 몸을 떨었다. 봄기운이 도처에 만연해 있었지만 조이스의 눈에는 아무것도 눈에 들어오지 않았다. 집 앞 정원에 활짝 핀 꽃들도 나무에서 돋아나는 새순도 그녀의 시선을 끌지 못했다. 보드카를 서너 잔 마셨지만 머릿속을 가득 채우고 있는 슬픔과 분노는 여전했다. 빈속에 술을 마신 탓에 창자가 꼬이는 것 같은 통증이 한 차례 지나가고 난 뒤 그녀는 블라인드를 내리고 휴대폰을 꺼내 플로랑스 갈로의 번호를 눌렀다.

"태드가 약속 시간을 변경했어요."

플로랑스는 몹시 당황한 듯 한동안 말을 하지 못했다.

"태드가 오고 있어요. 당신과 차분히 대화를 나눌 시간이 없어요."

"당황하지 말고 우리가 계획한 대로 해요. 내 말대로 휴대폰을 테이블 밑에 부착하고 대화를 시작하면 돼요."

"그렇게 해볼게요."

"그렇게 해보는 게 아니라 반드시 그렇게 해야 돼요."

조이스는 스카치테이프를 꺼내 휴대폰을 소파 옆 원형 탁자 밑에 고정시켰다.

차창을 온통 시커멓게 선팅한 검은색 캐딜락 에스컬레이드가 줄지어 늘어선 나무 아래에 멈춰 선다. 차 문이 열리더니 태드가 차에서 내려선다. 그를 태우고 온 사륜구동차는 사람들의 이목을 끌지 않기 위해 얼른 방향을 돌려 멀찌감치 떨어진 레녹스 애비뉴 쪽으로 옮겨가 정차한다.

트위드 재킷 차림의 태드는 굳은 얼굴로 6번지 현관문에 이르는 계단을 성큼성큼 걸어 올라간다. 그가 초인종을 누르기도 전에 잔뜩 긴장한 눈으로 창가를 살피던 조이스가 문을 열어준다.

태드는 대화가 쉽게 풀리지 않으리라 짐작한다. 그가 한때 사랑했던 여자는 알코올과 헤로인에 빠져 광기 어린 눈으로 그를 바라보고 있다.

"안녕, 조이스."

집 안으로 들어선 그가 문을 닫으며 인사를 건넨다.

"내가 안녕할 거라 생각했어? 더 이상 못 참겠어. 클레어가 당신 딸이라는 사실을 언론에 밝힐 거야."

조이스는 거두절미하고 본론으로 들어간다.

태드는 세차게 고개를 젓는다.

"클레어가 내 피를 물려받은 건 사실이지만 지금껏 내 딸로 살아오지는 않았어. 혈연관계가 가족을 이루는 전부는 아니야. 그동안 잘 지냈는데 왜 이제 와서 평지풍파를 일으키려고 하지?"

태드가 침착한 목소리로 조이스를 설득한다.

"클레어를 찾기 위해 내가 할 수 있는 노력은 다 해봤어. 수사 상황을 체크하기 위해 프랑스 현지 경찰을 고용해두었지. 프랑스 현지 수사팀도 클레어를 찾기 위해 최선을 다하고 있으니까 좀 더 기다려봐."

"나에게는 충분하지 않아. 아직 클레어의 생사조차 알 수 없는데 최선을 다하고 있다는 말을 어쩜 그리 쉽게 할 수 있지?"

태드가 한숨을 쉬었다.

"흥분하지 말고 제발 이성을 찾아. 당신이 다시 약에 손을 대기 시작했다는 걸 알아. 당신은 지금 알코올과 약 기운 때문에 정상적인 대화가 어려운 상황이야."

"당신 부하들을 시켜 나를 감시하고 있었던 거야?"

"당신을 위해 부득이 그렇게 할 수밖에 없었어. 당신은 약물을 끊으려면 당장 치료를 받아야 해. 내가 당신을 치료해줄 병원을 알아볼게."

"지금은 내 걱정을 할 때가 아니야. 클레어가 실종돼 생사를 알 수 없는데 나보고 병원에나 가 있으란 말이야?"

태드는 잔뜩 일그러진 얼굴로 항변하는 그녀를 보면서 15년 전 다정했던 한때를 떠올렸다. 방금 피어난 봄꽃처럼 상큼하고 아름다웠던 그녀가 술과 분노에 취해 충혈된 눈으로 그를 바라보고 있었다.

"클레어는 당신 딸이야. 당신이 구해줘야 해!"

"당신과 아이를 낳자고 합의한 적 없어. 그때 당신은 알아서 피임할 테니 염려하지 말라며 나를 안심시켰지. 그러다가 임신이 되자 나에게 아무것도 바라지 않는다며 아이를 낳아 혼자 키우겠다고 약속했어."

"당신 말대로 아이를 나 혼자서라도 키우고 싶었어. 지난 15년 동안 단 한 번도 당신을 찾지 않았던 이유야. 만약 이런 일이 벌어지지 않았다면 당신을 찾지 않았을 거야. 이번엔 상황이 다르잖아."

"상황이 다르다니?"

"내 힘으로는 클레어를 찾을 수 없어. 미국 경찰은 한 달이 넘도록 실종된 클레어를 찾아낼 생각조차 하지 않고 있어. 클레어가 당신 딸이라는 사실이 알려지면 미국 경찰도 지금처럼 가만있진 않을 거야. 무슨 수를 써서라도 클레어를 찾아내려고 하겠지."

"내 인생을 망칠 생각이야?"

"지금 이 상황에서 당신의 성공만이 중요해? 내게는 당신의 성공보다 클레어를 찾는 게 더 중요해."

태드의 목소리에 절망감과 분노가 어리기 시작했다.

"클레어가 내 딸이라는 게 세상에 알려진다고 해서 달라질 건 아무것도 없어. 만약 당신 말대로 해서 클레어를 구할 수만 있다면 반대하지 않겠지만 나 역시 경찰의 수사에 의지할 수밖에 없어."

"당신은 미국의 주지사야. 당신이 전면에 나서면 경찰이 지금처럼 소극적으로 수사에 임하지는 않을 거야."

"주지사가 된 지 고작 5개월밖에 안 되었는데 당신이 내 인생을 엉망진창으로 만들어야 하겠어?"

조이스는 참았던 울음을 터뜨렸다.

"난 아무것도 시도해보지 않고 클레어를 포기할 수는 없어!"

태드는 깊이 한숨을 내쉬었다. 그는 내심 조이스를 이해했고, 잠시나마 그녀의 입장이 되어 그의 딸 나타샤를 생각해보았다. 나타샤는 새벽 3시에 일어나 젖병을 물리기도 했고, 몸이 아프기라도 하면 한밤중에도 병원 응급실을 향해 달려갈 만큼 애지중지 키운 딸이었다.

태드는 만약 나타샤가 납치당했다면 가능한 모든 수단을 동원해 찾아 나섰으리라는 사실을 인정하지 않을 수 없었다. 설령 성공 가도에 찬물을 끼얹는 일이 될지라도 주저하지 않았으리라.

바로 그 순간, 태드는 만약 클레어가 혼외정사로 낳은 딸이라는 사실이 세상에 알려질 경우 주지사 직위와 가정, 명예를 한순간에 모두 잃게 되리라는 사실을 깨달았다. 무려 15년 전 실수로 힘들게 이룬 성공과 명예를 모두 잃어야 한다고 생각하니 암담하기 그지없었다.

과연 무엇이 문제였는가? 서로의 매력에 끌려 합의 아래 이루어진 성관계가 인생의 모든 걸 걸어야 할 만큼 큰 실수였단 말인가? 더구나 피임을 이야기하며 프리섹스를 주장한 여자와의 관계가 아니었던가?

대량 살상을 불러일으키는 총기 사고에 대해서는 지나치게 관대한 사회이지만 오래전부터 공직자의 도덕성을 판단하는 잣대로 해묵은 혼외정사 문제를 속속들이 파헤치는 행태에 대해 모르지 않았다. 여자 문제가 여론의 도마 위에 오르게 될 경우 정치인은 치명적인 상처를 받게 되어 있었다. 태드는 15년 전 저지른 행동에 대해 사과하고 싶지도 않았고, 뉘우치고 싶지도 않았지만 현실은 언제나 냉혹한 법이었다.

"나는 클레어가 당신 딸이라는 사실을 언론에 폭로하기로 결정했어.

그러니까 당신은 이제 돌아가도 돼.”

조이스는 말을 마치자마자 매몰차게 돌아서 복도 쪽으로 걸어갔다.

태드는 이대로 당할 수만은 없다는 생각에 그녀를 뒤따라가 어깨를 잡고 욕실로 끌고 갔다.

“난 당신의 슬픔과 고통을 충분히 이해하지만 내 인생을 파멸시키려는 짓을 저지르도록 마냥 내버려둘 수는 없어.”

조이스는 벗어나려고 발버둥을 치다가 주먹으로 태드의 얼굴을 가격했다.

무방비 상태로 얼굴을 맞은 태드가 조이스의 어깨를 마구 흔들었다.

“제발 정신 차려!”

“이미 늦었어.”

조이스가 울부짖으며 말했다.

“이미 늦었다니?”

“기자를 만나 클레어가 당신 딸이라는 사실을 다 폭로했어.”

“당신이 만난 기자가 누구야?”

조이스가 숨을 헐떡이며 말했다.

“《뉴욕헤럴드》의 플로랑스 기자가 진실을 모두 폭로할 거야.”

“진실이라니, 가당치 않은 소리야. 당신이 헤로인 중독에 빠져 이성을 잃고 있다는 게 진실일 뿐이야.”

태드의 분노가 극에 달했고, 조이스는 그의 손아귀에서 벗어나려고 몸부림쳤다.

“플로랑스, 도와줘요!”

태드가 마치 광기에 사로잡힌 듯 그녀의 어깨를 세차게 흔들어 대다가 갑자기 뒤로 밀쳤다.

조이스는 비명을 지를 새도 없이 뒤로 넘어지며 세면대 모서리에 머리를 부딪쳤다. 마치 썩은 나무가 부러지듯 요란한 소리가 났다.

태드는 몹시 당황해 그 자리에 서 있었다. 마치 시간이 그대로 멈춰버린 듯했다.

조이스가 욕실 바닥에 쓰러져 있었다. 태드는 몸을 굽혀 조이스의 몸을 흔들어보았지만 미동도 하지 않았다. 심장이 두방망이질 쳐댔고, 온몸이 심하게 떨려왔다.

"내가 조이스를 죽이다니?"

태드는 머리를 쥐어뜯으며 울음을 터뜨렸다.

단단히 화가 나는 바람에 단 3초 동안 통제력을 잃었을 뿐이었다. 불과 3초 만에 지난 수십 년 동안 공들여 쌓아 올린 탑이 무너진 셈이었다.

태드는 한동안 머리를 감싸 쥐고 사나운 파도가 자신을 깊은 바닷물 속으로 던져버리게 내버려두었다. 서서히 공포가 밀려가면서 차츰 정신이 돌아왔다. 그는 경찰에 신고하기 위해 휴대폰을 꺼냈다. 전화번호를 누르려던 그는 한 가지 의문에 사로잡혔다.

조이스는 왜 기자에게 도와달라고 소리쳤을까?

거실로 나간 태드는 옷장 문을 죄다 열어젖히고, 커튼 뒤도 살피고, 잡동사니 물건들과 가구들까지 모조리 훑었다. 그가 원형 탁자 밑에 붙어 있는 휴대폰을 발견하기까지 미처 2분도 걸리지 않았다.

조이스가 계획적으로 나를 파멸시키려고 한 거야.

휴대폰을 발견한 태드는 경찰에 신고하려던 마음을 접었다. 조이스가 미리 올가미를 쳐두고 걸려들기를 유도한 만큼 잘못을 회개하고 싶은 마음도 사라졌다. 그는 이제 참담한 사고가 발생하기 전과 완벽하게 달라진 사람이 되어 있었다. 심지어 자신이 오히려 피해자라는 생각이 들었다.

행운의 여신이 나와 함께할 거야.

태드는 집 근처에 세워둔 차에서 대기 중인 조라에게 전화를 걸었다.

"조라, 블런트와 함께 당장 이 집으로 와. 사람들 눈에 띄지 않게 조심해야 돼."

"무슨 일 있어요?"

"조이스가 죽었어."

세상은 둘로 나뉜다!

안나

오늘

2016년 9월 4일 일요일

온통 습기를 머금고 있는 벽에서 곰팡이 냄새가 진동한다. 안나는 물이 고여 있는 웅덩이 옆 바닥에 누워 있다. 두 손을 채운 수갑이 잿빛 주물 파이프에 연결돼 있고, 두 발목에는 족쇄가 채워져 있다. 입에는 재갈이 물려 있고, 입술 가장자리가 부르터 피가 맺혀 있다. 팔다리는 기력이 소진돼 떨려오고, 옆구리에서는 까닭 모를 통증이 계속되고 있다. 높은 지붕 틈새로 흘러들어오는 희미한 빛 덕분에 그나마 건물의 구조가 어렴풋이 드러나 보인다.

안나는 오래도록 방치되어온 변전소 건물에 갇힌 신세다. 바닥 면적이 20평방미터에 불과한데 높이는 10미터 이상 되는 일종의 탑으로 예전에는 프랑스 전력청의 변압기가 놓여 있던 곳이다.

변전소 건물에 갇혀 있는 안나의 귀에 기차 소리와 도로를 달리는 자동차 소리가 희미하게 들려온다. 사흘째 이곳에 갇혀 있는 중이다. 그녀는 몸이 말을 듣지 않고 정신이 혼미하지만 어떤 경로를 통해 감옥처럼 어둡고 컴컴한 이곳에 갇히게 되었는지 기억을 더듬어보았다.

납치 과정은 신속하게 진행되었다. 그동안 벌어진 일들이 하나같이 눈 깜짝할 사이에 벌어진 일들이라 어떻게 된 일인지 경위를 파악할 수 없는 실정이다. 단지 코트다쥐르의 펜션에서 시작된 라파엘과의 갈등이 사태의 출발점이라는 사실을 기억하고 있을 뿐이다. 라파엘은 비밀을 들어줄 마음의 준비가 되어 있지 않았고, 그녀를 혼자 방치해두고 펜션에서 사라졌다. 그녀는 걷잡을 수 없을 만큼 깊은 슬픔에 빠져들었고, 마음 둘 곳을 상실했다.

안나는 임신 사실을 알게 된 후 배우자가 될 사람에게 과거의 어두운 비밀을 숨기고 단란한 가정을 꾸릴 수는 없다는 사실을 알고 있었다. 라파엘이 과거의 비밀을 털어놓으라고 했을 때 겉으로는 방어적인 태도를 취했지만 마음속으로는 비로소 진실을 밝힐 기회가 주어졌다고 생각하며 반기는 입장이었다. 무슨 말을 하더라도 다 받아들일 준비가 되어 있다는 그의 말을 믿고 용기를 얻은 그녀는 가슴 깊이 숨기고 있던 이야기들을 털어놓기 시작했다. 그가 난마처럼 복잡하게 얽힌 상황을 극복하는 데 도움이 될 수 있으리라는 희망을 품기도 했다.

라파엘에 대해 은근히 기대가 컸던 만큼 좌절도 컸다. 버림받은 기분을 떨쳐버리지 못하고 분노를 표출하던 그녀는 실수로 책꽂이를 쓰러뜨렸다. 책꽂이가 쓰러지면서 앉은뱅이 유리 탁자가 박살 났다.

라파엘도 사라지고 없는 마당에 혼자 펜션에서 하룻밤을 더 보낼 엄두가 나지 않았고, 당장 택시를 불러 타고 공항으로 나가 파리행 비행기에 올랐다.

안나는 새벽 1시경 몽루주의 집에 도착했다. 아파트로 들어서는 순간 등줄기가 서늘해지는 느낌을 받았고, 즉시 침입자가 있다는 사실을 직감했다. 몸을 돌려 밖으로 나가려는 순간 묵직한 둔기로 뒤통수를 얻어맞았다. 의식을 잃었다가 겨우 정신을 차리고 보니 가구 보관 창고에 감금되어있는 상태다.

몇 시간 후, 힘이 좋은 사륜구동차가 가구 보관 창고를 들이받기 시작한다. 처음에는 누군가 구출하러 온 거라 믿었지만 오히려 그 반대다.

안나는 사륜구동차의 트렁크에 감금된 상태로 이곳까지 왔다. 잠깐 동안 눈에 들어왔던 주변 상황으로 파악해보자면 이곳은 복잡하게 얽힌 고속도로와 철길로 둘러싸인 들판 한가운데에 있는 건물이다. 그녀를 납치한 인물은 스테판 라코스트이고, 그를 부리는 사람은 리샤르 앙젤리이다. 두 사람이 나누는 대화를 듣고 그들이 형사라는 사실을 알게된 이후 더욱 마음이 심란할 뿐이다. 더구나 리샤르 앙젤리는 벌써 여러 번 그녀를 '칼라일'이라고 부른다. 그동안 신분을 철저히 숨기고 살아왔는데 리샤르 앙젤리 때문에 숨겨진 과거가 갑자기 수면 위로 부상한 셈이다.

하인츠 키퍼의 집에 감금되어있는 동안 단 하루도 거르는 법 없이 무시무시한 공포와 대면했는데, 또다시 악몽 같은 현실이 시작되고 있다는 느낌이 든다.

얼마나 울었는지 이제는 눈물도 메말라버린 듯했다. 안나는 기진맥진한 상태였고, 머리는 공회전을 거듭하고 있다. 한 치 앞도 보이지 않는 안개 속에서 헤매고 있다는 느낌이 든다. 잿빛 벽면이 질식할 정도로 그녀를 암담하게 만들었고, 땀과 먼지 때문에 옷이 저절로 둘둘 말릴 지경이다.

안나는 절망감에 굴복하지 않기 위해 하인츠 키퍼의 집에 감금돼있었던 때를 떠올리며 마음을 다잡는다. 하인츠 키퍼는 그녀에게서 모든 걸 빼앗아갔다. 꿈에 부풀어 있어야 할 청소년기를 더없이 암울하게 만들었고, 가족과 친구, 나라마저 앗아갔다.

클레어 칼라일은 이미 하인츠 키퍼에게 죽임을 당한 셈이었다. 계속 살아가기 위해 선택할 수 있는 탈출구는 오직 하나밖에 없었다. 신분 세탁을 하고 새로운 이름으로 살아가는 것이었다.

철제문이 삐걱거리는 소리가 들려온다. 이른 새벽의 어스름 빛을 받고 서 있는 리샤르 앙젤리의 모습이 보인다. 그가 칼날이 톱니처럼 생긴 칼을 들고 다가오더니 발목의 족쇄를 풀어주고 나서 손목을 채운 수갑도 풀어준다.

안나는 왜 갑자기 풀어주는지 영문을 알 수 없었지만 변전소 밖을 향해 힘껏 달려간다. 가시덤불과 웃자란 잡초들로 뒤덮인 도시 외곽의 방치된 땅이다. 창고로 사용했던 건물들과 오래된 공장 건물들이 왕성한 번식력을 자랑하는 잡초에게 자리를 완전히 내어준 나대지다. 동작을 하다가 그대로 멈춰 선 타워크레인의 기다란 목이 우중충한 하늘에 그대로 고정되어 있다.

안나는 황량하기 그지없는 땅을 벗어나기 위해 숨이 멎을 정도로 빨리 달리기 시작한다. 이미 리샤르 앙젤리가 따라오지 않는다는 사실을 확인했지만 힘껏 달린다. 2007년 10월 말, 칠흑같이 어두운 알자스의 숲을 가로질러 달리던 때가 떠오른다.

얼마나 달렸을까? 안나는 기진맥진해진 몸으로 잠시 멈춰 서서 가빠진 숨을 고르기 시작한다.

나는 왜 항상 도망쳐야 하는 신세가 되었을까?

방치된 변전소 인근의 땅은 여러 갈래로 뻗은 고속도로가 교차하는 지점에 위치해 있다. 추측하건대 베르시 샤랑통 부근으로 내부순환도로와 고속도로가 만나는 지점인 듯하다.

아직 이른 아침이었지만 한 무리의 인부들이 공사장에 설치한 모닥불 주변에 둘러서서 불을 쬐고 있는 중이다. 비록 인부들 중 프랑스어에 능숙한 사람은 없었지만 안나에게 도움이 필요하다는 사실을 즉각 알 아차린다.

안나를 모닥불 가까이 데려간 그들은 한 잔의 커피와 휴대폰을 내민다. 안나는 가쁜 숨을 몰아쉬며 라파엘의 전화번호를 누른다. 신호음이 떨어지기까지 제법 오랜 시간이 걸린다. 마침내 전화를 받은 라파엘이 뜬금없이 말한다.

"클레어, 리샤르 앙젤리가 당신을 풀어주었지? 이제 아무도 당신을 감금하지 않을 테니까 안심해. 앞으로는 모든 일이 다 잘 풀릴 거야."

안나는 그가 왜 뉴욕에 가 있고, 왜 자신을 클레어라고 부르는지 도무지 이해할 수 없다. 라파엘이 자신의 지난 과거를 모두 알고 있는 느낌이다.

라파엘이 나에 대해 모든 걸 알게 된 거야. 내가 누구이고, 어디에서 왔는지, 그를 만나기 전에는 어떻게 살았는지 모두 알게 된 거야.

안나는 현기증이 나는 동시에 해묵은 체증이 한순간에 쑥 내려간 듯 시원한 느낌이 든다.

"앞으로는 모든 일이 다 잘 풀릴 거야."

라파엘이 다시 한번 강조한다.

안나는 그의 말을 믿고 싶다.

클레어

하루 뒤
2016년 9월 5일 월요일

나는 한동안 내가 얼마나 맨해튼의 소음을 좋아하는지 까마득히 잊고 지냈다. 멀리서 들려오는 자동차 소리, 왁자지껄 떠들어대는 사람들의 소리를 듣고 있는 동안 저절로 마음이 편안해지며 어린 시절 추억이 떠올랐다.

나는 일찍 잠에서 깨어났다. 사실은 거의 잠을 이루지 못했다. 편안하게 잠을 청하기에는 너무나 흥분되고 변화가 많았던 하루를 보냈다. 지난 스물네 시간 동안 절반가량은 암담한 절망 속에서 신음하다가 나머지 절반은 가장 찬란한 기쁨을 맛보게 되었다. 절망과 행복이 극명하게 엇갈린 어제 하루는 감정의 롤러코스터를 탄 기분이었고, 곧 나를 기진맥진한 상태로 만들었다.

라파엘을 깨우지 않기 위해 조심하며 살며시 어깨에 머리를 기댔다.

눈을 감고 어제 우리가 만나던 순간을 떠올려보았다.

파리의 오를리공항에서 비행기를 타고 출발해 뉴욕의 JFK공항에 내릴 때까지 나는 도무지 어떻게 된 일인지 감을 잡을 수 없었다. 공항까지 나를 마중 나온 사람들이 그렇게 많을 줄은 미처 예상하지 못했다. 무려 10년 만에 만나는 이모들과 사촌들, 뒤뚱거리며 달려와 내 품에 안긴 테오까지 온통 심장이 터질 듯 반가운 사람들이었다.

모든 사람들이 나를 기쁘게 했지만 라파엘이 그 자리에 있어 더욱 행복했다. 내가 길을 잃고 헤매던 곳, 내 삶이 멈춰버린 곳에서 나를 제자리로 돌아오게 해준 남자, 나에게 사랑하는 이모들과 사촌들, 나라를 되찾아준 남자가 바로 거기에 있었다.

나는 어젯밤 라파엘이 들려준 이야기를 제대로 다 소화하지 못했다. 이제 난 아버지가 누구인지 알게 되었다. 내 아버지가 어머니를 살해했다는 사실도 알게 되었다. 앞으로 적어도 20년 동안 정신과 상담을 맡아줄 의사의 주머니를 두둑하게 채워줄 것이라는 전망을 제외하면 나는 아직도 아버지가 저지른 짓을 어떻게 받아들여야 할지 알 수 없었다.

나와 내 부모가 겪은 비극이 엄청난 충격을 가져다주었고, 아직 심리적으로 매우 불안정한 형편이었지만 차츰 고통을 회복할 수 있을 것으로 믿어 의심치 않는다. 감당하기 힘들 만큼 충격적인 일들이 연이어 빚어졌지만 나는 기적적으로 살아남았고, 사랑하는 사람들을 다시 만날수 있게 되었다. 나에게 빚어진 서글픈 이야기는 무덤까지 가져갈 생각이다. 나는 원래의 나로 돌아오게 되었고, 내가 사랑하는 남자는 꼭꼭 숨겨두었던 내 과거를 알게 되었다.

카멜레온처럼 나 자신을 철저히 속일 수밖에 없었던 지난 몇 년 동안 거짓말의 무게가 나를 얼마나 고통스럽게 억눌렀는지 절실히 깨닫고 있다. 어떤 사람을 만나든지 흔쾌히 내 모습을 드러내 보일 수 없었다. 죽음의 근처까지 갔던 절망적인 상황에서 벗어났지만 뿌리 없이 부유하는 존재였고, 그 어디에도 닻을 내리지 못했고, 어느 누구도 믿을 수 없었다. 신분을 세탁하고 살아가기로 결심한 이후 언제나 도망자 신세를 면치 못했다.

어젯밤, 저녁 식사의 기억이 지금도 내 머릿속에서 둥둥 떠다니고 있다. 정원에서 바비큐 파티를 벌일 때 내가 곧 엄마가 된다는 소식을 들은 안젤라 이모와 글래디스 이모는 활짝 웃는 모습으로 기쁨을 표하다가 감격적인 울음을 터뜨렸다. 모처럼 내가 자랐던 동네의 길을 걸으며 고향 집을 발견한 순간 얼마나 감정이 북받쳤는지 절로 눈물이 솟았다. 옥수수빵, 닭튀김, 와플을 파는 노점상에서 솔솔 흘러나온 고소한 냄새가 어린 시절 기억을 떠올리게 했다. 내가 어릴 때 저녁마다 동네 어디에서나 맡을 수 있었던 바로 그 냄새였다.

나를 환영하기 위해 열린 바비큐 파티가 밤늦도록 이어졌다. 정원 가득 음악 소리가 울려 퍼졌고, 이모들의 노랫소리가 그칠 줄 몰랐다. 럼주 잔을 부딪치는 소리, 깔깔대며 웃는 소리, 왁자지껄한 대화 소리를 듣는 동안 사람이 살아가는 데 있어 가족과 친구, 연인이 얼마나 소중한지 절실히 깨달았다.

갑자기 머릿속으로 끼어든 한 가지 기억이 금세 내 기분을 우울하게 만들었다. 지난밤, 내가 반수면 상태에서 꾼 꿈의 영상이 머릿속에서 파노라마처럼 펼쳐졌다.

내가 몽루주로 돌아온 그날 밤, 아파트 문을 열고 집 안으로 들어서는 순간 나는 본능적으로 등 뒤에 누군가가 있음을 직감했다. 몸을 돌리는 순간 알루미늄 전등이 내 머리를 내리쳤다.

머리가 깨질 것 같은 통증이 느껴졌고, 나는 온통 주변의 사물이 빙빙 맴을 도는 것 같은 느낌을 받으며 바닥으로 쓰러졌다. 머리에 심한 충격을 받긴 했지만 완전히 정신을 잃진 않았고, 필름이 끊기기 직전 2, 3초 동안 나는 심상치 않은 뭔가를 보았다.

간밤에 그 당시의 꿈을 꾸는 바람에 한동안 잠을 이루지 못하고 뒤척였다. 정신을 집중했지만 여전히 내 머리는 공회전을 거듭하고 있었다.

나는 자꾸만 벗어나려는 이미지들을 붙잡으려고 안간힘을 쓰기 시작했다. 뭔가 잡힐 듯했다가 사라지는 이미지를 끈질기게 물고 늘어졌다. 마침내 머릿속을 헤매던 기억이 짙은 안개를 헤치고 모습을 드러냈다. 희미하고 빛바랜 필름처럼 다가왔던 이미지의 윤곽이 또렷해지면서 나도 모르게 침이 꿀꺽 넘어갔다. 별안간 심장 박동이 빨라지기 시작했다. 그 당시, 혼절하기 몇 초 전 나는 쪽마루 바닥에 떨어져 있는 내 가방, 누군가 집 안을 뒤진 듯 엉망으로 흐트러진 옷장, 반쯤 열린 내 방 안을 차례로 보았다. 열려 있는 문틈 사이로 봉제 인형 강아지 한 마리가 있었다. 큰 귀에 주둥이가 둥그렇게 생긴 그 강아지를 잘 알고 있었다. 그 강아지는 바로 테오가 늘 가지고 다니던 강아지 인형 피피였다.

그 순간, 나는 침대에서 벌떡 일어났다. 온몸에서 식은땀이 솟았고, 심장이 요란하게 뛰기 시작했다.

내가 잘못 본 건 아닐까?

거듭 체크해봤지만 내 기억은 너무나 선명할 뿐이었다.

나는 뭔가 합리적인 이유를 찾아보려고 했지만 도저히 설명이 되지 않는 일이었다. 테오가 늘 가지고 다니는 강아지 인형 피피가 몽루주에 있는 내 집에 떨어져 있었다는 건 도무지 말이 되지 않았다. 라파엘은 몽루즈의 아파트에 올 때 테오를 데려온 적이 한 번도 없었다. 그날 라파엘은 앙티브에 있었고, 테오를 돌봐준 사람은 다름 아닌 마르크 형사였다.

마르크 형사?

나는 당장 라파엘을 깨울까 말까 망설이다가 침대 발치의 긴 의자에 걸쳐놓은 진 바지와 블라우스를 챙겨 입고 방을 나섰다. 스위트룸 거실의 통유리 너머로 평화롭게 흐르는 허드슨강이 내다보였다. 해는 벌써 중천에 떠 있었고, 벽시계를 보니 오전 10시가 되기 직전이었다.

나는 거실의 테이블 앞에 앉아 두 손으로 머리를 감싸 쥐고 잠시 생각에 잠겼다.

테오가 가지고 다니는 강아지 인형 피피가 왜 몽루즈의 집에 떨어져 있었을까?

가능한 시나리오는 한 가지밖에 없었다. 라파엘이 없는 동안 테오를 돌봐주기로 약속한 마르크가 몽루즈의 내 아파트에 와 있었다는 사실이었다. 내가 라파엘과 앙티브로 여행을 떠난 사이 마르크가 내 아파트를 뒤지기 위해 숨어들었지만 내가 갑자기 일정이 바뀌어 일찍 돌아오는 바람에 계획이 틀어진 듯했다.

내가 집 안으로 들어서는 순간 마르크가 들고 있던 손전등으로 나를 내리쳤고, 실신하자 가구 보관 창고로 데려가 감금한 것이다.

마르크는 왜 그랬을까?

마르크는 내가 누구인지 이미 오래전부터 알고 있었을까?

만일 그렇더라도 마르크가 특별히 나를 미워할 이유는 없었다.

혹시 마르크가 클로틸드 교장 선생님을 공격했을까? 마르크는 처음부터 의도적으로 두 얼굴의 사나이 역할을 했을까?

나는 내 여행 가방을 놓아둔 소파로 달려갔다. 내가 찾고자 하는 건 표지가 파란색인 노트였다. 하인츠 키퍼의 집에서 도망쳤던 날 저녁에 입수한 바로 그 노트. 내가 돈이 든 스포츠가방에 챙겨 넣어온 노트로 라파엘이나 마르크는 본 적이 없었다.

내 인생을 송두리째 바꾸어놓은 그 노트를 어제 아침 여권과 몇 가지 옷을 챙기기 위해 들렀던 몽루즈의 집에서 가져왔다.

나는 노트를 넘기며 내가 주목하고 있는 부분을 찾기 시작했다. 마침내 문제의 대목을 발견한 나는 심장이 오그라드는 느낌을 받으며 몇 번이나 거듭 읽었다. 나는 비로소 마르크가 왜 그런 짓을 벌였는지 짐작할 수 있게 되었다.

나는 테오가 자는 방의 문을 열어봤지만 아이가 침대에 없었다. 테오가 잠을 잤던 침대에는 백지에 휘갈겨 쓴 메모가 놓여 있었다. 나는 한시도 지체하지 않고 출입문에 쪽지를 붙여놓은 다음 파란색 노트를 다시 여행용 가방 안에 집어넣었다.

나는 방 안에 비치되어 있던 호텔 홍보물을 보고 브리지클럽 호텔에서 손님들을 위해 자전거를 무료로 대여해준다는 사실을 알고 있었다. 자전거를 대여한 나는 그리니치 가로 나갔다. 우중충한 날씨에 바람이 서쪽에서 동쪽으로 불고 있었다. 나는 사춘기 소녀 시절처럼 힘껏 페달을 밟으며 체임버스 가를 향해 달려가기 시작했다.

뉴욕은 내 고향이었고, 내 인생에서 가장 중요한 일부분이었다. 많은 세월이 흘렀지만 뉴욕의 지리를 완벽하게 기억하고 있었다. 내 눈앞에 시청 청사의 진주 빛깔 망루 두 개가 위용을 드러냈다. 나는 기념비적인 시청 청사 건물의 아치 아래를 빠져나가 자전거 전용도로가 있는 브루클린 대교로 접어들었다. 다리가 끝나는 지점에서 자동차들 사이를 빠져나와 캐드먼 플라자 공원을 따라 달리다가 이스트강의 강둑길로 접어들었다.

나는 이제 브루클린 다리와 맨해튼 다리 사이에 위치한 덤보에 다다랐다. 가끔 엄마와 함께 온 적이 있는 곳이었다. 붉은 벽돌 건물들과 오래된 도크, 리노베이션을 마친 창고들이 자리 잡고 있는 곳이었다.

잔디밭을 따라 달리다가 맨해튼을 마주한 산책로에 다다랐다. 숨이 막힐 만큼 경관이 아름다운 곳이었다. 나는 잠시 자전거를 멈춰 세우고, 눈앞에 펼쳐진 경치를 감상했다.

마침내 집으로 돌아오게 된 거야.

평생 처음으로 나는 '브루클린의 소녀'가 되었다.

라파엘

클레어를 다시 만나게 되어 너무도 행복한 나머지 편안하게 단잠을 잤다. 칼라일 자매는 클레어와의 재회를 자축하며 밤늦게까지 럼주와 파인애플로 만든 칵테일을 수없이 권했다.

휴대폰이 울리는 소리에 나는 비로소 비몽사몽 상태에서 빠져나왔다. 침대를 빠져나와 휴대폰을 귀에 대고 여기저기 살폈지만 클레어가 보이지 않았다.

"라파엘 바르텔레미 씨죠?"

마르크의 요청으로 클레어의 지문을 감식해주었던 장 크리스토프 바쇠르 형사였다. 어제 그의 전화번호를 알아내는 데 성공한 나는 자동응답기에 통화를 하고 싶다는 메시지를 남겨두었다. 클레어가 뉴욕에 도착하길 기다리던 나는 머릿속으로 우리 두 사람이 다시 만날 수 있게 되기까지의 이야기를 머릿속으로 수없이 되뇌어보았다. 이야기 구성상 여전히 연결이 매끄럽지 않은 부분이 있었다. 특히 한 가지 의문이 계속

내 머릿속을 맴돌았다.

조라가 고용했다고 말한 리샤르 앙젤리 형사는 어떻게 안나 베커가 클레어 칼라일이라는 사실을 알아냈는지 납득할 수 없었다. 곰곰이 생각해본 결과 장 크리스토프 바쇠르 형사가 아니고서는 그 비밀을 알려줄 사람이 없었다.

내가 궁금해하는 사실을 묻자 장 크리스토프 바쇠르 형사가 매우 불안해하고 있다는 느낌을 받았다.

"마르크가 누군가의 지문을 건네주면서 FNAEG(국립 유전자 지문 디지털 파일)에 넣어 신분을 확인해달라고 했을 때 저는 딱히 경계심을 품지는 않았습니다. 예전 동료에게 간단한 편의를 제공한다고 생각했을 뿐이죠."

그 결과 4백 유로를 챙겼잖아?

나는 마음속으로 그렇게 생각했지만 공연히 그를 도발하지는 않았다.

"그 결과 지문의 주인공이 클레어 칼라일이라는 사실을 알게 돼 깜짝 놀랐습니다. 마르크에게 결과를 알려주고 나서 우울증에 빠질 지경이었습니다. 경찰의 규칙을 위반한 사실이 부메랑이 되어 돌아와 징계를 받게 될까봐 걱정이 많았죠. 저는 혼자서 끙끙 앓다가 리샤르 앙젤리 형사에게 자초지종을 털어놓고, 좋은 방법이 없을지 조언을 구했습니다."

내 짐작이 맞았어.

"리샤르 앙젤리 형사와는 오래전부터 아는 사이였습니까?"

"리샤르 앙젤리 형사는 제가 강력계 미성년자 담당 부서에서 근무할 때 팀장을 지냈죠. 그가 저에게 유익한 조언을 해줄 수 있으리라 믿었습니다."

"리샤르 앙젤리 형사가 뭐라던가요?"

"전화하길 잘했다며 일을 자기 선에서 알아서 처리하겠다고 하더군요. 그 이야기를 어느 누구에게도 털어놓아서는 안 된다는 말도 덧붙였습니다."

"그에게 마르크가 부탁했다는 이야기도 했습니까?"

장 크리스토프 바쇠르가 말하기 거북하다는 듯 우물쭈물했다.

"저로서는 그 이야기를 털어놓을 수밖에 없었습니다."

통화를 하면서 거실로 나와 보니 아들 녀석의 침대도 텅 비어 있었다. 테오 녀석이 배가 고프다고 칭얼거리자 클레어가 아침을 먹이려고 데리고 나간 듯했다.

나는 두 사람과 합류하기 위해 휴대폰을 머리와 어깨 사이에 끼우고 옷을 입기 시작했다.

"리샤르 앙젤리 형사가 당신이 넘겨준 정보를 어떻게 처리했는지 아십니까?"

"전혀 모릅니다. 그 후 몇 번이나 휴대폰으로 통화를 시도했지만 번번이 받지 않더군요."

"그의 집이나 사무실로는 전화해보지 않았습니까?"

"그 어떤 전화로도 통화가 불가능했습니다."

장 크리스토프 형사는 그저 내 질문에 답변을 해주었을 뿐 새로운 사실을 털어놓은 건 없었다. 나는 전화를 끊으려다가 마지막으로 한 가지만 더 물어보기로 했다.

"당신이 클레어 칼라일의 지문 이야기를 리샤르 앙젤리 형사에게 털어놓은 게 정확히 언제인지 기억하십니까?"

"마르크의 부탁을 받고 나서 일주일쯤 지나서였을 겁니다."

나는 그 순간 미간을 잔뜩 찌푸렸다.

마르크가 찻잔에 남아 있는 클레어의 지문을 뜬 게 나흘 전이었다.

지문을 건네준 지 아직 일주일이 안 되었는데 도대체 무슨 소리를 하는 거야?

문득 의혹의 그림자가 뇌리를 스쳐 지나갔다.

"마르크가 지문 검사를 요청한 게 언제였죠?"

장 크리스토프 바쇠르 형사가 조금도 망설이지 않고 대답했다.

"12일 전인 8월 24일 수요일이었습니다. 딸과 함께 보내는 휴가의 마지막 날이었기 때문에 정확하게 기억하고 있죠. 제 딸은 그날 기차를 타고 제 엄마에게 돌아갔고, 마르크를 기차역 맞은편에 있는 오트루아 자미로 오라고 해 거기서 만났죠."

전혀 예상하지 않았던 순간 내 삶의 일부가 이제 막 궤도를 이탈하고 있었다.

"지문 검사 결과를 마르크에게 알려준 날은 언제죠?"

"이틀 후였으니까 8월 26일이었겠군요."

마르크는 이미 열흘 전에도 클레어가 누구인지 알고 있었다는 뜻이었다. 그가 나도 모르는 사이에 클레어의 지문을 몰래 채취한 셈이었다. 그때는 클레어가 실종되기 전이었다.

마르크는 능청스럽게 연기를 해냈고, 멍청하기 그지없는 나는 전혀 눈치채지 못했다.

도대체 무슨 이유 때문이었을까?

온갖 의문들이 머릿속에서 꼬리에 꼬리를 물고 이어지는 동안 휴대폰

벨이 울려 내 생각을 방해했다. 나는 장 크리스토프에게 고맙다는 말을 건넨 다음 전화를 받았다.

"저는 말리카 페르시시라고 하는 사람입니다. 생트바르브 의료 요양원에서 일하고 있죠."

"아, 저도 당신이 누군지 잘 알고 있습니다. 마르크에게 이야기를 들었죠."

"클로틸드 교장 선생님을 통해 작가 선생님의 휴대폰 번호를 알게 됐어요. 교장 선생님은 이제 막 혼수상태에서 깨어나 아직 심신이 쇠약한 상태지만 안나가 무사한지 알고 싶어 하십니다. 어느 누구도 안나가 납치당했다는 소식을 알려주지 않았거든요."

말리카의 목소리는 저음인 동시에 또랑또랑했다.

"클로틸드 교장 선생님의 건강 상태가 좋아졌다니 안심이 되는군요."

말리카는 잠시 침묵하다가 곧 다시 입을 열었다.

"마르크 형사와 절친하게 지내는 사이죠?"

"네, 맞습니다."

"실례지만 마르크 형사의 과거에 대해 얼마나 알고 계시죠?"

"제가 꼭 마르크의 과거를 알고 있어야 하나요?"

"마르크 형사가 왜 경찰을 떠나게 됐는지 알고 계시나요?"

"방돔 광장에서 보석상을 턴 무장 강도들을 체포하러 갔다가 유탄을 맞고 큰 부상을 당했다고 들었어요."

"마르크 형사는 젊은 시절만 해도 명성이 자자했는데 몇 년째 르 쿠르바 신세를 져야 했죠."

"르 쿠르바라면?"

"투르 근처 앵드르에루아르 지방에 위치한 의료센터 이름이죠. 환자들 대부분이 우울증을 앓거나 알코올과 마약에 중독돼 고통받는 형사들이죠."

"그런 정보는 도대체 어디서 들었습니까?"

"아빠에게 들었어요. 아빠가 경찰서 마약계 반장으로 일하시죠. 마르크 형사에 대한 이야기는 경찰 내부에서도 많이 알려졌나봐요."

"다들 마르크에게 왜 그리 관심이 많죠?"

"마르크 형사가 부인을 잃었다는 건 알고 계시죠?"

"네, 알고 있어요."

나는 대화가 이런 식으로 흘러가는 걸 원하지 않았다. 마르크에 대해 새롭게 알게 된 사실들이 전혀 마음에 들지 않기도 했다.

"마르크 형사의 부인이 자살했다는 사실도 알겠네요?"

"마르크로부터 얼핏 부인과 사별했다는 이야기를 들은 것 같아요."

"그 문제에 대해 더는 궁금하지 않나요?"

"전혀 궁금하지 않아요. 제발 나에게 묻지 말아주었으면 좋겠다고 생각하는 질문을 다른 사람에게 하는 걸 원하지 않습니다."

"마르크 형사의 딸에 대해서도 전혀 모르시겠군요?"

나는 거실로 돌아와 재킷을 몸에 걸치고 테이블 위에 놓인 지갑을 챙겼다.

"마르크에게 딸이 하나 있다는 말을 들었어요. 딸을 그리 자주 만나는 것 같지는 않더군요. 외국에서 유학 중이라니 자주 만날 수 없긴 하겠지만요."

"외국에서 유학 중이라고요? 루이즈는 10년 전 죽었어요."

"지금 무슨 말을 하는 거죠? 마르크의 딸이 살해당했다고요?"

"마르크 형사의 딸 루이즈는 사이코패스에게 납치 감금당했다가 살해되었어요. 세상을 떠들썩하게 했던 하인츠 키퍼 사건을 모르지는 않죠?"

나는 통유리 창 너머로 보이는 허드슨강을 보고 서 있다가 두 눈을 질끈 감고 눈두덩을 문질렀다. 마침내 루이즈 고티에라는 이름이 떠올랐다. 하인츠 키퍼에게 납치된 첫 번째 희생자였다. 루이즈 고티에는 열네 살이 되었던 2004년 12월에 코트다르모르 지방의 생브리외 조부모 집에서 방학을 보내던 중 납치되었다.

"루이즈 고티에가 마르크의 딸이라고요?"

"아빠가 그렇게 말했어요."

나는 그제야 정신이 번쩍 들 만큼 긴장했다.

"루이즈 고티에는 왜 아버지의 성을 따르지 않았죠?"

"그 당시 마르크 형사는 BRB에서 자주 대형 사건을 맡았어요. 마르크처럼 악명 높은 형사들의 자녀들을 납치해 협상카드로 사용하려는 범죄자들이 제법 많을 때였죠. 마르크 형사는 생각다 못해 딸의 이름에 아버지의 성을 넣지 않기로 했죠. 루이즈를 보호하려는 차원이었어요."

말리카의 말을 듣고 나자 머리에 현기증이 날 지경이었다.

그때 테이블 위에 놓인 메모지가 눈에 들어왔다.

호텔 문장이 찍힌 메모지에 짤막한 문장 하나뿐이었다.

라프

테오 녀석을 데리고 브루클린의 제인스 커루젤에 가서 회전목마를 태워줄 생각이네.

마르크

예기치 않았던 공포가 엄습해왔다. 총알처럼 방 밖으로 튀어 나가 계단을 달려 내려가던 나는 말리카에게 물었다.

"자, 이제 본론을 말씀해보시죠. 왜 나에게 전화한 겁니까?"

"클로틸드 교장 선생님이 자신을 공격한 사람을 기억하고 있어 담당 형사에게 인상착의를 설명하고 몽타주를 그렸나봐요."

말리카의 입에서 충격적인 말이 이어졌다.

"경찰이 작성한 몽타주를 보니 마르크 형사를 빼닮았더군요. 작가 선생님도 조심하라는 뜻으로 이야기해주는 겁니다."

마르크

브루클린

어느새 공기는 선선해졌고, 우중충한 하늘에서는 바람이 강하게 불었다. 바다를 따라 길게 이어지는 산책로를 걷는 사람들은 몸을 떨며 옷깃을 세우고 팔뚝을 문질러댔다. 노점상들도 아이스크림 대신 따뜻한 커피와 핫도그를 주메뉴로 대체했다.

이스트강 물빛도 녹색 기운이 도는 회색빛으로 변했다. 높은 파도가 몸을 둥글게 말며 강 안에 부서질 때마다 하얀 포말이 산책하던 사람들을 덮쳤다. 낮게 깔린 흑진주 빛깔 구름 아래로 맨해튼의 스카이라인이 도드라져 보였다. 건물의 높이와 지어진 시대도 제각각인 고층 건물들이 이루어내는 조화와 균형미가 인상적이었다. 하늘을 향해 우뚝 치솟은 월드트레이드센터, 금속 재질의 드레이프로 감싼 게리타워, 예술성이 뛰어난 파사드와 첨탑지붕을 자랑하는 법원 건물이 차례로 시야에 들어왔다.

클레어는 자전거를 잔디밭에 자연스럽게 뉘어두었다. 그녀의 눈에 1920년대식 회전목마가 보였다. 마치 물 위에 살짝 내려앉아 있는 듯 매혹적인 자태였다.

클레어는 실눈을 뜨고 목마를 타고 있는 사람들을 유심히 살펴보았다.

"테오, 안녕!"

클레어는 마침내 마차에 앉은 테오와 마르크를 발견했다. 그녀는 입장권을 한 장 사 회전목마가 잠시 멈춰 서길 기다렸다가 두 사람과 합류했다. 테오가 환한 웃음을 지으며 클레어를 열렬히 환영했다. 녀석의 작은 두 손에는 커다란 쿠키가 들려 있었다. 통통하게 살이 오른 뺨과 오버롤 바지 위에 걸친 턱받이에 온통 초콜릿 얼룩이 묻어 있었다.

테오는 기분이 좋은 반면 옆에 앉은 마르크는 기운이 하나도 없어 보였다. 그의 이마와 눈동자 주변에 생긴 주름살이 오늘따라 유난히 깊어 보였다. 허공을 응시하는 두 눈을 보아하니 그의 육신은 지금 여기에 있지만 정신은 다른 곳을 헤매고 있는 듯했다.

회전목마가 다시 돌아가기 시작했을 때 천둥 치는 소리가 들려왔다. 마차 안으로 들어간 클레어는 마르크와 마주 보는 자리에 앉았다.

"루이즈 고티에가 형사님의 딸이죠?"

마르크는 잠깐 동안 아무런 대꾸도 하지 않았지만 끝까지 입을 다물고 있을 수는 없다는 사실을 잘 알고 있었다. 그가 10년 전부터 기다려 온 해명의 시간이기도 했다.

"루이즈가 하인츠 키퍼에게 납치되었을 당시 나이가 몇 살인지 알아? 정확하게 생후 14년 6개월이었어. 그 나이 여자아이들은 대부분 격동의 시기를 보내게 되지. 루이즈가 얼마나 말을 안 듣고 까탈을 부려대

느지 우리 부부는 크리스마스 휴가만 되면 그 아이를 브르타뉴에 사는 부모님 댁으로 보내곤 했어."

마르크는 잠시 말을 멈추더니 테오의 목도리를 여며주었다.

"루이즈는 우리 부부의 통제 밖이었지. 허구한 날 남자 친구들과 어울려 다니며 온갖 어리석은 짓을 다 저질렀어. 루이즈를 볼 때마다 그야말로 화가 나 미칠 것 같았지. 루이즈를 마지막으로 보았던 날에도 우린 심하게 말다툼을 했는데 나에게 머저리라고 하기에 뺨을 세게 갈겨버렸지."

마르크는 감정이 북받치는 듯 한동안 말이 없다가 다시 이야기를 계속했다.

"루이즈가 귀가하지 않았다는 말을 처음 들었을 당시만 해도 가출이라고 생각했어. 원래 가출을 자주 하는 아이였으니까 그러려니 했지. 말없이 집을 나갔다가 사흘 만에 돌아온 적도 있으니까. 나는 곧 수사에 착수했고, 사흘 동안 한숨도 못 자고 여기저기 쑤시고 다녔어. 비록 경찰서에서 청춘을 묻었지만 납치사건은 내 전문 분야가 아니었지. 무려 10년 동안이나 BRB 강력계에서 일하며 허구한 날 권총 강도나 보석상 털이범들을 상대했으니 납치사건에 대해서는 문외한이다시피 했어. 어찌 됐든 루이즈가 실종되고 나서 일주일 후 내가 병을 얻지만 않았어도 반드시 찾아냈을 텐데 하필이면 그때……."

"병을 얻으셨다고요?"

마르크는 두 손으로 머리를 감싸며 천천히 한숨을 내쉬었다.

"아주 이상한 병이었어. 당신은 의사니까 잘 알겠군. 길랭 바레 증후군이라는 병이 있는데 들어본 적 있어?"

클레어가 고개를 끄덕였다.

"면역 기능이 약화돼 생기는 병이죠."

"어느 날 아침, 잠에서 깨어났는데 팔다리에 힘이 조금도 남아 있지 않은 거야. 마치 감전이라도 된 듯 허벅지와 종아리에 쥐가 나기도 했어. 가만히 있어도 두 다리가 뻣뻣해지며 마비가 되는 거야. 통증이 옆구리에서부터 시작해 가슴, 등, 목, 얼굴을 거쳐 차츰 위쪽으로 올라오더군. 아무튼 병원에 입원해 침대에 누워 있는 수밖에 달리 방도가 없었지. 마치 내 몸이 꽁꽁 언 듯 느껴지기도 했고, 조각상처럼 딱딱하게 느껴지기도 했어. 몸을 일으킬 수도, 음식을 삼킬 수도 없었고, 나중에는 말도 못 하게 되었지. 심장이 제멋대로 뛰며 혈액을 펌프질해대다가 이내 통제 불능이 되어버리곤 했어. 음식물을 입 안에 넣는 즉시 기도가 막혀 질식해 죽을 뻔했던 적도 있었지. 그때는 온몸에 튜브를 매달아야 했어."

테오는 우리의 대화는 전혀 신경 쓰지 않고 음악에 맞춰 몸을 들썩거리며 분주하게 호기심을 채우고 있었다.

"두 달 동안 병원에 입원해 치료받은 결과 증세가 좀 나아지긴 했지만 이전 몸 상태를 완전히 회복하지는 못했어. 일 년쯤 지나서야 다시 일을 시작했지. 투병 기간이 길어지면서 루이즈를 찾는다는 건 더욱 요원한 일이 되어버렸어. 무엇보다 견딜 수 없었던 건 하물며 경찰서에서도 나를 퇴물 취급하기 시작했다는 것이었지. 강력 사건을 해결하는 게 내 일인데 병원을 다녀온 후로는 팀원도 지정해주지 않았고, 수사 기밀에 대한 접근권도 빼앗아버리더군. 하긴 내 머릿속에서 일을 해야 한다는 의지도 희박해지고 있었어. 아내가 자살한 이후로 난 더욱 무력해져

가고 있었으니까."

회전목마가 속도를 늦추기 시작했고, 마르크의 눈에 눈물이 촉촉하게 묻어났다.

"엘리즈는 우리 가정에 밀어닥친 우울한 현실을 더 이상 견디지 못했어."

마르크가 갑자기 주먹을 불끈 쥐고 단언했다.

"혹시 당신은 의심이 뭔지 알아? 의심이 세상에서 가장 잔인하지. 의심은 당신의 숨통을 끊어버릴 수도 있는 극약이야."

마침내 회전목마가 멈춰 섰다. 테오는 다시 한번 타고 싶어 했지만 녀석이 떼를 쓰기 전에 마르크가 먼저 물가로 산책을 가는 건 어떤지 물었다. 지퍼를 올린 마르크가 아이를 품에 안고 앞장서서 걸어갔고, 클레어는 말없이 뒤따라 걸었다.

마르크가 아이를 산책로에 비치되어있는 의자에 내려놓은 다음 지난날의 회상을 이어갔다.

"하인츠 키퍼의 집에서 루이즈의 사체가 발견되었을 때 내가 가장 먼저 느낀 감정은 안도감이었어. 루이즈는 이제 죽었으니 더 이상 고통스럽지 않은 곳으로 갔을 거라고 자위할 수밖에 없었으니까. 시간이 지나면 루이즈를 잃은 상처와 절망도 차츰 치유될 거라고 믿었는데 결국 아무것도 회복시켜주지 못했다는 걸 깨달았어. 끔찍한 절망만이 계속될 뿐이었지. 루이즈가 참혹한 지경에 처해 있을 때 내가 아무런 도움도 되지 못했다는 자책감이 하루하루를 지옥으로 만들었어. 차라리 질병으로 죽었더라면 내가 날마다 고통 속에서 살지는 않았을 거야. 루이즈가 차라리 자동차 사고로 죽었더라면 운이 없다고 치부하고 곧 잊을 수 있었을 거야. 루이즈는 죽기 직전까지 사이코패스에게 농락당하며 참담한 고통을 겪었어. 아빠가 강력계 형사인데 끝내 딸을 구출하기 위해 아무런 노력도 하지 못했지. 루이즈가 죽는 순간까지 나를 얼마나 원망했을지 생각하면 자다가도 눈이 번쩍 떠질 지경이었어. 차라리 이렇게 살아가느니 내 머리통을 박살 내버리고 싶었지!

마르크는 강한 바람 소리 때문에 거의 고함을 지르다시피 했다.

"아이를 임신 중이라고 했지? 엄마가 되면 당신도 알게 될 거야. 세상은 자식을 가진 사람들과 갖지 않은 사람들로 나뉘지. 부모가 되면 훨씬 행복해지기도 하지만 무한히 약한 존재가 되기도 해. 자식을 잃은 슬픔과 좌절은 겪어본 사람만이 알 거야. 평생 십자가를 짊어지고 언덕을 올라가야 하는 고통이 주어지니까. 당신은 오늘이 평생 최악의 날이었다고 생각할 수도 있겠지만 사실 최악은 미래형이야. 나에게 있어서 최악은 루이즈와의 추억이야. 어느 날 아침 문득 잠에서 깨어나 딸아이의 목소리를 잊어버렸다는 사실을 깨달았지. 루이즈의 눈빛, 이마로 흘러내린 머리카락을 귀 뒤로 쓸어넘기던 습관, 머릿속에서 낭랑하게 울려퍼지던 웃음소리를 영원히 듣지 못하게 된 거야."

마르크는 담배를 꺼내 물고 불을 붙이더니 빠르게 달려가는 소형 보트 쪽으로 고개를 돌렸다.

"내 고통쯤은 아랑곳하지 않고 삶은 계속되더군."

마르크가 담배 연기를 내뿜으며 쓸쓸하게 말을 이었다.

"동료들은 휴가를 맞아 바캉스를 떠나고, 결혼해 자식을 낳고, 이혼도 하고, 재혼도 하더군. 나에게는 주어진 스물네 시간은 늘 밤이었고, 언제나 벼랑 끝에서 위태롭게 서성거렸지. 나는 수액이라고는 단 한 방울도 남지 않고 말라 죽어가는 나무나 다름없는 처지였어. 살고 싶은 의욕이라고는 전혀 없었으니까. 내 다리는 납덩어리가 달린 것처럼 무거웠고, 눈꺼풀은 자꾸만 아래로 내려왔지. 그러던 어느 날 당신을 만나게 되었어."

마르크의 눈빛이 불꽃처럼 이글이글 타올랐다.

"봄이 끝나갈 무렵의 어느 날 아침이었어. 당신은 병원에 출근하기 위해 라파엘의 아파트를 나섰지. 우리는 봄 햇살이 화창하게 내리쬐는 정원에서 마주쳤어. 당신은 내게 수줍게 인사를 건네더니 이내 눈길을 돌려버리더군. 나는 당신을 한동안 주목했어. 날씬한 몸매, 가무잡잡한 피부, 윤기 나는 머릿결에 저절로 눈길이 가기도 했지만 뭔가 또 다른 요인이 있다는 생각이 들었어. 그 후, 당신을 볼 때마다 뭔가 우리 사이에는 특별한 인연이 있을 것 같다는 느낌이 들었지. 당신을 보면 언제나 항상 누군가가 떠올랐어. 이미 증발해버린 듯했지만 또렷이 남아 있는 기억의 잔상이라고 할까? 나는 몇 주가 지나서야 당신이 내 마음을 심란하게 만든 이유를 알게 되었어. 당신의 얼굴이 하인츠 키퍼에게 납치되었다가 유일하게 시체로 발견되지 않은 미국 출신 소녀와 무척이나 닮았다는 사실을 깨달은 거야. 처음에는 내가 지나치게 황당한 생각을 하고 있다고 여겼어. 루이즈에 대한 미련과 집착일 뿐이라고 생각했지. 그 후로도 오랫동안 당신의 얼굴이 내 머릿속에서 떠돌았어. 나는 생각다 못해 당신의 지문을 채취해 예전 동료에게 전해주며 FNAEG(국립 유전자 지문 디지털 파일)에 넣어 신분을 검색해달라고 부탁했어. 그결과 나는 놀라운 사실을 알게 되었지. 당신은 클레어 칼라일과 닮은 정도가 아니었어. 나는 당신이 바로 클레어 칼라일이라는 걸 알게 된 거야."

마르크는 피우던 담배를 바닥에 던지더니 구두 뒤축으로 짓이겼다.

"그 후로는 오로지 한 가지 생각밖에 없었어. 당신에게 복수하기로 결심했지. 당신과 내가 만난 건 결코 우연이 아니라는 생각이 들었어. 당신이 저지른 짓에 대해 마땅한 대가를 지불해야 공평하다는 생각이 들었지. 루이즈와 아내 그리고 또 다른 희생자들인 카미유 마송, 클로에 데샤넬의 가족들에게도 조금이나마 위로가 될 거라 생각했어. 그 아이들은 모두 당신의 잘못으로 죽었으니까."

"그 아이들은 내 잘못으로 죽은 게 아니었어요."

클레어도 가만 있지 않고 맞받아쳤다.

"당신은 악마의 소굴에서 도망치는 즉시 경찰에 신고했어야 마땅한데 왜 하지 않았지?"

"마르크 형사님도 왜 신고하지 못했는지 잘 알고 있지 않나요? 엄마가 돌아가셨다는 소식을 듣고 크게 절망했기 때문이에요. 경찰에 신고할 경우 언론이 앞다투어 취재 경쟁에 나설 테고, 평생 다른 사람들의 시선을 의식하며 살아가야 한다는 생각을 하자 끔찍했어요."

마르크가 광기 어린 눈으로 클레어를 쏘아보았다.

"나는 하인츠 키퍼 사건을 직접 수사했고, 그 결과 당신이 죽어 마땅하다는 확신을 갖게 되었어. 난 군인경찰대의 프랑크 뮈즐리에 중령을 죽인 것과 마찬가지로 당신을 죽일 거야."

그 말을 듣는 순간 클레어는 사건의 맥락이 선명하게 그려졌다.

"클로틸드 교장 선생님을 죽이려고 시도한 사람도 당신이었군요?"

"그 문제는 달라. 단순한 사고였을 뿐이니까. 클로틸드에게 물어볼게 있어서 찾아갔는데, 그녀는 내가 자신을 해치려고 왔다고 오해한 나머지 도망치려다가 창밖으로 떨어진 거야. 죽을죄를 지은 사람은 내가 아니라 바로 당신이야. 당신이 하인츠 키퍼의 집에서 벌어진 참상을 알렸다면 루이즈는 아직 살아 있었을 거야. 카미유 마송과 클로에 데샤넬도 마찬가지겠지. 간단한 전화 한 통이면 당신의 의무와 책임을 다할 수 있었잖아? 경찰서 자동응답기에 익명의 음성메시지만 남겨두었어도 세 명의 소녀를 구할 수 있었을 거야."

테오가 겁에 질린 얼굴로 칭얼거리기 시작했지만 이번에는 녀석을 달래줄 사람이 없었다.

클레어가 몹시 흥분한 어조로 응수했다.

"마르크 형사님은 지금 답을 정해놓고 일방적인 관점에서 이야기하고 있어요. 하인츠 키퍼의 집에 다른 누군가가 납치돼있다는 사실을 알았더라면 저도 당연히 경찰에 신고했을 거예요. 저는 사실 다른 누군가가 그 집에 있을 거라고는 상상조차 못 했어요."

"난 당신 말을 믿을 수 없어!"

테오가 두 사람을 번갈아 쳐다보다가 마침내 울음을 터뜨렸다.

"마르크 형사님이 직접 그 빌어먹을 집에 갇혀보기라도 했어요? 무려 879일 동안 12평방미터 방에 갇혀지내봤어요? 방금 전, 마르크 형사님은 진실만을 이야기한다고 했죠? 이제부터 당신이 좋아하는 진실을 말해줄 테니까 잘 들어요. 하인츠 키퍼라는 놈은 짐승이었고, 저는 무려 879일 동안 지옥에 떨어져 있었어요. 그놈은 허구한 날 저를 고문하고 강간했어요. 24시간 동안 손에는 수갑이 채워져 있었고, 발에는 족쇄가 채워져 있었어요. 하인츠 키퍼가 시키는 대로 다 했어요. 죽지 않으려면 그놈의 요구를 죄다 들어줘야 했으니까요."

마르크는 코너에 몰린 권투선수처럼 고개를 숙이고 두 눈을 질끈 감았다.

"하인츠 키퍼는 그 집에 다른 여자아이들이 잡혀 와 있다고 말한 적이 없었어요. 독방에 홀로 갇혀 있었던 2년 동안 저 역시 해를 겨우 다섯 번밖에 보지 못했으니 그 집에 누가 있는지 어떻게 알겠어요. 독방 밖으로 단 한 발짝도 나가지 못하고 잡혀 있는 상황에서 다른 아이들이 있다는 사실을 어떻게 알 수 있죠? 그럼에도 저는 지난 10년 동안 단 하루도 빠지지 않고 그 집에서 숨진 아이들에게 용서를 빌었어요. 물론 죽을 때까지 그 아이들의 죽음에 대해 죄책감을 안고 살아가야 할 거예요."

차츰 평정심을 되찾은 클레어가 목소리를 낮추며 몸을 숙여 울고 있는 테오를 품에 안았다. 녀석이 품 안에 안겨 몸을 웅크리고 엄지손가락을 빨기 시작했고, 클레어는 이야기를 계속했다.

"마르크 형사님이 느끼는 분노는 충분히 이해할 수 있어요. 저를 죽여 루이즈를 잃은 고통이 손톱만큼이라도 치유될 수 있다면 당장 총을 꺼내 발사해도 좋아요. 다만 저를 죽이면서 정당한 단죄라느니, 억울하게 죽어간 소녀들에 대한 복수라느니 따위의 말로 저를 두 번 죽이지는 말아줘요. 이 사건에서 유일한 죄인은 하인츠 키퍼뿐이니까."

마르크는 그 자리에 꼼짝도 하지 않고 서서 허공을 향해 두 눈을 고정시키고 있었다. 그는 몇 분 동안 미동도 하지 않고 서 있었다. 그러다가 마침내 직업적인 본능이 발동하며 정신을 집중했다. 항상 그의 머릿속을 어지럽히는 질문이 한 가지 있었다. 벌써 수없이 물었지만 언제나 답을 알 수 없는 질문이었다. 수사 과정에서 두 번이나 튀어나왔으나 답을 찾지 못한 질문이기도 했다. 형사에게 두 번이란 지나치게 많은 횟수였다.

"납치되기 전까지만 해도 당신은 늘 변호사가 되고 싶다고 했어. 당신 마음속에 변호사가 되고 싶다는 생각이 깊이 뿌리내리고 있었던 것 같은데 왜 바꿨지?"

"마르크 형사님 말대로 어릴 때부터 변호사가 되고 싶었어요."

"악마의 소굴에서 도망쳐 나온 이후에는 왜 갑자기 의사가 되기 위한 공부를 시작했지?"

"그 이유가 궁금하세요? 솔직히 말하자면 마르크 형사님의 딸 루이즈 때문에 의사가 되기로 결심했어요. 그 아이는 늘 의사가 되고 싶다고 말하지 않았나요?"

마르크는 발밑에서 땅이 꺼지는 것 같은 느낌을 받았다.

"당신은 루이즈를 모른다고 했잖아?"

"나중에 차츰 알아가기 시작했어요."

"도대체 무슨 소리야?"

클레어는 배낭에서 파란색 노트를 꺼냈다.

"하인츠 키퍼의 가방에 이 노트가 들어 있었어요. 루이즈의 일기장이죠. 저도 왜 이 노트가 막심 부아소의 몸값으로 받은 돈과 함께 노란색 스포츠가방에 들어 있게 되었는지 그 이유를 몰라요. 어쨌든 하인츠 키퍼가 루이즈에게서 빼앗은 노트가 분명해요. 그놈은 인간쓰레기라 그런 짓을 아주 쉽게 저지르니까요. 하인츠 키퍼는 사실 저에게도 글을 쓰라고 했고, 노트를 빼앗아갔어요."

클레어는 노트를 마르크에게 내밀었지만 전직 형사는 꼼짝도 하지 않았다. 몹시 놀란 나머지 몸을 움직일 수조차 없었기 때문이다.

"노트를 들춰 보니 루이즈가 마르크 형사님에게 보낸 편지가 여러 통

들어 있더군요. 처음에는 거의 매일이다시피 편지를 썼더라고요."

마르크가 떨리는 손으로 노트를 받아든 순간 클레어는 잠시 내려놨던 테오를 품에 안았다. 저 멀리에서 그들이 있는 곳을 향해 달려오는 라파엘의 모습이 보였다.

"자, 이제 아빠한테 갈까?"

클레어가 테오에게 말했다.

바다가 보이는 곳에 위치한 벤치에 자리를 잡고 앉은 마르크는 노트를 펼치자마자 몇 페이지를 단숨에 읽어 내려갔다. 뾰족뾰족한 글자들을 다닥다닥 붙여 쓰는 루이즈의 익숙한 글씨체가 눈에 들어왔다. 루이즈가 즐겨 끼적거리던 낙서도 눈에 띄었다. 노트 옆 여백에도 루이즈가 아무렇게나 흘려 쓴 문장들이 제법 많았다. 좋아하는 시구절이나 엄마가 억지로 외우게 했던 명언들이었다.

한밤중의 인간은 누구나 빛을 향해 나아간다.
_빅토르 위고

난 언제나 너와 가까이 있어 다른 사람들 곁에 있으면 춥기만 하다.
_폴 엘뤼아르

넌 고통받게 될 거야. 나는 죽은 것처럼 보일 테지만 그건 사실이 아닐 거야.
_생텍쥐페리

아무것도 없는 곳이라면 어디서나 '나는 당신을 사랑한다'라고 읽으십시오.

_디드로

감정이 북받치며 목이 메었고, 다시 쓰라린 고통이 찾아왔다. 숨통을 조이고, 머릿속을 피폐하게 만드는 고통이었다. 그나마 다행스러운 점이라면 루이즈와의 추억이 함께하는 고통이라는 것이었다. 마치 뜨거운 용암처럼 솟구쳐 오른 추억들이 고통으로 마비되어버린 그의 정신을 적시는 단비가 되어 내렸다.

마르크는 다시 아련하게 들려오는 루이즈의 목소리에 귀를 기울였다.

루이즈의 웃음소리, 생동하는 에너지, 귀여운 억양이 귓전에 와닿았다.

노트의 페이지마다 루이즈의 숨결이 느껴졌다.

루이즈는 여전히 그의 가슴속에서 따스한 숨결로 살아 있었다.

루이즈

아빠, 나 지금 무서워, 어서 나에게로 와줘!

절대로 지어낸 이야기가 아니야. 난 지금 팔다리가 부들부들 떨리고 심장이 갈가리 찢어지는 느낌이야. 지옥문을 지킨다는 개 케르베로스가 내 장기를 파먹고 있는 느낌이야. 그놈이 컹컹거리며 짖어대는 소리가 들려.

난 지금 몹시 무섭지만 결코 두려워해서는 안 된다고 나 자신을 다독거리고 있어. 아무리 애써도 끔찍한 두려움을 떨쳐버릴 수 없지만 나는 아빠가 곧 나를 구하러 와줄 거라 믿고 있어.

난 아빠가 범죄자들을 체포하는 일을 한다는 걸 알고 있고, 자주 늦은 밤이 되어서야 집으로 돌아온다는 것도 알고 있어. 아빠는 절대로 용기를 잃거나 중도에 포기하는 사람이 아니라는 것도 잘 알아. 아빠가 사건을 맡을 경우 절대로 포기하지 않는 형사라는 걸 알아. 난 아빠가 조만간 나를 찾아내리라 믿어.

그 생각이 하루하루를 버티게 해주고 있고, 아빠에 대한 믿음 때문에 절대로 약한 마음을 먹지 않을 수 있어.

사실 평소에 아빠와 마음이 잘 통하지는 않았지. 최근에는 거의 말도 하지 않고 지냈어. 내가 왜 그랬는지 이해할 수 없고, 지금은 몹시 후회하고 있어. 자주 아빠를 사랑한다고 말했어야 하고, 우리 가족에게 아빠가 얼마나 소중한 사람인지 진작 느꼈어야 하는데 이제야 후회막급이야.

만약 지옥에 떨어진다면 행복한 추억이 가득 담긴 상자를 가지고 가야 할 것 같아. 난 힘들 때마다 끊임없이 행복했던 순간들을 머릿속에서 끄집어내 비춰보고 있어. 추억을 떠올리는 순간만큼은 춥지도 않고 무섭지도 않으니까.

가끔 엄마가 가르쳐준 시를 외어보기도 하고, 머릿속으로 음악원에서 배우던 피아노곡들을 연주하기도 하고, 아빠가 읽어보라고 권한 소설 줄거리들을 되새겨보곤 해.

내게는 더없이 소중한 추억의 꽃다발이야. 어렸을 때 페루 모자를 쓰고 아빠의 어깨에 올라앉아 비자노바 숲을 산보했던 순간이 기억나. 일요일 아침마다 아빠와 함께 생미셸 대로에 있는 베이커리에 들러 샀던 초콜릿 빵 냄새가 나는 듯해. 베이커리 주인아줌마는 언제나 나에게 방금 오븐에서 꺼낸 따끈따끈한 마들렌을 건네주곤 했었지.

조금 더 자라 내가 승마 시합에 나갈 때마다 아빠가 언제나 동행했었지. 아빠와 함께 프랑스 전 지역의 도로를 누비고 다녔지. 내게는 언제나 아빠의 따스한 눈길이 필요했어. 아빠와 함께 있으면 절대로 무서운 일이 일어나지 않으리란 걸 잘 알고 있었으니까.

엄마, 아빠, 나 그렇게 셋이 함께 보냈던 바캉스도 생각나. 그때 난 엄마 아빠를 따라다니는 게 싫다고 투덜거렸지만 그 당시 여행의 추억이 이 지옥 같은 방의 악몽을 잊게 하는 데 얼마나 큰 도움이 되는지 모를 거야.

바르셀로나의 레이알 광장에 늘어서 있던 종려나무들과 카페들도 기억나. 암스테르담 운하와 접해 있던 합각머리 고딕식 건물들도 떠오르고, 스코틀랜드에 갔을 때 양 떼 틈바구니에서 아빠와 함께 깔깔거리며 웃던 순간도 기억나. 리스본 알파마의 아줄레주 타일 빛깔이 얼마나 선명한 파란색이었는지 떠오르고, 거리에서 진동하던 문어 굽는 냄새, 마법의 성 신트라에서 맞았던 선선한 여름, 벨렘에서 먹은 에그타르트도 기억나. 나보나 광장에서 먹은 아스파라가스 리조토, 산지미냐노에서 본 갈색 햇살, 시에나 인근 시골에 지천으로 널려 있던 올리브나무들이 바람에 떠는 소리, 프라하에서 본 비밀스러운 정원도 생각나.

차가운 벽으로 가로막힌 이 비좁은 방에서는 해를 볼 수가 없어. 여긴 언제나 밤이나 다름없지. 나는 그놈이 시키는 대로 하고 있지만 아직 희망의 끈을 놓지 않았어. 영양상태가 부족해 비쩍 마르고, 입술이 부르트고, 여기저기 빨간 핏자국이 말라붙어 있는 내 얼굴을 보고 있어. 마치 하얀 도자기처럼 핏기 없는 안색을 하고 있는 저 아이는 내가 아니야. 수의와 관 사이에 놓인 시체처럼 얼굴이 푸르뎅뎅한 저 아이는 절대로 내가 아니야.

나는 팔롬바지아 해변의 뜨겁게 달구어진 모래밭을 달리는 태양의 소녀고, 망망대해로의 출발을 앞둔 배의 돛을 펄럭이게 하는 바람이고, 비행기 창 너머로 보이는 현기증 나는 구름바다이기도 해.

나는 하지에 활활 타오르는 환희의 불이고, 에트르타 해변에서 뒹구는 조약돌이고, 폭풍우에도 끄떡없는 베네치아식 등불이기도 해.

나는 하늘을 태우며 날아가는 혜성이고, 돌풍이 불 때마다 하늘로 솟구치는 황금빛 낙엽이고, 사람들이 자주 흥얼거리는 노래의 매력적인 후렴구이기도 해.

수면을 부드럽게 간질이는 바람이기도 하고, 모래언덕에 사정없이 몰아치는 뜨거운 태양이기도 해. 대서양에서 목적지를 잃고 떠다니는 편지 담긴 병이기도 해.

나는 바닷가 열대 과일 나무가 실어 나르는 바나나 향기이고, 수증기를 머금은 대지가 뿜어내는 흙냄새이기도 해.

나는 파란 자개 스페인 나비의 날갯짓이고, 늪지대에 자주 출몰하는 도깨비불이기도 하고, 너무나 빨리 떨어져버린 하얀 별의 먼지이기도 해.

〈끝〉

옮긴이의 말

　기욤 뮈소가 뛰어난 이야기꾼임은 새삼 강조할 필요도 없다. 게다가 그는 뛰어날 뿐 아니라 매년 어김없이, 연례행사처럼, 적어도 장편소설 한 편은 반드시 선보이는 아주 성실한 이야기꾼이기도 해서, 해마다 프 랑스에서 그의 신간이 나오는 봄이 되면 올해는 또 그가 어떤 이야기를 들고 찾아올지 기대하게 된다.

　그런 그가 이번에 내놓은 《브루클린의 소녀》는 최근 몇 년 동안 《내일》, 《지금 이 순간》 등 시간 여행을 소재로 하는 작품을 통해 선보여온 판타 지 색채가 가미된 수사물과는 대조적으로 철저하게 현실에 기반한 수 사물이다. 하긴 소설이란 장르가 본질적으로 픽션 지향적인 글쓰기이 고 보면, 그것이 현실에 기반을 두었다한들 그 현실마저도 작가의 상상 력이 빚어낸 허구일 수밖에 없을 테지만 말이다.

　아무려나 나는 프랑스어판 《브루클린의 소녀》를 손에 쥐고 읽어 내려 가면서 문자 그대로 종이 안으로 빨려 들어가는 듯한 강력한 흡인력을 몸으로 경험했다. '몸으로 경험했다' 함은 한 번 손에 들면 마지막 장을 넘길 때까지 손에서 내려놓기 어려운 책이라는 뜻이다. 아, 마치 지금 내 눈앞에 펼쳐져 있는 신문의 정치면과 사회면을 숨 가쁘게 넘나들면서 사건의 추이를 따라가는 듯한 짜릿한 긴박감이라니!

소아과 전공의 안나와의 결혼을 앞둔 소설가 라파엘은 -한 번 결혼에 실패해서 어린 아들을 혼자 키우는 싱글 대디의 노파심이었을까- 미래의 아내에 대해 과거를 포함한 모든 것을 알아야겠다는 괜한 고집을 부려 일을 그르치고 만다. 알면 다친다고 했던가? 이야기는 불에 탄 여러 구의 시체를 찍은 사진 한 장을 보여주며 '이게 내가 한 짓'이라는 수수께끼 같은 말을 남기고 약혼녀 안나, 그러니까 '브루클린의 소녀'가 행방이 묘연해지는 것으로 시작된다.

이웃사촌이자 전직 형사인 마르크의 도움을 받아 안나 찾기에 나선 라파엘은 한편으로는 미국 대통령 선거라는 날실, 다른 한편으로는 프랑스에서 여러 해 전에 일어난 미성년자 납치 감금 및 살인이라는 씨실과 맞닥뜨린다. 그리고 그 날실과 씨실이 한데 엮이는 가운데 라파엘과 마르크는 이른바 콜드 케이스, 즉 석연치 않은 이유로 미해결인 채 수사가 종결된 사건들의 미궁 속으로 빠져들어가며, 이 과정에서 이들과 만난 사람들이 죽거나 다치는 불행이 이어진다. 표면으로 드러나지 않는 막강한 권력이 배후에 버티고 있음을 짐작하게 하는 대목이 아니겠는가.

우리 사회에서는 언제부턴가 정계, 재계, 언론계의 일부 인사들이 똘똘 뭉쳐 거대 악을 저지르고, 이들을 처벌해야 할 사법권은 무력한 모습을 보이거나, 심지어는 적극적으로 악의 세력과 결탁하여 죄를 무마해주거나 오히려 반대 세력을 죄인으로 몰아가는 일종의 음모론을 주제로 하는 영화며 TV 드라마가 봇물처럼 쏟아져 나오고 있다. 이에 대해 어떤 반응을 보이느냐는 개개인의 몫이겠으나, 이런 종류의 창작물들이 붐을 이루고 있다는 사실 자체는 하나의 유의미한 사회 현상으로 충분히 주목받을 만하다.

기욤 뮈소의 이번 신작에서도 다분히 이런 분위기가 느껴진다. 출생의 비밀, 미국 공화당의 유력 대선 주자의 숨겨진 딸, 찬란한 앞길을 막는 장애물이라면 수단과 방법을 가리지 않고 제거하기 등 《브루클린의 소녀》를 구성하는 재료는 대부분 우리에게도 상당히 익숙하다. 다만 요리사에 따라서 그가 재료를 버무리는 방식, 불의 온도며 시간, 달군 팬에 재료를 투여하는 타이밍, 완성된 요리를 담는 그릇과 테이블 세팅 등이 달라지며 똑같은 재료가 아주 다른 수십, 수백의 요리로 재탄생하듯이, 글감도 누가 쓰느냐에 따라 완전히 결이 다르고 개성이 다른 작품이 되어 독자들과 만난다.

마침 대외적으로는 미국 대선에 전 세계 언론의 관심이 집중되고, 국내적으로도 대통령과 관련된 굵직굵직한 사건들이 하루가 멀다 하고 터져 나오는 요즘, 《브루클린의 소녀》는 박진감 넘치는 정통 스릴러물의 토대에, 마치 우연처럼 -아니, 작심하고 쓴 건 아닐까?- 셰프 기욤 뮈소의 손맛으로 버무린 세계 최대의 시사 이슈까지 가미되어 읽는 이에게 감칠맛을 더해준다. 갑작스럽게 쌀쌀해진 가을밤, 따뜻한 군고구마라도 곁들여가며 -아, 장담컨대 사이다는 따로 필요 없다!- 안나 찾기에 동참하다 보면 어느새 주위가 뿌옇게 밝아오고 있음을 느끼게 될 것이다.

양영란